LA BÊTE NOIRE

Collection dirigée par Glenn Tavennec

L'AUTEURE

Rhys Bowen, auteure best-seller du *New York Times*, a été nommée dans tous les plus grands prix de romans policiers et en a gagné de nombreux, dont les Agatha et Anthony Awards. Elle a écrit entre autres ouvrages la série *Son Espionne royale*, qui se déroule dans les années 1930 à Londres, la série *Molly Murphy Mysteries*, au début du XXe siècle à New York, et la série *Constable Evans Mysteries*, au pays de Galles. Elle est née en Angleterre et partage aujourd'hui son temps entre le nord de la Californie et l'Arizona.

Retrouvez
LA BÊTE NOIRE
sur Facebook, Twitter et Instagram

RHYS BOWEN

SON ESPIONNE ROYALE, QUATRE ENTERREMENTS ET PEUT-ÊTRE UN MARIAGE

Tome 12

Traduit de l'anglais par Blandine Longre

LA BÊTE NOIRE
Robert Laffont

Titre original : FOUR FUNERALS AND MAYBE A WEDDING

ISSN : 2431-6385
ISBN : 978-2-221-26653-3
(éd. originale : ISBN 978-0-425-28352-3, The Berkley Publishing Group, a division of Penguin Group, New York, 2017)
Dépôt légal : juillet 2023

Ce livre est dédié à la mémoire de Katherine Kellgren,
la brillante lectrice des livres audio de la série
Son Espionne royale *en anglais. Elle s'est éteinte*
beaucoup trop tôt. Katy était belle, pleine de vivacité,
bienveillante et extrêmement talentueuse.
Elle a donné vie à chacun de mes personnages.
Ses enregistrements ont valu à ces romans
une nomination presque annuelle aux Audie Awards,
et elle avait même remporté, en 2014,
le prix de la meilleure lectrice, battant Meryl Streep.
J'ai bien du mal à imaginer mes livres audio sans elle.

Hamish Hector Albert Edward,
Duc de Glengarry et Rannoch
et Hilda Ermintrude,
Duchesse de Rannoch,
vous prient d'assister au mariage
de leur sœur et belle-sœur
Victoria Georgiana Charlotte Eugénie
avec
*l'honorable **Darcy Byrne O'Mara***
fils de lord Kilhenny
du château de Kilhenny, en Irlande,
à quatorze heures, le samedi 27 juillet
en l'église de l'Immaculée-Conception,
Farm Street, à Mayfair.

Vous êtes ensuite conviés à la réception qui se tiendra à Rannoch House, dans Belgrave Square, à Londres.

1.

Mercredi 12 juin 1935
16, Eaton Square, Londres

Pour une fois, les choses se passent réellement au mieux. J'ai du mal à le croire. Je séjourne à présent chez la princesse Zamanska (Zou Zou, ainsi que la surnomment ses amis), qui est originaire de Pologne, tandis que Darcy s'est absenté et que je prépare notre mariage. Jamais je n'aurais imaginé que j'écrirais un jour ces mots, et certainement pas que j'épouserais un homme aussi merveilleux que Darcy. Il me semble que si peu de temps s'est écoulé depuis que je me suis enfuie du château de Rannoch pour me retrouver seule à Londres, sans le sou et sans un ami au monde. Pourtant, notre union aura bel et bien lieu d'ici quelques semaines. Sapristi. Je serai bientôt Mme Darcy O'Mara. Comme le dirait Jane Bennet : « Comment supporterai-je tant de bonheur[1] ? »

Je me tenais devant la fenêtre de ma chambre, au dernier étage de la belle demeure géorgienne appartenant

1. Réplique fameuse de Jane Bennet, l'une des héroïnes d'*Orgueil et Préjugés* (1813), roman de Jane Austen. (*Toutes les notes sont de la traductrice.*)

à la princesse Zamanska et située dans Eaton Square (l'une des adresses les plus sélectes de Londres, au cas où vous l'ignoreriez). C'était une autre splendide journée estivale. Nous avions joui d'une période sèche, chose fort inhabituelle en Angleterre à cette saison. À dire vrai, le printemps aussi avait été délicieux depuis mon retour d'Italie, où j'avais apporté mon soutien à mon amie Belinda. En mai, pour l'anniversaire des vingt-cinq années de règne de Sa Majesté le roi, la reine et lui s'étaient rendus en landau ouvert à la cathédrale Saint-Paul lors d'une procession triomphante, un événement fort émouvant.

Cet après-midi-là, je passais mes vêtements en revue afin de voir lesquels conviendraient à la future Mme Darcy O'Mara. Oui, je sais, je ne serais bientôt qu'une dame ordinaire, ce qui m'abaisserait d'un cran en tant que cousine du roi, mais Darcy portait le titre d'honorable et, puisque je suis la fille d'un duc, je continuerais de me faire appeler lady Georgiana – à moins d'avoir affaire à des personnes aussi étourdies que Queenie, mon ancienne femme de chambre !

En observant les tenues qui pendaient dans une armoire fort imposante, je grimaçai. Une jupe en tweed démodée, deux ou trois corsages blancs, des robes de cotonnade confectionnées par la femme de notre garde-chasse écossais. Ce n'étaient pas précisément des créations de haute couture ! Non que nous allions vivre dans un lieu grandiose. Lord Kilhenny, le père de mon fiancé, avait clairement laissé entendre que nous étions les bienvenus dans son château irlandais, et c'était fort aimable à lui, mais ce n'est pas le genre d'endroit où l'on tient à passer l'année entière. (Trop froid et lugubre à mon goût, à l'instar du château de Rannoch !) En outre, Darcy avait parfois besoin d'être à Londres pour son travail – lequel est quelque peu ultra-secret.

Il nous arrivait cependant d'évoluer dans le beau monde, par exemple lors d'une invitation au palais de Buckingham ou d'une soirée chez la princesse Zou Zou, qui fréquentait des gens chics (dont mon cousin le prince de Galles et sa maîtresse américaine). Ces occasions me rappelaient sans cesse que ma garde-robe laissait beaucoup à désirer en comparaison des toilettes parisiennes de toutes les autres dames. Quelque espoir se profilait toutefois à l'horizon. Ma mère, l'ancienne duchesse de Rannoch, s'apprêtait à épouser un Allemand extrêmement riche, et elle avait promis de venir à Londres afin de m'acheter mon trousseau. Elle m'était, en effet, fort reconnaissante parce que je l'avais extirpée d'une situation embarrassante en Italie. Je n'osais me fier à cette promesse, car maman était des plus inconstantes, et je n'avais pu vraiment compter sur elle depuis le jour où elle avait décampé, nous abandonnant, mon père et moi, alors que je n'avais que deux ans. Malgré tout, je l'avais cette fois réellement tirée d'affaire, de telle sorte qu'elle avait tout intérêt à faire montre de gratitude en m'offrant des vêtements décents !

Si elle tenait parole, décidai-je, je renoncerais à la plupart de mes ennuyeuses tenues d'écolière pour me métamorphoser en une femme nouvelle, à la mode. Pendant mon séjour italien, j'avais assurément fait tourner quelques têtes, revêtue d'une robe dos-nu empruntée à une amie. Je serais désormais svelte et sexy. J'imaginais ma photographie dans le *Tatler*[1] : *Lady Georgiana de Rannoch, habillée en Chanel à l'hippodrome d'Ascot*[2]... *Lady Georgiana de Rannoch en ce jour d'inauguration de la*

1. Magazine consacré à la mode et à la politique, dont le lectorat se compose principalement de membres de l'aristocratie et de la bourgeoisie britanniques depuis 1901.

2. Rencontre hippique qui se déroule chaque année au mois de juin à l'hippodrome d'Ascot en présence de la famille royale, depuis 1768.

Semaine de Cowes[1]... J'interrompis ma rêverie, ces absurdités m'arrachant un grand sourire. Mon futur époux était aussi fauché que moi.

La quiétude régnait sur la place en contrebas. La brise tiède qui entrait par la fenêtre ouverte était imprégnée d'une odeur suave de chèvrefeuille et de rose. Dans le jardin aménagé au centre d'Eaton Square, une grive chantait allègrement. Une nourrice vêtue d'un uniforme élégant poussait une somptueuse voiture d'enfant. L'année prochaine..., songeai-je. Je tiendrais cependant à pousser moi-même le landau de mon bébé. De toute manière, nous n'aurions probablement pas les moyens d'engager une nourrice.

Je venais de me détourner de la croisée quand la sonnette tinta au rez-de-chaussée. Zou Zou n'était pas à Londres en ce moment – elle était partie faire des emplettes à Paris dans son petit aéroplane à deux places. Je me penchai autant que possible par la fenêtre, mais le porche qui surmontait la porte d'entrée m'empêchait de voir quoi que ce fût. Je tendis l'oreille en me demandant de qui il pouvait s'agir. Cette personne ignorait à l'évidence que la maîtresse des lieux s'était absentée. Puis un léger bruit de pas résonna dans l'escalier, et l'on frappa à ma porte. C'était Clotilde, la femme de chambre de la princesse.

— Vous avez de la visite, lady Georgiana, m'annonça-t-elle avec un accent français encore assez prononcé.

— Qui est-ce ?

L'espace d'une seconde, j'eus le fol espoir que Darcy fût rentré plus tôt que je ne l'avais escompté. Il ne se serait toutefois pas conduit comme un visiteur ordinaire. Il serait aussitôt entré dans la maison sans prêter attention à Clotilde avant de s'élancer dans l'escalier.

---

1. Célèbres régates organisées chaque année au mois d'août sur le Solent, bras de mer situé entre l'île de Wight et la côte sud de la Grande-Bretagne, depuis 1826.

— Une dame, répondit la femme de chambre. Elle ne m'a pas remis sa carte. Elle a simplement dit : « J'ai cru comprendre que lady Georgiana de Rannoch séjournait ici en ce moment. Je souhaite m'entretenir avec elle. »

Oh, ciel, cela semblait sérieux. Je jetai un coup d'œil dans le miroir pour m'assurer que j'étais présentable. Pas vraiment. Il faisait chaud, et ma robe en coton était froissée. La domestique avait dû s'en apercevoir car elle déclara :

— J'ai récemment lavé et repassé votre robe de soie verte, lady Georgiana. Je vais dire à la visiteuse que vous la recevrez dans quelques instants.

— Merci, Clotilde. Et veillez à lui offrir du thé, de la limonade ou quelque autre boisson qui lui fera plaisir.

— Évidemment, lady Georgiana.

Clotilde était la femme de chambre idéale, car elle savait toujours s'y prendre au mieux en toute occasion : par exemple fermer les yeux lorsque la princesse invitait un monsieur à admirer sa collection de gravures à l'eau-forte, ou raccommoder un vêtement de velours brûlé par Queenie. Celle-ci, la catastrophe incarnée, n'était pas à mes côtés ces derniers temps : elle était restée en Irlande comme aide de cuisine chez des parents de Darcy. Devrais-je la rappeler à mon service lorsque nous nous établirions quelque part, mon futur époux et moi ? Je ne parvenais pas à prendre une décision. Il était onéreux d'embaucher des domestiques efficaces, or nous avions peu de ressources, tel était le problème. Il me faudrait peut-être demander à maman de me fournir une femme de chambre en cadeau de mariage. Mais, ainsi que nous l'avions toutes deux découvert en Italie, il n'est pas toujours souhaitable d'avoir une bonne trop parfaite !

Je m'empressai d'enfiler ma robe de soie verte, me brossai les cheveux et descendis au rez-de-chaussée en tâchant d'afficher un air des plus sereins.

— La dame est dans le petit salon, lady Georgiana, m'indiqua Clotilde.

J'ouvris la porte. Ma visiteuse était assise près de la fenêtre, une tasse de thé à la main. Lorsque j'entrai, elle leva la tête en fronçant les sourcils.

— Ah, vous voici, Georgiana. Je me demandai où vous étiez passée. Cela fait une éternité que nous n'avons plus de vos nouvelles. Nous avons d'abord pensé que vous étiez encore en Italie, mais votre frère a suggéré que vous logiez sans doute chez cette princesse étrangère, et il avait raison – ce bon vieux Binky est si futé.

L'accablement me saisit. C'était ma belle-sœur, Hilda, duchesse de Rannoch, que l'on surnommait communément Fig.

— Bonjour, Fig, la saluai-je aussi aimablement que possible en approchant une chaise de la sienne. Quelle surprise ! Je suis ravie de vous voir. Je vous croyais au château de Rannoch en cette saison. C'est pour cette raison que je ne vous ai pas rendu visite.

Elle se rembrunit davantage encore.

— Nous y étions. Mais nous sommes venus à Londres pour un rendez-vous médical. Cela nous dépayse après l'Écosse, où il a plu sans répit tout le printemps ; quelle région atroce ! De plus, Binky s'est mis au golf. Il passe son temps à taper dans des fichues balles pour les faire entrer dans de petits trous aménagés sur des kilomètres de lande. Une belle perte de temps.

— Un rendez-vous médical ? m'enquis-je avec circonspection. Vous êtes tous deux en bonne santé, j'espère ? Oh, ne me dites pas que vous attendez de nouveau un enfant ?

— Dieu m'en garde, répliqua-t-elle en levant les yeux au ciel. Non, j'ai signifié à votre frère que nous avons déjà un héritier et qu'il devra se passer d'un second fils. Comme si quiconque souhaitait hériter d'un gouffre financier tel que le château de Rannoch, de surcroît glacial et plein de courants d'air.

— Ce n'est donc qu'une consultation de routine ?

— Pour tout vous dire, il s'agit des orteils de Binky, expliqua-t-elle avec dans la voix un profond dégoût. Il a des ongles incarnés, ce qui l'empêche de prendre du bon temps au golf. Il lui faut apparemment subir une petite opération pour être soulagé. Il a pensé qu'il valait mieux que celle-ci se fasse à Londres, juste par précaution. Je lui ai fait savoir que s'il devait me traîner jusqu'à la capitale pour un problème d'ongles de doigts de pied, alors la moindre des choses serait de m'emmener à l'hippodrome d'Ascot, pour une fois. Nous avons si rarement l'occasion de nous mettre sur notre trente-et-un, en Écosse. Je vais peut-être m'acheter un nouveau chapeau.

— Comme c'est charmant. Avez-vous l'intention de vous y rendre le jour de l'ouverture ? Je vous y verrai sans doute.

— Vous serez au meeting du Royal Ascot ? Le jour de l'ouverture ?

Elle semblait tout à fait contrariée, comme si j'avais arrangé cela à dessein pour la vexer.

— Oui. La reine m'a invitée à me joindre à elle et aux siens.

— Vous serez à Ascot avec Sa Majesté ?

Ma belle-sœur grimaçait à présent. Elle ne m'avait jamais pardonné le fait que la reine Mary s'était manifestement prise d'affection pour moi et me conviait régulièrement au palais de Buckingham – sans oublier que j'étais de sang royal, contrairement à Fig.

— Je vais devoir emprunter l'un des chapeaux de Zou Zou, précisai-je afin de l'apaiser un peu. Elle en possède de très extravagants.

Ma belle-sœur observa ma robe de soie d'un air réprobateur.

— Cette tenue paraît plutôt chic. Votre princesse étrangère vous l'a-t-elle prêtée ?

Je mourais d'envie de rétorquer : « Quoi ? Cette vieille chose ? » – mais je n'y serais pas parvenue sans un large sourire.

— Elle me vient de ma mère, préférai-je répondre. C'est l'un des rares vêtements qui me vont bien parmi ceux qu'elle a mis au rebut. Cette robe lui arrivait aux chevilles et, sur elle, sa coupe paraissait ample. Sur moi, elle est courte et épouse mes formes, mais, au moins, c'est de la soie.

— Votre mère a assurément du goût en matière vestimentaire, je dois bien lui reconnaître cela.

Fig prit une gorgée de thé avant d'ajouter :

— Naturellement, on ne peut pas dire la même chose en matière d'hommes. Oserais-je vous demander qui est son dernier amoureux en date ? Un joueur de polo ? Un coureur automobile ? Un magnat texan du pétrole ?

— Ils appartiennent tous au passé. Elle est encore avec Max von Strohheim, l'industriel allemand. Vous l'avez rencontré, je crois. Il est gentil. Cela fait bien trois ans qu'ils sont ensemble, maintenant. En outre, ils prévoient de se marier le mois prochain. Ils organisent une grande cérémonie à Berlin. Je serai demoiselle d'honneur.

— Bonté divine ! s'exclama Fig. J'ai l'impression que tout le monde a décidé de convoler cet été, dont vous, Georgiana, ai-je cru comprendre. Nous avons remarqué l'annonce de vos fiançailles dans le *Times*. C'est justement à ce sujet que je suis venue vous voir. Nous n'avons pas encore reçu d'invitation…

— C'est parce qu'il reste à mettre au point les derniers détails, Fig. Nous venons tout juste d'apprendre que j'étais autorisée à renoncer à ma place dans la ligne de succession. Il me fallait cette permission officielle pour mettre notre projet à exécution. Nous avons choisi la date : le 27 juillet prochain. Nous devons à présent faire imprimer les cartons d'invitation et les envoyer.

— Vous avez pris là une grave décision, Georgiana, affirma ma belle-sœur. L'on ne rejette pas à la légère la place que l'on occupe dans la société ni ses obligations. Je suis convaincue que Binky n'aurait pas renoncé à toute prétention à la couronne pour m'épouser.

Je tâchai de garder mon sérieux. À mon avis, aucun homme sain d'esprit n'aurait renoncé à quoi que ce fût afin de pouvoir prendre Fig pour femme. Je suis d'ordinaire plus charitable, mais ma belle-sœur se montrait particulièrement infecte avec moi depuis qu'elle vivait au château de Rannoch, ne se privant jamais de me faire comprendre que je n'étais plus la bienvenue dans la maison de mon enfance.

— J'étais la trente-cinquième prétendante, Fig. Vos enfants monteraient sur le trône avant moi, même si un météore ou une épidémie de peste anéantissait tous les autres héritiers.

— C'est vrai. Malgré tout…

Elle avala une autre gorgée de thé, puis reposa bruyamment tasse et soucoupe sur la petite table au plateau de verre.

— J'avais l'intention d'épouser Darcy quoi qu'il arrive, précisai-je. Si le Parlement avait rejeté ma demande, je me serais enfuie jusqu'en Argentine.

— Dans ce cas, comptez-vous célébrer vos noces dans la demeure familiale ?

— Au château de Rannoch ? Grands dieux, non, répliquai-je, plus catégoriquement que je l'aurais voulu, avant de me rappeler que c'était aussi sa maison et qu'elle était contrainte d'y vivre une grande partie de l'année. Je souhaite que mes amis puissent être présents à notre mariage, et votre demeure est au beau milieu de nulle part, n'est-ce pas ? En outre, il leur faudrait tous loger chez vous et vous seriez obligée de vous occuper d'eux.

N'oubliez pas non plus que vous devriez accueillir tous les membres de la famille Rannoch, dont nos cousins chevelus, aux appétits d'ogre. Cela vous coûterait une jolie somme.

Je savais que je touchais un point sensible. Fig est la personne la plus pingre que je connaisse. Je vis son visage se contracter.

— Vous n'avez pas tort, évidemment, acquiesça-t-elle. En effet, comment gagneraient-ils tous le château ? reprit-elle après une brève pause. Il n'y a ni autobus ni train.

— C'est exactement ce que j'ai pensé. De plus, il n'y a évidemment aucune église catholique à des kilomètres à la ronde.

Ma belle-sœur cligna rapidement des yeux.

— Une église catholique ? Vous avez l'intention de vous marier dans une église papiste ?

— Oui, parce que Darcy est catholique, Fig.

— Vous ne comptez pas vous convertir, n'est-ce pas ? demanda-t-elle, donnant l'impression que je prévoyais d'épouser un Pygmée ou de devenir cannibale.

— Je n'ai pas encore pris ma décision. Je suis censée suivre les enseignements d'un prêtre de manière à comprendre ce à quoi je m'engage. Je dois promettre d'élever nos enfants dans la foi catholique.

À mon grand étonnement, elle posa la main sur la mienne.

— Oh, Georgiana ! Êtes-vous certaine de vouloir cette union ? Franchement…

— Fig, que les choses soient bien claires, l'interrompis-je en essayant de ne pas m'emporter. J'aime Darcy. Je veux l'épouser. Sa religion a un sens pour lui, alors que je ne vais à la messe que de temps à autre parce que c'est ce que l'on attend de moi.

— Pourquoi ne pas organiser une cérémonie anglicane tout ce qu'il y a de plus convenable, suivie d'une simple bénédiction nuptiale selon les rites catholiques ? suggéra-t-elle.

— Dans ce cas, ce ne serait pas un sacrement.

— Un quoi ?

— Un mariage saint aux yeux de l'Église. Je ne serais pas considérée comme étant officiellement unie à Darcy. Pour ma part, tant que je me marie, peu m'importe l'endroit.

— Dans ce cas, où la cérémonie doit-elle avoir lieu ? À Londres ?

— Oui, je pense. De cette façon, cela sera plus pratique pour ma mère, Max et certains amis qui viendront du continent. Lorsqu'il est en ville, mon fiancé fréquente l'église de Farm Street.

— L'église de Farm Street ? s'étonna ma belle-sœur en haussant les sourcils. Où diable est-elle donc ?

Cette fois, je ne pus retenir un sourire.

— Dans Farm Street, comme son nom l'indique, dans le quartier de Mayfair. Du moins est-ce ainsi qu'on la surnomme. En réalité, il s'agit de la paroisse de l'Immaculée-Conception ou quelque chose de terriblement catholique dans ce genre. C'est là-bas que les gens de la haute vont à la messe.

— Il existe vraiment des catholiques parmi les gens de la haute ? s'enquit-elle avec dédain.

— Ma foi, oui. Prenez le pape, par exemple, ou encore le duc de Norfolk. Il est le premier duc de la pairie anglaise, et par conséquent d'un rang supérieur au vôtre, Fig. Sa famille est catholique. Et Zou Zou, naturellement. Or il n'y a pas plus aristocratique qu'une princesse.

— Elle est toutefois polonaise, Georgiana. Dans ces pays, les titres sont distribués aussi généreusement que des médailles à l'issue d'une compétition sportive scolaire. Et je présume qu'elle est princesse seulement parce qu'elle a épousé un prince.

— Vous avez raison. Elle n'était qu'une vulgaire comtesse avant son mariage, précisai-je avec un grand sourire. Quoi qu'il en soit, il existe suffisamment de catholiques appartenant à notre milieu pour remplir une église, croyez-moi.

— Pensez-vous rester chez elle jusqu'aux noces ? Vous comptez faire les préparatifs dans cette maison ? Et qu'avez-vous prévu pour la réception ?

Je pris une profonde inspiration.

— À dire vrai, Fig, j'aimerais tout organiser dans notre résidence londonienne, si Binky et vous acceptez de revenir en ville pour l'occasion. De plus, je souhaiterais que mon frère me conduise jusqu'à l'autel.

Elle remua sur son siège, mal à l'aise.

— J'ignore s'il sera réellement ravi de vous conduire à l'autel dans un lieu de culte papiste, Georgiana. Mais il a beaucoup d'affection pour vous, et nous savons combien il a le cœur tendre ; je présume donc qu'il acceptera.

Elle se tut un instant, puis eut le plus grand mal à ajouter :

— Vous attendez de nous que nous mettions la main à la poche, j'imagine ?

— Ma mère va m'acheter mon trousseau et Belinda a prévu de créer ma robe. De plus, je suis sûre que Zou Zou ferait volontiers servir le lunch de mariage dans cette demeure, mais ce serait agréable s'il pouvait avoir lieu dans notre résidence familiale. Rien de trop sophistiqué, évidemment. Du champagne, un gâteau et quelques amuse-bouche. Binky et vous seriez en mesure de vous en charger, n'est-ce pas ?

Ma belle-sœur était tout à fait rouge à présent.

— Oui, je suppose, concéda-t-elle avant d'agiter l'index dans ma direction, s'animant presque. Votre frère pourra porter son kilt et le petit Podge sera garçon d'honneur. En revanche, je me demande si Adelaïde est assez âgée pour être demoiselle d'honneur.

Ce projet l'enthousiasmait davantage de minute en minute, c'était l'évidence même.

— Binky a une allure épatante dans son kilt, fis-je, encourageante.

— Il nous faudra aussi une cornemuse. Vous savez combien Binky aime cet instrument. Nous ferons venir le vieux M. McTavish.

— Oh, sapristi ! m'exclamai-je.

Je devrais avoir un amour inné des cornemuses, j'en ai conscience, mais à force d'avoir été régulièrement réveillée à l'aube par leur son, je ne les supporte pas.

— Une Rannoch se mariant sans cornemuse ? rétorqua Fig, scandalisée. C'est tout à fait inconvenant, Georgiana. Binky insistera sur ce point, surtout si vous espérez de lui qu'il vous conduise à l'autel.

Je décidai que cinq minutes d'un air de cornemuse à l'issue de la cérémonie était un bien faible prix à payer pour faire plaisir à mon frère et à sa femme.

— Bien sûr, je comprends, acquiesçai-je en lui adressant un sourire engageant. Il nous faut assurément une cornemuse.

2.

Mardi 18 juin 1935
Premier jour du meeting du Royal Ascot

Je me rends à Ascot en compagnie du roi et de la reine. Existe-t-il perspective plus terrifiante ? Au milieu de tous ces gens qui m'observeront, il me faudra être élégante et ne pas commettre de bévue. Lorsque je crois avoir surmonté ma maladresse de jeune fille, il se produit un nouvel incident embarrassant. Pas aujourd'hui, pour l'amour du ciel ! Pas en présence de la famille royale et sous les yeux du Tout-Londres !

Je passai des heures à me tourmenter devant le miroir en me demandant si les chapeaux de Zou Zou me donnaient une allure chic ou ridicule une fois posés sur ma tête. Clotilde me les tendait un à un afin que je les essaie, et plusieurs cartons ouverts jonchaient mon lit. Il me suffisait d'observer son expression pour savoir si l'un d'eux m'allait. Ce n'était certainement pas le cas de celui qui était orné de plumes rose vif. Je ressemblais à un flamant rose pris dans une tempête. Un chapeau de paille blanche aux larges bords me plaisait beaucoup, car il plongeait mon visage dans l'ombre et me donnait ainsi un air mystérieux. Je me dis, cependant, que je me cognerais aux autres spectateurs chaque fois que je me retournerais. Je ferais probablement basculer la reine en avant, la tête la première sur son canapé aux crevettes. Je finis par opter pour une élégante petite toque bleue ; la femme de chambre opina du chef pour me faire comprendre qu'il s'agissait là d'un bon choix, qui se mariait bien avec mon tailleur de lin bleu et blanc.

À dix heures, je pris un taxi pour le palais de Buckingham. Pour une fois, je devais avoir une apparence présentable, car le chauffeur ne me demanda pas si je souhaitais qu'il me déposât devant l'entrée de service. Je n'étais pas censée arriver avant dix heures et demie, mais, connaissant Sa Majesté le roi et son obsession de la ponctualité – il exigeait que les horloges de sa résidence de Sandringham fussent toutes avancées d'une demi-heure –, j'avais jugé plus sage de faire acte de présence plus tôt que prévu. J'avais eu raison. La reine et lui étaient tous deux fin prêts, assis au sommet de l'escalier. Le roi portait une jaquette grise et un haut-de-forme, et son épouse, vêtue de soie grise, était coiffée d'un chapeau à larges bords surmonté d'une plume d'autruche en tourbillon. Ils me parurent redoutables, et je sentis ma gorge se serrer, tandis que je gravissais les marches pour les rejoindre.

— Ah, vous voilà, jeune Georgie, constata mon royal parent, lançant un coup d'œil à l'horloge en bronze doré installée dans une niche avant de hocher la tête avec satisfaction. Une journée splendide pour une sortie, ne trouvez-vous pas ?

— Le temps est en effet au beau fixe, Monsieur, et il ne fait pas trop chaud, répondis-je tout en le gratifiant d'une révérence.

Oui, je sais, il s'agit de mon cousin, mais il n'empêche qu'il est le roi : il faut donc le saluer bien bas et l'appeler « Monsieur », de la même façon que l'on appelle la reine « Madame ».

— Vous êtes très bien mise, ma chère, jugea celle-ci, pendant que je la saluais à son tour et déposais un baiser sur sa joue. (Dieu merci, j'avais choisi la toque ; avec le grand chapeau, je lui aurais crevé un œil !) Une tenue tout à fait appropriée pour la circonstance.

Je pris place sur le siège que l'on m'offrait. Un silence gêné s'ensuivit : en présence de membres de la famille royale, l'on est censé attendre qu'ils engagent la conversation. Toutefois, consciente du tic-tac sonore de l'horloge, je crus bon de m'enquérir :

— Comment allez-vous, Monsieur ?

— Un peu mieux, je l'espère.

— Il se réjouit encore des festivités qui ont entouré l'anniversaire de son règne le mois dernier, précisa son épouse en le regardant tendrement. Un événement merveilleux. Tant de gens étaient regroupés le long du Mall. Nous chérirons à jamais ce souvenir, n'est-ce pas, mon ami ?

Elle posa la main sur celle de son mari, et je lus une lueur d'inquiétude dans ses yeux. Le roi ne s'était jamais vraiment remis d'une pneumonie.

— Beaucoup d'agitation et trop d'habits d'apparat, grommela-t-il, quand bien même il affichait une mine plutôt satisfaite.

— Ce fut somptueux, déclarai-je.

L'on vint nous annoncer que la Daimler était prête avec un quart d'heure d'avance, et nous nous mîmes donc en route en compagnie de l'écuyer du roi et de la dame d'honneur de la reine.

— Rejoindrons-nous d'autres membres de la famille à Ascot, Madame ? demandai-je.

— Le duc et la duchesse de Kent seront présents. Vous êtes très amie avec Marina, naturellement. Bertie et Elizabeth[1] ne viendront pas, en dépit des suppliques

1. Albert, duc d'York, frère du prince de Galles et futur George VI (il régnera de 1936 à 1952), et son épouse Elizabeth, duchesse d'York,

de la petite Lilibet. Cette enfant se passionne pour les chevaux. Mais, pour une fois, elle n'a pas réussi à mener son père par le bout du nez. Vous savez à quel point il déteste les gros rassemblements de ce type, avec son défaut d'élocution.

— Si seulement il acceptait de faire quelques exercices, il se débarrasserait facilement de ce maudit bégaiement ! s'emporta le roi. Je n'arrête pas de lui répéter : « Inspirez profondément et videz donc votre sac, mon garçon. »

Je devinai aisément pourquoi le duc d'York se mettait à bégayer dès qu'il se retrouvait face à son père.

— Et votre fils aîné ? m'enquis-je non sans circonspection, étant donné que le prince de Galles causait d'affreux soucis à ses parents en s'affichant avec sa maîtresse américaine.

— David ? répondit la reine avec brusquerie. L'on ne sait jamais s'il prendra la peine de faire une apparition. Visiblement, ses obligations royales ne font pas partie de ses priorités essentielles. Alors que si une certaine personne claque des doigts, il accourt aussitôt. Espérons qu'il n'aura pas l'audace de l'amener à Ascot. Auquel cas nous refuserons assurément de la recevoir.

— Ce satané garçon me tuera, renchérit le roi. Je me demande bien ce qu'il lui trouve, à cette harpie. Ce n'est pas comme si elle était jeune ou jolie. Dieu sait que nous avons tenté de l'intéresser à suffisamment de femmes attirantes et convenables. J'ignore ce qu'il a dans la tête. Comme s'il pouvait l'épouser ! Chacun sait qu'elle est par deux fois divorcée.

— Nous ignorons si son second divorce a déjà eu lieu, fit observer la reine.

Un silence pesant retomba dans l'automobile, qui franchissait le pont de Westminster.

---

parents des jeunes princesses Elizabeth (future Elizabeth II) et Margaret.

— Passons à des sujets plus réjouissants, tel votre mariage prochain, Georgiana, reprit ma cousine. Comment se déroulent vos préparatifs ? Avez-vous déjà décidé du lieu où se tiendra la cérémonie ?

— Pas tout à fait, Madame. J'ai cru comprendre que l'église de Farm Street, à Mayfair, conviendrait. Elle est proche de Rannoch House.

— Mais l'oratoire de Brompton l'est également, me semble-t-il. Vous devriez veiller à ce que l'endroit choisi puisse accueillir vos nombreux invités. Les membres de notre famille espèrent tous être conviés, et vos grand-tantes qui vivent au palais de Kensington seraient extrêmement offensées si vous les oubliiez. De surcroît, vous êtes apparentée à diverses familles européennes. Je crois pour ma part que certaines voudront sans doute être présentes. Les jeunes Bulgares, par exemple. Vous aviez assisté à leur mariage, n'est-ce pas ?

Oh, flûte, songeai-je. Sa Majesté la reine prévoyait-elle d'inviter toutes les maisons royales d'Europe derrière mon dos ? Fig serait fort mécontente de devoir s'approvisionner en champagne et en gâteaux pour des dizaines de cousins affamés. En outre, voir le prince Siegfried me fixer du regard lorsque je me dirigerais vers l'autel était bien la dernière chose dont j'aurais envie en ce grand jour. Par le passé, ma famille avait déployé maints efforts pour me contraindre à l'épouser. Je l'avais surnommé « Face de Poisson ». Est-il nécessaire d'en dévoiler davantage à son sujet ?

— Pourquoi cette jeune fille refuse-t-elle de se marier à l'abbaye de Westminster ? Ou au moins à l'église Sainte-Marguerite[1] ?

— Son fiancé est catholique, George, lui rappela gentiment la reine.

1. Sainte-Marguerite est une église anglicane située dans l'enceinte de l'abbaye de Westminster sur Parliament Square.

— Sottises, marmonna-t-il.

Voulait-il dire qu'il était absurde que mon promis fût catholique, ou que je ne puisse m'unir à lui dans l'abbaye de Westminster justement parce qu'il l'était ? Je n'en avais pas la moindre idée. En toute franchise, cela m'arrangeait. Si j'avais été contrainte de remonter l'allée centrale de ce monument, j'en aurais été morte d'effroi !

— Qu'on autorise cette fille à se marier correctement à l'abbaye et qu'on fasse venir un curé catholique à la fin pour agiter un peu d'encens, ou quelque chose de ce genre, décréta mon royal cousin.

— Si nous nous passions de cérémonie catholique, mon fiancé ne nous considérerait pas officiellement mariés aux yeux de l'Église, je le crains, expliquai-je avec hésitation, convaincue qu'il est très déplacé de contredire un souverain. Il s'agit d'un sacrement.

— Foutaises.

— Dès que vous connaîtrez la date et le lieu, tenez-nous informés, je vous prie, intervint la reine en toute hâte. Nous voulons à l'évidence être sûrs de pouvoir être présents. De plus, mon secrétaire vous transmettra une liste de tous les parents étrangers que je vous recommande d'inviter.

— Naturellement, Madame. Nous avons décidé que le mariage aurait lieu le 27 juillet. Darcy s'est absenté pour l'instant, mais nous nous occuperons de mettre au point les derniers détails à son retour.

— Bien, passons aux demoiselles d'honneur, poursuivit-elle, comme si cette idée venait de lui traverser l'esprit. Vous avez prévu d'en avoir, n'est-ce pas ?

— Ma meilleure amie sera dame d'honneur. Nous étions en pensionnat ensemble. Ma nièce est trop petite pour participer. En revanche, je tiens à ce que mon neveu soit garçon d'honneur.

— Je suis sûre qu'Elizabeth et Margaret seraient enchantées d'être vos demoiselles d'honneur si on le leur demandait. Les fillettes en général aiment tant se mettre sur leur trente-et-un. Elizabeth serait parfaite pour porter votre traîne, et sa sœur est assez grande désormais pour se conduire sagement, espérons-le.

— Cette enfant est un vrai diablotin, affirma le roi avant de rire de bon cœur.

Zut alors. Deux princesses pour porter ma traîne ? Et les têtes couronnées d'Europe qui m'observeraient pendant que je me prendrais les pieds dans l'ourlet de ma robe et basculerais en avant, comme le jour de ma présentation à la cour ? Je regrettais amèrement que notre projet de fuite, à Darcy et à moi, eût été contrecarré quelques mois plus tôt.

Nous laissâmes la ville derrière nous pour rouler dans la campagne arborée et verdoyante du comté du Berkshire. Nous fûmes proprement acclamés à notre arrivée à l'hippodrome, et je me sentis affreusement gênée, cependant que des visages scrutaient l'intérieur de la Daimler ; j'entendis même une voix à l'accent cockney[1] s'exclamer :

— Qui c'est qu'est avec eux, bon sang ?

Je n'avais pas vraiment réfléchi au déroulement de cette journée à Ascot. Je savais qu'une enceinte réservée à la famille royale était régie par un protocole et un code vestimentaire stricts. Je supposais que nous prendrions place dans une tribune ombragée afin d'assister aux courses en sirotant du champagne. Mais, lorsque je vis plusieurs calèches devant nous, je commençai à me poser des questions.

— Dieu merci, il n'y a pas de vent aujourd'hui, fit remarquer la reine. Vous vous souvenez ? Nous avons eu du mal à garder nos chapeaux sur la tête l'an passé. Si lady P. n'avait eu une bonne provision d'épingles à cheveux dans son sac, le mien se serait envolé.

1. Ainsi désigne-t-on ce qui se rapporte aux Cockneys, les habitants de l'East End, quartiers populaires de l'Est londonien.

Lady P., la dame d'honneur assise à l'avant, se tourna vers nous.

— J'en ai aussi apporté aujourd'hui, Votre Majesté, en cas de brise imprévue. Souhaitez-vous que nous vérifiions de nouveau votre chapeau avant de monter dans la voiture ?

— Remettez vos épingles à Georgiana, ordonna la reine. Elle parera à toute éventualité si nécessaire.

Je saisis soudain que je devais moi aussi m'installer dans la calèche avec Leurs Majestés. Mince.

— Madame, ma présence n'est pas indispensable. Mieux vaut que je vous attende dans l'enceinte royale, dis-je. Vos sujets veulent avoir une bonne vue de leurs souverains.

— Au contraire, Georgiana. C'est probablement le dernier événement auquel vous pourrez assister à nos côtés. Je tiens à ce que vous en profitiez autant que possible.

Je compris alors ce qu'elle avait en tête. Comme je venais de renoncer à ma place dans la ligne de succession, elle me rappelait que je ne ferais bientôt plus partie de leur cercle et que je ne serais pas même un membre mineur de la famille royale. Je ne serais sans doute plus invitée à dîner au palais de Buckingham ou à assister à des mariages princiers. Je serais Mme Darcy O'Mara, femme au foyer. En réalité, cela ne me dérangeait pas tellement. J'étais toujours terrifiée quand je me rendais au palais, de toute manière. Et mon nouveau patronyme me conviendrait à merveille !

L'on nous aida à monter dans la calèche. Je ne trébuchai ni ne tombai en avant sur les genoux du roi. J'étais fière de moi. Derrière nous, d'autres membres de la famille occupaient des voitures semblables. La procession se mit en branle sur la piste rectiligne du champ de courses au son des acclamations du public. Ce fut une expérience étonnante, et, les joues rosies, je suivis Leurs Majestés jusqu'à leurs sièges dans l'enceinte royale. Je trouvai si curieux que les gens se courbent sur mon passage ! Je fus contente de m'installer derrière le roi et la reine, à côté de la princesse Marina, désormais duchesse de Kent. Elle me serra la main en souriant.

— Je suis ravie de vous voir, Georgiana. Il m'a bien semblé vous reconnaître dans la première calèche, avec votre petite toque élégante. Comment avancent les préparatifs de votre mariage ?

— Plutôt bien. Je devrais découvrir prochainement les premiers croquis de ma robe, et ma mère doit venir à Londres pour m'aider à choisir mon trousseau.

— Comme c'est excitant ! Où la cérémonie doit-elle se dérouler ?

— La question n'a pas été encore tranchée, répondis-je, sachant que la reine était à portée de voix. Dès que tout sera fixé, nous enverrons les invitations.

Je regardai alentour sans remarquer le prince de Galles, ni Binky ni Fig, à mon grand soulagement. Les courses débutèrent. Un jeune écuyer misa pour moi. Étant donné que je n'y connaissais pas grand-chose aux chevaux et à la marche à suivre, je pariai au hasard… et gagnai ! Puis je perdis tout aussi promptement lors de la course suivante. J'avais déjà assisté à des steeple-chases amateurs et professionnels, vu que le père de Darcy dirigeait une écurie en Irlande (laquelle appartenait dorénavant à Zou Zou), mais jamais je n'avais vu de courses de plat disputées avec autant de pompe et d'éclat ; de délicieux frissons me parcouraient à mesure que les chevaux, dont les sabots martelaient le sol, filaient comme des flèches devant nous. Entre deux courses, l'on me proposa d'admirer, depuis notre tribune, les pur-sang dans leur enclos.

— L'allure du numéro 17 me plaît, déclara le jeune homme qui m'escortait. Il a de bonnes jambes solides. Qu'en pensez-vous, lady de Rannoch ?

J'étais sur le point de répondre que je préférais le numéro 5 quand je me figeai sur place. Je clignai des yeux, ne sachant si j'étais victime d'une illusion d'optique, mais, à cet instant, le soleil apparut de derrière un petit nuage et je compris que je n'avais pas fait erreur : dans l'enclos en contrebas, Darcy était bel et bien en compagnie d'une superbe femme au teint basané, qui portait une robe moulante et un étonnant chapeau orné de marguerites. Elle se tenait tout près de lui, autant que son chapeau le permettait, et ils étaient penchés l'un vers l'autre, à l'évidence plongés dans une conversation en tête-à-tête. Puis elle leva les yeux vers lui, sourit et opina du chef. J'en eus le souffle coupé. Une partie de moi voulait rester calme, raisonnable, et lancer : « Hou hou, Darcy ! Quelle surprise. Votre fiancée est là. » Il serait alors abasourdi et embarrassé d'avoir été pris sur le fait. Mais je n'y parviendrais pas. Je n'avais qu'une envie : fuir. Aller me cacher quelque part.

— J'ai besoin de m'asseoir, murmurai-je en regagnant mon siège d'un pas trébuchant.

La tête me tournait, envahie de pensées incontrôlables. Je l'avais cru à l'étranger pour affaires. S'il était dans les environs de Londres, pourquoi n'était-il pas aussitôt venu me voir ? De plus, qui était cette femme ? Et pourquoi se tenait-il si près d'elle ? La peine que j'éprouvais en était presque physique.

— Que se passe-t-il, Georgiana ? demanda Marina. Vous êtes d'une pâleur extrême. Faites-vous un malaise ? Voulez-vous que l'on vous apporte un verre de limonade fraîche ?

— Non, rien, merci. Je vais me remettre. Il fait un peu chaud, voilà tout.

Je regardai droit devant moi, voyant à peine l'arrière du crâne de la reine et le champ de courses. J'avais besoin d'en parler. Je voulais que quelqu'un me prît dans ses bras et me promît que tout s'arrangerait. Que m'avait-on maintes fois répété ? « Passer d'un lit à l'autre est le sport préféré des gens de notre classe, n'est-ce pas ? » Dire que mon fiancé et moi avions décidé de rester chastes jusqu'à notre nuit de noces ! Peut-être la chaleur d'un corps lui manquait-elle trop et avait-il trouvé une partenaire enthousiaste. Quelle femme refuserait de coucher avec un homme aussi beau et affable que Darcy ?

L'espace d'un instant, je fus prise de nausée. Je voulais seulement rentrer à la maison, mais je serais bloquée ici tant que Leurs Majestés n'auraient pas décidé de partir. Du reste, je n'avais pas de maison à proprement parler. Je séjournais chez la princesse, et j'étais seule avec sa femme de chambre et sa gouvernante. Il n'y avait personne vers qui je puisse me tourner. Sauf peut-être… Je jetai un coup d'œil à Marina. Il était bien connu que le prince George, le quatrième fils du roi, avait mené une vie dissolue avant son mariage. Sa femme l'avait-elle su à l'époque sans que cela l'empêche de l'épouser ? Estimait-on normal que les hommes de l'aristocratie entretiennent des maîtresses et fassent les quatre cents coups ?

— Marina, commençai-je en baissant le ton. Lorsque vous vous êtes mariée, attendiez-vous de George qu'il vous soit fidèle ?

Elle se tourna vers moi en affichant un air presque amusé.

— Je suis certaine que tous les jeunes messieurs en bonne santé aiment jouer les play-boys avant de convoler.

— Mais attendez-vous de lui qu'il vous soit fidèle désormais ? Ou bien s'agit-il simplement de fermer les yeux sur ce qui se passe peut-être ?

— Quelle question saugrenue, répliqua-t-elle.

Je compris que j'avais dépassé les bornes de la bienséance.

— Je suis navrée. Je n'aurais pas dû vous interroger ainsi. Cependant, je serai bientôt mariée et je sais que mon fiancé ne s'est pas conduit en moine par le passé. Je me demandais donc…

— Si George me trompait ? termina-t-elle à ma place. Il s'est montré fort dévoué jusqu'à maintenant, mais cela ne fait que six mois que nous sommes ensemble. Et lorsqu'il m'annonce qu'il se rend à son club… ma foi, j'espère que c'est effectivement le cas. Il le faut bien, si l'on ne veut pas se rendre l'existence impossible. Une vie de soupçons est ce qu'il y a de pire.

— Oui, je suppose, acquiesçai-je.

Je continuai pourtant de regarder droit devant moi, les yeux dans le vague. Tenais-je vraiment à m'unir à un homme en sachant que je ne pourrais lui faire confiance ? À me tourmenter chaque fois qu'il s'en irait à l'idée qu'il allât retrouver une autre femme ? Aurais-je assez de courage pour le quitter avant le mariage, ou étais-je prête à l'épouser sans conditions ? À cet instant, je ne le savais sincèrement pas.

3.

Mardi 18 et mercredi 19 juin
De retour à Eaton Square

Je n'aurais jamais dû écrire dans ce journal que tout se passait au mieux. J'aurais dû deviner que je tenterais le sort ! Darcy n'est même pas encore venu me voir, alors qu'il ne se trouvait aujourd'hui qu'à quarante kilomètres de Londres. Il est possible qu'il n'ait pas vraiment envie de m'épouser, et peut-être cherche-t-il un moyen de rompre nos fiançailles. Grands dieux… que vais-je faire ?

Une fois de retour d'Ascot, je pleurai un bon coup. Jamais je ne m'étais sentie aussi seule, je crois. J'essayais de me convaincre que j'avais sans doute mal interprété ce à quoi j'avais assisté. Peut-être Darcy avait-il croisé une vieille amie, ou une cousine perdue de vue depuis longtemps. Mais les mêmes questions continuaient de me tarauder : pourquoi était-il à l'hippodrome alors qu'il avait affirmé qu'il lui fallait partir à l'étranger ? Et, puisqu'il était rentré, pourquoi ne m'avait-il pas aussitôt rendu visite ? Je ne trouvais aucune explication logique à son comportement.

À Eaton Square, une lettre m'attendait, qui portait un timbre italien. C'était Belinda, ma meilleure amie. Je l'ouvris avec empressement.

Georgie chérie !

Je sais que tu attendais de mes nouvelles depuis un moment, mais, très franchement, j'ai dû prendre mon courage à deux mains avant de pouvoir me décider à rentrer en Angleterre. Et puis ma vie au bord du lac est plutôt agréable, et Francesca n'arrête pas de me gâter. J'ai pourtant pris conscience que je ne pouvais rester plus longtemps. J'ai rendu plusieurs fois visite à Camilla, à Paolo et au bébé. C'est un petit garçon à présent robuste, et ils l'adorent. Il n'est toutefois pas bon pour moi de m'attarder ici. Par ailleurs… j'ai surpris Paolo qui me regardait, me lançant les coups d'œil aguicheurs dont il me gratifiait autrefois, et j'ai compris que je ne pouvais l'inciter à s'intéresser de nouveau à moi. Je risque d'être trop aisément tentée. Je l'adorais par le passé, tu le sais.

Je plie donc bagages. J'ai hâte de te voir, chérie ! Ta compagnie me manque depuis ton départ. Tu seras également contente d'apprendre que je n'ai pas chômé. Je reviens avec des croquis de ta robe et, une fois que tu les auras approuvés, nous irons acheter du tissu. Je suis presque aussi excitée que toi.

Je serai à Londres le 18. Je présume que tu loges encore chez la princesse ? Je te passerai un coup de fil dès que je serai rentrée chez moi.

Je t'embrasse fort,

Ton amie Belinda

Elle annonçait son retour pour le 18 juin. C'était aujourd'hui ! En posant la lettre sur la table devant moi, je me surpris à sourire. Chère Belinda. Quelqu'un à qui je pourrais me confier. Elle comprendrait ce que j'éprouvais. Après tout, elle aussi avait été trahie par un homme – avec des conséquences fâcheuses. Je l'avais quittée peu de temps auparavant, après lui avoir tenu compagnie au bord du lac Majeur. En remerciement, elle avait proposé de concevoir ma robe de mariée. Je brûlais de découvrir ses croquis. J'avais envie de ressentir de l'enthousiasme, mais une petite voix me murmurait : et si elle avait créé ce modèle pour rien ?

Je refusai de l'écouter davantage. Je me montrerais forte et courageuse. Belinda elle-même s'était retrouvée dans une situation affreuse, et elle s'en était sortie, me rappelai-je.

— Je vais accorder à Darcy le bénéfice du doute, déclarai-je de vive voix. Il va venir, il m'expliquera tout, et je me sentirai bête de ne pas avoir eu confiance en lui.

Je m'attendais presque à ce qu'il arrivât le soir même ; il n'en fit rien. Ni le lendemain matin. J'étais impatiente de revoir Belinda, mais je n'avais pas envie de sortir, juste au cas où. Je cherchais dans mon carnet d'adresses le numéro de téléphone de mon amie quand on sonna à la porte. Je demeurai pétrifiée.

— Pourvu que ce ne soit pas de nouveau Fig, chuchotai-je.

Le pas léger de Clotilde se fit entendre dans l'escalier, puis elle toqua.

— Une visiteuse pour vous, lady Georgiana. Elle a une valise.

— Vous a-t-elle donné son nom ?

— Oui, une Mlle Var-quelque chose, répondit-elle de son accent français. Variolanstock ?

— Warburton-Stoke, voulez-vous dire ?

— Oui, je crois. Elle parle plutôt vite. Une jeune dame élégante.

Je n'attendis pas davantage et dévalai l'escalier. Je poussai la porte du petit salon et trouvai Belinda, qui avait repris son apparence habituelle…

— Chérie ! s'exclama-t-elle en se précipitant vers moi, les bras grands ouverts.

— Comment vas-tu ? Tu as une mine superbe. Comment s'est passé ton voyage ?

— Le trajet a été tout juste tolérable. Il est tellement agaçant de se déplacer sans femme de chambre. À mon retour, j'ai tâché de recontacter Florence, mon ancienne bonne, qui m'avait abandonnée l'année dernière, mais elle préfère sa nouvelle position de dactylographe ! Ce n'est pas ce que j'appelle de la loyauté.

Je ne pus retenir un sourire.

— Tu t'es absentée longtemps, d'abord aux États-Unis, puis en Italie, lui rappelai-je. Que comptes-tu faire, dans ce cas ?

— M'adresser à l'une de ces affreuses agences de domestiques, je suppose. Oh, j'ai horreur de repartir de zéro et de devoir former une nouvelle fille. Au moins, elle ne sera pas sans cesse scandalisée, vu qu'elle ne risque pas d'apercevoir des hommes se faufiler hors de ma chambre tôt le matin.

— Tu as donc renoncé à la gent masculine ?

Belinda fit la grimace.

— Absolument. Je vais mener une vie chaste et adopter des chats.

— Aimes-tu au moins ces animaux ? demandai-je, à présent hilare.

Elle s'esclaffa à son tour.

— À dire vrai, je ne les supporte pas, mais c'est ce que font les vieilles filles, n'est-ce pas ? As-tu une femme de chambre, ces temps-ci ?

— Pour l'instant, j'emprunte Clotilde, celle de Zou Zou. C'est une perle.

— Et l'atroce monstruosité au visage bovin ? L'as-tu récupérée ?

— Non, elle est restée à Kilhenny.

— Dieu merci. Elle a dû empoisonner la moitié de l'Irlande à l'heure qu'il est.

— En fait, elle se débrouille plutôt bien. Elle a eu quelques accidents, ai-je cru comprendre, mais elle n'a pas mis le feu à la cuisine.

— Penses-tu la faire revenir quand tu seras mariée ?

— Pour l'instant, je l'ignore. J'ai tant de décisions à prendre. Je ne sais même pas où nous vivrons.

— À propos de mariage..., reprit-elle en posant sa valise sur le canapé et en l'ouvrant. Tu dois avoir hâte de découvrir la robe que j'ai imaginée.

— Oh oui, assurément.

En dépit des circonstances, j'étais enthousiaste.

— Eh bien, chérie, voici les croquis préliminaires. Je me suis dit que tu voudrais une tenue simple et épurée, sans chichis ni fanfreluches.

Belinda me tendit un dessin. La robe était en effet sobre – une coupe presque droite jusqu'aux chevilles, d'où partait une traîne qui se déployait sur le sol. Les bras étaient nus à partir des épaules, et un jabot de plumes blanches ornait l'encolure. Sapristi ! Jc déglutis, la gorge serrée, mais parvins à afficher une expression pleine d'espoir lorsque je croisai le regard de mon amie.

— C'est très... euh... moderne, Belinda. Tu ne crois pas que cela fera trop sophistiqué sur moi ?

— Justement ! Certains ont encore tendance à te considérer comme une jeune fille de la campagne écossaise, fraîchement arrivée de tes Highlands. Nous voulons montrer aux gens de la haute et à tes parents royaux que tu es aussi chic qu'eux.

— Cette robe me semble terriblement ajustée. Comment marcherai-je ?

— Il y aura une fente dissimulée dans la jupe, chérie. Elle ne sera visible que lorsque tu t'avanceras vers l'autel. De plus, cette belle et longue traîne ondulera derrière toi comme une créature vivante.

— Et les plumes ?

— Il ne faudrait toutefois pas que cette robe soit trop simple. Nous la ferons tailler dans une splendide soie grège, par exemple, mais il est indispensable d'y ajouter une touche décorative, et les plumes sont du dernier cri cette année.

Je ne savais plus que dire. Elle était superbe, je m'en rendais bien compte, à condition d'être portée par un type particulier de femme. Elle siérait parfaitement à Mme Simpson, avec son allure garçonne. En revanche, était-elle faite pour moi, Georgie, qui étais grande, mince et quelque peu dégingandée, avec une tendance à trébucher quand je portais une jupe serrée ? C'était courir au-devant du désastre.

— Attends de voir ce que cela donne sur toi, poursuivit Belinda en extrayant de sa valise une robe qu'elle secoua pour la défroisser. J'ai confectionné un modèle à la va-vite afin que tu puisses l'essayer. C'est du satin de qualité inférieure, mais cela te permettra de te donner une idée.

— Nous ferions mieux de monter, suggérai-je. Les passants peuvent voir par la fenêtre tout ce qui se passe dans cette pièce.

Une fois dans ma chambre, j'ôtai ma robe de cotonnade, et Belinda m'aida à enfiler sa nouvelle création, la faisant glisser sur mes hanches et l'agrafant dans le dos. Puis je me tournai vers le miroir. Je ressemblais à un long tube blanc avec des plumes hérissées jusqu'au nez.

La tension nerveuse des dernières vingt-quatre heures m'empêcha de faire plus longtemps montre de tact.

— L'on dirait que je viens d'être avalée par un boa constricteur ! laissai-je échapper.

— Ma foi, si tu veux avoir l'air aussi mal fagotée et démodée que ta belle-sœur la duchesse, alors n'importe qui pourra t'affubler de couches de froufrous et de dentelle, répliqua mon amie sur un ton blessé. Les robes conçues par les stylistes sont toujours incroyablement chics et originales, mais si tu refuses de courir ce risque…

Elle entreprit de dégrafer son modèle et me l'enleva non sans brusquerie.

— Belinda, fis-je en posant la main sur son bras avec hésitation. Si je t'ai fait de la peine, j'en suis sincèrement navrée. Je vois bien que c'est une belle robe, mais pas sur moi. J'ai envie d'avoir l'apparence d'une princesse, pas d'une gouttière ambulante. De surcroît, Darcy éclaterait de rire au premier regard, j'en suis certaine.

Elle soupira.

— Je vais donc me remettre à ma planche à dessin, j'imagine, se résigna-t-elle d'une voix encore contrainte et vexée.

— Ne te donne pas trop de mal : pour ce que j'en sais, le mariage n'aura peut-être pas lieu.

Et, à ma grande horreur, je fondis en larmes.

— Georgie chérie, je n'avais pas l'intention de te contrarier. Je m'excuse d'avoir été un peu sèche. Simplement, je pensais que tu serais surprise et aux anges, et cela n'a pas été le cas.

— Je suis moi aussi désolée, bredouillai-je entre deux sanglots. Je voulais que cette robe me plaise, mais elle ne me ressemble pas. Et puis les choses ont pris une mauvaise tournure, et je ne plaisantais pas en disant que le mariage sera sans doute annulé.

Mon amie s'assit à côté de moi et saisit ma main.

— Darcy hésite, à présent ?

— Je ne sais pas ! lâchai-je. C'est peut-être moi qui hésite.

Je lui relatai alors ce dont j'avais été témoin à Ascot.

— Tu es sûre de ne pas tirer de conclusions hâtives ? demanda-t-elle une fois que j'eus terminé. Darcy est du genre amical par nature. Et il adore bavarder avec de belles femmes. En outre, quand il discute, il pose souvent la main sur l'épaule ou le bras de ses interlocuteurs.

— Il m'a cependant raconté qu'il partait à l'étranger pour affaires. S'il se trouve maintenant à une heure de Londres, pourquoi n'est-il pas passé me voir ? N'est-ce pas ce qu'un fiancé dévoué devrait faire ?

Mon amie se rembrunit.

— Ma foi, oui, tu n'as pas entièrement tort. Mais il doit y avoir une explication. Je parie qu'il va arriver et, quand tu l'interrogeras, il te dira qu'il a croisé une vieille amie qui lui a donné des idées d'hôtels où passer une lune de miel.

— Du moment qu'il avait l'intention de m'y emmener, rétorquai-je d'un ton grognon. Oh, Belinda ! m'exclamai-je en levant les yeux vers elle. Je me demande vraiment si je suis capable de poursuivre sur cette voie. En toute franchise, quelle vie vais-je mener si je m'inquiète à son sujet à chacune de ses absences ? En insistant pour avoir un mari qui ne batifole pas avec d'autres femmes, crois-tu que je dramatise la situation ?

— La plupart des gens de notre milieu le penseraient, oui. Pour ma part, j'estime que la majorité des femmes du grand monde sont prêtes à fermer les yeux sur les infidélités de leurs époux, et elles-mêmes n'ont assurément rien contre une partie de jambes en l'air de temps à autre. C'est un hobby admis dans notre classe.

— Ce n'est pas mon cas. Une trop grande quantité du sang de mon arrière-grand-mère coule dans mes veines. Pour elle, un seul homme comptait : le prince Albert.

— C'est faux, objecta Belinda avec un sourire espiègle. Que fais-tu des rumeurs à propos de M. Brown[1] et de leurs promenades à cheval dans la lande ?

— Ce sont des médisances, j'en suis convaincue. Du reste, cela s'est passé longtemps après la mort d'Albert. De son vivant, ils étaient très attachés l'un à l'autre.

---

1. John Brown (1826-1883) fut un fidèle serviteur écossais de la reine Victoria.

— Quoi qu'il en soit, tu dois régler cette question avec Darcy avant votre mariage, me conseilla mon amie. Il faut lui faire part de ce que tu ressens et lui dire que tu ne peux l'épouser s'il prévoit d'avoir des aventures amoureuses.

— Oh, flûte ! lançai-je en plaquant la main sur mes lèvres. Je ne me vois pas lui parler ainsi.

— Il est indispensable de définir des règles, Georgie. Sinon, tu te prépares une vie malheureuse.

— Tu as raison, soupirai-je. Je suis bien bête, j'imagine. Darcy va arriver d'un moment à l'autre et tout éclaircir.

— Bravo, c'est ainsi qu'il te faut réagir, affirma Belinda en se relevant et en me tapotant gentiment l'épaule. Bon, j'ai du pain sur la planche. Rappelle-moi la date du grand jour ?

— Nous sommes convenus de nous marier le 27 juillet. Il faut, en effet, que je sois à Berlin à la fin de ce mois pour le mariage de ma mère. Et le nôtre doit également avoir lieu avant le départ de Leurs Majestés pour Balmoral.

— Bonté divine ! Seront-ils présents ?

— La reine a déclaré qu'elle ne manquerait cet événement pour rien au monde.

— Ce sera donc une sacrée bringue, dis-moi ?

— Si la reine impose sa volonté, oui. Elle parle à présent de convier les têtes couronnées d'Europe. Selon elle, mes parents royaux espèrent être invités.

— Est-ce ce que tu veux ?

— Ciel, non ! Si j'avais le choix, j'aimerais une cérémonie dans une petite église de campagne avec juste quelques amis proches.

— Dans ce cas, explique-leur. C'est ton mariage. Ce n'est pas comme si Leurs Majestés le finançaient, n'est-ce pas ?

— Oui, je suppose.

— Tu peux donc faire comme bon te semble. Une petite église. Quelques amis intimes. Tu annonceras être au regret de ne pouvoir accueillir des têtes couronnées par manque de place.

Elle me gratifia d'un sourire, que je lui rendis.

— Oh oui, cela me paraît beaucoup mieux. Imagine un peu mon anxiété si je devais me diriger vers l'autel sous les regards de tous ces souverains ? Il y a toutefois un point délicat, Belinda. La reine a laissé entendre que les princesses Elizabeth et Margaret seraient enchantées d'être demoiselles d'honneur.

— Nom de Dieu ! Les connais-tu, au moins ?

— Oh oui, assez bien. Elizabeth et moi avons même vécu une drôle d'aventure ensemble, il y a de cela trois ans. Mais te rends-tu compte… me vois-tu entrer dans une église avec deux princesses tenant ma traîne ?

— Cela signifie-t-il qu'il me faudrait confectionner leurs robes ? s'enquit Belinda, l'air tout à fait ravi. Même si ce serait beaucoup de travail supplémentaire, Georgie, cela permettrait de me faire connaître, tu ne crois pas ?

— Oui, sans nul doute. Abstiens-toi cependant de leur créer des tenues en forme de gouttière, s'il te plaît. Que ces robes les fassent ressembler à… des petites princesses, voilà tout.

— Et qui me paiera ? Je prévoyais de t'offrir la tienne en guise de cadeau de mariage, mais si tu te retrouves avec un troupeau d'enfants…

— Maman a promis de tout régler. Du reste, il n'est pas question d'un troupeau d'enfants. Je ne connais pas d'autres fillettes, me semble-t-il. Ma nièce Adelaïde est trop jeune et imprévisible.

Mon amie soupira en passant la main dans ses cheveux sombres, coupés au carré.

— Je vais voir ce que je peux faire, Georgie, bien que cela ne me facilite pas les choses. Si je dois organiser des essayages pour des princesses, il va falloir que je me dépêche de louer un atelier à Mayfair.

— J'imagine que tu seras probablement convoquée chez le duc et la duchesse d'York dans leur résidence située sur Piccadilly. Mince alors, Belinda ! Tout cela devient bien compliqué, tu ne trouves pas ?

— Ta robe est ma priorité, quoi qu'il advienne. J'ai bien compris que tu souhaitais toi aussi avoir l'allure d'une princesse.

— Oui, dans une tenue simple et élégante.

— Mais tu ne veux pas de fanfreluches, n'est-ce pas ? Tu n'as pas envie de ressembler à une fichue meringue.

— Non, bien sûr.

— Viens donc me rendre visite, et nous examinerons des photos de différents mariages. Tu me diras si l'une des toilettes attire ton attention.

— Oui, bonne idée.

Je la raccompagnai jusqu'à la sortie et la saluai de la main, tandis qu'elle s'éloignait dans Eaton Square. J'avais repris espoir. J'aurais une robe qui me plairait, j'arrangerais la situation avec Darcy, et tout irait pour le mieux. Quant aux têtes couronnées et aux princesses, je les chassai formellement de mon esprit.

4.

Jeudi 20 juin
16, Eaton Square

Toujours aucune nouvelle de Darcy. Pourquoi n'est-il pas venu ? Juste ciel. Je me suis pourtant sentie tout à fait joyeuse pendant un moment, avant d'être de nouveau cafardeuse.

Je suis toutefois si contente que Belinda soit de retour. Il est bon d'avoir quelqu'un à qui se confier, même si son modèle de robe était absolument épouvantable. J'espère que je peux la convaincre de m'en créer une autre qui ne soit pas trop en vogue. Et sans plumes. Sinon, je risquerais d'éternuer au lieu de dire « oui » à Darcy.

Du moins si cette occasion se produit vraiment...

Darcy ne se montra ni le mercredi ni le jour suivant. Je me rendis chez Belinda en laissant à Clotilde des instructions précises afin qu'elle me téléphonât si M. O'Mara se présentait. Assise sur son canapé, mon amie et moi feuilletâmes d'anciens numéros du *Tatler* pour y trouver des photographies de mariages dans le beau monde. La mode était malheureusement aux silhouettes filiformes – de nombreuses femmes ressemblaient assurément à des tuyaux sur pattes – et aux plumes à foison. Je remarquai cependant des robes de soirée susceptibles de bien m'aller, en particulier une dont la jupe se déployait vers le sol à la manière d'une fleur. Belinda me promit d'esquisser quelques croquis. Quant à ceux qu'elle avait déjà réalisés pour les princesses, ils étaient ravissants. Il n'y aurait aucun problème de ce côté.

Elle avait engagé une nouvelle femme de chambre du nom de Huddlestone. Lorsqu'elle me l'annonça, je me retins de rire.

— As-tu déjà entendu un patronyme aussi curieux ?

— Tu ne vas tout de même pas te servir de ce nom, j'espère ? m'enquis-je. Quel est son prénom ?

— Elle refuse de me le donner. Selon elle, les vraies femmes de chambre se font toujours appeler par leur nom de famille.

— À moins qu'elles ne soient françaises, fis-je observer. Mais elle a raison. Quel genre de domestique est-ce donc ?

— Très convenable et correcte. Elle était au service d'une comtesse, morte récemment. Par conséquent, elle estime que mon modeste logis laisse scandaleusement à désirer. Elle ne s'attardera sans doute pas chez moi. Il est probable que nous nous taperons mutuellement sur les nerfs.

— Quand débute-t-elle ?

— À la fin de la semaine. Je me demande déjà si je n'ai pas eu tort de l'embaucher. J'aurais dû me trouver une jeune Italienne gentille et pleine de bonne volonté, que j'aurais amenée ici.

— Elle n'aurait pas voulu quitter sa mère. À l'instar de ma petite Irlandaise.

— Les domestiques sont tellement pénibles, de nos jours. Pourquoi nos parents ont-ils eu la belle vie, et pas nous ?

Je laissai mon amie faire le grand ménage avant la venue de Huddlestone.

Alors que j'arrivais dans Eaton Square, un taxi s'arrêta près de moi. Une vitre se baissa et une voix lança :

— Hou hou ! Georgie chérie !

C'était ma mère. Le chauffeur s'empressa d'aller ouvrir sa portière ; elle descendit de voiture dans une tenue dernier cri, comme à son habitude – une marinière, un ample pantalon blanc et un coquet chapeau de marin. Elle était bien la seule à pouvoir s'affubler ainsi sans que l'on s'attendît à la voir tout droit sortie du deuxième acte d'une comédie musicale, chantonnant un couplet sur les plaisirs balnéaires. Lorsqu'elle régla sa course au chauffeur en lui disant qu'il était « un chou », l'homme rougit.

Pour une fois, j'étais heureuse de la revoir.

— Depuis quand es-tu en ville ? demandai-je en embrassant, comme toujours, le vide à côté de sa joue.

— Depuis hier, chérie.

— Et où es-tu descendue ?

— Au Claridge's, quelle question ! répliqua-t-elle en glissant son bras sous le mien pour monter les marches du perron. La dernière fois, nous avons essayé le Dorchester, et l'endroit n'était vraiment pas à la hauteur de nos attentes. Du reste, j'aime séjourner là où l'on me connaît. À mon arrivée, j'ai même trouvé mes fleurs préférées dans ma suite, bien que ce soit un tantinet excessif. J'ai aussi un piano à queue dans mon salon. C'est d'une absurdité ! Je n'en joue même pas. Le personnel a sans doute supposé que je recevrais Noël.

Elle voulait parler de son ami Noël Coward, le dramaturge. Je ne pus réprimer un sourire. Ma mère, qui avait grandi dans une maisonnette en brique des quartiers populaires de l'East End londonien, s'était accoutumée au luxe avec une grande facilité. J'ouvris la porte de la maison et la conduisis dans le salon.

— La maîtresse des lieux n'est pas là ? s'étonna-t-elle.

— Elle est allée faire les boutiques à Paris.

— J'en reviens moi-même. Je suis surprise que nous ne nous soyons pas croisées. Tu loges donc seule ici, ou bien tu profites de cette demeure en compagnie du magnifique Darcy ?

— Je suis toute seule pour le moment. Il s'est absenté pour affaires.

— J'ai cru l'apercevoir l'autre jour à Paris. Il s'apprêtait à entrer dans le hall du Ritz, mais j'étais dans un taxi. Ce n'était peut-être pas lui, finalement, concéda-t-elle avec un ravissant haussement d'épaules. Il y a tellement de beaux bruns en France.

J'aurais préféré qu'elle n'eût rien dit. Mon cerveau associa immédiatement Darcy, la mystérieuse femme et le Ritz. Je changeai de sujet en toute hâte.

— Max t'accompagne-t-il ?

— Il est beaucoup trop occupé, chérie. Ses usines tournent à plein régime. De plus, comme son père n'est pas en grande forme, il joue les fils dévoués. Et puis c'est un moment entre filles, n'est-ce pas ? Nous allons prendre tellement de bon temps en achetant ton trousseau.

Elle me serra le bras avec enthousiasme.

— Mais, avant de choisir où nous irons faire des emplettes, j'ai quelque chose à te montrer.

Elle s'affala sur le canapé et sortit de son sac à main un carton d'invitation qu'elle me tendit sans un mot. Voici ce que j'y découvris :

ALBERT SPINKS
ET
HETTIE HUGGINS

PASSERONT DEVANT LE PASTEUR
À L'ÉGLISE PAROISSIALE DE HORNCHURCH,
COMTÉ DE L'ESSEX,
AVANT DE VOUS RETROUVER DANS LE JARDIN DU
22, GLANVILLE DRIVE, À HORNCHURCH,
COMTÉ DE L'ESSEX
LE 17 AOÛT 1935

Maman prit une profonde inspiration et me dévisagea d'un air courroucé.

— J'imagine que tu as toi aussi reçu ce carton ?

— Justement, non. Je suppose que grand-papa ne savait pas à quelle adresse me l'envoyer. À moins que l'invitation ne soit arrivée à Rannoch House et que Fig l'ait brûlée. Mais je savais que c'était prévu, et je t'en ai déjà parlé. Comme je te l'ai dit, il souffre de la solitude, et Mme Huggins est bonne cuisinière.

Du bout de ses ongles vernis en rouge, ma mère tapota l'accoudoir du canapé avec impatience.

— Tu approuves donc cette désastreuse décision ?

— Je ne peux pas dire que cette idée me plaise. Je trouve cette femme affreuse et agaçante, avec ses bigoudis et sa cigarette aux lèvres, mais, si elle le rend heureux, nous ne devrions pas nous en plaindre, tu ne crois pas ?

— Ne pas nous en plaindre ? Avoir une Mme Hettie Huggins comme belle-mère ?

— En fait, ce serait plutôt « Ettie Uggins », rectifiai-je sans pouvoir m'empêcher d'afficher un grand sourire – faisant naturellement référence à l'incapacité des gens sans instruction à prononcer les *h*. Elle est terriblement vulgaire, et elle m'a même déjà demandé si je choisirais de l'appeler grand-maman ou mamie, tu imagines ?

— Nous devons rendre visite à mon père sur-le-champ afin de le dissuader de l'épouser. Cela ne m'étonnerait pas d'apprendre qu'elle lui a mis le grappin dessus parce qu'elle sait que j'ai des économies et que tu as un titre.

— Tu n'as sans doute pas tort, acquiesçai-je. Elle me fait l'effet d'être un peu cupide.

— Dans ce cas, nous devrons enlever ton grand-père. Ou bien nous pourrons intervenir pendant la cérémonie et nous opposer à leur union lorsque le pasteur voudra savoir si quiconque a connaissance d'un empêchement légal à ce mariage.

Je m'esclaffai.

— Et quelle raison invoquerons-nous ? Je ne pense pas que porter des bigoudis soit un « empêchement légal ».

— Nous dirons qu'il devient sénile, chérie. Qu'il ne sait pas ce qu'il fait.

— Personne n'a l'esprit aussi vif que ton père, fis-je observer. C'est sa décision, maman. Après tout, nous ne faisons que de brèves apparitions dans sa vie de temps à autre. Il m'a avoué qu'il en avait assez de passer ses soirées seul à écouter la TSF.

— Je pourrais toujours le faire venir à Berlin, je présume, suggéra maman, songeuse. Je suis sûre que Max lui trouverait une jolie maisonnette avec un jardin.

— Tu sais ce qu'il pense des Allemands. Il ne leur a jamais pardonné la mort de ton frère Jimmy pendant la Grande Guerre.

— Il est idiot de détester tous les Allemands en bloc. La plupart étaient de jeunes garçons innocents qui ne faisaient qu'obéir aux ordres, à l'instar des soldats britanniques.

— Max était-il l'un d'eux ?

— Par bonheur, il a été exempté. Il avait une occupation dite protégée, car il dirigeait l'une des usines de son père qui, à l'époque, produisait des armes.

— Commode pour lui, fis-je observer avant de marquer une pause. Maman, tu n'es pas inquiète que Max soit aussi copain avec les nazis ?

— Il n'est pas copain avec eux, répliqua-t-elle sèchement. Simplement, il sait où est son intérêt. Il est suffisamment futé pour entrer dans leur jeu, et ils lui passent de grosses commandes dans ses usines.

— Mais qu'arrivera-t-il si, un jour, il ne peut plus jouer leur jeu ? Et toi ? Seras-tu heureuse de vivre parmi eux en tant que Mme von Strohheim ? D'après ce que j'ai lu dans la presse, leur régime devient de plus en plus extrême.

— Je ne me mêle pas de politique. Je sais moi aussi où est mon intérêt. Quant à cette comédie ridicule, crois-tu que je devrais donner à mon père de quoi s'acheter un cottage à la campagne ? poursuivit-elle en reprenant le carton d'invitation. L'obliger à s'éloigner de cette créature ?

— Il refuserait, maman. Pour lui, il s'agirait d'argent allemand et il ne voudrait pas y toucher.

— Il est tellement entêté. Tu penses que nous sommes contraintes d'y aller ? Il nous faudra manger de l'anguille en gelée, des bulots et danser au son de *Knees Up Mother Brown*[1].

— Maman, quelle affreuse snob tu fais ! m'exclamai-je en riant. N'oublie pas que tu as grandi dans ce milieu.

— Oui, et je m'en suis échappée dès que j'ai pu. Oh, ne te méprends pas, mes parents étaient tous deux des gens charmants. Je ne cherche pas à les critiquer.

— À mes yeux, grand-papa est la personne la plus gentille que je connaisse, déclarai-je. J'ai été fâchée d'apprendre qu'on l'avait empêché de me voir quand j'étais petite.

— Tout comme moi, chérie.

— Vraiment ?

— Oh que oui. Quand j'ai quitté ton père parce que je ne parvenais plus à supporter le lugubre et déprimant château de Rannoch, l'on m'a clairement fait entendre que j'avais renoncé à tous mes droits sur mon enfant et que je ne devrais plus jamais me montrer.

— Sapristi. Je n'en avais pas la moindre idée.

---

1. Littéralement « Lève les genoux, la mère Brown », chanson populaire associée aux quartiers de l'Est londonien.

— Ta famille paternelle a veillé à te tenir fermement en bride. Après mon mariage avec sir Hubert Anstruther, j'ai néanmoins réussi à te faire venir chez lui quelque temps, tu sais. Il a même voulu t'adopter. Mais les tiens n'ont pas voulu en entendre parler.

— Oui, j'étais au courant.

— Il avait tant d'affection pour toi. Un type adorable. J'étais tout à fait heureuse quand j'étais son épouse.

— Dans ce cas, pourquoi l'as-tu quitté, lui aussi ? m'enquis-je, car j'avais également beaucoup apprécié sir Hubert.

— Il partait trop souvent en montagne, chérie. Il était toujours en train de gravir un sommet. Et puis le coureur automobile français est arrivé et... ma foi, c'était tellement tentant. Il faut croire que j'aime trop les hommes.

— Que se passera-t-il lorsque tu seras mariée à Max et que tu rencontreras un autre coureur automobile ?

Elle m'adressa un sourire entendu.

— Je suis désormais plus mûre et plus avisée. J'ai pris conscience que ce genre de rencontre ne surviendra plus aussi souvent et que je dois me contenter de ce que j'ai déjà.

Elle se leva.

— Il faut que je file. J'ai un million de choses qui m'attendent. Une coloration pour mes cheveux, un soin des ongles d'orteils, de nouvelles chaussures à faire confectionner...

— Tu ne veux pas prendre un thé ou une boisson fraîche avant de repartir ? Je peux sonner Clotilde.

— Je n'en ai pas le temps, chérie. Rejoins-moi au Claridge's ce soir, nous y dînerons ensemble. Leur nouveau chef est terriblement talentueux. Nous pourrons alors organiser notre tournée des boutiques et élaborer une stratégie pour secourir ton grand-père, ajouta-t-elle en agitant le doigt dans ma direction. Tu t'es montrée extrêmement douée pour résoudre des affaires de meurtres, n'est-ce pas ? Eh bien, tu sauras comment liquider au mieux une vieille bonne femme !

— Maman ! m'écriai-je avec un gloussement horrifié.

— Oh, c'est seulement une pensée qui m'est venue, répliqua-t-elle en sortant de la pièce d'un pas majestueux.

5.

Jeudi 20 juin
16, Eaton Square

Tant de complications surviennent soudain : le mariage de grand-papa, la robe cauchemardesque de Belinda, Fig qui croyait que je convolerais en Écosse, la reine qui souhaite que je me marie en grande pompe et un fiancé qui a apparemment été aperçu entrant au Ritz à Paris ! Et moi qui pensais que tout se déroulerait sans accrocs !

C'en était terminé des visites, me dis-je. Chacune des personnes qui s'étaient présentées chez la princesse ne m'avait apporté que des préoccupations supplémentaires. Je regrettai d'avoir accepté l'invitation à dîner de maman au Claridge's. Cela signifiait qu'il me faudrait endosser ma meilleure robe de soirée et me payer des taxis. En tout cas, vu qu'elle roulait sur l'or, elle se chargerait de mon trousseau – c'était déjà un souci en moins. Mais, pour l'heure, j'avais simplement envie de me retirer dans ma chambre, de me blottir dans mon lit et de dormir. Je consultai la pendulette posée sur le manteau de la cheminée. J'avais le temps de faire une sieste avant de me changer !

Je montai et m'étendis, bercée par les bruits venus d'Eaton Square qui flottaient jusqu'à moi. Nous avions beau être en centre-ville, l'atmosphère était étonnamment paisible – seuls se faisaient entendre des chants d'oiseaux dans les grands arbres du jardin situé sur la place, les bruissements du feuillage dans la brise et, de temps en temps, le claquement d'une portière d'automobile et des pas sur le trottoir. Je fermai les yeux et m'assoupis.

Je devais être profondément endormie comme cela se produit parfois au milieu d'un chaud après-midi, car je ne perçus que très vaguement le coup frappé à ma porte et l'irruption de quelqu'un dans la pièce. Dans un demi-sommeil, je songeai que Clotilde était entrée pour préparer ma tenue de soirée. Puis l'on m'embrassa la joue. Je m'assis brusquement, me cognant à la personne qui se tenait au-dessus de moi.

— Aïe ! s'exclama une voix grave, masculine.

J'ouvris les yeux et vis Darcy, la main plaquée sur son nez.

— Vous m'avez fait mal, continua-t-il, le regard pourtant rieur. J'avais l'espoir d'éveiller ma bien-aimée d'un tendre baiser, mais celle-ci m'assène un coup sur le nez.

— Je suis navrée. Comment aurais-je pu savoir qu'il s'agissait de vous ?

— Vous voulez dire que, ces derniers temps, d'autres hommes sont entrés en douce dans votre chambre pour vous embrasser ?

Je commençais tout juste à prendre pleinement conscience de ce qui se passait. Les yeux vitreux, échevelée, dans une vieille chemise de nuit en coton peu aguichante, je devais faire peur à voir – telle fut la première pensée qui m'effleura. Puis je me souvins aussitôt de ce dont j'avais été témoin à Ascot.

— C'est très aimable à vous de finalement daigner passer, dis-je tout en tâchant de me lisser les cheveux, d'ajuster ma tenue et d'écarter l'idée que j'étais en position de faiblesse, ainsi assise sur mon lit.

— Finalement ? s'étonna-t-il, intrigué. Ma chère petite, je suis descendu du train qui fait la correspondance avec le ferry-boat il y a une demi-heure et j'ai aussitôt pris un taxi pour venir ici. Je n'aurais pu faire plus vite même en aéroplane.

— Vous arrivez donc de Paris ? m'enquis-je, m'efforçant d'adopter une contenance sereine et sophistiquée, sans laisser transparaître ma contrariété.

— De Paris ? Non, de Dublin. J'étais avec mon père.

— Vraiment ?

Darcy recula d'un pas, les sourcils froncés.

— Georgie, de quoi s'agit-il ? Avez-vous eu vent de commérages ?

— Non, il ne s'agit pas de commérages. Je vous ai vu de mes propres yeux, Darcy. Et je ne sais pas si je puis épouser un homme qui me ment.

— Qui vous ment ? De quoi voulez-vous parler ? Je ne pense pas vous avoir jamais menti.

Il me lançait à présent des regards furieux. De mon côté, je continuais de me montrer courageuse et le dévisageais sans flancher.

— Je vous ai vu, Darcy. J'étais à Ascot il y a deux jours et je vous y ai vu. À seulement une heure de route de Londres.

À ces mots, ses yeux s'éclairèrent.

— Vous étiez à l'hippodrome ? Je l'ignorais. Pourquoi diable n'êtes-vous pas venue me saluer ?

— Parce que vous étiez en compagnie d'une autre femme, et que vous paraissiez être très copain avec elle.

— Oh. Très copain, vraiment ? Ma foi, vous avez raison. À dire vrai, j'étais en train de lui faire une proposition de nature sexuelle, et je suis assez content de vous annoncer qu'elle a accepté.

Je ne sus que répondre. J'étais rouge de colère et d'embarras. Il me dévisagea, puis éclata de rire.

— Si vous voyiez votre tête, Georgie ! Une excellente imitation de votre arrière-grand-mère affichant un air offusqué.

— Ce n'est pas drôle, Darcy. Je refuse d'épouser un homme qui m'est infidèle. Je me moque de savoir si cela est admis dans notre milieu. Je veux être sûre de pouvoir faire confiance à mon mari.

Il s'assit près de moi et, d'un geste tendre, repoussa une mèche de cheveux qui me tombait sur la joue.

— Vous êtes gentille, mais il vous arrive de tirer des conclusions hâtives et des plus idiotes. Je me suis rendu à Ascot parce que mon père m'y avait envoyé en mission. Il essaie d'améliorer la qualité des chevaux de son écurie de course – une idée de Zou Zou, naturellement. Il a donc acheté deux juments de première catégorie pour la reproduction. La femme avec laquelle vous m'avez vu discuter est la propriétaire d'un célèbre étalon qui est prêt à la monte. Mon père voulait s'assurer que nous serions les premiers à bénéficier de la marchandise, pour ainsi dire. Il m'a donc fallu que je lui fasse un peu de charme.

— Oh, fis-je.

— Après avoir conclu un accord avec elle, j'ai pris le train pour regagner directement Dublin.

Il s'interrompit et m'observa un instant avant de reprendre :

— Vous voyez, si vous étiez venue me trouver à Ascot, plutôt que de prendre la mouche et de vous sentir offensée, j'aurais pu vous présenter Mme Callendar et son fameux étalon, King's Ransom, et tout aurait été pour le mieux.

Je ne savais toujours que dire. J'avais horreur qu'il fût dans le vrai.

— Je ne veux pas que vous vous imaginiez le pire sur mon compte chaque fois que vous me voyez avec une autre femme, poursuivit-il avant de se lever pour aller regarder par la fenêtre, dos à moi. Vous nous rendrez tous deux malheureux.

— Vous avez raison, reconnus-je en me levant à mon tour pour le rejoindre et poser, non sans hésitation, une main sur son épaule. Je suis désolée. Je dois terriblement manquer d'assurance. Parfois, j'ai encore du mal à croire que vous m'avez choisie.

— Ma foi, ce n'était certainement pas pour votre argent, répliqua-t-il, se tournant vers moi et m'ébouriffant les cheveux. Je vous aime, espèce d'idiote. Ne pouvez-vous pas vous l'enfoncer dans le crâne une bonne fois pour toutes ? Nous allons nous marier et vivre heureux pour toujours.

— Oui, je sais, dis-je en lui souriant. Bien, pourriez-vous descendre un instant, le temps que je me lave, m'habille et me rende présentable ? Je me sens affreusement désavantagée ainsi accoutrée.

— Il était inconvenant de ma part de me faufiler de la sorte dans votre chambre avant notre mariage, admit mon fiancé avec un petit rire. Zou Zou n'est-elle pas là ?

— Elle est allée faire des emplettes à Paris.

— Elle s'y est rendue dans son aéroplane, j'imagine ? Elle n'a pas pris le Golden Arrow[1], comme les gens normaux.

— Effectivement.

— Cette femme aime beaucoup trop vivre sur le fil du rasoir, déclara-t-il. Espérons qu'elle ne se cassera pas la figure un de ces jours. De plus, j'aimerais qu'elle retourne voir mon père. Il est tout à fait grognon et, à l'évidence, elle lui manque, mais ce vieil imbécile refuse de lui parler.

— Vous pensez qu'il devrait la demander en mariage ?

---

1. Entre 1929 et 1972, ce train de luxe reliait Londres à Douvres, effectuait la correspondance avec le ferry-boat, puis emmenait ses passagers de Calais à Paris (il portait le nom de « Flèche d'or » côté français).

— Tout du moins lui avouer les sentiments qu'il a pour elle.

— Il est persuadé de n'avoir rien à lui offrir, fis-je remarquer.

— Ma foi, c'est le cas, n'est-ce pas ? Elle est riche, a un vaste cercle d'amis et une résidence londonienne, lorsqu'il ne possède qu'un vieux château irlandais plein de courants d'air. Pour la plupart des femmes, il est dépourvu de tout attrait.

— Tomber amoureux ne relève pas toujours d'une décision rationnelle. Nous ne choisissons pas toujours l'homme qui nous convient le mieux.

— Je sais. Vous auriez pu être une princesse.

— En épousant le prince Siegfried, voulez-vous dire ? Ne m'en parlez pas ! Quel odieux personnage. Savez-vous ce qu'il m'a dit un jour ? Qu'il ne m'ennuierait plus jamais une fois que j'aurais produit un héritier.

— C'est également mon intention.

— Méfiez-vous, je pourrais bien vous prendre au mot.

Il s'esclaffa et me saisit par les poignets.

— Cela m'étonnerait. Je crois que vous êtes aussi impatiente que moi de vous retrouver dans un lit.

Il m'attira à lui, les yeux à présent rivés aux miens. Je tentai de me dégager.

— Pas maintenant, Darcy. Je dois avoir une mine affreuse.

— Vous m'avez l'air très bien. Et j'avoue qu'il est un tant soit peu tentant de vous découvrir ainsi, dans une chemise de nuit à moitié déboutonnée…

Il porta une main vers ma gorge, et je la repoussai. Il gloussa, déposa un petit baiser sur ma joue et me laissa seule.

Une fois prête, je descendis au salon, où mon fiancé était occupé à se servir un gin-tonic devant le bar. Clotilde quant à elle se tenait sur le seuil.

— Y a-t-il quoi que ce soit que je puisse vous apporter, lady Georgiana ? me demanda-t-elle tout en me décochant un regard laissant entendre qu'elle feindrait de ne pas avoir vu un homme monter en catimini jusqu'à ma chambre.

— Non merci, Clotilde. Ce sera tout.

— Voulez-vous boire quelque chose ? me proposa Darcy, alors que je me dirigeais vers l'un des fauteuils disposés autour de la cheminée.

— C'est un peu tôt pour moi. Oh, il faut de toute façon que je remonte me changer bientôt. J'ai accepté de dîner avec ma mère au Claridge's, j'en ai peur.

— Oh, votre maman est donc en ville ?

— Oui, nous allons faire les boutiques ensemble pour acheter mon trousseau.

— Son mariage approche, me semble-t-il.

— Oui, il aura lieu dans deux semaines. J'espère qu'elle m'achètera une tenue convenable de demoiselle d'honneur. J'imagine que tout le monde sera vêtu à la toute dernière mode.

— À en juger par ce qui se passe en Allemagne ces derniers temps, il vous faudra porter une jupe bavaroise ou un uniforme, ironisa-t-il, puis il arbora une mine grave. Les choses ne s'arrangent pas là-bas, Georgie, et elles vont encore empirer. Mieux vaudrait que votre mère réfléchisse sérieusement avant de se décider à s'établir dans ce pays.

— Elle aime Max et son argent. Elle doit se figurer que la situation politique ne l'affectera pas, j'en suis certaine.

— Elle affectera tout le monde. À mon avis, personne ne peut exprimer son désaccord vis-à-vis de Hitler et de son idéologie néfaste sans se mettre en danger.

— Maman est une survivante. Elle sait séduire les hommes. Hitler fera bientôt ses quatre volontés.

— C'est possible. Il n'est pas insensible aux belles femmes, surtout les blondes.

— Dans ce cas, il est heureux qu'elle ait pris un rendez-vous chez le coiffeur pour refaire sa teinture, dis-je malicieusement.

— Veillez à ne pas côtoyer Hitler et ses acolytes lorsque vous serez à Berlin, me conseilla Darcy. À leurs yeux, vous représentez l'idéal de l'authentique Aryenne.

— Ne vous inquiétez pas. Je ne m'y rends que le temps de ce mariage et rentrerai dès qu'il sera terminé. En outre, je ne parle pas l'allemand, de sorte que la conversation n'ira pas bien loin.

— À propos de mariage, que reste-t-il à préparer pour le nôtre ? Nous sommes d'accord sur la date et le lieu, n'est-ce pas ?

— Pas tout à fait. Les choses se compliquent. La reine Mary, apparemment désireuse d'inviter les têtes couronnées d'Europe, souhaite que la cérémonie se tienne à l'oratoire de Brompton. Et Fig fera une crise de nerfs s'il lui faut ensuite recevoir tous ces membres de la royauté.

— Ce n'est pas ce que vous voulez, manifestement.

— Non, vous le savez bien. J'ai envie d'un mariage discret avec la famille et les amis. Mais la reine a également stipulé qu'elle tenait à être invitée, de sorte que l'événement sera forcément plus protocolaire, quoi que nous fassions.

— Bonté divine. Je n'avais pas envisagé un mariage royal. Leurs Majestés sont cependant vos parents, et nous aurions donc dû nous y attendre, je suppose. Je suis surpris qu'ils n'aient pas insisté pour que cela se déroule à l'abbaye de Westminster et que l'on autorise un prêtre catholique à nous bénir en toute fin de cérémonie.

— Le roi l'a suggéré, sachez-le, dis-je en riant. Il m'a fallu lui faire observer que vous ne considéreriez pas cela comme un sacrement s'il s'agissait d'une cérémonie purement anglicane.

— Bravo ! Je constate que vous commencez à assimiler ces notions.

— Je regrette que nous n'ayons réussi à nous enfuir pour nous marier en secret lorsque l'occasion s'est présentée, soupirai-je.

— Moi aussi. Nous serions à l'heure qu'il est un vieux couple heureux en ménage : vous m'apporteriez mes pantoufles et ma pipe quand je rentrerais et vous trimeriez dans la cuisine pour me préparer mes plats préférés…

Je me penchai vers lui pour lui donner une tape sur la main.

— Il n'est pas trop tard pour tout annuler, vous savez, le prévins-je.

Darcy affichait un grand sourire.

— Il nous faut toutefois nous procurer un logement. Vous ne désirez pas passer l'année entière au château de Kilhenny, j'en ai conscience, et je vous comprends. Mon père n'est pas le plus enjoué des hommes, même dans les meilleures des circonstances, et je serai souvent absent. Nous avons besoin d'un pied-à-terre londonien afin que je puisse vous voir lorsque je serai de retour.

— L'on croirait entendre un oiseau migrateur. J'espère que vous comptez faire un peu plus que passer dans ma vie de temps à autre.

— Évidemment. Il faut néanmoins que je gagne assez d'argent pour subvenir aux besoins d'une épouse et de nos futurs enfants, et certaines personnes me confient, semble-t-il, de plus en plus de missions.

Il était parfois d'un exaspérant ! Il ne m'avait jamais réellement expliqué en quoi consistaient ses activités, mais elles étaient plutôt ultra-secrètes, vu les personnes qu'il fréquentait et d'après ce que j'avais pu glaner.

— Darcy, repris-je. Quand nous serons mariés, me direz-vous enfin où vous partez ainsi et ce que vous faites ?

— Quelquefois, concéda-t-il en m'adressant son sourire ô combien charmeur. Lorsque je le pourrai.

— Vous êtes un espion, si je comprends bien ?

— Qu'est-ce qui a pu vous mettre en tête une idée pareille ? Je recueille des renseignements pour le compte de personnes à qui ils sont indispensables, précisa-t-il, tandis que son sourire s'estompait. Mais revenons à cette affaire de pied-à-terre londonien. Il ne pourra se trouver ni à Belgravia ni à Mayfair, j'en ai bien peur. Ce ne sera pas ce à quoi vous êtes accoutumée.

— Cela ne me dérange pas, assurai-je. Je n'ai pas envie d'un endroit trop grand ni trop prestigieux pour seulement nous deux. Je suis certaine qu'il y a des tas de petits appartements charmants, comme celui où vous avez séjourné dans le quartier de Chelsea il y a deux ou trois ans de cela.

— Je consulterai les annonces et nous nous organiserons pour aller en visiter quelques-uns ensemble, d'accord ?

— Avec plaisir. J'ai hâte d'avoir mon propre chez-moi. D'aussi loin que je me souvienne, j'ai toujours eu l'impression d'être un bagage indésirable qui passe d'une maison à l'autre.

Mon fiancé afficha un air préoccupé.

— Oh, je suis sûr que ce n'est pas ainsi que Zou Zou vous considère. Elle est parfaitement ravie que vous séjourniez chez elle jusqu'au mariage, tout comme moi quand je suis en ville.

— Je le sais. Elle se montre parfaitement gentille, mais ce n'est pas la même chose, n'est-ce pas ?

— Non, c'est vrai, concéda-t-il. Je bois à notre futur chez-nous, ajouta-t-il en levant son verre.

6.

Vendredi 21 juin
Eaton Square

Je n'ai pas cessé de reporter la rencontre tant redoutée avec un prêtre afin de recevoir son instruction avant mon mariage avec un catholique. Je dois veiller à ce qu'il comprenne bien que je ne souhaite pas me convertir – seulement savoir à quoi je m'engage.

Mais je suis si heureuse que Darcy soit de retour à Londres. Dire que nous allons bientôt choisir notre chez-nous ! C'est d'un palpitant !

Je me mis en route à quinze heures, dans une tenue que j'espérais suffisamment sage – une jupe en coton et un corsage blanc garni d'un petit ruban noir au niveau du col –, bien déterminée à trouver un prêtre qui pût m'instruire. L'oratoire de Brompton était l'église catholique la plus proche. Lorsque j'en gravis le perron et pénétrai dans le vaste et majestueux édifice aux colonnes de marbre, aux innombrables statues et autels latéraux, je décidai d'emblée que je n'avais pas envie de me marier là. L'atmosphère était glaciale, comme dans un mausolée. Je repensai avec nostalgie aux églises de village que j'avais visitées – de simples lieux de culte, où le soleil entrait à flots par de hauts vitraux à petits carreaux, où des vases de fleurs décoraient le rebord des fenêtres. J'avais rêvé que notre mariage y serait célébré… Je soupirai.

J'entendis un bruit de pas. Un prêtre grand et maigre, avec un visage creux et un nez crochu, s'approchait de moi à la hâte, sa soutane noire voletant autour de lui. Il m'évoqua un vautour plongeant vers moi, et je faillis m'enfuir séance tenante.

J'étais sur le point de prendre la parole quand il me lança :

— Ah, vous voici, vilaine fille ! Quelle excuse avez-vous donc à fournir pour avoir manqué le catéchisme ?

Je m'immobilisai, glacée d'horreur, quand je me rendis compte que ce n'était pas à moi qu'il s'adressait : il passa près de moi pour se diriger vers une fillette qui paraissait aussi terrifiée que je l'étais. Cela me suffit. J'attendrais que Darcy m'accompagnât. Je ressortis furtivement du bâtiment et regagnai aussitôt Eaton Square.

En entrant dans le vestibule, je manquai de trébucher sur une énorme pile de boîtes en carton et fus enchantée de voir Zou Zou émerger du salon. Elle avait l'allure aussi élégante qu'à son habitude dans un ample pantalon noir et une veste rayée noir et blanc. Sa chevelure sombre était ce jour-là relevée en un chignon impeccable, alors même qu'elle devait encore être aux commandes de son petit aéroplane peu de temps auparavant.

— Allons ranger ces affaires dans l'une des chambres d'amis, Clotilde ! ordonna-t-elle avant de remarquer ma présence. Georgie, ma chère enfant, comment allez-vous ? Je suis impatiente de vous montrer ce que j'ai rapporté de Paris. Venez, aidons d'abord Clotilde.

Elle ramassa une boîte ridiculement petite et s'engagea dans l'escalier. Je la suivis, avec dans les bras autant de cartons que je pouvais en porter, craignant d'en faire tomber un. Pour ce que j'en savais, ils contenaient peut-être du cristal de Lalique ! Une fois dans la pièce, la princesse plaça son fardeau sur la coiffeuse.

— Posez-les simplement sur le lit, chérie. Ce sont des vêtements. J'ai été si vilaine, mais comment résisterait-on aux si belles choses qui se font à Paris ? Oui, si belles ! Si vous m'aviez vue, essayant de faire décoller mon petit appareil chargé de tout ce fatras !

Elle partit d'un rire joyeux. Clotilde arriva à son tour avec le reste des boîtes empilées dans les bras.

— Où dois-je les ranger, Votre Altesse ?

— Oh, n'importe où pour le moment. Je veux montrer à lady Georgiana ce que j'ai déniché, annonça-t-elle, entreprenant de défaire les rubans de chacun des cartons, les uns après les autres. Est-ce le bon ? Oh non, c'est ma robe de soirée noire toute neuve, précisa-t-elle en la dépliant devant moi. J'ai été obligée de l'acheter car j'ai entendu dire que Mme Simpson s'en était procuré une et, lorsque l'on porte la même toilette qu'elle, cela la rend furieuse.

— Zou Zou, vous êtes incorrigible, m'esclaffai-je.

— Je sais, mais c'est amusant, n'est-ce pas ? Du reste, il faut bien que quelqu'un se charge de l'agacer. De son côté, elle passe assez de temps à irriter tout le monde.

Tout en parlant, elle déballait d'autres affaires.

— Ah, voici. Regardez, Georgie. En le voyant, j'ai aussitôt pensé à vous.

Elle tenait un superbe pyjama de soie bleu roi avec un haut dos-nu. J'avais toujours tant admiré ce genre de vêtements sur d'autres femmes. Je supposai qu'il lui était destiné, mais elle ajouta :

— Allez, essayez-le donc. Il est grand temps que vous ne ressembliez plus à une innocente écolière, me réprimanda-t-elle, fronçant les sourcils à la vue de ma tenue. Surtout en ce moment même. Pourquoi diable êtes-vous accoutrée ainsi ? On dirait que vous cherchez à entrer dans les ordres.

— Parce que je me suis rendue dans une église. Je suis censée recevoir une instruction catholique avant que l'on ne me permette d'épouser Darcy. Mais j'y ai croisé un prêtre terrifiant, et le courage m'a manqué.

— Où êtes-vous allée ?

— À l'oratoire de Brompton.

— Je vois, fit-elle en me tapotant la joue, comme si j'aurais dû savoir que je ne pouvais rien espérer de ce lieu de culte. Ne vous inquiétez pas, ma douce. Je connais un charmant petit prêtre polonais qui m'adore et qui est prêt à tout pour me faire plaisir. Je lui demanderai de passer.

— Vraiment ? Vous êtes un ange.

— Je ferais n'importe quoi pour vous et mon adorable Darcy. Comment va-t-il, ce cher garçon ?

— Très bien. Il s'est mis en quête d'un appartement où nous logerons après notre mariage.

— Comme c'est palpitant. La présence de deux jeunes personnes pleines de vie me manquera cependant dans cette maison.

— À vous entendre, l'on vous croirait très âgée.

— Je me sens parfois vieille, avoua-t-elle en écartant de son visage, d'un geste théâtral digne de ma mère, une mèche de cheveux noirs imaginaire. Allez, ne faites pas davantage durer le suspense. Passez donc ce pyjama.

J'hésitais brièvement à la perspective de me déshabiller devant une autre femme, tout particulièrement Zou Zou, laquelle portait probablement des dessous parisiens. Je déboutonnai mon corsage, puis ôtai ma jupe et mon jupon. J'avais eu raison de me méfier. La princesse jeta un coup d'œil à mon soutien-gorge.

— Chérie, il est inouï que vous ayez réussi à attirer un homme avec des sous-vêtements pareils. Ou bien Darcy les arrache-t-il si rapidement qu'il ne s'en aperçoit pas ?

— Je suis dans une situation financière difficile, Zou Zou. Je n'ai plus de rente depuis mes débuts dans le monde. Maman m'offre un petit quelque chose de temps à autre, mais...

— Dans ce cas, vous m'autoriserez à entièrement vous équiper en prévision de votre vie future, annonça-t-elle tout en m'aidant à enfiler le pyjama avant d'agrafer le haut à l'arrière de mon cou.

— Zou Zou, c'est absolument hors de question..., bredouillai-je. Je ne puis même pas accepter cette splendide tenue. C'est beaucoup trop sophistiqué et haute couture pour moi.

— Petite idiote ! lâcha-t-elle en me donnant une tape espiègle sur le derrière. J'adore gâter les autres. Regardez-vous un peu.

Elle me fit pivoter face à la glace de l'armoire.

— Sapristi, marmonnai-je.

J'avais une allure tout à fait différente – svelte et, oserais-je le dire, sexy.

— Je savais qu'il vous irait à la perfection, affirma la princesse en m'examinant d'un air rayonnant. Et attendez de voir le reste, précisa-t-elle avant de fouiller parmi les autres boîtes. Ah, la voilà.

Elle me présentait la robe la plus somptueuse que j'avais jamais vue : longue, bleu glacier et chatoyante.

— J'ai décidé que nous devions absolument renouveler vos tenues de soirée. Votre robe de velours bordeaux n'est plus de la première fraîcheur.

Elle dégrafa le pyjama, presque aussi vite qu'un amant impatient, puis fit passer la création bleue par-dessus ma tête. En me découvrant dans le miroir, je crois que je laissai échapper un hoquet. Elle drapait parfaitement ma silhouette, révélant juste ce qu'il fallait de courbes, mais produisait un effet d'ensemble de minceur et de souplesse.

— Oh, épatant ! s'exclama-t-elle en battant des mains. J'ai dit à Elsa qu'elle vous conviendrait.

— Elsa ?

— Elsa Schiaparelli.

— Elsa Schiaparelli ? glapis-je. Cette robe a été créée par Schiaparelli ?

— Quel autre styliste en aurait été capable ?

Je me tournai vers elle.

— Zou Zou, je suis sans voix. C'est un beau, si beau cadeau de mariage !

— Il me faudra organiser une fête avant la noce de manière que vous puissiez éblouir le Tout-Londres, proposa-t-elle en me prenant la main. Après tout, nous serons bientôt presque apparentées.

— Le père de Darcy ne vous a pas demandé votre main, me semble-t-il ?

— Non, bien sûr. Quel homme stupide. Je serai peut-être obligée de le traîner jusqu'à l'autel, un de ces jours.

— Songez-vous réellement à l'épouser ?

— Ma foi, je l'adore, voyez-vous. Et j'aime faire un saut en Irlande pour le voir et visiter mon écurie de course. Je dois néanmoins avouer que je tiens aussi à ma liberté, de même qu'à cette demeure. De sorte que nous continuerons probablement à vivre dans le péché. Mais, pour l'heure, ne nous attardons pas sur ce sujet. C'est vous et seulement vous qui m'intéressez. Je me donne d'abord pour tâche de trouver le père Dominik et de le faire venir ici, annonça-t-elle en se dirigeant vers la porte. Je partirai à sa recherche dès que j'aurai dit à Clotilde de vous aider à quitter cette robe.

Zou Zou devait être dotée de pouvoirs magiques car elle revint une heure plus tard en compagnie d'un petit curé replet et pantelant, qu'elle avait à l'évidence contraint à courir jusqu'à Eaton Square. Elle dut le faire asseoir avec un verre de limonade avant qu'il pût parler. Il se tourna alors vers moi.

— Son Altesse m'a expliqué que vous souhaitez épouser un catholique, commença-t-il avec un fort accent étranger. Vous devez recevoir la bénédiction d'un prêtre. C'est bien cela ?

— Je dois aussi être instruite, soulignai-je.

— Vous appartenez à l'Église anglicane ?

— Oui, en effet.

— Vous allez à la messe ?

— Parfois.

Je ne pouvais lui mentir.

— Êtes-vous confirmée ?

— Oui.

— Eh bien, s'il s'agit de l'Église anglicane, c'est presque pareil ! déclara-t-il avec un geste merveilleusement éloquent. Il n'y a qu'une différence : vous n'avez pas de pape. Vous connaissez le Père, le Fils et le Saint-Esprit ? Et votre mari pourra apprendre aux enfants à être de bons catholiques, n'est-ce pas ?

— Oh oui, promis-je.

Il écarta les mains.

— Ma foi, c'est bien. C'est tout ce qu'il nous faut. Je vous donne ma bénédiction.

Il se leva et fit le signe de croix au-dessus de moi.

— Que votre mariage soit long et fructueux, ajouta-t-il.

Il se tourna vers la princesse et prononça quelques mots en polonais. Elle s'esclaffa et le raccompagna dans le hall. À son retour dans la pièce, elle souriait encore.

— Que vous a-t-il dit ? m'enquis-je.

— Qu'il espère que je lui offrirai un bon dîner chez moi en échange !

Elle s'approcha de moi et posa la main sur mon épaule.

— Vous voyez, ma chérie, tout est très simple lorsque l'on sait à qui s'adresser.

— Zou Zou, vous faites des miracles.

Elle afficha un sourire modeste.

— Je fais de mon mieux, mais ce n'est pas grand-chose.

7.

Samedi 22 juin
Eaton Square, et divers appartements affreux

Je me sens tellement soulagée maintenant que toute cette affaire d'instruction catholique est réglée. Zou Zou est une perle. À présent, je m'apprête à aller visiter des appartements avec Darcy. Je suis tellement excitée. J'ai hâte que nous ayons un chez-nous.

— Ma foi, je crois avoir enfin trouvé quelques logements possibles, m'annonça Darcy. Cela n'a pas été facile. Je ne me rendais pas compte que tout était si cher à Londres ces temps-ci. Mais j'ai une liste. Êtes-vous prête ?

— Évidemment, assurai-je. De plus, nous n'avons pas besoin d'un endroit trop sélect. J'adore la charmante maisonnette de mon grand-papa, située dans une rue très ordinaire.

— Allons-y, dans ce cas, répondit-il en me prenant la main. Le premier est à Bayswater.

— Oh, c'est un bon quartier. Près de Hyde Park. Je me demande si l'on pourra voir le parc depuis les fenêtres.

L'on m'avait déjà dit que j'étais une grande optimiste, ce qui s'avéra exact ce jour-là. L'adresse en question était en réalité plutôt proche de Notting Hill et fort éloignée du parc. Mais, vue de l'extérieur, la grande bâtisse victorienne ne semblait pas en trop mauvais état. Darcy sonna, et une femme débraillée, au visage dur et rusé, nous ouvrit.

— C'est pour quoi ?

— Nous venons pour visiter l'appartement.

— Oh, je vois, fit-elle en nous regardant tour à tour, mon fiancé et moi. Vous êtes mariés, tous les deux, c'est bien ça ? Je ne veux pas de batifolage chez moi.

— Nous le serons lorsque nous emménagerons, dans un mois et demi environ, expliqua Darcy.

— Vous ne prendrez pas l'appartement avant un mois et demi ? Je ne peux pas vous le réserver. Les logements partent comme des petits pains, dans les environs.

— S'il nous plaît, nous le louerons dès maintenant. Il nous faudra du temps pour le meubler.

— Ah, très bien. Suivez-moi, c'est par ici.

Plutôt que de nous faire entrer dans la maison, elle en sortit et descendit un escalier situé derrière une balustrade qui menait à un local en sous-sol. Elle ouvrit la porte, et nous fûmes assaillis par une odeur d'égout et de corps malpropres. Nous nous retrouvâmes directement dans un salon tapissé d'un papier peint marron foncé. Sur le côté, je vis une cuisine munie d'une petite fenêtre carrée qui donnait sur un mur en brique et, au fond, une chambre avec vue sur une cour où étaient remisées des poubelles. Le tout était complété par une effroyable salle de bains équipée d'une baignoire crasseuse et rouillée. Je sentis ma gorge se serrer. Darcy me lança un coup d'œil.

— Je crois que c'est un peu sombre à notre goût, commenta-t-il. Il nous faut plus de lumière.

— Comme vous voudrez, répliqua la femme. Quelqu'un d'autre se jettera sur l'occasion.

J'attendis que nous soyons assez loin de l'immeuble pour me tourner vers mon compagnon.

— C'était horrible, n'est-ce pas, Darcy ?

— Oui, assez lugubre, acquiesça-t-il.

— Assez lugubre ? Je n'ai pas vu une seule qualité qui puisse racheter cet endroit à mes yeux.

— Vous avez raison, soupira-t-il. J'imagine que le prix est plus élevé à cause du quartier.

— Le quartier ? Cette maison était dans une ruelle louche et misérable, au trottoir jonché de crottes de chien, Darcy. Quant à cette femme… Imaginez un peu ! Elle aurait passé son temps à nous espionner.

Il passa un bras autour de mes épaules.

— Ne vous inquiétez pas. Nous trouverons mieux. J'ai voulu commencer par là parce que c'était le logement le plus proche. Mais il y en a un autre à Chelsea.

— J'aime bien Chelsea, approuvai-je. Je n'ai pas oublié l'appartement de l'un de vos amis, tout près de la Tamise.

Nous nous rendîmes à l'adresse indiquée et découvrîmes que les lieux ressemblaient davantage au quartier populaire de Fulham. Dans l'appartement, au quatrième et dernier étage, le plafond était taché en raison d'une fuite dans le toit et les murs étaient moisis. Au contact de ma main, tout était humide. Et il ne donnait pas sur la Tamise, mais sur un gazomètre.

— Oh, mince alors ! m'exclamai-je en saisissant la main de Darcy. Est-ce vraiment tout ce que nous pouvons nous offrir ? Je crois que je préférerais passer mon temps au château de Kilhenny plutôt que dans un endroit pareil.

Mon fiancé semblait aussi déconfit que moi. Il était clair qu'il s'en voulait de ne pouvoir procurer un logis décent à sa future épouse.

— Nous pourrions revoir notre budget légèrement à la hausse, j'imagine. J'ai, en effet, vu une annonce pour un appartement situé à St John's Wood qui m'a paru abordable.

— Oh, oui, allons le visiter, répondis-je, sachant qu'il s'agissait d'un quartier huppé.

Nous prîmes le métro jusqu'à la station de Swiss Cottage et remontâmes une rue agréable, bordée d'arbres. Je me sentis plus ragaillardie, tout particulièrement lorsque nous arrivâmes devant un grand immeuble blanc. Voilà qui était mieux. Nous y retrouvâmes un jeune agent immobilier à l'air fort arrogant, qui nous conduisit jusqu'à l'ascenseur.

— C'est un appartement un tantinet petit, mais chic, et je suis sûr qu'il sera à la hauteur de vos attentes. Tous nos locataires sont extrêmement satisfaits. Nous avons même eu une dame de l'aristocratie. Lady Lockstone. Son nom vous dit quelque chose ? Il a été question d'elle dans les chroniques mondaines de tous les journaux.

Darcy me décocha un clin d'œil.

— Et qu'est-il arrivé à lady Lockstone ? s'enquit-il.

— Elle est décédée, malheureusement. Il faut dire qu'elle avait quatre-vingt-treize ans.

Nous arrivâmes au dixième étage.

— L'ascenseur ne monte pas jusqu'au onzième, je regrette, annonça le jeune homme en nous conduisant dans un escalier étroit. Comme je vous l'indiquais, ces appartements sont petits mais chics. Cependant, pour un jeune couple qui ne possède sans doute pas encore trop de meubles…

Il tourna la clé dans la serrure. Pour l'essentiel, il s'agissait d'une pièce. De bonne taille, certes, et toutefois située dans les combles, avec un plafond en pente sur un côté, de sorte qu'il faudrait prendre garde de ne pas se cogner la tête lorsque nous nous lèverions du canapé.

— La cuisine, annonça l'agent dédaigneux qui, tel un prestidigitateur dévoilant un lapin, ouvrit un rideau derrière lequel se trouvaient un évier et un fourneau minuscule. Tout est si bien conçu, sans espace perdu.

Il y avait un coin repas, un sofa et une salle de bains si exiguë que l'on parvenait à peine à se faufiler entre le lavabo et la baignoire pour atteindre les toilettes. Il manquait cependant une pièce...

— Où est la chambre ? m'étonnai-je.

— Ah ! fit-il.

Comme muni d'une baguette magique, il agita la main et tira sur une ficelle fixée à un panneau de bois qui, en s'abaissant, se révéla être un lit escamotable.

— Ce dispositif permet d'économiser tant de place. Tout ce dont vous avez besoin est à portée de main.

— Vous pourrez préparer du thé et des toasts sans avoir à sortir du lit, me fit observer Darcy en gardant son sérieux.

— Madame compte-t-elle s'établir avec sa femme de chambre ? demanda l'agent immobilier. Il y a des chambres de bonne à l'étage du dessus, à condition de payer un peu plus, naturellement. Et monsieur a-t-il un valet de chambre ?

Je dévisageai Darcy. Allais-je finalement faire appel à Queenie ? Et, même si j'en avais envie, serait-il juste vis-à-vis d'elle de lui ordonner de revenir d'Irlande ? Toutefois, je n'étais sans doute pas en mesure de me passer entièrement d'une domestique. J'avais tenté de vivre de la sorte pendant un temps ; une femme de chambre est néanmoins si souvent non seulement utile, mais aussi indispensable – ne serait-ce que pour fermer une robe qui se boutonne dans le dos.

— Aurez-vous besoin de votre femme de chambre ? s'enquit mon fiancé. Pour ma part, j'ai appris à très bien me débrouiller sans valet de chambre. Mais mon épouse...

— Je ne sais pas encore, répliquai-je.

— Aucun problème, affirma le jeune homme hautain. Il vous sera possible d'ajouter une femme de chambre au bail à tout moment. Ou un valet, d'ailleurs, si monsieur décide d'en engager un.

Nous reprîmes l'ascenseur. J'étais au bord des larmes. Je voulais m'installer avec Darcy dans un endroit qui deviendrait notre petit chez-nous, mais pas aussi minuscule que cela. Un appartement qui ne fût non plus ni humide et moisi, ni dans un sous-sol. Peut-être pourrais-je demander à maman de débourser une année de loyer comme cadeau de mariage.

— Nous vous ferons part de notre décision, dit mon compagnon à l'agent.

Après lui avoir serré la main, nous nous en allâmes.

— Croyez-vous sincèrement que nous parviendrions à vivre dans un lieu si exigu, Darcy ?

— Nous nous entretuerions probablement au bout de quelques semaines. Chic mais petit, d'après ce type ! Il ne manquait pas de toupet. Non, il existe forcément un logement beaucoup plus convenable qui nous attend quelque part, Georgie. Je ne veux pas que nous entamions notre vie de couple dans un lieu où vous seriez malheureuse.

— Moi non plus. Qu'allons-nous toutefois faire, si c'est le seul genre d'appartements que nous avons les moyens de nous offrir ?

— Nous finirons bien par trouver une solution. Votre frère et votre belle-sœur n'envisageraient pas de nous louer leur résidence londonienne lorsqu'ils sont en Écosse, je présume ?

— N'y pensez même pas. Fig a souvent refusé de me prêter la maison alors que je n'avais nulle part où aller. De surcroît, cela me ferait horreur. Elle compterait les cuillers chaque fois qu'elle reviendrait à Londres.

— C'est vraiment dommage. Rannoch House est vide la majeure partie de l'année.

— Comme nombre d'autres demeures, j'imagine.

— Et si je me renseignais parmi mes amis ? L'un d'eux serait peut-être d'accord pour nous sous-louer son logement en son absence.

— Darcy, je ne veux pas dépendre de la charité de qui que ce soit, ou ne jamais savoir quand nous devrons repartir parce que le locataire officiel rentre chez lui.

— Ce n'est pas idéal, assurément, reconnut-il. Vos parents royaux n'ont-ils pas un appartement à nous attribuer à titre gracieux ? ajouta-t-il avec un large sourire.

— Cela n'est plus possible, et jamais il ne me viendrait à l'idée de le leur demander. Je ne fais plus partie de la ligne de succession, ne l'oubliez pas.

Nous reprîmes la direction d'Eaton Square. Lorsque nous tournâmes au coin de la place, j'étais plongée dans la mélancolie. Je n'avais pas espéré emménager dans une résidence telle que Rannoch House ou que celle de la princesse, mais je ne m'étais aucunement figuré que je vivrais dans des conditions sordides. Eaton Square ne m'avait jamais paru aussi désirable. Un jardin aux arbustes en fleurs, ombragé en son centre par de grands arbres, des automobiles noires aux lignes pures le long des trottoirs, les chauffeurs qui se tenaient près d'elles. Je ravalai une larme, bien décidée à faire bonne contenance pour Zou Zou.

— Nous aurons sans doute plus de chance demain, supposa mon fiancé avant de remarquer mon expression. Gardez courage, ma vieille. Ce n'est pas la fin du monde.

— Tous ces endroits étaient tellement épouvantables, Darcy, répondis-je d'une voix chevrotante. Je ne m'attends pas à emménager dans une maison semblable à celle-ci, mais dans un logement qui soit au moins propre, lumineux et… plaisant.

Puis, à mon grand embarras, une larme glissa sur ma joue. Un sourire aux lèvres, Darcy l'essuya.

— Ne vous en faites pas, nous trouverons, je vous le promets. Ce n'est pas comme si nous étions à la rue. Nous avons un château en Irlande, rappelez-vous. C'est beaucoup mieux que ce à quoi ont droit la plupart des gens contraints d'habiter dans des ruelles sales toute leur vie.

— Je sais. Je suis bête. Simplement…

— Un mariage est un événement qui rend émotif, je comprends, reprit-il en m'enlaçant en pleine rue. Nous allons connaître ensemble une existence merveilleuse, même s'il nous faut pour cela vivre dans une boîte à chaussures, est-ce entendu ?

— Oui, acquiesçai-je en retenant une autre larme.

Il déposa un baiser sur le bout de mon nez.

— Vous êtes adorable quand vous pleurez.

— Non, c'est faux. Mon visage se couvre de taches rouges.

— Je vous trouve tout de même adorable, insista-t-il avant de m'embrasser pour de bon.

— Darcy, pas ici ! Que diront les gens ? m'exclamai-je en me dégageant, non sans difficulté, de son étreinte.

— Que nous formons un jeune couple charmant et amoureux. Voyez cette nourrice, de ce côté. Elle est tout sourire. Allez, rentrons. Nous raconterons à Zou Zou les affreuses visites que nous avons faites afin de la faire rire !

Me prenant par la main, il m'entraîna vers la maison d'un pas rapide.

À notre arrivée, notre hôtesse nous appela depuis le salon :

— Est-ce vous, mes chéris ? Le thé sera bientôt servi. Venez donc me faire le récit de tout ce que vous avez vu. Oh, au fait, Georgie, il y a une lettre pour vous.

Je pris une enveloppe sur le plateau d'argent placé sur la table du hall. Elle portait de nombreux timbres étrangers. Ils n'étaient ni italiens ni allemands. À présent intriguée, je la décachetai. Ne reconnaissant pas l'écriture de mon correspondant, je vérifiai la signature au verso de la feuille : *Votre affectionné, Hubert Anstruther.*

— C'est de la part de sir Hubert ! lançai-je à Darcy. Il a dû apprendre que nous allions nous marier et il m'envoie certainement ses vœux de bonheur.

L'en-tête indiquait une ville chilienne qui m'était inconnue. Une fois dans le salon, je me mis à lire sa lettre :

Ma chère Georgiana,

J'ai cru comprendre que des félicitations s'imposaient. Je viens de découvrir l'annonce de vos fiançailles dans un numéro du Times *que quelqu'un a apporté de Londres. Bravo. Je me souviens du père d'O'Mara, car nous étions ensemble à l'université d'Oxford. Il était bon rameur. Je suis actuellement au Chili, où je tente de gravir quelques pics encore vierges, il me semble donc presque impossible d'être de retour en Grande-Bretagne à temps pour la noce.*

Néanmoins, je tiens à vous offrir un cadeau de mariage un peu avant l'heure.

À la vue de ces mots, je commençai à retrouver ma bonne humeur – effectivement, sir Hubert était connu pour sa générosité.

Ainsi que vous le savez, vous êtes désormais mon unique héritière et, un jour, le domaine d'Eynsleigh vous appartiendra. Je me souviens que, petite, vous y avez été très heureuse, et je me suis demandé si vous aimeriez revivre ces temps heureux. Le manoir est inoccupé la plupart du temps, et cela me fait de la peine. Il serait normal qu'une famille – telle que celle que vous fonderez bientôt, je l'espère – s'y établisse et jouisse des lieux. J'ai envie d'imaginer des enfants courant nus dans la fontaine, comme vous le faisiez autrefois !

J'ignore si vous avez déjà choisi une demeure ou si vous prévoyez d'aller habiter en Irlande, mais je veux vous proposer de vous installer dès maintenant à

Eynsleigh afin d'avoir le temps d'arranger la maison à votre goût avant votre mariage. Je reviendrai quelquefois, naturellement, et plus fréquemment à mesure que je prendrai de l'âge, je présume, mais j'aimerais que vous vous y sentiez déjà chez vous. Je ne conserverai qu'un appartement dans l'une des ailes : une chambre à coucher, un petit salon et un bureau me suffiront amplement.

Il est possible que vous envisagiez de louer une maison en ville, mais sachez qu'un train de première classe vous emmène à Eynsleigh depuis la gare de Haywards Heath sur la ligne Brighton-Londres. Et ma Bentley est à votre disposition, évidemment. Alors, qu'en dites-vous ? Je préviendrai les domestiques de votre arrivée et j'espère de tout cœur vous retrouver confortablement installée quand je parviendrai à rentrer en Angleterre.

— Sapristi ! m'exclamai-je, réprimant un « Merde alors ! », car une lady ne jure jamais en présence d'autres personnes.

— Qu'y a-t-il ? s'enquit mon fiancé. Vous avez repris des couleurs.

Je lui tendis la lettre.

— Comme je suis l'héritière de sir Hubert, il suggère que nous emménagions dès maintenant dans sa demeure du Sussex. Il affirme qu'il n'y séjourne presque jamais et qu'une famille devrait y vivre.

— Ma parole, c'est une nouvelle formidable ! déclara Zou Zou. Tous vos problèmes sont réglés.

— Attendez un instant, Georgie, intervint Darcy, qui leva les yeux de la lettre en fronçant des sourcils. Comment croit-il que nous pourrons nous permettre d'entretenir une aussi vaste demeure ?

— Oh, flûte ! fis-je, redescendant aussitôt sur terre.

Puis il s'esclaffa.

— Tout va bien, en fin de compte. Il y a un post-scriptum :

Une somme suffisante versée chaque mois sur le compte du domaine devrait vous permettre de gérer la maisonnée à votre guise.

Mon fiancé ouvrit grand les bras et m'enlaça avant de me faire virevolter comme une fillette.

— Vous allez être la maîtresse d'Eynsleigh ! s'extasia-t-il.

— On se croirait dans un roman de Jane Austen, assura la princesse. Mais je suis extrêmement heureuse pour vous.

— Je le suis aussi, répondis-je. C'est un endroit charmant. J'y ai passé des moments heureux dans le temps. Je suis impatiente de vous faire visiter les lieux, Darcy. Sir Hubert a un majordome et une gouvernante âgés qui sont des plus gentils, ainsi qu'une cuisinière qui me laissait toujours lécher la cuiller quand elle faisait un gâteau.

Mon compagnon observait mon visage, à présent rouge d'excitation.

— Nous nous y rendrons dès que nous aurons terminé nos derniers préparatifs à Londres.

— Vous allez me manquer, les enfants, avoua Zou Zou. Bien entendu, vous serez toujours les bienvenus ici. Pour ma part, je devrais repartir en Irlande. Mes pur-sang me manquent, eux aussi.

Darcy haussa un sourcil, tandis que j'affichais un grand sourire.

Je m'apprêtais à replier la lettre dans son enveloppe quand je remarquai un second post-scriptum :

En toute franchise, je serai content de savoir que vous veillez sur Eynsleigh. J'ai l'impression qu'il s'y passe des choses étranges.

8.

23 et 24 juin
Derniers jours dans la demeure d'Eaton Square

Je suis tellement enthousiaste ! Je vais être maîtresse de maison ! Imaginez un peu. De plus, Eynsleigh n'étant pas trop éloigné de Londres, je pourrai sauter dans un train dès que je voudrai voir grand-papa… non, mieux vaut qu'il vienne me rendre visite. Je ne me sens pas capable de supporter Mme Huggins, qui passe son temps à faire la loi chez lui. Dire qu'elle tient à ce que je l'appelle grand-maman ou mamie ! Sapristi.

Maintenant que je partais m'installer à la campagne, j'avais quantité de choses à faire avant mon départ. Je dressai une liste : voir Belinda au sujet de ma robe ; voir maman en prévision de nos emplettes ; voir Fig pour organiser la réception ; visiter l'église et mettre au point les derniers détails de la cérémonie.

Le dimanche matin, j'accompagnai Darcy à la messe à l'église de Farm Street, dans le quartier de Mayfair. Je m'attendais à ce qu'elle fût lugubre, comme semblaient généralement l'être les églises catholiques, mais celle-ci était splendide, plus grande que je ne l'avais espéré, joliment décorée et dotée d'un beau maître-autel. Après l'office, nous rencontrâmes un prêtre qui nous convia à prendre le café au presbytère. Il était charmant et plein d'esprit, et ne parut pas impressionné lorsque je lui appris que Leurs Majestés comptaient assister à la cérémonie.

— Si je prononce un bon sermon, il est même possible que je parvienne à les convertir, plaisanta-t-il avec un sourire malicieux.

Je repartis heureuse d'avoir pu réserver cette église à la date prévue. Darcy et moi allâmes dans Hyde Park où, assis sur un banc à l'ombre des arbres, nous établîmes la liste des invités. La mienne était plutôt courte, si l'on omettait la famille royale au grand complet et les têtes couronnées d'Europe. Je savais que mon fiancé avait un cercle d'amis nombreux, dont la plupart étaient visiblement des femmes. Nous réduisîmes notre liste à une cinquantaine de personnes (sans compter la famille royale et les têtes couronnées).

— Nous n'avons pas envie de voir tous ces membres de la royauté, n'est-ce pas ? s'enquit Darcy.

— Je suis d'accord. La reine estime néanmoins que nous devons les inviter. Il me faut convier les grand-tantes – vous savez, les dernières filles de la reine Victoria à être encore en vie ? Elles habitent le palais de Kensington. Elles se sont montrées rudement gentilles avec moi. Ainsi que la proche famille. Je devrais envoyer un carton à Nicholas de Bulgarie et à sa femme Maria Theresa, je présume. Nous étions présents à leur mariage.

— Oh oui, j'aime bien ce bon vieux Nicholas. De même que son frère Anton.

— Je me rappelle que Belinda avait un peu trop apprécié Anton, justement. Je n'ai pas envie qu'il se passe de nouveau quelque chose à Londres…

— Très bien, nous nous passerons du frère. Et j'imagine que vous ne voulez pas proposer au prince Siegfried de Roumanie de venir ? ajouta mon fiancé, hilare.

— Bon sang de bois, c'est tout à fait hors de question ! répliquai-je avec fermeté.

— Dans ce cas, invitons Nicholas, Maria et les Windsor. Cela fera assez de membres de maisons royales pour un mariage.

— Concernant mon cousin David, j'hésite, repris-je, songeuse. Je l'aime bien et je le vois très souvent, d'une façon ou d'une autre, mais il viendra avec qui vous savez, et le roi et la reine en seront fâchés.

— Dans ce cas, contentez-vous de Leurs Majestés.

— Vous oubliez que les petites princesses souhaitent être mes demoiselles d'honneur. Il faut donc que leurs parents, le duc et la duchesse d'York, soient présents. Par ailleurs, comme j'ai assisté au mariage du duc et de la duchesse de Kent, ils doivent venir eux aussi. Et David se sentira alors mis à l'écart.

Je levai les yeux vers Darcy.

— Ma parole, tout cela devient bien compliqué, vous ne trouvez pas ?

Darcy prit mon visage entre ses mains.

— Invitez qui vous voulez, ma chérie. Cette journée ne sera rien qu'à vous. Je tiens à ce que vous en profitiez.

Sur ce, il m'embrassa, au beau milieu de Hyde Park, où des nourrices passaient devant nous en poussant des landaus, pendant que des enfants couraient en tête. Cette fois, je ne le priai pas de s'arrêter. J'en éprouvai un merveilleux sentiment. C'était tout ce qui importait, me dis-je. Darcy et moi.

★

Le lundi matin, Darcy étant pris ailleurs, j'allai rendre visite à Belinda. En apprenant que je quittais Londres, elle fut extrêmement contrariée.

— Et les essayages ? Dire que nous ne nous sommes pas même encore mises d'accord sur un croquis définitif et que nous devons aussi choisir les étoffes ensemble.

— Je peux revenir en ville, Belinda. Ce n'est pas comme si je partais pour le fin fond de l'Afrique. Et tu pourras venir me voir pour les essayages ; nous prendrons le thé sur la pelouse, jouerons au tennis et nous nous amuserons.

— C'est en effet tentant, approuva-t-elle avec un sourire. Je suis si contente que les choses s'arrangent pour toi, Georgie. Pour nous deux, en réalité. Viens donc voir les modèles des robes que j'ai imaginés pour les princesses.

Ces robes étaient si charmantes, si parfaites. Avec leur coupe épurée et leurs manches bouffantes, c'était exactement ce qui convenait à deux fillettes de la famille royale.

— Oh, oui, elles vont les adorer ! Je demanderai comment il te faudra procéder pour les essayages. Après mon mariage, je parie que toutes les mères londoniennes voudront que leurs filles portent tes robes.

— Ce serait formidable. Toutefois, grâce à l'argent que m'a légué ma grand-mère, je n'ai plus de souci à me faire. Je vais garder cette maisonnette parce que je m'y plais, mais je compte louer un atelier près de Bond Street et préparer une collection d'automne. Accepterais-tu d'être l'un de mes mannequins ?

— Mince alors, certainement pas. Te souviens-tu de mon unique expérience ? Un véritable fiasco. Je n'ai nulle envie de la renouveler.

Mon amie éclata de rire.

— C'est vrai, j'avais oublié. Et cela s'était passé en présence de Mme Simpson, n'est-ce pas ?

Nous examinâmes ensemble les croquis de ma robe et mîmes au point certains détails. Ce nouveau modèle était beaucoup mieux que la création précédente et sa silhouette qui hésitait entre le boa constricteur et la gouttière ambulante, mais je m'abstins de le faire observer. Cette tenue serait splendide. Je serais moi-même splendide. Je repartis avec un grand sourire aux lèvres, en quête de ma mère. La journée commençait à devenir vraiment chaude, et je tamponnais mon visage couvert de gouttes de sueur. Une lady n'est pas censée transpirer ! Occupée à déguster une large portion de sole dans la salle à manger du Claridge's, maman m'invita à me joindre à elle, et je commandai le même plat. Elle fit elle aussi la moue quand je lui annonçai que je quittais Londres.

— Je croyais que nous aurions largement le temps de nous divertir entre filles. Je cherche encore la toilette idéale pour voyager à l'issue de la cérémonie. Pas moyen de la trouver, ni à Paris ni ici. Il est possible qu'il me faille en acheter une dans un grand magasin, comme une vulgaire ménagère.

— Maman, tu oublies qu'il y eut un temps où tu ne pouvais pas même te permettre de faire des emplettes chez Harrods ou Barkers. Et maintenant, ces grands magasins sont indignes de toi ! Quelle ironie.

— Je n'ai aucune envie de ressembler à tout le monde, déclara-t-elle en tapotant ses boucles impeccablement coiffées. Si je portais les mêmes vêtements qu'une femme de banquier, je me tirerais une balle dans la tête.

J'eus soudain une idée de génie.

— Belinda pourra peut-être te créer une tenue. Elle a repris son activité de styliste. Elle est terriblement avant-garde.

— Tiens, c'est une bonne idée. Il faut que tu m'emmènes chez elle. Mais quand aurons-nous le temps de faire les boutiques ensemble, toi et moi ?

— Je suis libre aujourd'hui.

— Oh, c'est impossible, chérie. J'ai une séance de massage et, ensuite, je suis toujours si fatiguée. Le masseur est un jeune homme tellement costaud et vigoureux, qui exerce des pressions sur chacun de mes muscles comme s'il pétrissait du pain, précisa-t-elle en frissonnant de plaisir.

— Demain, dans ce cas ? Je tiens à me rendre à Eynsleigh dès que possible parce que je veux que Darcy puisse découvrir la maison.

— Demain ? Ma journée est déjà très prise, chérie. Il faut que je passe chez mon chausseur sur Mile End Road. C'est un réfugié italien qui me fabrique des souliers des plus divins. Aussi doux que des gants. Mais plus tard, nous irons voir la petite dame chinoise qui confectionne ma lingerie. L'on n'a jamais trop de culottes, à mon avis. C'est du moins mon cas. Max adore me les arracher dans des accès de passion. Je suppose que Darcy fait de même, ajouta-t-elle en me dévisageant.

— Euh... pas exactement, bredouillai-je.

— Max est tellement passionné, indiqua-t-elle avec un sourire de contentement. Quoi qu'il en soit, Mme Chow a fui Shanghai en emportant des rouleaux d'une soie incroyablement fine. Naturellement, je lui ai acheté le tout et elle me fabrique des dessous neufs quand j'en ai besoin. Je t'en ferai faire également. Une soie si légère que l'on a la sensation de porter de la gaze.

Il semblait donc que les femmes comme ma mère n'allaient pas tout simplement dans les grands magasins pour y acquérir des vêtements de confection. Je la laissai pour accomplir mes dernières tâches de la journée : Fig, puis grand-papa. À bien y réfléchir, je n'étais pas certaine de pouvoir m'acquitter de la seconde. Il faisait à présent une chaleur étouffante, et l'idée de prendre un métro bondé pour gagner le comté de l'Essex, au milieu d'odeurs corporelles déplaisantes, avec la perspective de voir Mme Huggins à l'arrivée, était au-delà du supportable. Je fus tentée d'écrire un message à mon grand-père afin de lui donner ma nouvelle adresse et de l'inviter à séjourner à Eynsleigh dès que j'y serais installée. Je ne mentionnerais pas sa future épouse ni ne la convierais. Avant toute chose, je devais affronter Fig afin de discuter avec elle de la réception. Darcy avait voulu m'accompagner, mais je préférais lui épargner ma belle-sœur dans toute la splendeur de sa fureur. Décidant de me débarrasser au plus vite de cette corvée, ce fut donc avec une certaine appréhension que je toquai à la porte de Rannoch House. Hamilton, notre vieux majordome, m'ouvrit. À ma vue, il parut radieux.

— Ma parole, lady Georgiana, quel plaisir. Nous étions justement en train de parler de vous à l'office et nous demandions comment les préparatifs de votre mariage se déroulaient.

— À merveille, Hamilton, merci. Mme la duchesse est-elle là ?

— Oui, ainsi que M. le duc, lady Georgiana. Votre frère, qui se remet de son opération, est dans le salon.

Il m'y conduisit, même si je connaissais bien la maison.

— Lady Georgiana, annonça-t-il en s'écartant pour me laisser entrer.

Binky était assis sur le canapé, l'un de ses pieds enveloppé d'un grand pansement. Fig, quant à elle juchée au bord d'une chaise inconfortable, lisait le *Tatler*. Elle leva les yeux.

— Oh, c'est vous, Georgiana. J'expliquais à votre frère les arrangements pour votre mariage.

— Ma parole, voilà Georgie ! s'exclama Binky, dont le regard s'éclaira. C'est drôlement épatant de te voir, ma vieille.

Je m'approchai et déposai un baiser sur son front.

— Bonjour, Binky. Comment va l'invalide ?

— Mieux depuis ton arrivée. Comme tu peux le constater, je ne suis pas tout à fait vaillant.

— C'est un gros pansement, fis-je observer. T'a-t-on ôté deux ou trois orteils ?

— Non, juste un petit bout d'ongle enfoncé dans la chair, mais sacrément douloureux. Assieds-toi donc, ma grande. Tu veux boire quelque chose ? Un gin-tonic ?

— Je préférerais une tasse de thé, s'il te plaît. Je n'ai pas arrêté aujourd'hui, à essayer d'organiser mon emploi du temps entre mes essayages et mes emplettes avec ma mère. Tout cela est fort épuisant, et il fait drôlement chaud.

— Je sais, c'est tout à fait désagréable, acquiesça ma belle-sœur. L'on se rappelle alors pourquoi il ne faut pas rester à Londres durant d'été. Je ne cesse de dire à Binky de se dépêcher de se rétablir afin que nous puissions rentrer en Écosse. Ou au moins chez ma sœur, dans le comté du Cheshire.

— Le toubib m'a ordonné de ne pas bouger, car je risquerais de développer une infection, vois-tu, me précisa l'intéressé avant de lancer un coup d'œil oblique à son épouse. Eh bien, Fig, demandez donc à ce que l'on apporte du thé pour ma sœur. La sonnette est près de vous.

J'étais impressionnée. Mon frère apprenait-il enfin à tenir tête à sa femme ? Si tel était le cas, ce serait miraculeux. Elle lui décocha un regard noir tout en se penchant pour attraper le cordon. J'espérais qu'il ne paierait pas son acte de bravoure plus tard. Un plateau de thé apparut bientôt, sur lequel étaient aussi disposés quelques parts d'un délicieux gâteau confectionné par Mme McPherson.

— La cuisinière a veillé à ce que je vous apporte votre pâtisserie préférée, lady Georgiana, déclara Hamilton en posant le plateau.

— C'est le majordome qui nous sert dans le salon et je m'en excuse, reprit Fig, tandis que celui-ci ressortait. Mais nous sommes venus avec un personnel réduit au strict minimum. Ce qui m'amène à votre mariage. Avez-vous enfin choisi la date et le lieu de la réception ? Si elle doit se dérouler ici, il nous faudra faire venir d'autres domestiques d'Écosse.

— Comme vous le savez, nous nous marierons le samedi 27 juillet. La cérémonie se tiendra à l'église de l'Immaculée-Conception, dans Farm Street.

— Allez-vous l'indiquer sur le carton d'invitation ? s'enquit ma belle-sœur en grimaçant, comme de douleur.

— Ma foi, oui. Pourquoi ne le ferions-nous pas ?

— Ce nom semble affreusement bizarre et papiste. Vous auriez pu choisir une église Sainte-Marie ou Saint-Michel.

— Il n'y en a aucune autre qui soit assez proche de Rannoch House.

— J'imagine qu'il y aura de l'encens et d'autres choses du même genre, intervint Binky, l'air préoccupé. Et si je te conduis jusqu'à l'autel, serai-je obligé de réciter quoi que ce soit en latin ?

Je m'esclaffai.

— Ce sera une cérémonie de mariage tout ce qu'il y a de plus normal, assurai-je. Tout ce qui se dira te sera familier.

— Ouf, quel soulagement ! Je n'ai pas arrêté de m'inquiéter à ce sujet. J'ai toujours raté mes examens de latin quand j'étais collégien, tu sais.

— Vous avez échoué dans la plupart des matières, fit remarquer sa femme.

— Eh bien oui, c'est vrai. Je n'étais pas le meilleur élève qui soit. Mais je détestais l'école, où les autres me brutalisaient de manière horrible. Il est tout à fait hors de question d'envoyer Podge dans un établissement de ce type.

— Il est probable que nous n'en ayons de toute manière pas les moyens, décréta ma belle-sœur.

— Les enfants sont-ils à Londres avec vous ? m'enquis-je, étant donné que j'avais énormément d'affection pour ma nièce et mon neveu.

— Grands dieux, non, rétorqua Fig, un peu trop catégoriquement. Leur nourrice pense qu'il n'est pas judicieux d'interrompre leur routine, en particulier celle d'Adelaïde, qui se montre fort entêtée quand il s'agit d'aller sur le pot. Franchement, à plus d'un an, elle a encore des accidents. Je crois qu'elle le fait exprès. J'espère que cette enfant ne va pas nous donner trop de fil à retordre.

— Ils pourront être là pour mon mariage, n'est-ce pas ? Je tiens à ce que Podge soit garçon d'honneur.

— Il en sera bien content, affirma Binky. Il est rudement attaché à toi, tu sais, ma vieille. En fait, nous le sommes tous. Et tu nous as manqué, pas vrai, Fig ?

— Pardon ? fit celle-ci en sursautant.

— Je disais que nous n'avions pas assez vu Georgie ces derniers temps et que sa présence nous a manqué.

— Ma foi, il faut bien qu'elle mène sa propre vie, Binky, riposta-t-elle sans répondre à la question de mon frère.

— Viendras-tu passer au moins quelques jours en Écosse avant ton mariage ? proposa-t-il. Vu que ce sera la dernière fois que tu pourras séjourner en célibataire dans le château de ton enfance.

— C'est très aimable à toi, Binky, mais j'aurai beaucoup à faire afin de m'installer dans ma nouvelle demeure.

— Vous comptez vous établir quelque part avant vos noces ? s'offusqua Fig. Pas avec cet O'Mara, j'espère ? Cela se saurait.

— Non, Darcy entend rester à Londres jusqu'au mariage.

— Où se trouve donc cet endroit ? Vous ne prévoyez pas de vivre en Irlande, dans le château familial ?

— Si, une partie de l'année, je suppose. Mais sir Hubert Anstruther souhaite que j'habite sa demeure d'Eynsleigh, dans le Sussex.

— Sir Hubert Anstruther ? répéta ma belle-sœur, intriguée. N'est-ce pas l'un des anciens amants de votre mère ?

— Ils ont été mariés, Fig. Et il a toujours eu de l'affection pour moi. Il a voulu m'adopter. J'ai reçu une lettre de sa part dans laquelle il m'invite à entamer ma vie d'épouse à Eynsleigh. Il n'y est presque jamais et il veut que je profite des lieux.

— Sans que vous n'ayez à payer un loyer ?

— Je suis son héritière, voyez-vous. Ce domaine m'appartiendra un jour et, selon lui, il est dommage d'avoir une maison et des domestiques en permanence sans que personne n'y réside.

— C'est une grande demeure ? demanda mon frère. Je ne me souviens pas de l'avoir visitée un jour.

— C'est un endroit splendide, Binky. Un manoir Tudor avec un parc magnifique et une fontaine dans l'avant-cour. Il faudra absolument que vous veniez y passer quelque temps lorsque nous serons mariés.

— Comme c'est gentil à toi. Nous avons hâte d'y être, n'est-ce pas, Fig ?

Cette dernière cligna rapidement des yeux, ce dont elle était coutumière quand elle voulait chasser de son esprit une information qui lui était pénible. À ma grande honte, je dois avouer que j'eus envie de me lever et d'exécuter quelques pas de danse.

9.

Mardi 25 et mercredi 26 juin
Dans l'Essex, puis en route pour Eynsleigh,
non loin de Linfield, dans le Sussex

Je serai bientôt la maîtresse d'Eynsleigh. Je ne parviens toujours pas à le croire ! J'ai évidemment quelque appréhension. Il va tout de même me falloir gérer une grande maison et de nombreux domestiques… sapristi. Mais Rogers, le majordome, et la gouvernante veilleront à ce que tout se déroule sans accrocs, j'en suis certaine. Et Darcy est apparemment homme à se faire obéir.

La journée suivante fut extrêmement chargée, passée à acheter des vêtements avec maman et à composer des menus avec Mme McPherson à Rannoch House – même si je me demandais si elle était en mesure de confectionner un gâteau de mariage présentable. Zou Zou annonça qu'elle repartait pour l'Irlande en aéroplane afin d'aller voir ses chevaux courir, disait-elle, mais sans doute désirait-elle en réalité rejoindre le père de Darcy. Du moins l'espérais-je.

J'étais moi-même quasiment prête à partir ; il me restait toutefois une dernière chose à faire. Rassemblant tout mon courage, je pris la District Line du métro jusqu'à la station d'Upminster Bridge pour rendre visite à mon grand-père. Je le trouvai plutôt fatigué et frêle, mais Mme Huggins imposait manifestement sa présence, s'activant dans la maison en affichant un air important.

— Vous avez donc fixé une date pour votre mariage, mon canard ?

Depuis qu'elle savait que nous serions bientôt apparentées, elle avait cessé de m'appeler par mon titre.

— Oui, nous avons envoyé les invitations aujourd'hui. Vous en recevrez bientôt une.

— On a pas pu vous envoyer la nôtre, vu qu'on connaissait pas votre adresse. Va donc chercher un carton, Albert. Ils sont sur la table de la salle à manger.

Mon grand-père se leva et sortit de la pièce.

— Il a l'air patraque, pas vrai ? chuchota-t-elle. Notre voyage de noces à Clacton, au bon air marin, lui fera le plus grand bien. Et j'vais le retaper, croyez-moi. Il a plus qu'la peau sur les os…

Elle se tut, car grand-papa était de retour. Il me tendit l'invitation.

— J'espère que tu pourras venir, ma chérie.

— Je ne manquerais cela pour rien au monde, assurai-je, et il me gratifia d'un sourire lumineux.

— Bon, revenons à votre mariage, reprit Mme Huggins. J'ai songé à la jeune Jewel. La fille de mon fils Stan, vous savez. Elle a maint'nant onze ans. Et j'suppose que vous aurez des demoiselles d'honneur. J'lui ai dit qu'elle et Queenie pourraient l'être à notre mariage, mais, pour sûr, elle serait aux anges si elle assistait à une noce d'aristos comme la vôtre.

Je m'efforçai de ne pas trop laisser paraître mon effarement en imaginant mes demoiselles d'honneur : deux princesses royales et la petite Jewel qui, d'après les photographies que j'avais pu voir, était une enfant grassouillette – telle une version miniature de Queenie. Comment diable pouvais-je refuser avec tact ? Je finis par promettre de tenir Mme Huggins informée des arrangements et de lui faire savoir si elle devrait confectionner une toilette pour sa petite-fille. Elle avait, en effet, repéré une longueur de satin rose sur le marché qui irait à merveille, me raconta-t-elle. Cela ferait une robe épatante. Peut-être agrémentée d'une petite couronne, vu que j'appartenais à la famille royale. Je lui adressai un pâle sourire, incapable de formuler une réponse adéquate. Bonté divine.

Le mercredi matin, je partis pour le Sussex. Mon cœur battait si fort dans ma poitrine que j'étais certaine que les autres passagers du compartiment l'entendaient, tandis que le train quittait la gare de Victoria. Seule déception au tableau : Darcy n'était pas à mes côtés. La veille au soir, il avait reçu un coup de téléphone à la suite duquel il était venu me voir, les sourcils froncés et l'air préoccupé.

— Il s'est produit quelque chose et l'on a fait appel à moi. Je suis sincèrement navré, mais je ne pourrai vous accompagner demain. D'ailleurs, je ne sais même pas quand je serai de retour…

— Avant le mariage, j'espère, plaisantai-je pour dissimuler mon irritation.

— Bien avant, c'est certain. Je l'ai fait expressément entendre.

— De quoi s'agit-il ? D'une autre propriétaire de pur-sang ? m'enquis-je, tout en continuant de ravaler ma colère.

— Non, c'est une affaire beaucoup plus sérieuse, je le crains. Je ne peux vous en dire davantage, mais c'est grave.

J'en fus naturellement inquiète.

— Soyez prudent. Et écrivez-moi si c'est possible. Une simple carte postale pour me dire que vous allez bien, cela me suffira.

Il me prit dans ses bras.

— C'est rudement pénible pour vous, j'en ai conscience. Pourtant, si je refuse les missions que l'on me propose…

— Je sais, soupirai-je en levant les yeux vers lui. Je me fais tellement de souci lorsque vous vous absentez.

— Je suis capable de me débrouiller, je vous le promets. De votre côté, prenez soin de vous. Passez de bons moments à arranger notre nouvelle maison à votre goût de manière que tout soit parfait à mon retour !

— Je n'y manquerai pas.

Il m'embrassa – un baiser plein de désir et de frustration. Il partit tôt le lendemain matin afin de prendre un train faisant la liaison avec un ferry-boat pour une destination inconnue, pendant que le mien quittait Londres en teuf-teufant plus paisiblement. Nous gagnâmes bientôt le comté verdoyant du Surrey, et je retrouvai le moral, comme c'est toujours le cas quand je suis à la campagne. « Maîtresse d'Eynsleigh, maîtresse d'Eynsleigh », chantonnais-je tout bas au rythme du clic-clac des roues sur les rails.

Je descendis à la gare de Haywards Heath, une bourgade située à huit kilomètres environ d'Eynsleigh. Je n'avais apporté qu'une petite valise, car la femme de chambre de Zou Zou se chargerait de me faire parvenir mes grosses malles d'ici quelques jours. À la gare, je trouvai un vieux taxi.

— Eynsleigh ? fit le chauffeur. Personne n'y habite en ce moment. Sir Hubert est parti en virée, comme à son habitude.

— Ma foi, je vais y vivre à présent. Je suis l'héritière de sir Hubert, et Eynsleigh sera ma demeure.

— Ça par exemple ! Que Dieu vous bénisse, mademoiselle.

Je faillis le reprendre et lui dire que j'étais une lady, puis jugeai préférable de m'abstenir. Cela se saurait bien assez tôt, présumai-je. Nous prîmes des chemins ombragés par des chênes et des marronniers d'Inde aux larges branches. Des vaches levaient la tête lorsque nous longions des champs verts et luxuriants. Nous traversâmes des villages aux chaumières blanchies à la chaux. Un quart d'heure plus tard, nous franchîmes un portail flanqué de deux hautes colonnes de pierre, chacune surmontée d'une statue de lion dont la patte reposait sur une boule de marbre ; devant nous, une longue allée de platanes menait directement au manoir, une demeure Tudor dont les briques rougeoyaient au soleil. Bâtie en forme de E, elle comportait deux ailes et une avant-cour centrale. Je regardai par la vitre de l'automobile pour tenter d'apercevoir la fontaine que j'avais tant aimée petite, mais je ne la vis point.

Dans un crissement de pneus, nous nous engageâmes dans la cour gravillonnée, et je découvris alors que le bassin en pierre de la fameuse fontaine était bel et bien là, mais que celle-ci ne fonctionnait pas pour le moment. Évidemment, me dis-je. Que j'étais donc bête. À quoi auraient servi les jets d'eau quand le propriétaire des lieux s'absentait ? J'aurais tôt fait de les remettre en marche. Je réglai la course, pris une profonde inspiration et soulevai ma valise ; je songeai que je ne ferais sans doute pas très bonne impression en arrivant avec mon propre bagage à la main, sans femme de chambre pour s'en charger.

Mais peu importait. Il n'y avait là personne que je souhaitais impressionner.

Je gravis le large perron, sonnai et attendis un long moment. J'étais sur le point de faire le tour de la maison pour rejoindre l'entrée de service afin de voir s'il y avait un problème, quand la porte s'ouvrit. Un homme passa la tête. Sans doute âgé d'une quarantaine d'années, il avait un visage plutôt rondouillard et des cheveux bruns avec une raie au milieu. Il me toisa.

— Ma parole, vous avez du toupet, déclara-t-il d'une voix où perçait un léger accent cockney. Vous présenter ainsi à la porte principale et utiliser la sonnette ? Vous devriez savoir que cela ne vous est pas permis.

— Je vous demande pardon ? rétorquai-je. Qui êtes-vous, au juste ?

— Plunkett.

Il prononça ce nom si vite que je crus un instant qu'il avait proféré une insulte.

— Plaît-il ?

— Je suis Plunkett. Je suppose que vous cherchez un emploi de bonne ? Sachez que nous n'avons besoin de personne.

Lorsque je suis particulièrement agacée, j'ai tendance à imiter mon arrière-grand-mère, la reine Victoria.

— En aucun cas. Je suis lady Georgiana de Rannoch, et je présume que vous m'attendiez.

— Que je vous attendais ? s'étonna-t-il sans bouger d'un pouce, m'empêchant de passer. Nous n'attendions personne. Le propriétaire est absent.

— Je le sais parfaitement. À présent, veuillez vous écarter, que je puisse entrer.

— Rien n'a été préparé pour des invités, protesta-t-il en reculant à contrecœur d'un pas, tandis que je pénétrais dans le hall. Nous n'avons pas été informés…

— Vous n'avez pas reçu de nouvelles de sir Hubert ? Il ne vous a rien dit à propos de mon arrivée éventuelle ?

— Non, mademoiselle.

Cette fois, je décidai de corriger mon interlocuteur.

— Je ne suis pas une « demoiselle », mais une « lady » ; ainsi, il vous faut vous adresser à moi par mon titre, ce que vous n'êtes pas censé ignorer.

Je me tournai vers lui et fus plutôt contente de constater que nous faisions presque la même taille.

— Que les choses soient claires d'emblée, continuai-je. Je suis l'héritière de sir Hubert, qui m'a invitée à m'installer à Eynsleigh pendant que je prépare mon mariage prochain, puis à y vivre de façon permanente avec mon époux.

Le dénommé Plunkett parut tout à fait perturbé.

— Vous venez vivre ici ? Quand ça ?

— Dès aujourd'hui. Mes malles suivront d'ici quelques jours. Entre-temps, vous me ferez visiter la maison de manière que je l'arrange à mon goût.

Son visage se contracta.

— Rien n'est prêt, lady de Rannoch. Nous ne disposons que d'un personnel réduit durant l'absence de sir Hubert.

— Je présume que vous êtes l'un des valets de pied. Veuillez donc faire savoir à M. Rogers que je suis là. Il organisera tout à merveille, j'en suis convaincue.

— M. Rogers n'est plus le majordome d'Eynsleigh. Il a pris sa retraite et on m'a engagé à sa place.

— Vous êtes le nouveau majordome ?

— C'est exact, acquiesça-t-il d'un air presque arrogant, doublé d'un sourire narquois qui semblait dire : « Que comptez-vous faire, à présent ? »

— Et Mme Holbrook, la gouvernante ? Elle n'est plus ici ?

— Elle est partie à la retraite, elle aussi. Nous n'avons plus besoin de gouvernante. Sir Hubert n'est jamais là.

Je soupirai.

— Dans ce cas, il me faudra embaucher d'autres gens de maison. Vous ferez savoir au reste de la domesticité que je les rencontrerai après avoir visité les lieux. Oh, et j'aimerais que vous me trouviez une femme de chambre. Il y a peut-être, dans les environs, une jeune villageoise convenable, susceptible d'être formée. Pour le moment, la mienne est restée en Irlande, où est situé le château appartenant au père de mon futur époux.

— Pourquoi n'ai-je pas été mis au courant de votre venue ? reprit Plunkett, usant de nouveau d'un ton agressif.

Je songeai que sir Hubert n'avait sans doute pas encore informé ses domestiques, attendant de savoir si j'acceptais son offre. Mais je n'avais pas envie que le majordome le sût.

— Je présume que la lettre de votre maître s'est égarée en route depuis l'Amérique du Sud. Du reste, il n'est pas toujours indispensable de prévenir les domestiques d'un changement.

Je continuais d'exceller dans mon imitation de la reine Victoria, et j'en étais très fière, même si mes genoux flageolaient sous ma robe.

— C'est juste que… comment je suis censé savoir que vous êtes vraiment celle que vous prétendez être et que c'est le souhait de sir Hubert que vous vous installiez chez lui ? s'enquit Plunkett.

— Vous mettez en cause ma bonne foi ?

— Je préfère être extrêmement prudent pour le compte de mon employeur. Cela m'ennuierait de faire quelque chose qu'il approuve pas.

Je faillis corriger son erreur grammaticale, puis me ravisai.

— Je vois, rétorquai-je. Même si je n'apprécie guère d'y être contrainte, je vais vous montrer la lettre que j'ai reçue de votre maître. Je tiens pourtant à vous mettre en garde : si votre comportement ne s'améliore pas, il vous faudra bientôt chercher une autre position.

J'ouvris mon sac à main et lui tendis le courrier de sir Hubert. Il le lut, tandis qu'un autre tic nerveux lui crispait le visage.

— Je m'excuse, lady de Rannoch, mais comprenez que n'importe qui pourrait se présenter à Eynsleigh et, sachant que le propriétaire est parti, chercher à vivre ici gratis.

— Je ne pense pas que cela se produise souvent, n'est-ce pas ? Bien, commençons donc par la visite de cette demeure.

— D'abord, je devrais sans doute aller informer les autres membres du personnel que vous voulez les rencontrer.

— Oui, bonne idée. Dites-leur aussi que je souhaite déjeuner à treize heures. S'il s'agit aujourd'hui d'un repas simple, je le comprendrai, étant donné que vous ignoriez tout de ma venue.

— Oui, lady de Rannoch, je vais les avertir, murmura le majordome.

Je regardai autour de moi, tandis qu'il se dirigeait vers la porte tapissée de feutre qui menait à l'office. Je crus entendre des éclats de voix et des bruits de pas précipités. Je me doutais que le comportement des domestiques s'était passablement relâché sous la supervision de Plunkett, et tous devaient s'affairer à ranger et nettoyer rapidement les lieux. Je traversai le hall et ouvris une porte à ma droite. Tous les meubles étaient dissimulés sous des housses de protection. De lourdes tentures de velours étaient fermées devant les fenêtres, et l'endroit, humide et lugubre, sentait le renfermé. Je frissonnai. J'essayai de me rappeler cette pièce qui m'était familière ; à quoi avait-elle ressemblé par le passé ? Au-dessus de ma tête, enveloppé dans un drap, le lustre évoquait un énorme nid de guêpes. Un morceau de toile recouvrait un objet qui aurait pu être tout aussi bien une statue qu'un lampadaire, et je le jugeai plutôt perturbant, semblable à un fantôme debout près de moi. Je tirai légèrement sur la toile qui, sous mes yeux horrifiés, tomba pour dévoiler une armure. Enveloppée dans un grand nuage de poussière, je battis en retraite en toussant.

— Oh, lady de Rannoch ! fit une voix soulagée derrière moi. Je me demandais où vous étiez passée.

J'étais à présent couverte de poussière, j'en avais conscience. Ma veste bleu foncé en était généreusement mouchetée, et j'en avais également sur mes joues et dans les cheveux. Je réprimai un éternuement. Je n'avais pas l'intention de me montrer à mon désavantage.

— Il y a là une armure qui a besoin d'un bon nettoyage, répliquai-je de ma voix la plus allègre, pendant que j'époussetais mes épaules et mon visage. Je tâchai simplement de me remémorer la configuration des lieux.

— Vous avez vécu dans cette maison ? fit le majordome, l'air étonné.

— Oui, j'y ai séjourné quelque temps, petite. Ma mère était mariée à sir Hubert, et j'ai passé des moments heureux chez lui. Dans mon souvenir, c'était un lieu majestueux.

— Je suppose que c'est ainsi qu'il apparaît aux yeux d'une fillette n'ayant pas l'habitude de ce genre de demeure. Où aviez-vous habité auparavant ?

— Au château de Rannoch, en Écosse. Mon grand-père était le duc de Rannoch, et ma grand-mère l'une des filles de la reine Victoria.

Il déglutit, et sa pomme d'Adam tressauta de haut en bas ; je m'efforçai de réprimer un grand sourire à la pensée d'avoir marqué un point.

— Je suis repartie dans le château familial lorsque ma mère et sir Hubert ont rompu.

Je me gardai bien de lui raconter qu'elle avait décampé, comme à son habitude, cette fois, me semblait-il, avec le coureur automobile français, mort tragiquement ensuite à Monte-Carlo.

— À présent, pouvons-nous démarrer la visite ? Je vous suis.

Je me sentais si fière de me comporter en véritable maîtresse d'Eynsleigh.

— Très bien, acquiesça-t-il.

Nous quittâmes le salon pour pénétrer dans une longue galerie avec, en son centre, une immense cheminée. Des tableaux étaient accrochés aux murs, mais tous étaient cachés sous des housses, de sorte que l'endroit me parut bien sinistre. De l'autre côté se trouvait une grande salle à manger.

— Il faudra la nettoyer dès que possible, ordonnai-je. Je comprendrai cependant que l'on me serve mon déjeuner de ce jour sur un plateau, dans une pièce vaguement habitable.

Nous nous dirigeâmes ensuite vers un salon de musique équipé d'un piano à queue – du moins le présumai-je –, lui aussi sous sa housse de protection. Cette pièce, située à l'arrière de la demeure, offrait une vue splendide sur le parc. Je repris de nouveau courage. Lorsque tout serait remis en état, ce serait merveilleux de vivre là. Puis je découvris, adjacente au salon de musique, une autre pièce dotée d'un large bow-window.

— Oh ! m'exclamai-je. Je me souviens de cet endroit.

— Le petit salon, je crois, précisa Plunkett. Vous souhaiterez peut-être y prendre votre déjeuner.

— Bonne idée.

Au moins, nous étions d'accord sur un point.

Nous traversâmes ensuite une bibliothèque, puis un autre salon, et arrivâmes au pied d'un escalier d'honneur. Le majordome était sur le point de s'y engager quand je l'interrompis :

— Et ce côté de la maison ? Nous ne l'avons pas encore vu.

— J'ai cru comprendre que sir Hubert entendait s'installer dans l'aile ouest.

— Oh, c'est vrai. Il m'a dit dans sa lettre qu'il conserverait un appartement pour son propre usage.

Il n'avait en réalité parlé que d'une chambre, d'un salon et d'un bureau, mais je n'avais pas envie d'insister pour l'instant. J'aurais tout le temps d'explorer le reste du rez-de-chaussée plus tard. Je suivis donc Plunkett dans l'escalier. À l'étage, je découvris plusieurs pièces dépourvues de tout mobilier, d'autres où s'entassaient des montagnes d'objets apparemment hétéroclites dissimulés sous des draps, et deux ou trois chambres à coucher que je trouvai incroyablement déprimantes avec leurs énormes lits à baldaquin et leurs armoires gigantesques ; enfin, à l'arrière de la demeure, j'entrai dans une chambre d'angle dont deux des murs étaient percés de fenêtres, avec une salle de bains attenante. Je reconnus cette pièce aussi. C'était l'ancienne chambre de ma mère. À l'époque, j'avais déjà l'habitude de grimper sur le siège situé devant l'une des croisées pour observer les daims qui évoluaient dans le parc, par-delà les pelouses.

— Je crois que cette chambre me conviendra pour le moment, annonçai-je. Que l'une des bonnes la prépare avant ce soir. Oh, veillez également à ce que l'eau chaude soit en marche dans la salle de bains.

— Nous ferons de notre mieux, lady de Rannoch. Vous devez comprendre que sir Hubert n'a pas séjourné ici depuis quelques années.

— Et le personnel s'est laissé aller, ajoutai-je. Je le conçois. Cependant, la dernière fois que je suis passée ici, lorsque Rogers était encore majordome, sir Hubert était absent mais la maison impeccablement tenue. Je pense que votre maître aime à se dire qu'il peut rentrer chez lui à n'importe quel moment et découvrir sa demeure telle qu'elle était le jour de son départ, n'est-ce pas ?

— Oui, lady de Rannoch, acquiesça Plunkett à contrecœur.

À l'évidence, il y avait beaucoup à faire. Rien de surprenant à ce que sir Hubert eût pressenti que tout ne se passait pas très bien à Eynsleigh.

10.

Mercredi 26 juin
Eynsleigh, près de Haywards Heath, Sussex

Ma foi, mon arrivée en tant que maîtresse d'Eynsleigh ne correspond pas tout à fait à ce que j'avais imaginé. Sir Hubert avait raison de s'inquiéter : sa demeure n'est pas gérée aussi bien qu'il le souhaiterait. Pour l'instant, je suis plutôt fière de moi-même et de la façon dont je joue mon rôle de châtelaine. J'ignore toutefois si je réussirai à tenir longtemps ainsi, bon sang !

Après avoir terminé ma visite du manoir, ou du moins les pièces que le majordome avait daigné me montrer, je me retirai dans la chambre que j'avais choisie ; là, je m'empressai d'épousseter ma veste et de me laver le visage avant de redescendre pour saluer le personnel. Quand une personne d'importance arrive dans une grande maison, le protocole exige des domestiques qu'ils se mettent en rang dehors, par ordre d'ancienneté. Je crois que je m'étais à moitié attendue à les voir ainsi alignés lorsque le taxi m'avait déposée dans la cour, mais je ne pouvais leur en vouloir de ne pas m'avoir accueillie, car je savais à présent qu'ils n'avaient pas été informés de ma venue. Plunkett me conduisit dans la salle à manger, où je découvris une équipe des plus disparates. Je me doutais que leur nombre serait réduit durant l'absence du maître des lieux, mais je fus stupéfaite de voir, en sus du majordome, seulement quatre personnes qui se dandinaient nerveusement d'un pied sur l'autre.

— Voici le personnel, lady Georgiana, m'annonça Plunkett.

— Au grand complet ?

— Eh bien, il y a aussi deux jardiniers, que je n'ai pas eu le temps de faire venir. Voici McShea, le valet de pied, continua-t-il en s'approchant du premier individu, un garçon large d'épaules, aux cheveux d'un roux flamboyant.

Celui-ci inclina légèrement la tête tout en évitant de croiser mon regard.

— Enchantée, McShea, fis-je.

— Merci, moi de même, répondit-il avec un accent irlandais prononcé.

— Oh, vous êtes donc originaire d'Irlande. De quelle région ?

— Je suis né près de Cork, lady de Rannoch.

— Le père de mon futur époux vit non loin de Kildare. Avez-vous entendu parler de lord Kilhenny ?

— Il élève des chevaux, lady de Rannoch. Des chevaux de course.

— C'est exact.

Je lui adressai un sourire et, en retour, il en ébaucha un. Je m'étais peut-être fait un allié, songeai-je, maintenant qu'il savait que j'allais épouser un Irlandais.

— Et voici Joanie, la bonne, reprit Plunkett.

La femme en question, qui avait un petit visage aux traits anguleux, me décocha un regard pour le moins provocateur. Ma présence lui était à l'évidence désagréable, car elle devait se douter que cela lui occasionnerait davantage de travail.

— Il n'y a qu'une bonne ? m'étonnai-je. Comment se débrouille-t-elle, dans une demeure de cette taille ?

— La plupart des meubles sont sous des housses, comme vous l'avez constaté, et les pièces ne sont pas utilisées, expliqua le majordome. Du reste, deux villageoises viennent faire du ménage une fois par semaine.

— Je vois, fis-je avant de me tourner vers un petit bout de fille qui semblait littéralement terrifiée. Quel est votre poste ?

— C'est la fille de cuisine, lady de Rannoch, répondit Plunkett à sa place. Elle s'appelle Molly. Elle vient elle aussi d'Irlande.

— Molly, répétai-je en la gratifiant d'un signe de tête et d'un sourire. La cuisinière est-elle restée à l'office ? m'enquis-je ensuite en cherchant l'intéressée des yeux.

— C'est un cuisinier, et il est ici, m'indiqua le majordome. Voici Fernando, qui est espagnol.

L'homme en question avait des cheveux noirs gominés ainsi que des yeux sombres et étincelants qui se braquèrent sur moi.

— Votre Altesse, vous aimez les plats espagnols ? demanda-t-il. Je fais de la bonne cuisine de mon pays.

— Je ne sais pas vraiment. Je ne suis jamais allée en Espagne. Mais j'espère que vous savez aussi préparer de bons plats anglais.

— Les Anglais… ils n'aiment pas la bonne nourriture, affirma t-il en rejetant la tête en arrière. Ils disent toujours à Fernando qu'ils ne veulent pas d'ail. Pas d'épices.

— Ma foi, moi-même, je n'apprécie pas tellement ces ingrédients, reconnus-je. Une fois que je serai installée, nous établirons les menus ensemble. Je vous ferai part de mes préférences. Je verrai aussi quels plats vous savez préparer et ceux qu'il vous faudra apprendre à confectionner. De la saine nourriture anglaise, bien cuisinée, Fernando.

— Oui, madame, OK, répliqua-t-il, et je crus apercevoir un discret haussement d'épaules de sa part.

Après avoir pris une profonde inspiration, je m'adressai aux quatre domestiques.

— Plunkett a dû vous dire que j'étais lady Georgiana de Rannoch. Sir Hubert m'a invitée, en tant qu'héritière, à me considérer chez moi à Eynsleigh et à m'établir ici après mon mariage. Je suis venue m'assurer que tout était à mon goût dans cette demeure de façon qu'elle soit prête à nous accueillir lorsque nous rentrerons de notre voyage de noces.

— Et pour quand devons-nous tout préparer au plus tôt, lady de Rannoch ? demanda le majordome.

— Nous nous marions le 27 juillet prochain, et je présume que nous partirons ensuite en voyage. Mais je serai aussi absente début juillet, pour aller assister au mariage de ma mère en Allemagne. Il ne nous reste donc que peu de temps pour rafraîchir cette demeure.

— Sir Hubert compte-t-il revenir pour vos noces ?

— J'ai bien peur que non. Il est en ce moment en Amérique du Sud. Je doute qu'il puisse rentrer à temps, même en se rendant à Buenos Aires afin d'y prendre un bateau pour l'Angleterre.

Il me sembla voir le visage de Plunkett se détendre.

— Comme vous pouvez le constater, lady de Rannoch, dit-il alors, la maison est restée inoccupée pendant longtemps. Puis-je vous suggérer de repartir à Londres quelques jours ? Ainsi, quand tout sera nettoyé et prêt, je vous écrirai.

Je dus admettre que ce n'était pas une si mauvaise idée que cela. Sa proposition était fort tentante, mais je n'entendais pas être vaincue d'emblée et refusais que l'on me mît devant le fait accompli.

— Ce ne sera pas nécessaire, Plunkett, rétorquai-je. Je tiens à superviser le ménage et la réorganisation des pièces. Vous n'aurez pas à déplacer les meubles deux fois, ce qui vous évitera le double de travail par la suite.

— Comme vous voudrez, acquiesça-t-il avec impassibilité. Je pensais simplement que toute cette poussière ne vous serait pas très agréable.

— Je survivrai. Au fait, avant toute chose, j'aimerais que la fontaine soit remise en marche. Veuillez en informer les jardiniers.

— Je ne crois pas qu'elle fonctionne. Il y a un tuyau de cassé ou quelque chose dans ce genre.

— Dans ce cas, qu'il soit réparé, Plunkett, répliquai-je aimablement. Pour commencer, je souhaite que l'on me prépare le petit salon, cette salle à manger et ma chambre à coucher.

À la vue de leur physionomie hostile, je ne pus m'empêcher d'ajouter :

— En fin de compte, je déjeunerai dans cette pièce, Plunkett. Je vous prie de dresser un couvert, ordonnai-je avant de les gratifier d'un petit sourire bienveillant. Ce sera tout.

Je tournai les talons et sortis de la salle à manger en m'octroyant un large sourire de triomphe. En y mettant du mien, j'étais capable d'être une véritable maîtresse de maison. Je n'étais pas certaine que Fernando fût à la hauteur, et la bonne, Joanie, me déplaisait, mais je leur donnerais une chance à tous deux avant de prendre une décision hâtive. Il était possible que sir Hubert eût lui-même engagé cet Espagnol parce qu'il adorait sa cuisine.

En attendant que le repas fût servi, je sortis dans l'avant-cour pour examiner la fontaine. Cela faisait apparemment longtemps qu'elle n'avait plus été actionnée, et le bassin était rempli de feuilles et de débris. J'étais fermement décidée à la voir fonctionner de nouveau. Je m'aventurai plus loin dans le parc. Les pelouses avaient été tondues, mais les parterres de fleurs avaient besoin d'être désherbés et les haies ornementales, joliment taillées dans mon souvenir, étaient retournées à l'état sauvage. Il serait assurément indispensable d'embaucher d'autres jardiniers ; je pris alors conscience qu'il me fallait consulter les comptes du domaine afin de savoir de quelle somme je disposais pour engager des domestiques supplémentaires. Même si j'étais très jeune à l'époque où j'y avais vécu, je me rappelais Eynsleigh avec ses bonnes chargées des chambres et d'autres du rez-de-chaussée, des valets de pied en livrée noir et or, et d'une adorable cuisinière qui m'accueillait toujours dans sa cuisine. Il était de mon devoir de redonner à ce manoir sa magnificence d'antan !

Tandis que je retournais vers la maison, j'entendis des éclats de voix masculines.

— Ça ne va pas marcher, hein ? disait l'un d'eux.

Était-ce Plunkett ? Et si tel était le cas, à qui s'adressait-il ?

— Il va bien falloir que nous nous en occupions, répondit un autre homme en baissant le ton.

J'avais visiblement déconcerté le personnel.

À mon retour, la salle à manger avait été passablement époussetée et la table dressée pour un convive.

— Le déjeuner est prêt, lady de Rannoch, m'annonça le majordome en entrant dans la pièce.

L'on me servit un potage. Je sus de quoi il s'agissait à la première cuillerée. De la soupe de tomate en conserve. Je m'étais nourrie de choses de ce genre quand j'avais essayé de vivre seule à Londres, sans le sou. Fernando s'était contenté d'ouvrir une boîte ! Et c'était ce qu'il appelait de la bonne cuisine espagnole.

Le valet emporta à la hâte mon assiette et me proposa le plat suivant : deux pitoyables feuilles de salade sur lesquelles étaient posés quelques anchois et une pomme de terre froide. Je mangeai le tout sans protester, parce que j'avais faim. Il n'y eut aucun dessert, hormis une tranche de vieux cheddar accompagné de biscuits salés.

C'en était assez. Laissant McShea débarrasser, je me levai, me dirigeai droit vers la porte tapissée de feutre et descendis les marches qui menaient à l'office. Fernando était attablé à la cuisine, occupé à lire le journal en fumant.

En m'entendant entrer, il se leva d'un bond en affichant un air coupable.

— J'ignore qui étaient vos employeurs précédents, et peut-être croyez-vous que j'accepterai n'importe quoi parce que je suis une jeune femme, mais sachez que je refuserai que l'on me serve deux fois ce genre de repas.

— Désolé, madame. Je n'attendais pas votre arrivée, il faut comprendre. Il n'y a rien de bon à manger dans la maison.

— Dans ce cas, que servez-vous aux autres domestiques ?

— Je fais un ragoût. Ou un plat de riz. De la nourriture de paysan.

— Eh bien, ce doit être meilleur que ce à quoi j'ai eu droit. De la soupe en boîte ? Quant à la salade, elle était flétrie.

— Désolé. Je ferai livrer des légumes frais par le magasin.

— Il n'y a plus de potager dans la propriété ? demandai-je. Je me souviens d'un beau jardin regorgeant de toutes sortes de fruits et de légumes.

— Je ne sais pas ce qu'ils font pousser. Pas grand-chose. Il n'y a personne à nourrir. Et je ne vais pas ramasser les légumes. Tout vient du magasin.

— Dans ce cas, envoyez quelqu'un faire des courses, aujourd'hui même s'il le faut, mais j'espère un repas de meilleure qualité ce soir, déclarai-je avant de repartir, fulminante.

Au sommet de l'escalier, je m'immobilisai pour reprendre mon souffle et m'aperçus que je tremblais. Je n'étais pas habituée à ce type de situation, et cela me faisait horreur.

11.

Mercredi 26 juin
Eynsleigh, Sussex

Il est bien fatigant d'être la maîtresse de ce manoir. Je suis tentée de me débarrasser de tout le personnel de façon à recommencer à zéro, mais cela me semble difficile sans la permission de sir Hubert. Il est possible que Fernando sache bien cuisiner pour lui ! Le problème, c'est qu'ils me voient comme une intruse et n'apprécient pas ma présence ici.

Dans l'après-midi, ma chambre avait été nettoyée, époussetée, et le lit était fait. J'allai trouver Plunkett pour lui dire de faire venir les femmes de ménage du village aussi souvent que nécessaire afin de rendre la demeure habitable. Il parut préoccupé.

— Tout cela coûte de l'argent, lady de Rannoch, et nous n'avons qu'un budget très restreint.

— Votre maître m'assure qu'il y a de quoi subvenir aux frais de cette maison sur son compte en banque.

— Il est peut-être absent depuis plus longtemps qu'il ne l'avait prévu. Et si vous lui écriviez pour lui demander d'augmenter la somme qu'il nous alloue ?

Il avait sans doute raison. Les explorateurs qui parcourent le monde pour escalader des montagnes n'ont probablement pas de sens pratique et perdent la notion du temps.

— Dans ce cas, faites de votre mieux pour l'instant, recommandai-je. Quelle est le nom de sa banque ? Je rendrai visite au directeur de l'agence.

— Ce serait inutile, décréta le majordome. Un virement automatique est effectué tous les mois, et seul sir Hubert peut en modifier le montant.

— J'ai toutefois besoin d'une femme de chambre. Je peux la payer de ma poche tant que je n'aurai pas réglé cette question avec votre maître.

— Auquel cas je vous suggère de contacter l'une des agences de domestiques londoniennes, lady de Rannoch, rétorqua-t-il avec raideur.

— Leurs tarifs sont exorbitants. Je préférerais une fille des environs désireuse d'être formée. Je suis certaine que vous pouvez vous renseigner.

— Nous avons peu de contacts avec les gens du coin. Vous pourrez interroger les femmes de ménage du village quand elles viendront. Elles sauront vous répondre.

Était-ce exprès qu'il se montrait aussi peu coopératif ?

— Il vous est possible de m'envoyer Joanie pour m'aider jusqu'à ce que je trouve une domestique.

— Elle a déjà assez à faire dans une demeure de cette taille.

Il frisait à présent l'insolence.

— Je n'aurai besoin d'elle que quelques minutes pour m'habiller et me déshabiller.

— Je verrai avec elle si elle est disposée à vous assister.

Un silence suivit, durant lequel je m'efforçai de formuler différentes pensées contradictoires.

— Depuis combien de temps travaillez-vous ici, Plunkett ?

— Cela fait un peu moins d'un an, lady de Rannoch.

— Et avant cela ?

— J'étais chez une vieille dame, la comtesse de Malmsbury. La connaissez-vous, par hasard ?

— Non, ce nom ne me dit rien.

— Une dame remarquable, de la vieille école.

— J'espère qu'elle attendait de votre part une maison beaucoup mieux tenue qu'Eynsleigh.

— Évidemment. Mais tout se relâche un peu lorsqu'il n'y a qu'un personnel réduit et que le maître des lieux n'est jamais là. Si sir Hubert nous annonçait qu'il rentrait, tout serait impeccable à son arrivée.

— Bien. Montrez-moi ce dont vous êtes capable, afin que je puisse écrire à lady Malmsbury pour le lui dire.

— Ça servirait à rien, s'empressa-t-il de répondre avec un accent cockney soudain plus marqué. Elle est morte. Raison pour laquelle j'ai dû chercher une nouvelle position.

À l'évidence, cette conversation ne menait à rien.

— Est-ce que ce sera tout, lady de Rannoch ?

— Pour l'heure. Je souhaite toutefois examiner les comptes de la maisonnée.

— Maintenant ? fit-il, comme surpris. Puis-je vous suggérer de reporter cela à demain matin, une fois que j'aurai pu les préparer ?

J'aurais dû insister pour qu'il les apportât sur-le-champ, mais je songeai qu'il n'aurait pas le temps de les falsifier d'ici le lendemain. Quoi qu'il en soit, je pourrais aisément effectuer des vérifications auprès de la banque afin de savoir combien d'argent était versé chaque mois.

— D'accord, demain matin, répliquai-je d'une voix laissant transparaître mon mécontentement. J'aimerais aussi faire la connaissance des jardiniers aujourd'hui, ajoutai-je avant de marquer une pause. À la réflexion, je vais faire une promenade dans le parc, où je les trouverai moi-même.

— Ils peuvent être n'importe où.

— Ils ont intérêt à être au travail, rétorquai-je.

Tout en m'éloignant, je pensais à Plunkett. J'imaginais difficilement quelqu'un appartenant à ma classe, tout particulièrement une comtesse âgée, engageant un majordome de son acabit. Peut-être s'était-il donné beaucoup de mal pour se comporter en parfait domestique, servile et sophistiqué, auprès de son ancienne maîtresse, mais, avec moi, il ne faisait tout bonnement aucun effort. Je n'avais jamais rencontré de majordome qui n'eût pas des manières et un langage irréprochables. À dire vrai, la plupart d'entre eux se conduisaient comme s'ils étaient encore plus haut sur l'échelle sociale que ceux qu'ils servaient.

J'enfilai des souliers solides et sortis de la maison. Je ne vis nul employé dans les jardins à la française. Je fis le tour de la bâtisse, longeai le court de tennis et me dirigeai vers le potager. À mon grand étonnement, j'y découvris des arbres chargés de fruits, un parterre de fraises, des haricots verts et des petits pois presque mûrs. Pourquoi Fernando avait-il affirmé que presque rien n'y poussait ? À moins qu'il ne se passât quelque manigance dans mon dos. Les jardiniers, voire le cuisinier, vendaient-ils les produits maraîchers pour se faire un joli bénéfice ?

Quand le chat n'est pas là... Il était toutefois possible que sir Hubert eût permis de vendre l'excédent des récoltes. Il me faudrait avancer avec précaution. Je contournai un abri de jardin et me trouvai face à deux jeunes hommes assis sur des tonneaux retournés, en train de fumer. Interloqués, ils se redressèrent d'un bond.

— Oui, mademoiselle ? fit l'un d'eux. Vous voulez quelque chose ?

C'étaient deux individus maigres qui auraient été plus à leur aise à traîner au coin d'une rue qu'à besogner dans un parterre de fleurs.

— Oui, je veux que mes jardiniers se mettent au travail, répondis-je.

— C'est vous qui dirigez la maison, maintenant ? s'étonna le second. Personne nous a avertis.

— « Personne *ne* nous a avertis », le corrigeai-je. Apparemment, la lettre de sir Hubert s'est égarée en route. Je suis lady Georgiana de Rannoch, aussi vous faudra-t-il m'appeler par mon titre. En tant qu'héritière de sir Hubert, je compte m'installer dans cette demeure avec mon futur époux. Je suis venue quelque temps avant notre mariage afin de veiller à ce que le manoir et le parc soient impeccables.

Les deux hommes échangèrent un bref regard.

— Je tiens à vous féliciter, poursuivis-je. Le potager est splendide. Comme le cuisinier espagnol semble ne pas très bien connaître la nourriture anglaise, faites en sorte que de bons légumes frais soient livrés à l'office tous les matins. Les haricots sont apparemment prêts à être cueillis. Quant aux prunes et aux fraises, elles sont très belles.

— Oui, lady d'Rannoch, marmonna l'un d'eux.

J'avais à l'évidence eu raison de penser que les produits maraîchers du domaine étaient expédiés ailleurs pour être vendus.

— J'ai également remarqué que la fontaine n'était pas alimentée en eau. Je l'aimais beaucoup quand j'étais enfant. Ainsi, assurez-vous qu'elle remarche dès que possible.

— C'est pas vraiment notre boulot, objecta l'un des jardiniers. Il doit y avoir des tuyaux ou autre chose de cassé.

— Êtes-vous actuellement les seuls employés chargés de l'entretien du parc ?

— Oui, lady de Rannoch, répondit l'autre. Plunkett a dit que ça suffisait qu'on soit deux.

— Auquel cas je vous suggère d'aller examiner cette fontaine. Si vous ne pouvez la réparer, nous ferons venir un plombier du bourg le plus proche, ajoutai-je en les défiant du regard au point qu'ils baissèrent tous deux les yeux. Comment vous appelez-vous ?

— Je suis Bill, lady de Rannoch, murmura le premier. Bill Bagley.

— Et vous ?

— Ted Hoskins, se présenta le second sans même me dévisager.

— Et vous êtes originaires des environs ?

— Non. Je viens de Croydon. Et lui, de Hastings.

— Qu'est-il arrivé à vos prédécesseurs ? Je me souviens de deux vieux jardiniers.

— On en sait rien, lady de Rannoch. On nous a embauchés récemment.

— Je vois. Eh bien, j'inspecterai le parc et vous indiquerai quels endroits nécessitent d'être mieux entretenus. Prenez, par exemple, ces bordures de plantes herbacées : il y a davantage de mauvaises herbes que de fleurs. Mettez-vous immédiatement au travail.

— Oui, lady de Rannoch, acquiescèrent-ils en grommelant.

Tandis que je m'éloignais, je sentis qu'ils continuaient de m'observer. L'inquiétude me gagna réellement. Pourquoi tout le personnel avait-il été remplacé ? Aucun de ces employés ne paraissait fait pour le poste qu'il occupait ni ne ressemblait au genre de domestique auquel j'étais habituée. Je me rappelai que ceux du château de Rannoch étaient écossais, plus susceptibles sans doute de se montrer humbles et polis que les gens de maison dans le sud de l'Angleterre. J'avais pourtant séjourné dans de grandes demeures des environs, dont Farlows[1], à moins de deux kilomètres, où tout était assurément bien géré – assez pour que s'y tînt une partie de campagne avec le prince de Galles en personne !

1. Voir *Son Espionne royale mène l'enquête*, tome 1.

J'imputais tout ce laisser-aller à Plunkett. Engagé pour remplacer Rogers, il avait fait venir, présumai-je, des gens de son espèce, des domestiques susceptibles de s'entendre avec lui. Oh, ciel. Je soupirai. Je détestais les conflits. Je me sentais quasiment prête à repartir pour Londres et à écrire à sir Hubert : je le remercierais pour son aimable proposition, tout en expliquant que je préférais habiter un appartement en sous-sol avec une propriétaire fouineuse ou une chambre exiguë mais chic au dernier étage d'un immeuble ! Devais-je téléphoner à Zou Zou ? S'il y avait bien une personne capable de se faire obéir, c'était elle. Toutefois, cela reviendrait à admettre mon propre échec. Il faudrait bien que je fusse un jour une véritable maîtresse de maison et, plus tôt je m'habituerais à ce rôle, mieux ce serait.

Ainsi résolue, je retournai à l'intérieur. Plunkett traînait dans le hall. Je le soupçonnais de m'avoir épiée par une fenêtre. Je décidai d'appeler Belinda. Peut-être pourrait-elle m'apporter ma robe pour un essayage afin de m'égayer.

— Où se trouve le téléphone, Plunkett ? m'enquis-je en cherchant l'objet des yeux.

— Le seul appareil est dans le bureau de sir Hubert, lequel est fermé à clé quand il est absent, m'apprit-il, affichant de nouveau un air arrogant. De plus, la ligne est débranchée quand mon maître n'est pas en résidence.

— Il va donc falloir la faire rebrancher et installer un téléphone dans ce hall. Je vais devoir m'entretenir avec différentes personnes afin d'organiser mon mariage.

— Vous ne prévoyez pas de vous marier à Eynsleigh ?

J'étais fort tentée de répondre par l'affirmative et d'ajouter que Leurs Majestés comptaient venir. Mais je suis trop honnête en raison de mon éducation, ma nourrice m'ayant un jour lavé la bouche avec du savon après que j'eus menti.

— Non, la réception aura lieu dans la demeure londonienne des Rannoch.

— Et vous ne souhaitez pas séjourner là-bas en attendant que le manoir soit prêt pour vous recevoir ? Ce serait beaucoup plus commode.

— À vous entendre, l'on se figurerait que vous cherchez à vous débarrasser de moi, Plunkett, remarquai-je d'un ton doucereux.

Il eut la bonne grâce de rougir.

— Oh non, lady de Rannoch. Je me disais simplement que ce devait être compliqué pour vous d'être loin de Londres.

— C'est très aimable à vous. Mais j'ai la ferme intention de surprendre mon futur époux en l'accueillant dans une maison tenue à la perfection lorsqu'il rentrera de l'étranger.

— Ce monsieur voyage donc beaucoup ?

Il était clair que le majordome se demandait s'il aurait souvent à faire à un maître plein d'assurance.

— En effet.

— Et dans quel domaine travaille-t-il ?

— C'est extrêmement confidentiel. Il parcourt le monde afin d'appréhender des criminels.

Une lueur de méfiance passa dans les yeux de Plunkett. J'avais rarement vu un homme dont le visage trahissait aussi clairement les émotions.

— Mais revenons à des questions d'ordre pratique, repris-je. Les jardiniers me semblent bien paresseux. Leur position dépend de leur bonne volonté à se mettre au travail, veillez à ce qu'ils le comprennent.

— Je leur dirai.

— Où sont passés leurs prédécesseurs ? Lorsque l'on engage des jeunes gens, un jardinier plus âgé leur enseigne généralement comment accomplir leurs tâches.

— Ils sont morts ou partis à la retraite, précisa le majordome. Sir Hubert n'avait pas changé de gens de maison pendant des années, de sorte qu'ils ont tous pris de l'âge en même temps. De plus, Bill Bagley et Ted Hoskins étaient vivement recommandés. Le premier a travaillé dans les parcs de Hastings, le second dans une grande pépinière.

— Mais pas dans un vaste domaine comme Eynsleigh, fis-je observer. En outre, je suppose que chacun d'eux avait un patron qui lui disait quoi faire. Ce n'est pas la même chose quand il faut prendre des initiatives, n'est-ce pas ? Quoi qu'il en soit, je leur ai demandé d'examiner la fontaine. S'ils ne parviennent pas à la réparer, il faudra faire venir un plombier de Haywards Heath.

— Ce qui coûtera sans doute cher, répondit Plunkett en toute hâte.

— Nous devrons alors étudier les comptes et voir si nous pouvons faire quelques économies. Les gages des domestiques sont peut-être trop élevés, vu le peu d'efforts qu'ils ont eu à fournir jusqu'à maintenant.

Sur ces mots, je tournai les talons d'un air majestueux digne de ma mère et m'engageai dans l'escalier d'honneur. Ma sortie fut quelque peu gâchée lorsque le bout de mon soulier se coinça sous la tringle de tapis de l'une des marches et que je basculai en avant. Par bonheur, je réussis à rattraper mon équilibre, et je ne crois pas que Plunkett s'aperçut de ma maladresse. Une fois dans le corridor, j'ouvris les unes après les autres les portes de chacune des chambres. Comme c'était étrange, me dis-je. Pourquoi certaines de ces pièces étaient-elles entièrement vides, tandis que du mobilier couvert de draps s'empilait dans les autres ? Pourquoi ne pas les avoir toutes laissées telles quelles, pourvues de lits et prêtes à accueillir des invités ? Je montai alors au deuxième étage en empruntant un escalier moins grandiose. J'étais néanmoins en terrain connu, car j'avais couru dans ce couloir étant enfant ! Au bout se trouvait ma nursery, exactement comme par le passé : le grand cheval à bascule près de la fenêtre ;

la bibliothèque basse sur laquelle étaient tristement posées deux poupées de chiffon ; le petit lit et son édredon brodé. Une pensée merveilleuse me vint à l'esprit – un jour, mon enfant dormirait dans ce lit et je m'approcherais de lui sur la pointe des pieds pour lui souhaiter bonne nuit d'un baiser.

Je redescendis dans de meilleures dispositions. Il s'agissait de mettre au pas la domesticité, tout simplement. Je me figurai que c'était normal lorsqu'une nouvelle maîtresse arrivait dans une vaste demeure et cherchait à obliger le personnel à s'adapter à des façons de faire inhabituelles. J'étais à présent bien décidée à rester à Eynsleigh et à lui rendre sa gloire passée !

12.

Mercredi 26 juin
Eynsleigh, Sussex

J'allai m'asseoir dans le petit salon – une pièce où l'on se délasse généralement le matin, pas en plein après-midi ! Mais les salons plus grands n'étaient pas encore prêts. Je sonnai pour que l'on m'apportât du thé ; une tasse remplie d'un liquide pâle me fut servie, avec un biscuit posé sur la soucoupe. Ciel. Fernando avait fait du thé à la continentale, sans lait ni sucre. Je le bus malgré tout et dressai la liste de ce qui me restait à organiser avant le mariage et pour arranger cette maison :

Me trouver une femme de chambre.
Faire venir des femmes de ménage.
Faire réparer la fontaine. Appeler un plombier si nécessaire.
Faire rebrancher le téléphone.
Vérifier les comptes. Réduire certaines dépenses.

Toutes ces tâches me paraissaient bien intimidantes, et je me sentais extrêmement seule et vulnérable. J'avais eu de si grandes espérances. Dans mon souvenir, Eynsleigh était un lieu chaleureux et accueillant. Quand la situation avait-elle commencé à se dégrader ? Je me demandai si M. Rogers vivait encore dans les environs ou s'il était reparti dans sa région natale. Mme Holbrook et lui sauraient peut-être expliquer, du moins en partie, pourquoi l'on avait engagé Plunkett.

Je trouvai du papier à lettre et écrivis à Belinda. J'essayai d'adopter un ton enjoué, terminant cependant par les mots suivants : *Je vais tâcher de monter à Londres d'ici quelques jours. Mais je dois d'abord remettre les choses en état de marche à Eynsleigh. J'ai tant à faire. Et si tu venais me tenir compagnie et confectionner ma robe ici ?*

Une fois l'enveloppe timbrée, je sonnai le majordome.

— Pourriez-vous remettre ceci au facteur quand il passera demain ?

— Il ne vient plus à Eynsleigh. Tout le courrier de sir Hubert est directement réexpédié à son notaire.

Oh, flûte, songeai-je avec un soupir. Nous étions bel et bien coupés du monde extérieur. Il me faudrait aller à Haywards Heath et voir si le facteur pouvait de nouveau nous ajouter à sa tournée.

À dix-huit heures, j'allai me changer avant le dîner. Je serais seule à table, j'en étais consciente, mais les domestiques sauraient ainsi que je tenais aux convenances. Je n'avais apporté qu'une robe de soirée afin de garder pour mon trousseau les belles créations achetées par ma mère. Je m'efforçai de l'enfiler sans l'aide de personne avant de baisser les bras. Pour les stylistes qui concevaient ces tenues, il allait de soi qu'une dame eût une femme de chambre ou tout du moins un mari désireux de l'assister. Je tirai sur le cordon de la sonnette. Quelques minutes plus tard, Joanie apparut.

— Vous m'avez appelée, lady de Rannoch ?

— Oui, Joanie. J'ai besoin de vous pour m'habiller. Ces robes de soirée sont toutes munies d'agrafes dans le dos. Il est impossible de les fermer seule.

— OK, fit-elle.

Au moins, elle ne m'avait pas lancé un « Pas d'problème, mam'zelle », la devise de Queenie. À cet instant, j'eus une pensée affectueuse pour mon ancienne domestique. Il lui arrivait de se montrer joyeuse et pleine de bonne volonté, contrairement à cette fille à la mine revêche. Celle-ci passa brusquement la robe par-dessus ma tête et, tout en l'agrafant, marmonna des jurons.

— Vous pouvez vous coiffer toute seule, pas vrai ? J'ai tellement à faire avec ces pièces à nettoyer.

— Oui, je peux me coiffer, Joanie, merci. J'ai également dit à Plunkett d'employer les femmes de ménage du village jusqu'à ce que tout soit remis en ordre. Lorsque j'aurai vérifié les comptes, je verrai si nous pouvons embaucher une seconde bonne.

— Je peux prendre congé, maintenant ?

— Oui. Il vous faudra cependant revenir m'aider à me déshabiller après le dîner. Je dois trouver une femme de chambre aussi vite que possible, j'en ai conscience.

— Vous en aviez pas une, avant de venir ici ? demanda Joanie.

— Je séjournais chez une princesse polonaise, et sa femme de chambre était à ma disposition. La mienne a préféré rester en Irlande auprès de sa mère, à mon grand regret.

— Une princesse..., répéta-t-elle, affichant une mine de fillette impressionnée. Voyez-vous ça ! Elle est comment, cette princesse ?

— Élégante et fort généreuse.

— Vous avez déjà rencontré nos petites princesses ? Elizabeth et Margaret, je veux dire.

— Elles seront demoiselles d'honneur à mon mariage.

— À d'autres ! s'exclama Joanie avec un sourire narquois.

— Si, je vous assure. Ce sont mes cousines.

— Mince alors ! M. Plunkett nous a rien dit. Des membres de la famille royale vont donc venir ici ?

— C'est fort possible.

Tandis qu'elle sortait de la chambre, je souris à mon reflet dans le miroir. Cette nouvelle secouerait certainement les domestiques. Peut-être serais-je mieux servie à l'avenir.

Lorsque je descendis, je sentis une odeur tout à fait alléchante venant de la cuisine. Des oignons frits, me sembla-t-il. Après mon déjeuner lamentable, Fernando faisait sans doute son possible pour se rattraper. Je pris un verre de sherry dans le petit salon, puis le majordome vint m'annoncer que le dîner était prêt. Pleine d'espoir, j'entrai dans la salle à manger. Un candélabre avait été allumé sur la table, conférant aux lieux un aspect plutôt festif. Je m'assis et McShea m'apporta une assiette dont le contenu était caché sous une cloche. Il ôta celle-ci, et je découvris le plat le moins ragoûtant que j'eusse jamais vu : un filet de cabillaud cuit à l'eau, apparemment si longtemps qu'il était desséché, une unique pomme de terre bouillie et du chou qui avait tellement bouilli lui aussi qu'il avait viré au gris.

C'était la goutte d'eau. Je me levai d'un bond de ma chaise.

— Il y a un problème, lady de Rannoch ? s'enquit le valet de pied.

— Assurément, répliquai-je. Allez immédiatement me chercher Fernando.

J'attendis, alors que le ton montait en direction de l'office ; puis le cuisinier apparut, suivi de Plunkett qui s'immobilisa sur le seuil.

— Comment appelez-vous cela, Fernando ? lui demandai-je, l'index pointé sur mon assiette.

— Du poisson.

— Oui, je le sais bien. Est-ce un morceau que vous réserviez pour le chat ?

— Non. C'est du bon poisson.

— Je n'ai jamais eu droit à un repas aussi épouvantable, même quand j'étais en pension. Regardez un peu. Ce filet est carrément sec. Il n'y a pas de sauce. Quant au chou…

— Vous dites que vous aimez manger la nourriture bien cuite. Alors je cuis bien votre repas.

— Non, ce n'est pas ce que je vous ai dit, rétorquai-je sèchement. Du moins avez-vous mal interprété mes propos. Je crois vous avoir indiqué que j'aimais que tout soit bien cuisiné. Bien préparé. Confectionné correctement.

— Et vous dites aussi pas d'ail et d'épices, poursuivit l'homme d'un air belliqueux. Alors comment je peux faire une sauce, hein ?

— Je suis convaincue qu'il existe nombre de sauces qui ne sont pas épicées. Utilisez un livre de recettes. Vous pouvez emporter cette assiette, ajoutai-je en l'indiquant.

— Vous ne voulez pas ça ?

— Qu'avez-vous confectionné pour le dîner des domestiques, Fernando ?

— Un ragoût de poisson.

— Dans ce cas, j'en mangerai moi aussi.

— Il y a de l'ail, renchérit-il, levant le menton d'un air de défi.

— Je prendrai ce risque. Que l'on m'en apporte un bol. Ainsi qu'un verre du bon vin que j'ai aperçu sur la table de la cuisine. Du châteauneuf-du-pape, m'a-t-il semblé. Ma foi, le personnel a droit à un grand cru. Soit sir Hubert se montre généreux, soit il lui faudra compter ses bouteilles à son retour.

Fernando me foudroya du regard. Alors qu'il était sur le point de tourner les talons, je précisai :

— C'est votre dernière chance. Si vous ne parvenez pas à me prouver que vous êtes bon cuisinier, je serai contrainte de vous congédier.

— Vous n'avez pas le droit, riposta-t-il sans se départir de sa mine provocante. C'est sir Hubert mon patron. Il m'embauche. Il est le seul qui peut me renvoyer. Je ne pars pas tant qu'il ne m'ordonne pas de partir.

— C'est ce que l'on verra.

Je m'attablai de nouveau et attendis que l'on me servît un bol de ragoût et un verre de vin. J'en bus une longue gorgée pour calmer mes nerfs. Sapristi, quelle journée ! Le poisson était délicieux. McShea m'apporta ensuite des fraises à la crème. Je résolus de revoir Fernando le lendemain matin afin d'établir les menus de la semaine. De cette manière, j'éviterais d'autres affreuses surprises.

Après un second verre de vin, l'épuisement me gagna. J'annonçai que je montais lire dans ma chambre et que Joanie devait m'y rejoindre. Elle se présenta un instant plus tard et, tout en rangeant mes vêtements, m'interrogea à propos des deux jeunes princesses. En fin de compte, je m'étais sans doute fait une alliée parmi les domestiques. Je lus pendant un moment dans un petit fauteuil. Une odeur déplaisante planait dans la pièce. Une odeur de soufre. Une souris morte gisait-elle sous l'armoire ? Je m'aperçus alors que les fenêtres étaient fermées. J'avais grandi au château de Rannoch, où on les gardait religieusement ouvertes même par temps de bourrasques. Je me levai donc pour les ouvrir. Des bruits nocturnes me parvinrent aux oreilles : le doux soupir du vent dans les arbres, le hululement d'un hibou dans le lointain. Où que je regarde, aucune lumière n'était visible au-dehors. J'eus l'impression d'être perdue en mer.

Soudain, j'entendis des voix – des voix d'hommes qui parlaient tout bas. Je me penchai par la fenêtre la plus proche ; elles venaient manifestement de l'aile ouest, où était situé l'appartement de sir Hubert. Je parie que le téléphone n'est pas coupé, devinai-je. L'un des domestiques était en train de s'en servir. Je mènerais ma propre enquête dès le lendemain. Les voix – à moins qu'il n'y en eût qu'une – étaient trop éloignées pour que je pusse distinguer ce qu'elles racontaient. J'étais trop fatiguée pour continuer de lire, et la lampe était trop tamisée. À dire vrai, j'avais les paupières lourdes et de légers élancements dans les tempes. J'ai bu trop de vin, songeai-je. Je n'y étais pas habituée, et celui-ci m'avait paru fort capiteux. Je renonçai donc, éteignis la lumière et me mis au lit.

Une fois allongée, je pris conscience du silence absolu qui m'entourait. Il me sembla que la brise était retombée. Rien ne bougeait à l'extérieur. J'avais cependant l'ouïe fine, et je perçus un son infime. Un léger sifflement. Le genre de bruit que faisait jadis l'éclairage au gaz avant que l'on n'installât l'électricité dans les maisons. Je me levai, rallumai ma lampe de chevet et examinai la pièce. Pour la première fois, je remarquai un chauffage au gaz logé dans le foyer de la cheminée… et je m'aperçus que le robinet était à demi ouvert. Je m'empressai d'aller le fermer, puis le considérai, le cœur battant à tout rompre. Quelqu'un avait vérifié que les fenêtres étaient bien closes avant d'allumer le gaz. Pas à fond, car alors je serais probablement déjà morte si je n'avais distingué son odeur. En revanche, si je m'étais endormie dans cette pièce sans la moindre aération, me serais-je réveillée au matin ? Avait-on cherché à me tuer ou simplement à m'effrayer afin de m'inciter à partir ?

Je suivis le conseil que Darcy m'avait donné lorsque nous étions à Stresa ensemble : je pris une chaise à dossier droit et la coinçai sous la poignée de ma porte. Personne ne pourrait plus entrer sans que le siège ne tombât avec fracas. Je ne parvins toutefois pas à trouver le sommeil. L'on tentait de m'obliger à fuir. Les domestiques avaient joui d'une vie facile sans avoir à fournir beaucoup d'efforts, et il leur fallait désormais se secouer et employer l'argent alloué à la maisonnée pour me servir et non pour leur propre confort. Ma foi, je ne me laisserai pas intimider ! Pourtant, allongée dans mon lit, tandis que j'observais les rideaux que remuait la brise qui s'était de nouveau levée, je me sentis bien seule. Si seulement Darcy n'avait pas été contraint de s'absenter ! Si seulement j'étais de retour chez Zou Zou !

Je commençais à m'assoupir quand j'entendis un bruit. Un crissement de pneus sur le gravier, me sembla-t-il. Je me remis debout, enlevai la chaise sous la poignée et, à pas de loup, m'aventurai dans le couloir, que je remontai à tâtons jusqu'à l'une des chambres qui donnaient sur l'avant du manoir. La seule à offrir une bonne vue sur la cour était remplie de meubles cachés sous des draps. Je tâchai de m'y faufiler ; dans ma hâte, je me pris le pied dans l'un de ces draps, trébuchai et, pour éviter de chuter, tendis la main en avant. Celle-ci effleura l'étoffe, et je basculai en avant. Tout en me relevant, je m'appliquai à garder mon calme. La pièce était dans la pénombre, à peine éclairée par une ampoule anémique placée un peu plus loin dans le couloir. Je retirai le drap et, à ma grande stupeur, ne découvris rien en dessous. J'ôtai les autres housses de protection. Il n'y avait que trois cadres de lit dans la chambre, et les housses avaient été drapées entre elles pour former des sortes de tentes, comme celles que l'on fabrique, enfant. Pourquoi ? J'aurais juré avoir entrevu des meubles sous ces draps lorsque que j'avais visité l'étage. Comment avaient-ils pu ainsi se volatiliser ?

Je replaçai les draps. Personne ne devait savoir que j'étais venue là. Je me rappelai alors pourquoi j'étais entrée dans cette pièce. J'écartai l'un des lourds rideaux et regardai par la fenêtre. L'avant-cour était plongée dans le noir. Je n'y vis ni phares ni automobile. Le silence était total. Les bruits portaient peut-être aisément jusqu'ici avec la brise nocturne, et j'avais sans doute entendu un véhicule roulant dans une propriété voisine. Toujours mal à l'aise, je retournai me coucher.

13.

Jeudi 27 juin
Eynsleigh, Sussex

J'ai passé une mauvaise nuit. Comme cette histoire de robinet du gaz m'a fait une peur bleue, j'ai sans doute imaginé qu'il se produisait d'autres choses. Je ne vais cependant pas laisser Plunkett et ses complices me mettre en déroute. Je compte bien m'établir dans cette demeure, que cela leur plaise ou non !

Je fus réveillée dès l'aurore par un chœur assourdissant. Lorsque l'on vit en ville, l'on oublie à quel point les oiseaux peuvent se montrer bruyants. Ma petite horloge de voyage m'apprit qu'il était presque cinq heures. Je me levai et m'approchai d'une fenêtre. Les premiers rayons de soleil illuminaient de biais l'herbe couverte de rosée. Les senteurs des rosiers et de la pelouse fraîchement tondue montaient jusqu'à moi. Une matinée idéale pour une promenade à cheval. Une fois installée à Eynsleigh, je pourrais peut-être de nouveau en avoir un, me dis-je.

J'étais donc de meilleure humeur avant que ne me revienne en tête l'incident de la veille. Fallait-il interroger les domestiques ou garder le silence ? Je réfléchis : quelle attitude serait la plus efficace ? Conserver mon sang-froid et me taire ? Mais l'on n'avait pas seulement voulu m'effrayer, compris-je. L'un d'eux s'attendait-il à me découvrir morte ce matin ? Je résolus de jouer sur l'effet de surprise et d'observer leurs réactions. Je me lavai et m'habillai sans l'assistance de Joanie, et j'étais sur le point de gagner le rez-de-chaussée quand je me rappelai la chambre où j'étais entrée la veille au soir. Je retournai l'examiner. Je n'y vis, en effet, que de vieux cadres de lit dissimulés sous des draps. C'était tout à fait étrange. Si je posais la question à Plunkett, je n'obtiendrais pas de réponse adéquate, aussi décidai-je ne rien dire à ce sujet.

Une fois dans le petit salon, je tirai sur le cordon de la sonnette. Le majordome apparut au bout d'un long moment.

— Vous souhaitiez me voir, lady de Rannoch ? demanda-t-il tout en terminant de boutonner sa veste.

— Oui, c'est exact. Bonjour, Plunkett. La maisonnée se lève apparemment bien tard. Veuillez immédiatement rassembler les domestiques. Je souhaite leur parler d'une affaire des plus urgentes.

— Tout de suite ?

Il était si étonné qu'il en oublia d'ajouter « lady de Rannoch ».

— Oui, tout de suite. Dans cette pièce.

Il repartit. Tout en patientant, j'entendis des voix grognonnes. Puis ils entrèrent d'un pas traînant, Joanie ajustant son bonnet, Fernando ayant lui aussi boutonné à la hâte son uniforme de cuisinier. Je m'assis et les étudiai tour à tour.

— Il m'est arrivé quelque chose de très inquiétant la nuit dernière, commençai-je. En allant me coucher, j'ai entendu un sifflement et me suis aperçue que le robinet du gaz de mon chauffage était ouvert. Pour l'heure, je ne sais que croire. J'aimerais me dire que c'était un simple accident. J'espère sincèrement que cela n'est pas à mettre sur le compte d'un sentiment malveillant de la part de l'un d'entre vous et que je n'aurai pas à alerter la police.

Fernando refusait de croiser mon regard. Plunkett paraissait abasourdi, ou du moins feignait-il de l'être. McShea se dandinait d'un pied sur l'autre. Quant à Molly et Joanie, elles avaient baissé les yeux.

— Je présume que c'est vous qui avez nettoyé ma chambre, Joanie, continuai-je. Vous êtes aussi venue m'aider à me déshabiller. Mes soupçons se portent donc sur vous, je le crains... Et si le bruit courait que vous avez cherché à vous en prendre à votre maîtresse, vous ne trouveriez plus jamais un autre emploi.

L'intéressée leva la tête. Sa lèvre tremblota.

— Je suis rudement désolée, lady de Rannoch, vraiment.

J'attendis qu'elle poursuivît sa confession.

— J'ai dû cogner mon balai contre le robinet en faisant le ménage. Ça arrivera plus, je vous promets.

— Cela vaudra mieux pour vous, répliquai-je.

Du gaz avait-il fui dans ma chambre depuis le ménage de l'après-midi ? Cela ne me parut guère plausible. J'aurais perçu son odeur plus tôt, j'en étais convaincue. Le coupable avait ouvert le robinet pendant que je dînais, ou bien Joanie s'en était chargée lorsqu'elle m'avait rejoint après le repas.

— Vous avez tous conscience que vous me faites d'emblée une fâcheuse impression, ajoutai-je. Je serai sans doute obligée d'écrire à sir Hubert dès aujourd'hui pour lui annoncer qu'il me faut remplacer le personnel au complet. Je vous suggère donc de vous conduire de votre mieux à partir de maintenant. Si nécessaire, j'irai voir le notaire de votre maître afin qu'il m'autorise à vous congédier sans vous fournir de références.

— Attendez un peu, lady de Rannoch ! s'exclama précipitamment Plunkett. Joanie s'est excusée pour l'accident. Elle veillera à ce que cela ne se reproduise pas.

— Dans ce cas, repartons d'un bon pied dès aujourd'hui, voulez-vous ? Fernando, je souhaite un petit déjeuner correct ce matin : des œufs, du bacon, une saucisse et des tomates. Je tiens à être servie dans une demi-heure. J'aimerais aussi que l'on m'apporte du café séance tenante. Un peu plus tard, je vous attendrai dans cette pièce afin d'établir les menus de la semaine à venir.

— Oui, lady de Rannoch, marmonna-t-il. Je viens.

— Dès que j'aurai terminé mon repas, nous examinerons les comptes ensemble, Plunkett, précisai-je.

— Très bien, lady de Rannoch, répondit-il d'une voix pleine d'humilité, comme il se devait.

Avais-je remporté cette partie ?

L'on me servit un petit déjeuner plutôt acceptable, à l'exception des œufs au plat, cuits dans un peu trop de graisse. Le majordome revint avec le livre de comptes. Je consultai les colonnes de chiffres en tâchant de donner l'impression que je m'y connaissais et que je savais quelle somme était nécessaire pour tenir une demeure telle qu'Eynsleigh. À dire vrai, je n'en avais pas la moindre idée. Fig se plaignait sans cesse de ne pas avoir d'argent, mais j'ignorais ce qu'elle entendait concrètement par là. Je fis courir mon index de haut en bas sur une page, puis sur la suivante. Je dus admettre que le montant alloué mensuellement était assez modeste – et qu'il équivalait plus ou moins aux sommes débitées. Il était tout simplement possible que sir Hubert, ayant été longtemps absent, eût sous-estimé le coût de la vie.

— Tout me semble en ordre, Plunkett. Et je suis d'accord : il ne reste pas tout à fait de quoi engager d'autres domestiques. Je vais devoir m'entretenir avec le notaire de sir Hubert afin de voir s'il est possible d'obtenir davantage. En attendant, je trouve que seul votre salaire est un peu trop généreux.

— Mais enfin, lady de Rannoch, il est normal qu'un majordome soit beaucoup mieux payé que les autres domestiques, protesta-t-il.

— Certes, dans une maison dotée d'un personnel au grand complet. Quant à vous, vous ne supervisez que quatre employés.

— Ce sont les gages sur lesquels nous nous sommes mis d'accord lorsque j'ai accepté ce poste, rétorqua-t-il en m'adressant de nouveau son habituel regard de défi.

— Ma foi, je n'ai pas l'intention de prendre de décision trop hâtive. Mais nous nous pencherons de nouveau sur ce point quand mon fiancé sera de retour.

Il se leva et m'arracha presque des mains le livre de comptes.

— Est-ce que ce sera tout, lady de Rannoch ?

— Une dernière chose. Je souhaite me rendre au bourg le plus proche. C'est Haywards Heath, n'est-ce pas ? Et je suppose qu'il n'y a pas de chauffeur à Eynsleigh en ce moment.

— En effet, lady de Rannoch. On lui a donné son congé lorsque sir Hubert est reparti à l'étranger.

— Je conduirai donc moi-même la Bentley. Veuillez la faire avancer devant le manoir à dix heures et demie.

— Je crois qu'il n'y a pas d'essence. On ne l'a pas utilisée depuis quelques années maintenant. Il est même possible qu'elle ne démarre pas.

— Plunkett, prenez-vous plaisir à vous montrer récalcitrant ? m'enquis-je en haussant malgré moi le ton. S'il n'y a pas de carburant, que quelqu'un se rende à pied jusqu'à la station-service la plus proche afin de demander au garagiste de venir ici avec un bidon d'essence et de s'assurer que l'automobile est en bon état de marche.

— C'est un long trajet, lady de Rannoch.

— Dans ce cas, allez-y en bicyclette, Plunkett, conseillai-je avec un sourire mielleux. Je tiens à ce que la Bentley soit prête à dix heures.

Sur ces mots, je quittai la pièce d'un pas majestueux. J'étais de nouveau rudement fière de moi.

— Je suis la maîtresse d'Eynsleigh, me murmurai-je.

Je m'efforçai de conserver cet air autoritaire et posé en discutant des menus avec Fernando. Lorsque je suggérai des rognons pour le petit déjeuner, il arbora une mine boudeuse et impassible. En outre, il n'avait jamais entendu parler du *kedgeree*[1] !

— Je connais le riz, mais qu'est-ce que c'est que le « quèdje » ?

Je soupirai avant de lui expliquer que je n'attendais pas de sa part les mets raffinés habituellement servis dans les grandes demeures, tels des aspics de caille ou des repas de sept plats. Je voulais de la nourriture frugale et toutefois bien cuisinée : des soupes qui ne sortaient pas d'une boîte de conserve, des côtelettes grillées, des tourtes à la viande, du poisson cuit à la vapeur avec de la sauce persillée ou des filets de carrelet grillés également. Et des scones et des crumpets pour le thé, par exemple.

— Des crum-quoi ? demanda-t-il.

— Allez donc consulter les livres de recettes qui, j'en suis sûre, se trouvent sur une étagère dans la cuisine.

Je sortis de cet entretien avec l'impression que je n'étais pas près de manger ce que je lui avais proposé de confectionner, et je m'interrogeai de nouveau : pour quelle raison sir Hubert avait-il engagé cet homme ? Sans doute avait-il fait confiance à une agence de domestiques sans se douter qu'on lui enverrait Fernando. Naturellement, lorsque j'avais vécu à Eynsleigh, je n'avais eu droit qu'à de la nourriture de nursery, et j'ignorais quel type de cuisine était servie aux adultes. Mais il ne me semblait pas que sir Hubert eût été du genre à vouloir de la paella et des olives du matin au soir. Ma mère me l'aurait sûrement

1. Plat anglo-indien épicé, à base de riz, d'œufs durs et de poisson, qui se consomme habituellement au petit déjeuner.

raconté – « Si j'ai décampé, c'est entre autres choses à cause des repas, chérie. Trop d'huile et d'ail ! ». Or elle ne m'avait jamais rien confié à ce sujet. Restait à présent un gros problème à régler : comment allais-je me débarrasser de lui ?

★

À dix heures, l'automobile apparut comme par miracle devant la maison. Elle était manifestement en parfait état de marche et pas une seule toile d'araignée n'était visible, ce qui m'incita à soupçonner Plunkett et ses sous-fifres de l'avoir utilisée pour leur propre compte à l'insu de tout le monde. Je partis pour Haywards Heath et me rendis d'abord au central téléphonique, où l'on m'apprit que la ligne d'Eynsleigh fonctionnait parfaitement. Ah ! me dis-je. L'on se servait donc du téléphone placé dans le bureau de sir Hubert. Il me suffirait de vérifier que l'appareil du hall d'entrée était lui aussi branché.

Me sentant quelque peu triomphante après ces petites victoires, je gagnai Linfield, le village le plus proche de la propriété ; au bureau de poste situé au fond de l'épicerie, j'expliquai que je vivais désormais à Eynsleigh et souhaitais que l'on gardât le courrier qui arriverait à mon nom.

— Nous pouvons vous le livrer, madame, ce n'est pas un problème du tout, affirma la joviale receveuse des postes. Jones a maintenant une motocyclette pour faire sa tournée dans la campagne.

Deux succès en une matinée. Alors que je passais devant le magasin de fruits et légumes, un panier de fraises avec une affichette indiquant *Production locale* attira mon attention. Production locale ? En effet, j'avais vu ce même panier à Eynsleigh, posé près de l'abri de jardin. Mon intuition avait donc été juste : les jardiniers avaient bel et bien un revenu d'appoint. Il me faudrait avoir une petite discussion avec eux !

— Madame désire ? demanda le marchand en sortant devant son magasin.

— Je suis lady Georgiana de Rannoch, et je viens de m'installer à Eynsleigh. Je crois que ces fraises proviennent de notre potager.

— C'est assurément le cas, lady de Rannoch, acquiesça l'homme, radieux. Vos jardiniers cultivent les plus belles des environs.

— Cela fait donc quelque temps que nous vous fournissons, n'est-ce pas ?

— Oh oui. Sir Hubert nous a toujours permis d'acheter les produits qu'il avait de trop. On ne peut trouver plus frais, pas vrai ?

— Et vous payez directement les jardiniers ?

— Oh non, lady de Rannoch. Nous réglons la note au domaine une fois par mois.

Je le remerciai. C'était une rentrée d'argent qui n'apparaissait pas sur le livre de comptes que j'avais consulté ce matin-là. Je me demandai s'il y manquait d'autres informations de ce genre. Je retournais vers la Bentley quand je croisai un vieil homme assis sur un banc, sous un grand hêtre.

— Je vous reconnais, me dit-il en agitant l'index dans ma direction. Vous êtes la petite demoiselle. Je me souviens de vous, quand vous étiez enfant.

Je le regardai en essayant de me remémorer son visage. Il m'était vaguement familier, en effet, même s'il ressemblait à nombre d'autres campagnards.

— Vous travailliez à Eynsleigh par le passé ? m'enquis-je.

— Pour sûr. Pendant plus de quarante ans. J'ai commencé tout gamin. J'étais l'adjoint du jardinier en chef.

— Oui, bien sûr, répondis-je en souriant avant de m'asseoir à côté de lui. Cela fait-il longtemps que vous avez pris votre retraite ?

— Je n'ai pas pris ma retraite. Pas de mon plein gré. On m'a congédié. Alors que j'avais encore de l'énergie à revendre dans ce vieux corps. Mais c'est ce nouveau bonhomme, il voulait du sang neuf. Quelqu'un qui avait des idées plus modernes, il m'a dit.

— Je vois, fis-je, songeuse, avant de marquer une brève pause. Rappelez-moi votre nom.

— Je suis le vieux Ben. C'est comme ça que tout le monde m'appelle. Ben Wayland.

— Ben, répétai-je en lui souriant. Je suis navrée pour vous. Je viens d'arriver à Eynsleigh, et je découvre que tout a changé.

— C'est vrai. Et pas en mieux. Rien n'était plus comme par le passé, après M. Rogers…

Il s'interrompit et soupira.

— M. Rogers s'est-il installé dans les environs après avoir pris sa retraite ? J'aimerais lui rendre visite s'il vit non loin.

— Oh non, mademoiselle. Il est mort. Vous ne le saviez pas ? Il avait prévu de partir à la retraite, mais il a fait une chute dans l'escalier de service et il s'est rompu le cou. Une affreuse tragédie, pour sûr. Il n'a jamais pu profiter de ses vieilles années.

— Une affreuse tragédie, effectivement.

— Et puis ce nouveau bonhomme, ce Plunker, si c'est bien ça son nom, a débarqué, et il nous a tous mis à la porte. Même Mme Holbrook, qui était gouvernante depuis que sir Hubert était jeune homme. On a tous été remerciés.

— Et qu'est devenue Mme Holbrook ?

— Oh, elle est encore dans le coin. Elle s'est acheté un joli petit cottage du côté de Haywards Heath.

— Je suis heureuse de l'apprendre. J'irai sans doute la saluer.

— Oui, faites donc. Ça lui fera plaisir.

— Au fait, Ben, je me demande si vous accepteriez de revenir à Eynsleigh de manière à surveiller un peu les deux jeunes jardiniers. Il y a tant à faire, et j'ai l'impression qu'ils n'ont pas beaucoup de jugeote. Par exemple, la fontaine ne fonctionne pas. D'après eux, je devrais faire appel à un plombier.

— Un plombier ?

Le vieil homme lâcha un gloussement qui se transforma en toux.

— On a seulement coupé l'eau, j'imagine. C'est toujours ce qu'on faisait quand le maître s'en allait. Il aurait été bête de la gaspiller. Il y a un robinet de l'autre côté de la haie d'ifs. Dites-leur d'essayer d'abord ça. Mais j'aimerais bien revenir, c'est certain, deux ou trois jours par semaine, histoire de leur montrer comment on s'y prend correctement. Si vous pensez que ça posera pas de problème, hein ? précisa-t-il d'un air inquiet, presque apeuré. Je ne voudrais pas me le mettre à dos, ce Plunkett.

— Ben, je suis désormais la maîtresse d'Eynsleigh.

— Ah bon ? Et la vieille dame ? Qu'est-ce qu'elle en pense ?

— La vieille dame ?

Soudain, il afficha un air désorienté, presque gêné.

— Oh, je suppose que je n'aurais rien dû vous dire. J'ai encore ouvert ma grande gueule. Laissez tomber, oubliez ce que je vous ai raconté.

— Quelle vieille dame ? insistai-je.

— Il faut que je file. Ma femme doit m'attendre pour déjeuner et je vais avoir de gros ennuis si je suis en retard, ajouta-t-il en tournant les talons. Mais je viendrai d'ici quelques jours pour voir comment ça se passe, d'accord ?

Je le regardai s'éloigner en me demandant s'il avait encore toute sa tête. Une vieille dame ? Croyait-il qu'une autre gouvernante remplaçait Mme Holbrook ? Il m'avait pourtant paru troublé, quasiment effrayé. D'humeur pensive, je regagnai la demeure. Tout le personnel avait été renvoyé et le pauvre Rogers, le majordome que j'avais connu, était mort après une horrible chute dans l'escalier de service. J'aurais considéré qu'il ne s'agissait que d'un accident – en raison de sa vue défaillante, peut-être, d'une perte d'équilibre ou de marches raides, dépourvues de tapis –, si rien ne s'était produit la veille avec le chauffage au gaz. Je pris conscience que je devrais me montrer d'une vigilance extrême tant que je n'aurais pas découvert ce qui se passait réellement à Eynsleigh.

14.

Jeudi 27 juin
Eynsleigh, Sussex

Je ne sais que penser ni quelle conduite tenir. Je croyais devoir affronter quelques tracas domestiques – un majordome se servant dans les comptes de la maison, par exemple, et un personnel peu désireux de se mettre au travail. Mais la nouvelle de la mort de Rogers m'a réellement ébranlée. Je suis à présent encline à penser que l'ouverture du robinet de gaz n'était finalement pas accidentelle et que quelqu'un souhaite mon départ, voire ma mort. Ce n'est pas une pensée des plus réconfortantes. Si seulement Darcy pouvait revenir ! Il saurait comment s'y prendre avec ces employés. La princesse Zou Zou aussi, mais je n'ai pas envie de donner l'impression d'être impuissante et de devoir recourir à son aide au bout de deux jours ! Oh, flûte. Dire que j'étais tellement impatiente de me retrouver dans cette demeure !

Sur le trajet du retour, je réfléchis à ce qu'il me fallait faire. Je pouvais demander à Plunkett pourquoi les recettes de la vente des fruits et légumes n'apparaissaient pas dans les comptes. Je pouvais aussi l'interroger sur la mort de Rogers, mais, d'après le vieux Ben, Plunkett ne faisait pas même encore partie du personnel lorsque cela s'était produit. Rogers envisageait de prendre sa retraite, et Plunkett avait été engagé pour le remplacer. Un autre domestique était-il donc impliqué ? Quelqu'un qui avait ensuite aidé Plunkett à obtenir ce poste ? Mais qui ? Selon toute vraisemblance, McShea n'était pas homme à faire tomber un vieux monsieur dans un escalier. Quant à Joanie… ma foi, elle avait reconnu avoir peut-être ouvert le gaz malencontreusement. Je tâcherais de découvrir la date de son embauche et de savoir si elle était liée à Plunkett d'une façon ou d'une autre.

Il me fallait cependant avancer avec circonspection, me rappelai-je.

Je repensais à la vieille dame dont Ben avait parlé. Sans doute perdait-il la tête et tout cela n'était que des divagations séniles. Assurément, personne ne correspondait à cette description parmi le personnel. Il devait y avoir une explication parfaitement raisonnable, évidemment. À la suite du départ de Mme Holbrook, une autre gouvernante avait dû être employée à Eynsleigh, laquelle s'était montrée trop autoritaire : après s'être querellée avec Plunkett, elle avait été congédiée. Oui, c'était probablement ce qui s'était passé. Je me garai dans l'avant-cour en soupirant, puis gravis les marches du perron. Une fois dans le hall, je vis que les housses de protection avaient été enlevées du mobilier dans le grand salon situé à ma gauche. Les rideaux de velours rouge étaient maintenant ouverts, et la pièce était habitable. Les choses avançaient peu à peu.

J'entrai et embrassai l'endroit du regard en m'efforçant de me le remémorer. En fin de compte, je m'étais déjà trouvée dans cette pièce, qui m'avait toujours paru grandiose. Elle semblait à présent ordinaire – c'était certes un vaste salon, mais en aucun cas trop orné. Il y avait des fauteuils de style Queen Anne autour d'une grande cheminée de marbre, deux canapés de brocart rouge décoloré, des tableaux aux murs. Dans l'ensemble, une pièce assez défraîchie. J'en ressortis en soupirant.

Sur le trajet du retour, j'avais pris une autre décision – ou plutôt deux. J'allais explorer l'aile qui m'était interdite, puis écrire au comte actuel de Malmsbury – ou à la comtesse actuelle – afin de me renseigner à propos de Plunkett. Je pouvais aussi interroger Belinda au sujet des agences londoniennes qui proposaient les services de domestiques de qualité – à bien y réfléchir, ma mère en saurait peut-être davantage, car elle avait probablement dû recourir à l'une d'elles par le passé. Je pourrais également mettre la main sur la lettre de recommandation de Plunkett. S'il avait été envoyé par une agence, il avait été soigneusement sélectionné sur dossier. À dire vrai, il était plus ardu d'engager un employé par leur intermédiaire que de choisir un nouveau pape.

Alors que je retournais dans le hall, Plunkett apparut, comme s'il possédait, à l'instar de tous les majordomes, un sixième sens lui permettant de savoir que j'étais de retour.

— Bienvenue, lady de Rannoch. J'espère que l'automobile a roulé sans problème.

— Oui, sans problème, merci, Plunkett.

— Fernando a préparé le déjeuner, qui vous sera servi dès que vous le voudrez.

— Dites-lui que je mangerai dans un quart d'heure. Au fait, Plunkett, je suis passée au central téléphonique, où l'on m'a assuré que notre ligne était parfaitement raccordée. Veillez donc à ce que l'appareil soit branché dans le hall. Il n'est pas nécessaire de le conserver dans le bureau de sir Hubert durant son absence.

Sur ce, je lui adressai un regard digne de la reine Victoria.

— Très bien, lady de Rannoch. Je verrai si l'un de nous est capable de s'en charger. Ce n'est pas comme si nous disposions encore d'un homme à tout faire.

— C'est assurément ce que j'ai cru comprendre, étant donné que les jardiniers ignorent qu'il suffit d'ouvrir un robinet pour remettre la fontaine en marche, précisai-je et, constatant que j'étais en bon chemin, je pris le risque de poursuivre. Justement, à propos des jardiniers, je suis extrêmement inquiète d'apprendre qu'ils volent leur maître. Je reviens du village, où j'ai vu un plein panier de fraises chez le marchand de fruits et légumes, lequel a reconnu qu'elles provenaient du domaine. Étiez-vous au courant ?

Pour ma plus grande joie, le majordome rougit.

— Sir Hubert a toujours ordonné au personnel de vendre le surplus des récoltes afin d'éviter tout gaspillage, lady de Rannoch.

— Je n'ai rien contre cela. Mais ces produits appartiennent à sir Hubert, pas à ses employés. Les recettes de ces ventes devraient être versées sur le compte du domaine, surtout depuis que vous m'avez montré à quel point notre budget était limité. Puisque les jardiniers n'en ont peut-être pas été informés, continuai-je après une brève pause, je ne les renverrai pas cette fois. Mais, à partir d'aujourd'hui, j'exige de voir ces sommes apparaître sur le livre de comptes hebdomadaire.

— Comme il vous plaira, lady de Rannoch.

Une autre petite victoire, songeai-je tout en montant dans ma chambre. Je décidai d'ôter ma robe et de passer une jupe et un corsage en coton car il commençait à faire assez lourd. J'ouvris mon tiroir et observai son contenu. Je me souvenais d'avoir plié mon jupon long sur mes dessous. Quelqu'un avait fouillé dans mes affaires. Qu'avait-on espéré découvrir ? Je n'avais apporté qu'une valise de vêtements, mais aucun de mes livres ou de mes papiers personnels. Sans doute devais-je attribuer cette curiosité à une jeune fille désirant savoir à quoi ressemblait la lingerie d'une aristocrate. Cet incident me laissa néanmoins plus mal à l'aise encore, comme si je ne pouvais baisser la garde un seul instant dans cette demeure.

Une fois changée, je descendis déjeuner. Cette fois, j'eus droit à du jambon et de la salade. Au moins, la laitue, les radis et la ciboule étaient frais, et le jambon savoureux, mais c'était le genre de repas que l'on s'attend à prendre lors d'un goûter dînatoire, pas au déjeuner, et il n'avait requis aucun effort de la part du cuisinier. En dessert, l'on me servit de nouveau des fraises à la crème. Il me fallut même demander à ce que l'on m'apportât ensuite du café dans le petit salon. M'était-il possible de congédier Fernando ? Et s'il refusait de partir ? Je ne pouvais pas le mettre à la porte de force. Du reste, il avait probablement raison : si c'était sir Hubert qui l'avait engagé, seul sir Hubert avait le droit de le licencier. Darcy aurait su quoi faire. Sapristi. J'espérais qu'il serait rapidement de retour, car j'avais grand besoin d'un allié.

Une idée lumineuse me vint alors en tête : et si je faisais appel à Queenie ? Elle était désormais plutôt douée comme cuisinière, et elle pourrait aussi me servir de femme de chambre. Elle manquerait à Dooley et à Oona, le grand-oncle et la grand-tante de Darcy, je le savais, mais ces derniers étaient en mesure de se débrouiller sans elle pour le moment. De plus, j'avais besoin d'elle. Je lui écrivis pour lui dire à quel point elle m'était indispensable avant mon mariage, particulièrement en raison de ses nouveaux savoir-faire en cuisine.

Étant donné que la Bentley était restée devant le manoir, je décidai de retourner au village. Au préalable, je me mis en quête de Bill Bagley et de Ted Hoskins. Ils désherbaient sans enthousiasme une bordure d'herbacées.

— Suivez-moi, ordonnai-je.

Ils obtempérèrent avec réticence. Je les conduisis jusqu'à la haie d'ifs, où je trouvai ce que je cherchais.

— Qu'est-ce donc, à votre avis ? m'enquis-je.

— On dirait un robinet, lady de Rannoch, répondit le dénommé Bill.

— Ouvrez-le, je vous prie.

Bill adressa à Tod un regard qui indiquait manifestement que je déraillais. Puis il se pencha et parvint à tourner le robinet – non sans peine, car celui-ci n'avait pas servi depuis longtemps. Il y eut un chuintement et un bruit d'éclaboussement au-delà de la haie. Je passai le nez entre deux arbustes.

— Ma parole, quelle surprise ! ironisai-je. La fontaine fonctionne de nouveau.

Je me retournai vers les deux hommes, qui affichaient tous deux un air assez penaud.

— Et aucun de vous n'avait su résoudre ce problème ? À présent, il vous suffit de nettoyer le bassin et d'en ôter les feuilles et les débris. Je tiens à ce qu'il soit d'une propreté irréprochable, est-ce compris ? Au fait, à titre d'information, j'ai demandé à Ben, l'ancien jardinier, de revenir vous aider à remettre le jardin en état et de vous apprendre tout ce qu'il vous faut savoir si vous souhaitez continuer de travailler à Eynsleigh. En revanche, si d'autres fruits et légumes sortent du potager sans mon autorisation, il vous faudra sans doute chercher une autre position, j'en ai peur.

— C'était pas nous, lady de Rannoch, objecta Ted, tout en jetant un coup d'œil à son compagnon, comme pour s'assurer qu'il parlait à bon escient. M. Plunkett nous a dit que c'était pas un problème et que le patron permettait toujours qu'on vende le surplus.

— Je comprends. Mais il s'agit seulement du « surplus ». Tous les matins, vous me ferez savoir ce qui est mûr et prêt à être consommé, et je vous informerai de ce dont je n'ai pas besoin. En outre, il faut aussi envisager de mettre certains fruits et légumes en bocaux en prévision de l'hiver. Puisque Fernando n'a pas grand-chose à faire en ce moment, il n'aura qu'à s'en occuper. Je lui donnerai des instructions plus tard. Ce sera tout, conclus-je en leur décochant un grand sourire.

Je retournai au village, postai ma lettre et demandai à la receveuse si elle savait où Mme Holbrook vivait désormais.

— Oui, lady de Rannoch. Elle a laissé une adresse pour qu'on lui réexpédie son courrier.

Elle la nota et m'apprit que ce n'était qu'à huit kilomètres environ de Linfield. Puisque j'étais venue avec la Bentley, je décidai de m'y rendre. J'empruntai de jolis chemins bordés d'arbres et arrivai bientôt devant un petit cottage blanchi à la chaux et tout à fait charmant avec ses rosiers qui grimpaient le long du porche.

En me voyant devant sa porte, Mme Holbrook fronça d'abord les sourcils ; puis elle me reconnut, et un large sourire illumina son visage.

— Ça alors, c'est incroyable ! Entrez, lady Georgiana. Quelle belle surprise.

Elle me conduisit dans un salon impeccable et se précipita à la cuisine pour me faire du thé. Elle réapparut peu après avec un plateau sur lequel étaient posés des sablés, du pain d'épice et un service à thé à rayures blanches et bleues. Elle s'assit face à moi et me pressa de questions à propos de mon mariage à venir. Lorsqu'elle apprit que sir Hubert m'avait invitée à m'établir à Eynsleigh, elle parut à la fois surprise et ravie.

— Ma foi, c'est une bonne nouvelle. Vous aurez tôt fait d'y remettre de l'ordre, précisa-t-elle avant de se pencher vers moi. J'ai dit au maître qu'il n'était pas sage de laisser la demeure inoccupée pendant aussi longtemps. Lorsque M. Rogers et moi étions aux commandes, la maison était tenue impeccablement, voyez-vous. Mais avec ce nouveau majordome… Eh bien, je suppose que vous vous êtes rendu compte que tout laissait à désirer.

— En effet, madame Holbrook et, en toute franchise, je m'étonne que sir Hubert l'ait engagé.

— Il avait de bonnes recommandations, vous comprenez, lady Georgiana. Des références excellentes fournies par une dame titrée. Évidemment, sir Hubert n'était pas là. Il s'est reposé sur son notaire et une agence londonienne. Tout s'est passé plutôt précipitamment à cause de ce pauvre M. Rogers. Vous avez appris ce qui lui était arrivé, bien entendu. Il a basculé dans l'escalier de service. Il devenait un tantinet gâteux, il faut bien le dire. Il savait qu'il lui fallait envisager de prendre sa retraite, raison pour laquelle il avait demandé au notaire de contacter l'agence de domestiques.

Elle se tut un instant et refoula ses larmes.

— Malgré tout, ce fut un choc terrible. Nous avions travaillé ensemble dans cette maison pendant trente ans, et j'avais tellement d'affection pour lui. Ma foi, tout le monde l'appréciait, n'est-ce pas ? C'était un homme si gentil et charmant, ajouta-t-elle en esquissant un pâle sourire. Si vous aviez vu ses obsèques ! L'église était pleine à craquer. Il était tellement populaire dans les environs, ce M. Rogers.

— Et après sa mort, vous avez décidé de prendre votre retraite, c'est bien cela ?

— En fait, lady Georgiana..., reprit-elle avec une mine embarrassée. On m'a fait une offre si généreuse pour que je parte que je n'ai pas pu refuser. Sans une telle somme, je n'aurais pas eu les moyens de m'acheter un cottage comme celui-ci, vous savez. Je suis à l'aise financièrement pour le restant de mes jours, maintenant, et je suis tellement reconnaissante. Je crois que c'est grâce à mon ancien maître. Il a toujours été si généreux.

Nous papotâmes un peu plus longuement, et je lui promis de lui rendre de nouveau visite. J'étais à demi tentée de lui proposer de revenir quelque temps à Eynsleigh, mais il était évident qu'elle ne portait pas Plunkett dans son cœur.

— Un grossier personnage, si vous voulez mon avis.

Alors qu'elle me raccompagnait à sa porte, je lui demandai si elle connaissait le nom du notaire de sir Hubert.

— Oui, bien sûr. C'est Me Eaton, de l'étude Eaton et Harris à Haywards Heath, lady Georgiana. Les notaires de la famille depuis des générations.

J'avais enfin l'impression de progresser. Je pourrais à présent découvrir la vérité sur de nombreux points. Par exemple, qui avait donné de l'argent à Mme Holbrook pour s'acheter une maison ? Ce n'était assurément pas Plunkett. Peut-être était-ce un legs de sir Hubert lui-même, que le notaire avait été chargé de lui remettre lorsqu'elle déciderait de partir à la retraite. Oui, cela me semblait plus logique. Je me renseignerais auprès de Me Eaton quand je lui rendrais visite.

15.

Jeudi 27 juin
Eynsleigh, Sussex

La situation est de plus en plus déroutante. L'ancien majordome est mort en basculant dans l'escalier. Quelqu'un a fouillé dans mes affaires. Et Mme Holbrook a reçu une généreuse somme pour prendre sa retraite – assez pour faire l'acquisition d'un cottage. Que diable se passe-t-il dans cette demeure ? Je dois avouer que je suis quelque peu inquiète à présent.

À mon retour, ce fut avec bonheur que je vis le jet de la fontaine qui jaillissait gaiement dans l'avant-cour. Les gouttelettes scintillaient au soleil, et je demeurai un long moment à contempler la danse de l'eau au-dessus du bassin. Plusieurs moineaux étaient perchés sur son rebord, prenant apparemment plaisir à se faire éclabousser. L'espace d'un instant, je regrettai de ne pas avoir choisi une chambre donnant sur l'avant du manoir afin de pouvoir observer ce spectacle depuis ma fenêtre. Je devais toutefois reconnaître que la mienne était la plus agréable de toutes et que la vue sur le parc, à l'arrière du manoir, était superbe. J'étais contente d'avoir pris un bon thé chez Mme Holbrook car je craignais que Fernando ne me servît de nouveau un biscuit sorti d'un paquet, posé près d'une tasse remplie d'un liquide beige pâle. J'étais cependant capable de tenir bon jusqu'à l'arrivée de Queenie, me dis-je. En outre, j'attendrais le lendemain pour m'entretenir avec le cuisinier et lui expliquer comment conserver les légumes et les fruits cultivés sur le domaine. Je doutais qu'il sût mettre quoi que ce fût en bocaux, mais ce serait gratifiant de le prendre en défaut ! L'une des villageoises serait peut-être disponible pour s'en occuper. D'après mon expérience, toutes les dames qui vivaient à la campagne savaient faire des conserves.

La maison était paisible. C'était probablement le moment idéal pour explorer l'aile ouest. Je voulais voir combien de pièces elle comptait et quel était leur usage. Je remontai le long couloir qui reliait les deux ailes sur la pointe des pieds – ce qui était idiot, puisque j'étais dorénavant la maîtresse des lieux. Je me retrouvai dans un corridor sombre, entourée de portes closes. J'essayai d'ouvrir la plus proche. Puis la suivante. Sans succès. Elles étaient verrouillées. J'étais à présent plutôt agacée. Je retournai dans le salon et sonnai le majordome.

Vu l'état de ses cheveux, j'avais dû le réveiller pendant sa sieste de l'après-midi.

— Plunkett, je souhaite visiter les pièces de l'aile ouest, mais elles sont manifestement toutes fermées à clé.

— C'est exact, lady de Rannoch. Sir Hubert a demandé à ce que personne n'y pénètre.

Je ravalai mon irritation.

— Vous avez pourtant pénétré dans l'une d'elles pour vous servir du téléphone, me semble-t-il.

— J'y suis déjà entré pour m'assurer que tout y était épousseté et en ordre au cas où mon maître reviendrait.

— Eh bien, je désire m'y rendre dès maintenant, puisque je suis la nouvelle maîtresse d'Eynsleigh.

— Je suis navré, lady de Rannoch, mais je me contente de suivre les instructions de sir Hubert et, s'il tient à ce que je garde ces portes fermées, je refuserai de les ouvrir tant qu'il ne me l'aura pas lui-même ordonné.

Je sentis la colère monter en moi.

— Vous rendez-vous compte qu'il vous faudra prochainement chercher un nouvel emploi, Plunkett, dès que sir Hubert sera de retour et qu'il apprendra de quelle manière vous m'avez fait obstacle ?

Il continuait de me dévisager d'un air plein de suffisance.

— Mais nous ignorons quand il reviendra, n'est-ce pas, lady de Rannoch ? Ce n'est sans doute pas pour tout de suite. Il lui est déjà arrivé de s'absenter durant des années pour participer à des expéditions en montagne. Vous n'êtes pas sans savoir qu'il a fait une chute il y a deux ou trois ans, et qu'il lui a fallu plusieurs mois de rétablissement dans une clinique suisse.

Il s'autorisa un sourire ironique. De mon côté, je réprimai l'envie de le gifler.

— Et quand enfin il sera rentré, continua Plunkett, il sera peut-être épaté de constater que j'ai obéi à ses ordres envers et contre tous. De plus, si vous voulez mon avis, je me demande pourquoi vous tenez tant à voir le bureau de mon maître et son petit salon. Vous avez suffisamment de pièces à votre disposition, il me semble.

— Là n'est pas la question. Je vous ai donné un ordre, et vous vous y opposez. Dans toutes les maisons où j'ai vécu, un serviteur récalcitrant aurait plié bagages dès le lendemain.

— Quand sir Hubert m'aura annoncé qu'il n'est plus le maître des lieux, je serai heureux de vous obéir en tout, lady de Rannoch. Mais, en attendant…

Sur ces mots, il tourna les talons.

Mince alors. Comment réagir ? Si je le renvoyais, il refuserait de partir. Je me retirai dans le salon, où j'écrivis à ma mère afin qu'elle se renseignât auprès des agences de domestiques de Mayfair, pour savoir laquelle avait bien pu recommander les services de Plunkett. Je décidai de poster cette lettre le lendemain, car je n'avais pas envie de sortir de nouveau et préférais ne pas la confier aux domestiques.

Je fus doublement heureuse d'avoir pris le thé chez Mme Holbrook car le dîner, composé d'un plat de riz agrémenté de plusieurs morceaux de saucisse et d'une viande non identifiable, fut encore une fois lamentable. Suivit un bol de crème anglaise digne d'un repas servi dans une nursery. Je dus exiger que l'on m'apportât du fromage et des biscuits secs. Je convoquai de nouveau Fernando dans la salle à manger.

Il apparut, renfrogné, en s'essuyant les mains sur son tablier.

— Je vous ai dit ce que je souhaitais manger, je croyais vous l'avoir fait clairement entendre. Je n'ai pas souvenir d'avoir parlé de riz et de restes de viande.

— C'est de la paella, un plat espagnol. Tout le monde aime ça.

— Pas moi. Et je n'ai pas noté le mot « paella » sur la liste des mets que je désirais pour le dîner, précisai-je avant de rassembler tout mon courage. Il va me falloir vous donner votre congé, j'en ai bien peur, Fernando. Vous n'êtes pas à la hauteur.

— Vous me trouvez trop petit ? Vous voulez un cuisinier plus grand ?

— C'est une expression, Fernando. Cela signifie que vous n'avez pas le niveau requis pour travailler dans une demeure comme Eynsleigh.

— Je pars si le lord anglais revient et m'ordonne de partir.

— C'est ce que nous verrons, répliquai-je.

Je me sentais cependant angoissée et effrayée. Et si aucun d'eux n'acceptait de vider les lieux et que sir Hubert ne revenait pas avant une année, voire plus ? Je songeai alors que son notaire saurait peut-être où le contacter et me dirait si j'avais le droit, du point de vue juridique, de licencier des employés récalcitrants. Demain, me dis-je. J'irais le voir le lendemain.

Je ne pris pas même la peine de demander une tasse de café après le dîner. Vu le train où allaient les choses, il serait probablement additionné de poison. Ou tout du moins de laxatif. Je montai dans ma chambre et réussis à me déshabiller seule, plutôt que de faire de nouveau appel à Joanie et de courir le risque de me retrouver intoxiquée au gaz. Queenie serait bientôt là, me dis-je avec enthousiasme. Elle ne s'en tirait pas si mal que cela, en définitive. Et, au moins, elle était loyale.

J'ouvris toutes les fenêtres et contemplai le paysage depuis l'une d'elles. Une lune ascendante créait des jeux d'ombre et de lumière d'un bout à l'autre du parc. Un hibou hulula au loin. Un renard glapit. Les animaux nocturnes s'étaient éparpillés dans la campagne. Puis j'entendis un bruit que je ne pus identifier. On aurait dit un rire hystérique, assez glaçant pour que mon cœur palpitât légèrement. Était-ce un paon ? S'il y en avait eu autrefois dans le parc, je n'en avais aperçu aucun lors de ma promenade. En outre, ces oiseaux dormaient la nuit. Je remarquai alors de la lumière provenant de l'aile ouest du manoir. Je ne parvenais pas à voir de quelle pièce il s'agissait, car elle était située à l'autre bout du bâtiment, mais l'obscurité était assez épaisse pour qu'il fût possible de distinguer une lueur. Soit une personne équipée d'une torche électrique se trouvait à l'extérieur de cette aile, soit l'on avait allumé une lampe dans l'une des pièces qui m'étaient interdites.

J'enfilai mon peignoir, sortis furtivement de ma chambre et pris le couloir de l'étage jusqu'à l'escalier qui menait à l'autre partie de la demeure. Je descendis les marches une à une le plus silencieusement possible en me tenant à la rampe. Je m'arrêtai sur la dernière et inspirai profondément. Le hall était plongé dans le noir, mais il me sembla entrevoir un rai de lumière sous l'une des portes situées au bout du couloir. Je m'apprêtais à m'y diriger afin d'aller vérifier chacune d'elles quand un bruit de pas approcha. Je remontai quelques marches et me plaquai contre le mur. Une silhouette de femme apparut juste devant moi et bifurqua vers le corridor de l'aile ouest. La main contre la bouche afin d'étouffer un cri, j'observai l'inconnue, vêtue d'une robe ondoyante, qui portait une sorte de châle sur la tête. Puis les ténèbres du couloir l'engloutirent. J'attendis de voir si une porte s'ouvrait et se refermait, mais il ne se passa rien. Soudain, depuis l'obscurité, résonna de nouveau cet horrible rire hystérique.

Ma peur prit le dessus. Je remontai l'escalier en courant et regagnai ma chambre, où je coinçai de nouveau une chaise sous la poignée de la porte.

16.

Nuit du jeudi 27 et vendredi 28 juin

Des domestiques impolis et peu serviables, le robinet du gaz ouvert, la chute de l'ancien majordome dans l'escalier et, à présent, un fantôme. Bonté divine, que me réserve le sort ?

Allongée dans mon lit, le cœur battant encore la chamade, je me demandai si j'avais bel et bien vu un fantôme. La longue robe ondoyante et le châle évoquaient l'ancien temps, et aucun membre du personnel n'aurait été vêtu ainsi. Joanie et Molly étaient les seules domestiques femmes, et toutes deux étaient fort menues. L'inconnue que j'avais entrevue était plus grande et se tenait plus droite, mais elle n'était pas aussi carrée que Plunkett, Fernando ou McShea. Du reste, pourquoi l'un d'eux s'amuserait-il à rôder dans la maison pendant la nuit, habillé en femme ? Et que penser de ce rire ? Il ne m'avait pas même paru humain. Mon esprit s'égara, imaginant des démons et des vampires… des créatures dont j'aurais ri en plein jour.

Je m'efforçai de réfléchir logiquement à ce dont j'avais été témoin. Ayant grandi dans un château écossais et séjourné dans plusieurs vieilles demeures, les fantômes m'étaient familiers. J'en avais également vu de mes yeux au palais de Kensington[1]. Mais les revenants émettaient-ils des sons ? J'avais en effet été alertée par un bruit de pas. Or ceux que j'avais croisés par le passé se contentaient de flotter et de se déplacer sans effort. Les accompagnait une espèce de courant d'air froid, un sentiment d'inquiétude qui faisait frissonner.

Je devais en conclure que j'avais vu une femme en chair et en os. Dans ce cas, pour quelle raison se trouvait-elle à Eynsleigh ? Et à qui était-elle venue rendre visite ? Je me souvins alors que Ben avait mentionné une vieille dame, avant de se taire brusquement, comme embarrassé. Ma foi, il était hors de question de retourner au rez-de-chaussée dans le noir. J'attendrais qu'il fît jour pour interroger Plunkett.

J'avais l'esprit encore en émoi. Il y avait déjà tant de choses qui n'allaient pas dans cette maison, et voici qu'il venait de se produire un autre incident. Même de loin, sir Hubert avait pressenti que tout n'allait pas très bien à Eynsleigh. Dans ce cas, pourquoi diable ne rentrait-il pas chez lui afin de tout régler ? me demandai-je avec colère. Je n'avais pas envie de rester seule ici. Je ne m'en sortirais pas. Je voulais un allié. Par-dessus tout, je voulais que Darcy me prît dans ses bras. *Bientôt*, me dis-je. Bientôt, il serait étendu près de moi, il m'enlacerait et ensuite… Je m'empêchai de réfléchir trop en détail à ce qui se produirait.

★

Le jour se leva, radieux et ensoleillé. En contemplant la pelouse baignée de rosée, j'eus du mal à croire que j'avais été si troublée la nuit dernière. J'étais à présent déterminée à obtenir la vérité. Je me lavai, m'habillai et

1. Voir *Son Espionne royale et les conspirations du palais*, tome 9.

descendis prendre mon petit déjeuner. Sur le buffet, je ne vis ni rognons ni *kedgeree*, seulement des œufs brouillés et des toasts. Quoi que je dise à Fernando, je devrais manifestement me contenter de plats des plus médiocres. Pourvu que Queenie se dépêche ! Au moins, si elle se chargeait de la cuisine, je ne mourrais pas de faim. Cette fille adorait manger ! Je m'inquiétais évidemment à l'idée qu'elle refusât de me rejoindre parce qu'elle se trouvait si bien chez les parents de Darcy. Je me remémorai toutes les fois où j'avais essayé de me débarrasser d'elle et souhaité qu'elle s'en allât ; dire que, maintenant, je me languissais d'elle. La vie prenait parfois un tour bien étrange.

Après le repas, je convoquai le majordome.

— Vous avez sonné, lady de Rannoch ? s'enquit-il en entrant dans la pièce.

Déjà à bout de nerfs, je faillis rétorquer : « Qui d'autre aurait pu tirer sur le cordon de la sonnette, à votre avis ? Le fantôme ? » Je préférai prendre une profonde inspiration et répondre :

— La nuit dernière, j'ai vu quelqu'un se déplacer dans le couloir du rez-de-chaussée de l'aile ouest. C'était une femme, Plunkett.

Son visage se crispa convulsivement.

— C'était peut-être Joanie qui allait vérifier quelque chose.

— Vérifier quoi ? Vous l'avez dit vous-même : ces pièces doivent rester fermées à clé. De surcroît, cette personne était plus grande que Joanie et portait une tenue insolite... un châle sur la tête et une robe ondoyante.

Il se dandinait d'une jambe sur l'autre – un signe de nervosité, je l'avais remarqué.

— Vous avez dû faire erreur, lady de Rannoch. Il est évidemment possible que la maison soit hantée, bien que je n'aie moi-même jamais vu de fantôme. Mais dans ces vieilles demeures... ma foi, il y a forcément au moins un revenant en résidence, n'est-ce pas ?

— Ce n'en était pas un, Plunkett. J'ai entendu des pas. Les fantômes ne produisent pas de son. Peut-être gémissent-ils parfois, c'est vrai, mais leurs pieds ne résonnent pas sur le plancher. Il est clair que vous savez de quoi il retourne. Je suis donc contrainte de vous demander de me remettre les clés de ces pièces de sorte que je puisse y jeter un coup d'œil et découvrir la vérité.

— Je vous le répète, lady de Rannoch, je n'en ai pas le droit.

Pourtant, il semblait maintenant ébranlé.

— Dans ce cas, je vais devoir prendre des mesures. J'informerai la police que j'ai vu un intrus dans la maison et que je tiens à savoir si un vol a été commis. Une enquête minutieuse sera menée, je présume, et vous serez obligé d'ouvrir chacune de ces portes.

Le majordome cligna des yeux à deux ou trois reprises.

— Très bien, lady de Rannoch. Nous avons essayé de vous le cacher. Si nous avions eu le temps de nous y préparer et su que vous viendriez, nous aurions pu nous y prendre différemment.

— Qu'essayez-vous de me dire, Plunkett ?

Il baissa les yeux, comme incapable de croiser mon regard.

— C'est la mère de mon maître que vous avez vue.

— La mère de sir Hubert ? Elle est ici ? Pourquoi ne m'a-t-on rien dit ?

— Elle ne voulait pas que cela se sache. Elle ne voulait pas que son fils le sache, ajouta-t-il, fébrile. Elle devenait… ma foi, un peu sénile, voyez-vous. Elle se conduisait de manière imprévisible. Elle rôdait la nuit dans la maison. Alors, avant de repartir, sir Hubert l'a confiée à un de ces établissements où on prend soin des personnes âgées de bonne famille. Pour sa propre sécurité, vous comprenez. Eh bien, cela ne lui a pas plu. Elle n'est pas du genre à accepter de se laisser mener à la baguette ou enfermer dans sa chambre. Par conséquent, elle s'est enfuie il y a quelques mois pour revenir à Eynsleigh. Elle nous a fait promettre de ne dire à personne qu'elle vivait de nouveau ici, car elle refuse d'être renvoyée là-bas.

— Dans ce cas, je dois absolument la rencontrer. Sait-elle que je suis arrivée ? Elle me trouvera impolie si je ne vais pas la saluer.

— Sans doute pas, lady de Rannoch. Elle est... elle n'a plus toute sa tête, voyez-vous. Elle vit dans son petit monde à elle. Elle dort presque toute la journée et, la nuit, elle erre sans but dans la maison.

— Croyez-vous qu'il soit bon qu'elle demeure ici ? Ne s'occuperait-on pas mieux d'elle dans l'établissement dont elle s'est échappée ?

— Nous prenons bien soin d'elle, assura le majordome. Nous avons embauché une garde-malade qui veille sur elle de jour comme de nuit. Elle continue d'apprécier la nourriture et le bon vin, c'est certain. J'aurais pu écrire à sir Hubert, mais la seule adresse que nous ayons est celle de l'ambassade britannique à Buenos Aires, et cela prendrait sans doute des semaines pour qu'une lettre lui parvienne. Entre-temps, ce n'est pas à nous de prendre des décisions à la place de lady Anstruther.

— Oui, je suppose que vous avez raison. Néanmoins, j'aimerais la rencontrer. Elle sera probablement heureuse de bavarder avec une personne appartenant à sa classe sociale. Cela pourrait la ramener à la réalité pendant un moment.

— Sait-on jamais, lady de Rannoch. Parfois, elle semble presque normale. D'autres fois, elle perd de nouveau la boussole.

— Selon vous, Plunkett, quel moment serait le plus favorable pour lui rendre visite ?

— Après la tombée de la nuit, peut-être. Comme je vous l'ai expliqué, elle dort toute la journée ou presque avant de passer la nuit à se promener. Comme une fichue chauve-souris... Désolé de m'exprimer de la sorte, lady de Rannoch.

Je ne pus réprimer un rire.

— Vous m'emmènerez donc la voir ce soir, déclarai-je.

— Très bien, lady de Rannoch. J'en informerai Mme Pritchard, qui s'occupe d'elle.

Dès qu'il fut sorti de la pièce, je me sentis beaucoup mieux. Tant de choses s'étaient à présent éclaircies : la lumière et les bruits dans l'aile ouest ; la bouteille de bon vin dans la cuisine. Et peut-être même le fait que je mangeais si mal, puisque tous les bons plats étaient destinés à la lady douairière Anstruther. Sans doute avait-elle même un penchant pour la cuisine espagnole, raison pour laquelle l'on avait engagé Fernando. Une autre pensée me vint alors à l'esprit : et si c'était elle qui avait ouvert le robinet du gaz et fouillé dans mon tiroir ? Je devrais songer à faire installer une serrure à ma porte.

Je me rendis dans la bibliothèque pour consulter l'annuaire de la noblesse britannique établi par John Burke, dont on trouve un exemplaire chez toutes les familles de l'aristocratie. L'on n'avait pas encore rouvert cette pièce, et la grande table placée en son centre était couverte d'une housse de protection. Le soleil filtrait par les fenêtres à petits carreaux et des grains de poussière voltigeaient çà et là. Les murs étaient tapissés de vieux livres reliés en cuir et un escalier en spirale menait à une galerie qui surplombait les lieux. C'était une salle splendide, en dépit de son état actuel, et je regardai autour de moi avec contentement, tout en me demandant combien de générations avaient lu ces mêmes ouvrages, avant de prendre conscience qu'ils m'appartenaient désormais. Sapristi. J'ôtai les draps qui couvraient la table et les chaises, soulevant un nuage de poussière qui me fit toussoter. Puis j'entrepris de passer les étagères en revue. Je finis par dénicher le volume que je cherchais. Je m'assis à la table, dont le plateau était habillé de cuir, tandis que les rayons du soleil se posaient sur moi. Tout était si paisible et intemporel que, pour la première fois, je fus capable de me sentir chez moi dans ce beau manoir. Oh, pour l'instant, j'y rencontrais certes des difficultés, mais elles finiraient bientôt par s'aplanir, et Darcy et moi mènerions ici une vie merveilleuse.

Je repérai l'entrée qui m'intéressait : Cecil Peregrin, huitième comte de Malmsbury, château de Kilton, dans le Cumberland. Ce devait être le fils de la vieille dame qui avait employé Plunkett. C'était un comté bien reculé. Qu'est-ce qui avait pu inciter le majordome à accepter un poste là-bas ? Son accent indiquait à l'évidence qu'il était originaire de Londres. Je pris de quoi écrire dans le tiroir et rédigeai une lettre à l'intention du comte actuel. Je lui demandai si les siens avaient été satisfaits des services de Plunkett et s'ils lui avaient donné de bonnes références.

Ensuite, je fis avancer la Bentley devant la maison. Je souhaitais poster mon courrier et me rendre aussi à Haywards Heath pour y rencontrer le notaire.

— Si vous avez simplement des lettres à faire expédier, lady de Rannoch, l'un de nous peut aller au village à bicyclette, proposa Plunkett.

Pour une fois, il se montrait tout à fait plaisant. Je devinai qu'il était soulagé, maintenant que j'étais au courant du secret de lady Anstruther.

— C'est aimable à vous, mais j'ai à faire à Haywards Heath. Au fait, à propos du téléphone…

— Il sera rebranché ce matin, lady de Rannoch.

J'étais plutôt contente de moi, tandis que je roulais entre de hautes haies ; je fus ramenée à la réalité lorsqu'un tracteur émergea d'un champ juste devant moi et que je dus freiner brusquement, manquant de quelques centimètres seulement la charrette de fumier qu'il remorquait. Après cet incident, je conduisis plus prudemment. Je postai mes lettres et échangeai des civilités avec la receveuse sur le beau temps qui ne durait jamais comme on l'espérait – pourvu, me dit-elle, qu'il se maintînt jusqu'au dimanche, jour de kermesse.

— Si nous avions su que vous alliez vivre à Eynsleigh, je suis sûre que le pasteur vous aurait demandé de l'ouvrir officiellement, me confia-t-elle. Ce sera fait par une fille qui est arrivée deuxième au concours pour le titre de Reine crémière[1] du Sussex. Elle a un décolleté trop généreux et n'hésite pas à montrer ses jambes, si vous voulez savoir ce que j'en pense.

J'étais sur le point de prendre congé quand elle ajouta :

— Il y avait deux lettres pour vous au courrier de ce matin.

Une bouffée d'espoir m'envahit à l'idée que Queenie m'avait répondu, puis je me rappelai que je lui avais écrit la veille : même si les services postaux étaient extrêmement rapides, je n'aurais pas de nouvelles avant quelques jours.

— L'une d'elles avait une enveloppe splendide, continua la receveuse. Avec des armoiries, en plus de ça.

— Merci. Pouvez-vous me les remettre ?

— Je les ai données à Jones, qui partait faire sa tournée matinale, lady de Rannoch. Il a dû les déposer à Eynsleigh, à l'heure qu'il est.

Cette nouvelle raviva mon inquiétude. Plunkett avait-il mis la main sur ces lettres et comptait-il les lire avant de me les donner ? À moins qu'il ne les eût tout bonnement détruites. Je ne voyais pas pour quelle raison il aurait agi de la sorte, hormis par pure malveillance, mais je ne les avais assurément pas vues sur le plateau d'argent du hall d'entrée en sortant de la maison.

Je gagnai la petite ville de Haywards Heath et trouvai l'étude notariale Eaton et Harris. Lorsque je me présentai à l'accueil, des murmures furent échangés, puis l'on me

1. Le titre de « Dairy Queen » récompensait la gagnante d'un concours de beauté financé par les lobbies des produits laitiers.

fit aussitôt entrer dans le saint des saints, le bureau de Me Eaton. Celui-ci se leva en me tendant la main.

— Ma chère lady de Rannoch. Bienvenue. Quel plaisir de vous voir. Veuillez prendre un siège, je vous en prie.

Avec sa tignasse blanche, il aurait fait un excellent Père Noël. Je m'installai dans un fauteuil de cuir confortable.

— Maître, savez-vous que sir Hubert m'a invitée à m'établir à Eynsleigh après mon mariage ? commençai-je.

Il hocha la tête sans se départir d'un grand sourire.

— Il m'en a effectivement parlé. Je lui ai dit que c'était une idée remarquable. Quand envisagez-vous d'y emménager ?

— En fait, j'y séjourne en ce moment. Sir Hubert m'a suggéré d'arranger les lieux à mon goût avant de m'y installer avec mon époux.

— Formidable, acquiesça-t-il en se frottant les mains. Et la demeure vous plaît-elle ?

— La maison est aussi belle que dans mon souvenir. Mais, pour ne rien vous cacher, j'ai un petit problème avec les domestiques. Ils ne sont apparemment pas au niveau des anciens employés de sir Hubert.

— Vraiment ? Vous m'en voyez surpris.

Il me dévisageait en haussant les sourcils – et comme ceux-ci m'évoquaient deux grosses crevettes, l'effet en était assez saisissant.

— Évidemment, nous avons été désolés de perdre un vieux serviteur aussi irréprochable que Rogers, mais je pensais que nous lui avions trouvé un successeur convenable. Plunkett n'est donc pas à la hauteur de vos attentes ?

— Assurément pas. Et je crois que sir Hubert ne serait pas satisfait de lui non plus.

Me Eaton secoua la tête.

— Mon Dieu. Ses références étaient excellentes. Son ancien employeur m'a semblé tout à fait content de son travail.

— C'est ce qui me paraît curieux. Peut-être Plunkett me considère-t-il comme une personne de peu d'importance, ce qui expliquerait pourquoi il ne se donne pas beaucoup de peine avec moi, mais ses manières ne sont pas celles d'un majordome digne de ce nom.

— C'est extrêmement affligeant.

— Avez-vous conduit son entretien d'embauche vous-même ?

— Non, j'ai confié cette tâche à une bonne agence londonienne, qui m'a écrit que l'on avait trouvé un remplaçant adéquat et m'a envoyé une copie de sa lettre de recommandation.

— L'avez-vous conservée ?

— Oui, j'en suis certain.

Il fit tinter une clochette, et une dame d'une cinquantaine d'années en tailleur bleu marine apparut – le genre de femme à être toujours tirée à quatre épingles.

— Mademoiselle Tompkins, pourriez-vous m'apporter le dossier de sir Hubert ? Nous avons besoin des références de son dernier majordome en date.

— Bien sûr, maître Eaton, répondit-elle avant de quitter la pièce pour revenir remarquablement vite, avec une volumineuse boîte d'archives.

Elle l'ouvrit et tendit une enveloppe au notaire, qui en consulta le contenu avant de me la remettre. Voici ce que je lus :

C'est avec grand plaisir que je recommande mon ancien majordome, Charles Plunkett. Il s'est montré exemplaire dans l'accomplissement de ses devoirs, plein de sollicitude envers ses maîtres et d'une honnêteté scrupuleuse en toute circonstance. Ses connaissances en matière de vin, d'argenterie et de protocole restent inégalées, et je suis convaincu qu'il n'aurait aucune peine à tenir les plus grandes maisons qui soient.

Je levai les yeux.
— Mince ! m'exclamai-je. Je ne sais plus que penser. Son comportement vis-à-vis de moi est des plus négligents.
— C'est affreux, lady de Rannoch. J'ai moi aussi du mal à le comprendre. Souhaitez-vous que je le réprimande de votre part ?
— C'est très aimable à vous, maître, mais il me faut apprendre à gérer ma domesticité seule, et je ferais mieux de m'y mettre dès maintenant.
— C'est ainsi qu'il faut réagir, en effet ! lança-t-il en claquant des mains, qu'il avait larges et épaisses. Il est parfois indispensable de remettre les domestiques à leur place.
— J'ai toutefois une question... Si je souhaitais renvoyer l'un d'eux, en aurais-je le droit ?
Son visage s'assombrit.
— Oh, je n'en suis pas certain. Voyez-vous, si sir Hubert a jugé bon d'employer quelqu'un, il n'est guère possible de s'opposer à sa décision, du moins sans lui en parler au préalable.
— Oui, je comprends. Simplement, le cuisinier, Fernando, ne me convient pas.
— Il a été engagé récemment par l'intermédiaire d'une agence, il me semble, après que l'ancienne cuisinière a exprimé le souhait de partir à la retraite. Je crois que vous seriez parfaitement dans votre droit de le congédier s'il se révélait inapte à occuper ce poste.
— Il affirme qu'il refusera de partir tant que sir Hubert ne le lui aura pas ordonné.
Me Eaton parut soudain préoccupé.
— Et tenez-vous à lui donner son congé dans l'immédiat ? Ne pouvez-vous lui laisser un peu de temps pour s'adapter à vos souhaits et à vos habitudes ?
— Si, je suppose, répondis-je lentement.
— Voilà qui est parfait, déclara-t-il, radieux. Bien. Y a-t-il autre chose que je puisse faire pour vous ?

— Oui, à propos de l'argent réservé à la bonne marche du domaine.

— C'est la banque qui s'en occupe. La Westminster, à Haywards Heath. Y a-t-il un problème ?

— Ma foi, non.

J'hésitai, peu désireuse de laisser entendre que sir Hubert se montrait avare avec nous.

— La somme allouée convenait quand il n'y avait que les domestiques dans la maison, mais si mon époux et moi voulons recevoir…

— Dans ce cas, si la somme ne vous convient pas, je présume qu'il vous faudra financer vous-mêmes ce genre de réceptions, lady de Rannoch.

C'était une réprimande. Le notaire estimait à l'évidence que sir Hubert avait fait ce qu'il fallait et que je me montrais ingrate. Peut-être l'étais-je. Après tout, l'on m'offrait un logement gratis et l'on mettait du personnel à ma disposition. Me Eaton avait amplement raison. Je devrais compléter cette somme en puisant dans mes propres ressources… du moins si j'en avais eu. Juste ciel, j'allais visiblement devoir me contenter de riz et de crème anglaise tant que je vivrais à Eynsleigh.

Après avoir échangé quelques civilités, je le remerciai et m'en allai. Alors que je reprenais la Bentley, je m'aperçus que j'avais oublié de lui demander si c'était sir Hubert qui avait octroyé un legs à Mme Holbrook. J'étais toutefois contente de ne pas l'avoir fait. Le notaire aurait peut-être considéré que la façon dont il gérait son argent ne me regardait pas. J'avais appris une chose : Plunkett avait été un employé exemplaire au service de lady Malmsbury. À moins qu'il n'eût falsifié sa lettre de recommandation. Cela s'était déjà vu. J'attendrais de savoir ce que le comte de Malmsbury aurait à me confier à son sujet.

17.

Vendredi 28 juin
Eynsleigh, Sussex

Il est prévu que je rencontre la lady douairière Anstruther ce soir. Cette perspective m'angoisse un peu. Je ne suis pas certaine de savoir m'y prendre avec une vieille dame toquée. En outre, j'hésite à écrire à sir Hubert pour lui en parler. S'il a décidé de la confier à un établissement spécialisé pour sa propre sécurité, il souhaiterait être informé de sa fuite, n'est-ce pas ? Je ne suis pas tenue de respecter la promesse que Plunkett a faite à lady Anstruther. Le problème, c'est que j'ignore comment joindre sir Hubert, hormis par l'intermédiaire de notre ambassade à Buenos Aires. Il m'a écrit d'un hôtel situé au Chili, mais cela doit faire bien longtemps qu'il en est parti. C'est d'un contrariant ! Vu les circonstances, j'aimerais tant savoir quelle conduite tenir. J'imagine que cette dame ne craint rien dans cette maison et que l'on prendra soin d'elle jusqu'au retour de son fils. Du reste, cela ne me concerne pas directement.

Tandis que je remontais l'allée menant au manoir, je fus frappée par sa grande beauté. Ses briques rouges luisaient. Les fenêtres à petits carreaux étincelaient au soleil. Les étranges cheminées élisabéthaines aux motifs ornementaux, les grands chênes et hêtres formaient un splendide arrière-plan, sans oublier la fontaine qui marchait à présent allègrement.

— Parfait, murmurai-je.

Je m'imaginai Darcy découvrant les lieux pour la première fois. Quand rentrerait-il ? Pourquoi ne m'écrivait-il jamais ? Je connaissais évidemment la réponse à cette question : personne ne devait savoir où il se trouvait. Quel homme exécrable !

Je garai la Bentley devant le perron. Dans le hall, le majordome vint à ma rencontre.

— Vous avez fait une bonne promenade, lady de Rannoch ?

— Oui, merci, Plunkett. Le courrier est-il arrivé ?

— Ma foi, oui, lady de Rannoch. Deux lettres vous attendent dans le petit salon. Souhaitez-vous une tasse de café ?

— Oui, s'il vous plaît.

J'étais fort heureuse. Tout était désormais réglé. La façon dont Plunkett s'était conduit vis-à-vis de moi était à mettre sur le compte de sa nervosité, car il avait été contraint de dissimuler la présence d'une parente sénile tout en s'inquiétant de son comportement. J'avais enfin un vrai majordome.

Les deux lettres étaient posées sur un plateau en argent, lui-même placé sur une table basse près de la fenêtre. Je remarquai, avec une vive inquiétude, que l'une d'elles portait les armoiries royales. Je jetai un coup d'œil à l'autre en espérant vainement qu'il pût miraculeusement s'agir de Queenie ; je reconnus alors l'écriture de Belinda et je souris.

J'ouvris d'abord celle qui venait du palais. Il le fallait. Elle avait été rédigée de la main de Sa Majesté la reine, non par son secrétaire. C'était donc un message personnel.

Ma chère Georgiana,

Nous avons reçu votre invitation, que nous acceptons volontiers. J'espère que les préparatifs du mariage à venir se déroulent bien. Elizabeth et Margaret sont enthousiastes à l'idée d'être vos demoiselles d'honneur. Surtout la seconde – elle adore danser vêtue de robes à fanfreluches. Sa sœur aînée serait ravie quant à elle de porter tous les jours sa culotte de cheval ! J'ai cru comprendre que les robes seraient bientôt prêtes pour un premier essayage. Je suis impatiente d'en savoir davantage.

Concernant la liste des invités : je me demande si nous devrions y ajouter la princesse bavaroise que vous n'avez finalement jamais pu recevoir chez vous (la vraie, cette fois). Quels autres parents européens prévoyez-vous de convier à la cérémonie ? S'il y a parmi eux des monarques, j'estime que le roi et moi devons leur offrir l'hospitalité au palais.

Quant à votre lune de miel, nous aimerions vous proposer de la passer à Balmoral avant que nous ne nous y rendions tous en août pour l'habituelle chasse à la grouse[1]*. Comme vous le savez, l'endroit est extrêmement paisible, et le personnel sera là pour satisfaire vos besoins.*

Je levai les yeux et regardai par la fenêtre. Puis je soupirai. Je n'avais pas vraiment envisagé de passer ma lune de miel dans un endroit comme le château de Balmoral. J'avais après tout grandi dans une bâtisse écossaise semblable, à quelques kilomètres de celle de Leurs Majestés. Et les demeures de ce genre sont généralement glaciales, lugubres et pleines de courants d'air. En outre, elles regorgent de tapis et du papier peint à motif de tartan, et il n'y a rien de plus déprimant au monde. Darcy m'avait dit qu'il prévoirait un endroit à notre goût,

1. L'ouverture officielle de la chasse à la grouse a lieu chaque 12 août en Écosse. Voir *Son Espionne royale et la partie de chasse*, tome 3.

et j'avais imaginé un cadre romantique, tel le lac Majeur, où nous avions récemment séjourné, ou même Nice, car ma mère y possédait une ravissante petite villa. Il devait être difficile d'apprécier un voyage de noces lorsque d'innombrables serviteurs observaient tous vos faits et gestes. Le matin, des bonnes feraient irruption dans notre chambre pour nous apporter du thé, réprimant ainsi tous les élans amoureux d'un jeune couple. Mais je ne pouvais tout de même pas répondre « Non merci » à la reine, n'est-ce pas ? Du reste, Darcy avait-il trouvé mieux de son côté ?

Je passai à la lettre de Belinda. Elle m'expliquait qu'elle travaillait d'arrache-pied et qu'elle était fort satisfaite de ses progrès. Je serais aux anges en découvrant ma robe, elle en était certaine. Quant à celles des demoiselles d'honneur… elles correspondaient selon elle exactement à ce que de petites princesses devaient porter pour un mariage. On lui avait dit d'apporter les croquis à la résidence du duc et de la duchesse d'York de façon que ces derniers puissent les examiner, et elle se demandait si je comptais venir ce jour-là à Londres afin que je voie ma robe et l'accompagne au 145, Piccadilly. Elle ajoutait qu'elle était surprise d'apprendre qu'ils ne vivaient pas dans un palais. Elle était un peu angoissée à l'idée de montrer ses créations à des membres de la famille royale et savait que je les connaissais bien. Elle poursuivait :

Apprécies-tu d'être la châtelaine d'Eynsleigh ?

Je dois absolument y faire un saut et te voir avant que tu n'y emménages pour de bon. Quel changement ! Je me rappelle ton arrivée à Londres, quand tu campais dans la résidence familiale et te nourrissais de haricots blancs en boîte parce que c'était la seule chose que tu savais cuisiner. Justement, à ce propos… Il va falloir que je congédie ma nouvelle domestique, Huddlestone, je le crains. Elle ne peut ou ne veut pas cuisiner. Elle affirme avoir reçu une formation de femme de chambre, pas de bonne à tout faire. Et puisque je ne peux ni ne veux cuisiner, je me nourris de paniers garnis livrés par Harrods et Fortnum & Mason. Une habitude plutôt dispendieuse, tu ne trouves pas ? Je regrette donc que Huddlestone doive quitter mon service, mais c'est une vieille bique à la mine revêche, de toute manière. Elle n'a aucun sens de l'humour et se montre très pudibonde. Si jamais j'invitais un monsieur à la maison (ce que je me garde bien de faire, naturellement, puisque j'ai renoncé aux hommes pour le restant de mes jours), elle serait si désapprobatrice que le type, consterné, prendrait ses jambes à son cou !

Je repliai la lettre en souriant. Pauvre Belinda. Nous avions toutes deux des problèmes avec notre personnel, mais je songeai que les siens seraient plus faciles à résoudre. Je considérai de nouveau la missive de la reine. S'il est d'ordinaire nécessaire de répondre immédiatement à Sa Majesté, je n'avais pas envie d'accepter son invitation à Balmoral. Pour finir, je lui écrivis pour la remercier et lui dire que j'ignorais tout des projets de mon futur époux s'agissant de notre lune de miel car il était absent ces derniers temps, mais que je ne manquerais pas de la tenir informée dès son retour. Je timbrai ma lettre et la déposai sur la petite table du hall. Je remarquai alors l'appareil téléphonique qui y était installé. Un petit miracle ! Je décidai de l'essayer sans attendre en appelant Belinda. Puis je résolus de téléphoner d'abord à maman. Il serait sans doute indispensable de la presser un peu afin qu'elle se renseignât sur l'agence qui avait recommandé Plunkett.

— Pourriez-vous me mettre en communication avec le Claridge's, à Londres, s'il vous plaît ? demandai-je à la standardiste.

L'on me passa celle de l'hôtel en question.

— La duchesse de Rannoch est descendue chez vous, me semble-t-il, repris-je.

(Ma mère, qui s'était allègrement soustraite à ses devoirs de duchesse en décampant du château de Rannoch, avait montré plus de réticence à renoncer à son titre, dont elle usait chaque fois qu'elle était à Londres.)

— En effet, madame. Mais je ne suis pas sûre que…

— Je suis sa fille, lady Georgiana de Rannoch, l'interrompis-je.

— Bien entendu, lady de Rannoch. Un instant, je vous prie.

Sur ce, je fus mise en ligne.

— Allô ? fit maman, quelque peu essoufflée. Dieu merci, Georgie ! J'ai tenté de te joindre à plusieurs reprises, sans succès. Je n'ai cessé d'appeler un numéro qui était apparemment le bon, mais personne ne répondait. J'étais désespérée. Je ne savais plus à quel saint me vouer.

— Qu'est-ce qui ne va pas, maman ?

Elle paraissait fort désemparée.

— Plus rien ne va. Plus rien. Oh, Georgie, ma vie est ruinée !

— Max a-t-il appris l'un des secrets de ton passé ?

— C'est pire encore. Vraiment pire.

Sur ces mots, elle lâcha un profond sanglot.

Pour ma part, je ne voyais pas ce qui pouvait l'affliger ainsi, hormis le fait que Max eût découvert qu'elle avait couché avec d'autres hommes, mais elle émit un second sanglot avant d'ajouter :

— Son père est mort.

— Je suis sincèrement navrée, fis-je, parce que c'est ce que l'on est censé dire en de pareilles occasions – non que j'eusse rencontré le père de Max ni que j'éprouvasse beaucoup de sympathie pour les nazis.

— Tu es navrée ? Pas autant que moi, poursuivit ma mère avec un autre spasme dans la voix. Georgie, Max m'a téléphoné pour me dire que notre mariage était annulé. Il doit prendre la suite de son père, qui avait de nombreux intérêts commerciaux. Je peux le comprendre.

Mais il affirme aussi que sa mère est bouleversée et qu'il doit rester auprès d'elle pour la réconforter.

— C'est tout autant compréhensible. Max est un fils dévoué. Cela signifie simplement que la cérémonie est reportée, n'est-ce pas ?

— Non, justement ! répliqua-t-elle, visiblement au bord de la crise de nerfs. J'ai toujours su que sa mère, une luthérienne stricte, était extrêmement prude et n'avait pas une bonne opinion de moi. Par conséquent, Max estime qu'il serait déplacé de m'épouser alors qu'elle est plongée dans l'affliction. Il a même insisté pour que je reste à Londres, étant donné les circonstances.

Tandis qu'elle s'ouvrait ainsi à moi, je ne pus m'empêcher de me demander comment Max avait pu lui communiquer tous ces sentiments au téléphone ; effectivement, même s'il avait fait des progrès dans notre langue, maman pour sa part ne parlait quasiment pas un mot d'allemand. Je devais toutefois me montrer compatissante.

— Laisse-lui du temps, maman. Qu'il règle tout cela avec sa mère. Ensuite, il reviendra.

— Non, je le sais. Je ne le reverrai plus jamais. Lui, l'homme que j'aimais. L'homme que je vénérais. Je suis condamnée, Georgie. Condamnée à une vie de solitude et de désespoir. Par ailleurs, de quoi vais-je vivre ?

(L'on voyait sans mal pourquoi maman était devenue une célèbre comédienne, n'est-ce pas ?)

— Je suis certaine que Max ne sera pas dur au point de te laisser sans un sou, assurai-je. Tu as aussi la villa qu'il t'a achetée au bord du lac de Lugano.

— Il l'a achetée pour nous deux. Comment saurai-je si j'y suis encore la bienvenue ? Je ne pense pas qu'elle soit à mon nom. J'aurais dû insister. J'aurais dû me montrer plus exigeante. Mais j'ai toujours été si naïve. Si confiante…

En réalité, elle avait plutôt tiré bien des avantages de la plupart de ses différentes liaisons amoureuses.

— Tu as ta petite villa niçoise, lui rappelai-je. Elle n'appartient qu'à toi.

— Oui, mais l'on ne peut séjourner qu'en hiver sur la Riviera. Personne ne s'y rend en dehors de cette saison. Que vais-je donc faire ? Où vais-je aller ? Je n'ai nulle part où passer l'été, et je n'ai certainement pas les moyens de loger au Claridge's pendant des mois. Je vais sans doute tomber dans l'indigence. Finir mendiante dans les rues.

— Calme-toi, maman, la raisonnai-je. Tu seras toujours la bienvenue à Eynsleigh. J'y vis assez simplement pour le moment, mais tu auras un toit sur la tête. Tu n'auras qu'à rester et réfléchir à ton avenir jusqu'à ce que tu aies d'autres nouvelles de Max.

— Tu es une fille si gentille, un amour. J'espérais que tu m'inviterais. Cependant, Darcy et toi allez vivre dans cette demeure lorsque vous serez tout juste mariés, je le sais, et je ne voudrais pas vous gêner.

— Ce ne sera pas avant un mois. Viens me rejoindre dès maintenant. Tu as toujours aimé cette maison. Tu t'y sentiras tellement mieux et tu pourras examiner la situation à tête reposée.

— Oui, tu as raison. C'est ce que je vais faire. Et je laisserai du temps à Max afin que je lui manque, qu'il se rende compte qu'il ne peut vivre sans moi et qu'il ferait mieux d'être auprès de moi plutôt qu'avec sa vieille mère assommante !

Il était impossible de contenir bien longtemps la combativité de maman !

18.

Vendredi 28 juin
Eynsleigh, Sussex

La présence de maman va compliquer la situation. Dire qu'il me reste encore à faire la connaissance de la vieille dame. Mince alors. Je suis pleine d'appréhension, je dois bien l'avouer.

La nouvelle de l'arrivée de l'ancienne duchesse de Rannoch à Eynsleigh fut accueillie sans grand enthousiasme par les domestiques. Je fis savoir au majordome qu'il leur fallait nettoyer et aérer l'une des meilleures chambres à coucher, ainsi qu'informer Fernando qu'il devait dorénavant préparer des repas de qualité.

— Je le lui dirai, lady de Rannoch, mais je crois qu'il fait de son mieux avec des ressources limitées.

— L'autre jour, j'ai vu une bouteille de châteauneuf-du-pape sur la table de la cuisine, fis-je observer. Si je n'avais pas exigé d'en avoir pour le dîner, je me demande qui l'aurait bue. Lady Anstruther ou le personnel ? Il ne me semble donc pas que les ressources soient limitées. Je vous ai déjà fait clairement entendre que je tiens à ce que les meilleurs fruits et légumes produits sur le domaine soient apportés à l'office tous les matins. Et l'argent de la vente des surplus peut à présent servir à commander de la nourriture convenable pour ma mère et moi. Si cela s'avère absolument indispensable, je choisirai moi-même ce que je souhaite consommer et j'irai encaisser les recettes chez le marchand du village.

Sa gorge dut se serrer, car sa pomme d'Adam tressauta au-dessus de son col amidonné.

— Ce ne sera pas nécessaire, lady de Rannoch. Je veillerai moi-même à ce que les plats que l'on vous servira soient à la hauteur de vos attentes.

— Merci, Plunkett. Vous pouvez disposer.

Je le regardai s'éloigner. Maman était habituée à imposer sa volonté. Aurait-elle plus de succès avec lui que je n'en avais eu jusqu'à maintenant ?

Deux villageoises arrivèrent bruyamment, chargées de seaux et de balais à franges, et les chambres situées dans l'aile où je m'étais installée eurent droit à un bon ménage. Je choisis celle qui donnait sur l'avant-cour et l'allée pour ma mère, et l'inspectai, tandis que l'on y faisait le lit au grand cadre de cuivre. Elle ne viendrait pas avant le lendemain matin, car elle avait encore à faire à Londres – elle devait, entre autres choses, passer chez son chausseur italien. Je m'interrogeai sur toutes les tenues qu'elle avait commandées pour son trousseau. Pauvre maman. Elle avait tant espéré la sécurité que lui apporterait son mariage à un homme fortuné, quand bien même il était allemand et de connivence avec les nazis.

★

Cet après-midi-là, je me rendis dans les jardins, où je cueillis des fleurs pour la chambre de ma mère. Je demandai à Joanie de les mettre dans des vases, qu'elle disposa dans la pièce ; puis je parcourus celle-ci du regard pour m'assurer qu'elle conviendrait à une ancienne duchesse fort difficile à satisfaire. J'entendis alors un bruit de pas sur le gravier. Par la fenêtre, je vis un vieux monsieur d'allure plutôt distinguée qui se dirigeait vers la demeure. La journée était à présent chaude et, bien que le ciel fût dégagé, l'homme portait un parapluie sous le bras. Il était vêtu d'un costume trois-pièces et coiffé d'un chapeau melon. À mi-chemin du manoir, il s'arrêta pour soulever son chapeau et, au moyen d'un mouchoir sorti de sa poche, tamponna son crâne chauve ; puis, alors qu'il s'approchait du perron, il disparut de mon champ de vision. L'on sonna à la porte. J'attendis, m'efforçant de réprimer ma curiosité, mais le majordome ne vint pas me chercher. Je tapotai les oreillers du lit de maman et vérifiai qu'il n'y avait pas de toiles d'araignées derrière son armoire, tout en me demandant qui était l'inconnu et pourquoi l'on ne m'avait pas avertie de sa venue. J'avais évidemment conscience que ce n'était pas moi que le visiteur souhaitait voir. Seules quelques personnes savaient que je vivais ici maintenant. Toutefois, n'étais-je pas censée accueillir quiconque se présentait à Eynsleigh ?

Quand enfin je redescendis, je vis Joanie dans le hall, occupée à épousseter des statues.

— Oh, vous voilà, lady de Rannoch. Souhaitez-vous prendre le thé sur la pelouse, aujourd'hui ? M. Plunkett s'est dit que ce serait une bonne idée. Nous avons sorti une table et une chaise longue sous le grand hêtre.

— Merci, ce sera bien agréable. Mais où est M. Plunkett ? Et où est passé le visiteur arrivé il y a peu ?

— J'ai pas vu de visiteur, lady de Rannoch.

— Un homme était là. Il a sonné à la porte.

— Je suis désolée. J'étais à l'arrière de la maison, en train de faire le ménage dans les pièces qu'on avait pas encore préparées. M. Plunkett a dit que la duchesse s'attendrait à ce que tout soit parfait.

Je me rendis dans le salon, qui était vide. Puis dans le petit salon et dans la bibliothèque. Pour finir, j'étais si contrariée que je sonnai le majordome. Il se présenta au bout d'un long moment.

— Vous m'avez appelé, lady de Rannoch ?

— Oui, Plunkett. Je souhaite m'enquérir du visiteur. Où est-il ?

— Ce monsieur voulait voir lady Anstruther, lady de Rannoch, apparemment afin d'évaluer ses bijoux anciens ou quelque chose dans ce genre-là. Je lui ai expliqué qu'elle n'était pas en mesure de recevoir qui que ce soit. Il était un peu mécontent d'avoir fait tout ce chemin pour rien. Elle avait dû lui écrire dans un de ses moments de lucidité.

— Dans ce cas, où est-il à présent ?

— Il est reparti vexé. Je lui ai proposé une tasse de thé, mais il a refusé de rester.

— Pourquoi ne pas l'avoir conduit jusqu'à l'appartement de lady Anstruther ? Il ne vous revient tout de même pas de décider si elle est capable de recevoir ou non.

— Vous ne l'avez pas encore rencontrée, lady de Rannoch. Ce monsieur aurait été choqué. D'ailleurs, elle n'apprécie pas les hommes, raison pour laquelle je me garde bien de m'approcher de sa chambre. Elle peut se montrer… ma foi, vous verrez bien par vous-même.

— Vous auriez au moins dû m'informer de la présence de ce monsieur, Plunkett. En tant que maîtresse d'Eynsleigh, il est inconvenant que je n'aie pu le saluer.

— Il n'est pas resté assez longtemps, lady de Rannoch. Dès qu'il a appris qu'il ne pourrait pas voir la vieille dame, il n'a même pas voulu entrer. Il a dit qu'il allait profiter de sa venue dans la région pour faire d'autres visites importantes.

Joanie apparut pour annoncer que le thé était servi sous le hêtre. Cette fois, j'eus droit à une théière d'un breuvage acceptable et à des sandwiches au concombre. Décidément, nous accomplissions de grands progrès.

★

Il était près de vingt et une heures quand Plunkett se présenta à moi pour me dire que lady Anstruther m'attendait.

— D'après sa garde-malade, Mme Pritchard, elle semble calme pour le moment. Elle peut cependant se montrer instable. Elle lance des projectiles, alors tenez-vous prête à les éviter.

Sapristi.

Je pris mon courage à deux mains et suivis le majordome dans la grande galerie qui reliait les deux ailes, en direction de la chambre occupée par la vieille dame.

— J'ai oublié de vous demander si les oiseaux vous posaient un problème, dit alors Plunkett en s'immobilisant dans le couloir sombre.

— Les oiseaux ? glapis-je.

— Lady Anstruther a des perroquets, ce genre de volatiles. Elle a beaucoup d'affection pour eux.

— Oh, ils ne me dérangent pas, assurai-je. J'aime toutes sortes d'animaux.

— C'est une bonne chose. Vous ne vous alarmerez donc pas.

Il se remit en marche devant moi et toqua à une porte située au bout du corridor. Une femme vêtue d'un uniforme gris nous ouvrit.

— Entrez, dit-elle.

Elle referma derrière moi, et je remarquai que le majordome était resté dans le couloir.

Les rideaux étaient fermés, et la pièce n'était éclairée que par deux lampes placés dans des recoins, de sorte qu'une ombre épaisse dissimulait certains endroits à ma vue. Il planait une odeur désagréable que je ne pus identifier. Un frisson d'inquiétude me parcourut, car une silhouette s'était levée d'un fauteuil à haut dossier et se dirigeait vers moi. Elle était tout de noir vêtue, et un châle, noir lui aussi et garni de perles de jais, lui couvrait la tête. Dans la pénombre, son visage me parut squelettique. Elle était trop maquillée ; son rouge à lèvres écarlate, appliqué malhabilement, donnait à sa bouche l'aspect d'une entaille, et ses joues étaient fardées de poudre blanche.

— Qui est-ce ? demanda-t-elle en inclinant la tête sur le côté, tel un oiseau. Que fait-elle ici ?

— Voici lady Georgiana de Rannoch, répondit la garde-malade d'une voix douce. Elle a habité ici quand elle était petite. Vous vous souvenez peut-être d'elle.

— Non, je ne me souviens pas d'elle. C'est une intruse, déclara lady Anstruther dans un chuchotement rauque. Je n'ai aucun souvenir, ajouta-t-elle après avoir lâché un soupir. Tout est dans le brouillard.

Soudain, un battement d'ailes se fit entendre et un oiseau vola à travers la pièce. Un oiseau imposant. C'était un perroquet, mais, dans la semi-obscurité, il me parut de la taille d'un aigle. Sans prévenir, il se posa sur ma tête.

— Oh, Charlie vous aime bien, commenta la vieille dame en gloussant. Il ne se prend pas de sympathie pour tout le monde.

Je sentis ses serres contre mon cuir chevelu.

— Qui est mignon, maintenant ? lança une voix. Donne une récompense à Charlie.

— Ne bougez surtout pas, me prévint lady Anstruther. Tout mouvement brusque pourrait l'effrayer.

L'effrayer ? C'était tout de même sur ma tête que ce volatile était perché. Comment lui demander avec tact de le rappeler ? Je me rendis alors compte qu'elle souhaitait probablement me mettre à l'épreuve afin de voir si elle m'appréciait.

— Eh bien, ma fille ? reprit-elle en me scrutant. Vous avez perdu votre langue ?

— Enchantée, lady Anstruther. Je suis Georgiana. J'espère que vous êtes en forme.

— Bien sûr que non, espèce d'idiote, rétorqua-t-elle. J'ai quatre-vingt-cinq ans, et j'ai des rhumatismes, de graves problèmes de digestion et un mal de tête constant.

Cela ne me surprenait pas, vu que des perroquets passaient sans doute leur temps à atterrir sur son crâne !

Je perçus un autre battement d'ailes, et un petit volatile – une perruche, me sembla-t-il – décrivit quelques cercles autour de la pièce ; puis la vieille dame tendit une main ornée de nombreuses bagues, et l'oiseau s'y posa.

— Bonjour, ma chérie. Tu avais l'impression d'être tenue à l'écart ? chuchota-t-elle à la perruche avant de l'approcher de ses lèvres et de lui donner un baiser.

Le perroquet se mit alors à sautiller sur place tout en lâchant un rire perçant qui me fit violemment sursauter.

— Donne un baiser à Charlie ! brailla-t-il. Donne un baiser à Charlie !

— Il est tellement jaloux, ricana lady Anstruther. Il ne supporte pas que je sois aux petits soins pour Rani.

Elle étendit le bras, et la perruche courut jusqu'à son épaule.

— Je l'ai appelée ainsi après avoir vécu en Inde. J'étais jadis impératrice des Indes, vous savez. Il y a eu une révolte et l'on m'a déposée. J'ai bien failli y laisser la vie.

— Vous n'avez jamais été impératrice des Indes, déclara Mme Pritchard. L'armée a autrefois posté votre mari là-bas, et vous l'avez accompagné, vous vous rappelez ?

— Ne me contredisez pas ! intima la vieille dame avec brusquerie. Je sais parfaitement qui j'étais. Je n'ai pas tout oublié. En revanche, je ne me souviens pas de cette fille. Que fait-elle ici ? Elle a été envoyée par l'asile, n'est-ce pas ? Elle est venue me chercher.

— Non, lady Anstruther, assurai-je. Ce n'est pas l'asile qui m'envoie.

— Parce que je n'y retournerai pas, voyez-vous. C'est hors de question. Je me jetterai plutôt depuis les remparts, menaça-t-elle en tendant la main vers la garde-malade, qui était prête à l'assister. C'était terrible. Tout le monde y était cinglé. Mon fils m'a laissée là-bas avec des malades aliénés. Mais je ne suis pas folle. Je suis aussi saine d'esprit que le premier venu.

— Oui, bien entendu, lady Anstruther, acquiesça Mme Pritchard. À présent, pourquoi ne pas vous asseoir et débarrasser cette pauvre demoiselle de Charlie ?

— Il l'aime bien, affirma-t-elle. Il ne se prend pas aisément d'affection. À l'asile, il donnait des coups de bec à presque tout le monde. Il est capable d'être méchant quand il est en colère.

J'imaginais le perroquet s'en prenant à mon cuir chevelu. Chose étonnante, il n'était pas si lourd que cela, mais ses serres étaient bel et bien acérées.

La garde-malade aida mon hôtesse à regagner son fauteuil.

— Alors, que fait-elle ici ? répéta la vieille dame en me pointant du doigt. Si elle ne vient pas de l'asile, qu'est-ce qu'elle me veut ?

— Je me suis installée à Eynsleigh, lady Anstruther, sur l'invitation de votre fils, car il est si souvent absent. Il avait beaucoup d'affection pour moi quand j'étais enfant. Il a cherché à m'adopter.

— Sottises. C'est complètement absurde. Mon fils ne s'amusait pas à adopter des orphelins.

— Je n'étais pas orpheline. À l'époque, ma mère était l'épouse de votre fils.

— Purs mensonges. Je ne me souviens pas de vous ! s'exclama-t-elle en me désignant de nouveau de l'index. Je sais ce que vous voulez. Vous êtes venue me prendre ma maison, n'est-ce pas ? Vous voulez me jeter dehors ! Ou me renvoyer là-bas !

Elle se redressa subitement, m'incitant involontairement à reculer d'un pas, ce qui poussa Charlie à recroqueviller ses serres dans mes cheveux.

— Non, vraiment, lady Anstruther. Vous ne craignez rien ici, je vous le promets, m'empressai-je de dire, pressentant qu'elle allait s'avancer.

Elle s'empara d'une canne au pommeau d'argent et l'agita vers moi.

— Qu'on la mette à la porte, vous entendez ? Je ne veux plus la savoir sous mon toit ! C'est une diablesse et une intrigante, c'est l'évidence même. Qu'on la mette à la porte !

Et, sans prévenir, elle prit un lourd cendrier en cristal taillé posé sur la table et le lança dans ma direction. Par chance, elle avait plutôt mal visé : l'objet tomba à mes pieds et se brisa en mille morceaux. Charlie battit des ailes et s'envola, m'arrachant quelques cheveux au passage. Tandis que la vieille femme cherchait un autre projectile, Mme Pritchard s'interposa.

— Je crois que vous feriez mieux de partir avant que cela ne dégénère, lady de Rannoch, me conseilla-t-elle. Elle se montre assez violente quand elle est irritée.

Je ne me fis pas prier. J'en avais plus qu'assez des oiseaux et des cendriers volants.

19.

Samedi 29 juin
Eynsleigh, Sussex

Maman arrive aujourd'hui. En temps normal, je ne me réjouis guère de la voir mais, cette fois, j'ai hâte. Je ne serai plus seule ici, et cela changera tout. La mère de sir Hubert m'a paru rudement effrayante. Rien d'étonnant à ce qu'il l'ait confiée à un asile. Je devrais écrire à l'ambassadeur britannique à Buenos Aires et lui demander de le retrouver. À mon avis, il aimerait qu'on l'informe de la situation. Si elle était enfermée dans sa chambre, ce serait moins problématique, mais je l'ai déjà surprise en train d'errer dans la maison, et quand je repense au robinet du gaz…

La veille, j'avais dû jeter un sort au beau temps en prenant le soleil sur la pelouse, car il tombait une pluie diluvienne à mon réveil. Pauvre maman, songeai-je, obligée de voyager dans ces conditions. Tout semblait aller de travers dans sa vie en ce moment. Je réfléchis un instant à sa situation. Que se produirait-il si Max et elle rompaient pour de bon ? Souhaiterait-elle vivre avec nous de façon permanente ? C'était une vaste demeure, je le savais, et elle pourrait occuper un appartement privé, mais avais-je envie de cohabiter avec elle pendant la première année de notre mariage ? Puis je me dis qu'il était fort peu probable qu'elle restât longtemps célibataire. Elle aimait trop les hommes. Pour parler franchement, elle aimait trop le sexe. Elle mettrait le grappin sur un banquier sans méfiance – à moins que ce ne fût un millionnaire américain ou un joueur de polo sud-américain –, et elle filerait de nouveau, parfaitement heureuse, en ayant oublié Max. Ainsi rassurée, je descendis prendre mon petit déjeuner, qui se composait de nouveau d'œufs brouillés. Je sonnai le cuisinier.

— Ma mère, la duchesse de Rannoch, arrive aujourd'hui, Fernando. Elle est accoutumée à un train de vie de haut standing. À Londres, elle séjournait au Claridge's. Elle a une villa à Nice et une autre au bord du lac de Lugano, et elle a vécu à Berlin. Des plats habituellement servis dans une nursery ne lui conviendront pas. Comprenez-vous ?

— Si elle vit partout en Europe, elle aime la bonne nourriture continentale, pas la nourriture anglaise qui est si fade. Je cuisine pour elle.

— Justement. Elle aime les plats raffinés que l'on sert en Europe continentale. Le caviar, par exemple. Je sais que notre budget est restreint, mais je compte sur vous pour faire de votre mieux. Vous ne connaissez pas ma mère lorsqu'elle est mécontente.

Je lui dis de veiller à ce qu'il y eût une quantité suffisante de fraises et de framboises, lui conseillai d'acheter de la crème et un bon morceau de viande pour le dîner. Il ne donnait pas l'impression de déborder d'enthousiasme à la perspective de devoir se rendre au village à bicyclette ; je le pris en pitié et téléphonai au boucher afin qu'il nous livrât.

— Des côtes de porc nous conviendront, dis-je. Et peut-être un gigot d'agneau.

— Vous ne voulez pas le rumsteck que vous commandez d'habitude ? me demanda-t-il.

— Oh si, également. Du rumsteck, absolument.

Je raccrochai, songeuse. Par conséquent, lady Anstruther (et peut-être le personnel) dégustait du filet de bœuf pendant que l'on m'octroyait des petits bouts de viande non identifiables dans du riz. Cela ne pouvait plus durer. Si, comme l'avait dit Plunkett, la mère de sir Hubert perdait la boussole, il était hors de question qu'elle eût droit à un traitement de faveur.

J'attendis maman toute la matinée, jetant de temps à autre des regards par la fenêtre du salon. Je repérai l'un des jardiniers qui poussait une brouette d'un air misérable, peinant à avancer dans la boue. Au moins, ils s'étaient mis au travail. Voilà qui était mieux. À l'heure du déjeuner, je gagnai la salle à manger. Il y avait encore du poisson au menu, cette fois couvert de sauce tomate. Ce ne fut pas si mauvais, à dire vrai, et l'on me servit des fraises pour le dessert. Je pris alors conscience que le jardinier que j'avais aperçu était venu livrer des fruits et des légumes à l'office, et je me sentis assez coupable de l'avoir obligé à s'affairer sous la pluie.

J'avais avalé la moitié de mes fraises quand l'on sonna à la porte. J'eus envie de me lever d'un bond, mais l'étiquette exigeait que le majordome vînt m'annoncer l'arrivée de maman, aussi patientai-je. Je m'attendais toutefois à ce qu'elle passât devant lui et fît irruption dans la pièce en s'écriant : « Chérie, me voici ! »

Rien ne se produisit, ce qui attisa ma curiosité. Était-ce un autre visiteur pour lady Anstruther ? Puis Plunkett entra.

— Il y a une drôle de personne qui demande à vous voir, lady de Rannoch.

Quiconque avait toute sa raison n'aurait pas décrit ma mère de la sorte.

— Qu'entendez-vous par là, Plunkett ?

— Une personne plutôt vulgaire, lady de Rannoch. Elle ressemble à un rat mouillé. Je l'aurais bien congédiée, mais elle affirme que vous l'attendez. Elle dit qu'elle est venue aussi vite que possible.

Je quittai vivement mon siège et réfrénai mon envie de courir jusqu'au hall. Queenie se tenait là, dans une flaque, effectivement ruisselante.

— Faites gaffe, mam'zelle. Merde alors ! J'suis carrément trempée.

— Queenie, vous êtes venue, constatai-je, radieuse.

— Il m'a bien semblé que vous aviez besoin d'moi, pas vrai ? Et Lady Whyte a dit que j'avais d'abord un devoir envers vous. Alors j'ai répondu : « Pas d'problème ! » Et me voilà.

— Êtes-vous arrivée à pied de la gare ?

Elle avait l'air si pitoyable, l'eau coulant sur son visage et dégoulinant de ses habits jusqu'au sol.

— Oh non, mam'zelle. Le boulanger m'a prise dans son camion, mais il m'a déposée à la grille, et cette allée est vachement longue.

— Oui, elle l'est. Il vous faut enfiler des vêtements secs, et nous allons vous offrir une boisson chaude, précisai-je avant de me tourner vers Plunkett. Voici ma femme de chambre, Queenie. Elle a fait le voyage depuis l'Irlande pour nous prêter main-forte. Indiquez-lui une chambre où elle pourra se changer, je vous prie, puis emmenez-la à la cuisine pour qu'elle prenne une tasse de thé.

— Très bien, lady de Rannoch, répondit-il en observant Queenie avec répugnance. Veuillez me suivre. Je suis Plunkett, le majordome, et vous travaillerez sous mon autorité. À l'avenir, vous emprunterez l'entrée de service qui se situe en sous-sol, à l'arrière de la maison, est-ce entendu ?

— Pas d'problème, mon canard, acquiesça l'intéressée.

Elle lui emboîta le pas, laissant dans son sillage une traînée de petites flaques. Je crois que je n'avais jamais été aussi heureuse de revoir qui que ce fût.

★

Une fois que Queenie fut changée, j'allai la présenter à Fernando.

— À partir de maintenant, cette jeune fille vous secondera dans vos tâches. Elle connaît mes goûts.

Puis je les laissai. Un peu plus tard, j'entendis des éclats de voix venir de l'office. Il revenait au majordome de s'enquérir de la situation, je le savais, mais je ne pus résister à l'envie d'aller voir ce qui se passait.

— Comment est-ce que vous appelez ça, nom de Dieu ? s'exclamait Queenie. C'est pas une tasse de thé. C'est d'la lavasse. Et où ils sont, les gâteaux et les biscuits ? Qu'est-ce que vous lui avez donné à manger, à lady Georgiana, hein ? Des crottes de souris ?

Sans dévoiler ma présence, je m'immobilisai sur le seuil.

— Allez, foutez-moi l'camp, continua ma femme de chambre en le poussant sans ménagement. J'vais lui faire du thé correct. Ensuite, j'aurai besoin d'une bonne quantité de beurre et de farine histoire de préparer une fournée de sablés.

Je me retirai. Fernando m'avait paru plutôt effrayé. À sa place, je l'aurais été moi aussi. Queenie était une fille costaude et tout à fait alarmante quand elle était agacée. Peu après, McShea entra dans le petit salon avec un plateau de thé et de sablés.

— Votre domestique vient juste de les confectionner pour vous, lady de Rannoch. Jésus, Marie, Joseph, qu'est-ce qu'elle est bonne cuisinière ! Elle m'a permis d'en goûter un. Ils fondent presque dans la bouche. Est-ce qu'elle va remplacer Fernando ?

Apparemment, le valet n'appréciait guère lui non plus la cuisine espagnole.

— Je n'ai encore rien décidé, McShea. Pour l'instant, elle va juste se contenter de lui expliquer ce que j'aime manger.

— Ma foi, c'est une belle fille bien bâtie, pas vrai ?

Le valet de pied trouvait Queenie attirante ! Cela tenait du miracle. Je réprimai un sourire.

— Depuis quand travaillez-vous ici, McShea ? m'enquis-je.

— Cela va bientôt faire deux ans. Je n'ai encore jamais vu mon maître, à dire vrai. C'est M. Rogers qui m'a engagé.

— Oh, vous étiez donc là avant que Plunkett n'arrive ?

— C'est exact, lady de Rannoch.

— Et Joanie ?

— Elle a été embauchée juste après moi.

Deux des domestiques étaient donc présents à Eynsleigh quand Rogers était mort. Intéressant, songeai-je. Je ne voyais toutefois pas une femme aussi fluette que Joanie pousser un homme robuste dans un escalier, et McShea me paraissait tout simplement trop gentil. Finalement, il s'agissait peut-être d'une chute accidentelle.

Je venais de terminer ma seconde tasse de thé bien corsé et sans doute mon quatrième sablé quand j'entendis un bruit de moteur. Par la fenêtre, je vis un taxi approcher. Le chauffeur en sortit d'un bond et ouvrit un grand parapluie, tandis qu'une petite dame descendait de voiture. Je me précipitai dans le hall.

Maman était tout de noir vêtue, de sorte que son teint clair semblait presque fantomatique. Elle portait une petite toque garnie d'une voilette noire qui dissimulait ses yeux ; à ma vue, elle tendit les mains.

— Georgie chérie. Mon ange. Ma bienfaitrice.

Sur ces entrefaites, elle se jeta dans mes bras.

Plunkett apparut sur les lieux. Ma mère, toujours sur le qui-vive même dans les situations les plus dramatiques, ne manqua pas de le remarquer.

— Qui est ce délicieux jeune homme ? demanda-t-elle.

Même dans les meilleures des circonstances, l'on n'aurait pu le décrire comme étant délicieux ou jeune. Il s'empourpra.

— Je suis Plunkett, madame la duchesse. Le majordome.

— Qu'est-il arrivé à Rogers ? Je l'adorais.

— Il est mort, maman.

— Comme c'est triste. Il était néanmoins fort vieux, n'est-ce pas ?

J'allais lui apprendre ce qui s'était réellement passé et observer l'expression de Plunkett, mais je me rappelai que ce dernier ne faisait pas encore partie du personnel lorsque Rogers avait disparu. Par conséquent, s'il avait été tué délibérément, je ne pouvais en accuser le nouveau majordome.

— Ma foi, je suis contente de faire votre connaissance, Plunkett, reprit ma mère en déployant le charme qui avait fait défaillir quantité d'hommes dans le monde entier. Je sais que vous allez vous occuper de moi merveilleusement bien.

— Je ferai mon possible, madame la duchesse, assura l'intéressé. Dois-je comprendre que vous êtes en deuil ? Lady de Rannoch ne l'a pas mentionné.

— En effet, Plunkett. Le père de mon fiancé vient de mourir. Une vraie tragédie. Et ma fille chérie m'a invitée à Eynsleigh afin que je ne reste pas seule à me lamenter.

— Toutes mes condoléances, madame la duchesse.

Il leva les yeux, tandis que le chauffeur de taxi chargé d'une malle gravissait le perron d'un pas chancelant.

— Attendez un instant, je vais faire venir le valet de pied, lui dit le majordome.

McShea vint seconder le chauffeur et se retrouva encombré de deux sacs de voyage, d'une valisette à bijoux et d'un carton à chapeaux.

— Je vais te montrer la chambre que l'on t'a préparée, maman, lui annonçai-je en m'engageant dans l'escalier.

Alors que nous passions devant ma porte, elle s'arrêta et posa la main sur la poignée.

— N'est-ce pas dans cette pièce que je vais dormir ? Cette chambre a toujours été la mienne, je m'en souviens. Elle offre une vue tellement admirable.

— Je suis navrée, mais je l'ai déjà choisie pour Darcy et moi.

— Je vois, fit-elle en poussant un gros soupir théâtral. Malgré tout, je suis certaine que celle que tu m'as réservée sera acceptable.

Elle avait le don d'obtenir ce qu'elle voulait en faisant culpabiliser les autres. Cependant, la force nouvelle que j'avais acquise au cours des derniers jours ne plierait pas face à sa volonté.

— Tu seras confortablement installée, maman. Et ce ne sera sans doute pas pour bien longtemps. Tu finiras probablement par t'ennuyer ici et décideras de partir pour Nice ou Lugano.

— Non, je ne crois pas que j'aurai envie de me montrer en public. Les rumeurs iront bon train. Or s'il y a bien une chose que je ne peux supporter, c'est la pitié. Eynsleigh me conviendra très bien comme point de chute. Une fois que j'aurai surmonté le gros de mon chagrin, je rentrerai à Londres pour voir ce cher Noël. Il voulait écrire une pièce dont nous serions les vedettes, tu te rappelles ? Je vais sans doute devoir de nouveau gagner ma croûte et, plus tôt je m'y mettrai, mieux ce sera.

— Gagner ta croûte ?

Je ne pus m'empêcher de m'esclaffer. Elle me décocha un regard hautain. Nous repartîmes, et je la conduisis jusqu'à sa chambre.

— Oh. Oui, cela devrait faire l'affaire, j'imagine, concéda-t-elle en arborant un sourire faussement enjoué. Et peu importe que ces pièces situées au nord soient toujours aussi froides. Je vois un bon édredon sur le lit.

— C'est exact. Du reste, il me semble que nous sommes en été. Et si cette chambre ne te va pas, va donc faire un tour dans les autres pour choisir celle qu'il te plaira.

— Je crois me souvenir qu'il y en avait une tout à fait jolie dans l'aile ouest. Elle était le pendant de la tienne, à l'autre angle du manoir.

— Cette aile n'est pas ouverte pour le moment. Sir Hubert tient à ce que ces pièces soient réservées à son usage lorsqu'il reviendra.

— Il sera bientôt de retour ? s'enquit ma mère avec un chevrotement dans la voix. J'ignore si je serai assez forte pour le rencontrer de nouveau. Je me suis si mal comportée par le passé, vois-tu. Je lui ai brisé le cœur. Tout comme le mien l'est à présent.

— Je ne pense pas qu'il sera là de sitôt, répondis-je. Il est quelque part en Amérique du Sud à faire de l'alpinisme dans les Andes.

— Dans ce cas, cela ne le dérangera pas si je prends l'une de ses pièces, n'est-ce pas ?

— Pour l'instant, reste dans celle-ci. Nous en reparlerons plus tard, ajoutai-je, consciente que Plunkett se tenait sur le seuil et que des pas pesants signalaient l'arrivée de la malle et des autres bagages. Au fait, qu'as-tu prévu de faire s'agissant de ta femme de chambre ?

Cette pensée m'était soudain venue en tête. Ni Queenie ni Joanie ne lui conviendrait, à mon avis.

— Claudette va me rejoindre par le train avec le reste de mes affaires. J'espère qu'une chambre correcte sera mise à sa disposition. Elle est très exigeante.

— Je suis certaine que c'est faisable, promis-je avant de lancer un coup d'œil au majordome, qui se tenait toujours sur le pas de la porte. La domestique française de Mme la duchesse aura besoin d'une chambre, Plunkett. Veuillez en choisir une qui soit satisfaisante et dites à Joanie de la nettoyer à fond.

Puis je pris ma mère par le bras.

— Enlève donc ton chapeau et tes gants, et nous irons prendre le thé. Queenie a confectionné des sablés.

— Queenie ? Oh, mon Dieu, Georgie, ne me dis pas que tu l'as amenée ici ! Elle va mettre le feu à cette demeure.

— Elle est devenue bonne cuisinière, maman. Attends de goûter à ses biscuits.

Je la conduisis jusqu'au salon, qu'elle embrassa du regard, les sourcils froncés.

— Dans mon souvenir, cette pièce n'était pas aussi triste, déclara-t-elle. Elle a bien besoin d'être rafraîchie. N'y avait-il pas une belle horloge en bronze doré sur le manteau de la cheminée ? Et des chiens en porcelaine chinoise ? Je me rappelle aussi une petite vitrine remplie de toutes sortes de babioles en argent. Je présume que Hubert met tout à la banque ou dans une chambre forte quand il s'absente.

L'on apporta un autre plateau, et ma mère reconnut à contrecœur que les sablés étaient tout à fait mangeables. Les choses allaient s'améliorer à Eynsleigh, songeai-je. Je m'assurai qu'aucun domestique ne fût encore dans les parages, puis j'allai fermer la porte et pris ma mère à part.

— J'ai quelque chose à te dire, chuchotai-je.

— Grands dieux, Georgie ! Tu n'es pas enceinte ?

— Non, cela n'a rien à voir. C'est à propos de la mère de sir Hubert. Elle est ici. Dans la maison.

— Vraiment ? Je me souviens bien d'elle. Une vieille créature pleine d'entrain, n'est-ce pas ? Sa désapprobation vis-à-vis de moi était totale. Mais c'est le cas de la plupart des mères, d'après mon expérience. De la pure jalousie, si tu veux mon avis. Se joindra-t-elle à nous pour dîner ?

— Justement, non. Elle est devenue tout à fait gâteuse et demeure confinée dans l'autre aile avec une garde-malade. Je l'ai rencontrée hier soir ; elle a de gros oiseaux qui volent à travers la pièce, l'un d'eux s'est même perché sur ma tête, et elle jette des objets à la figure de ses visiteurs.

— Bonté divine. Pourquoi n'est-elle pas dans une sorte d'établissement spécialisé, dans ce cas ?

— Elle l'était. Sir Hubert l'y avait laissée, mais elle s'en est échappée pour revenir ici. Et à présent, elle refuse d'y retourner.

— C'est curieux. Et vraiment pénible. Nous ne la verrons donc pas ?

— Non, à moins que tu n'aies envie d'avoir un volatile sur le crâne.

— Oh, c'est épouvantable. Je ne supporte pas les oiseaux, précisa maman avec un frémissement. Je n'ai pas souvenir qu'elle en avait lorsque nous lui rendions visite, Hubert et moi.

— Oh, j'oubliais : elle dort la journée et, la nuit, elle erre dans les corridors. À ta place, je fermerais ma porte à clé.

— Juste ciel, Georgie. J'ai l'impression de m'installer dans une maison des horreurs. Nous devons la renvoyer dans son asile dès que possible.

Je me mordillai la lèvre.

— Je n'étais pas certaine de devoir m'en mêler, expliquai-je. J'ai prévu d'écrire à sir Hubert, mais Dieu seul sait quand il recevra cette lettre.

— Lui écrire ? Il faut envoyer un télégramme à notre ambassade de Buenos Aires et leur dire de le retrouver sans tarder. Cette vieille bique pourrait incendier le manoir ou tous nous assassiner dans notre sommeil.

— Elle a une garde-malade, maman, je te l'ai dit. Je parlerai à Plunkett, de façon qu'il veille à ce qu'elle ne sorte plus de sa chambre.

Je soupirai, puis montai me changer avant le dîner. Si j'avais su que diriger cette demeure serait aussi compliqué, aurais-je accepté l'aimable proposition de sir Hubert ? Je sortis une robe et pris conscience que ma mère attendrait de moi que je m'habille avec le plus grand soin pour la soirée. Je sonnai, et Joanie finit par se montrer.

— Je ne suis pas certaine que Queenie aura le temps de m'habiller, puisqu'elle s'occupe du repas. Sans doute pouvez-vous vous en charger, le temps que j'organise ses horaires.

— On me donne pas les gages d'une femme de chambre, répondit-elle d'un air maussade.

— Parce que vous n'en avez pas encore les compétences. N'avez-vous pas envie de vous former et d'acquérir de l'expérience ? Vous pourriez alors avoir un meilleur salaire.

— Non, merci. J'ai pas l'intention de rester domestique bien longtemps. Dès que possible, je partirai faire fortune en Amérique.

— Il n'y a aucun mal à avoir de l'ambition. Mais, pour l'heure, j'ai besoin que quelqu'un m'aide à me préparer.

Elle passa ma robe par-dessus ma tête.

— Ça paraît injuste, vous ne trouvez pas ? Vous autres, qui faites rien, et nous, qui devons vous servir.

— Effectivement, j'entends bien que cela n'est pas forcément juste. Malgré tout, vous avez au moins un travail et un toit, ce qui n'est pas le cas de quantité de personnes depuis le début de la Grande Dépression. Après avoir perdu tout son argent, mon propre père s'est tué, et il m'a fallu me débrouiller sans grand-chose.

Elle était en train de fermer les derniers boutons quand le plancher trembla. Une Queenie rougeaude et transpirante fit irruption dans la pièce.

— Qu'est-ce qu'elle fout là ? lança-t-elle. J'suis venue aussi vite que j'ai pu pour vous habiller pour le dîner, mam'zelle.

— Comme je pensais que vous étiez trop occupée, j'ai demandé à Joanie de m'assister.

— C'est moi, votre fichue femme de chambre, pas elle. Elle a pas intérêt à m'prendre ma place.

— Vous inquiétez pas, je vous la laisse, répliqua Joanie avant de sortir, furieuse.

— Elle cherche des noises, celle-là, affirma Queenie. Si j'étais vous, j'me méfierais d'elle, mam'zelle.

— Pour quelle raison ?

— D'abord, elle est trop copine avec Fernando. En plus de ça, elle a un air sournois.

Tout en parlant, Queenie brossa mes cheveux et fixa sur le côté un peigne en strass sur une mèche bouclée.

— Vous pouvez vous maquiller toute seule, hein ? Sinon, mon dessert va brûler.

Sur ces mots, elle repartit en faisant cliqueter les vases sur les étagères. Queenie était sans doute agaçante, mais, contrairement aux apparences, elle n'était pas complètement idiote. Elle avait décelé la sournoiserie de Joanie… et sans doute n'avait-elle pas tort.

★

Par miracle, l'on nous servit un bon dîner : un potage passable, des côtelettes de porc grillées et des meringues agrémentées de crème et de fraises.

— Pas mal, commenta ma mère.

Je décidai qu'il était temps d'aller adresser quelques encouragements en cuisine.

Deux visages renfrognés m'y accueillirent.

— Mme la duchesse a apprécié le repas, Fernando. Veuillez poursuivre sur cette lancée.

— Ce n'est pas moi qui ai cuisiné, rétorqua-t-il, si rouge qu'il donnait l'impression d'être sur le point d'exploser. Cette femme, elle me dit d'aller me faire voir parce qu'elle veut cuisiner pour sa maîtresse.

— Auquel cas je vous félicite, Queenie. Les meringues étaient délicieuses.

— Merci beaucoup, mam'zelle. Mais c'vieux grincheux a pas arrêté de faire du grabuge. On en est presque venus aux mains.

— Je suis le cuisinier ici, déclama Fernando sur un ton théâtral. Aucune femme ne prend ma place.

— Aucune femme ne vous remplacera tant que sir Hubert ne sera pas de retour, Fernando, répondis-je. Cependant, puisque vous ignorez apparemment ce qu'aiment manger les aristocrates anglais, Queenie sera dorénavant chargée de mes repas. Vous continuerez à cuisiner pour le personnel, précisai-je avant de me tourner vers ma domestique. Nous discuterons des prochains menus demain matin, Queenie.

— Ça marchera comme sur des roulettes, mam'zelle, assura-t-elle.

— Quelles roulettes ? s'étonna Fernando.

— C'est simplement une expression, expliquai-je.

— Les Anglais et leurs expressions ridicules !

— Si vous aimez pas comment on fait les choses ici, pourquoi vous foutez pas le camp dans votre pays ? riposta Queenie en lui décochant un regard glacial.

Il me sembla que c'était une question pertinente. Pourquoi restait-il en Angleterre si, à l'évidence, il ne savait ou ne voulait cuisiner à notre façon ? Et pour quelle curieuse raison avait-il été engagé dans cette demeure ?

20.

Dimanche 30 juin
Eynsleigh

Je me sens tellement mieux à présent. Maman est là et elle aura bientôt mis Plunkett au pas ; de plus, Queenie est réellement devenue bonne cuisinière. Je ne me lasse pas de m'en étonner.

Fort heureusement, il avait cessé de pleuvoir pendant la nuit, et je vis poindre un soleil voilé dans la légère brume matinale. Je pris mon petit déjeuner seule : des œufs et du bacon, ainsi que des toasts et de la marmelade, le tout préparé par Queenie. Je commençais à la considérer comme une perle, tandis que les catastrophes qu'elle avait causées par le passé s'estompaient dans ma mémoire. Ma mère apparut beaucoup plus tard, avec l'allure d'une héroïne de quelque roman d'amour tragique, dans une longue robe noire et le front ceint d'un bandeau de même teinte.

— J'ai à peine fermé l'œil dans cette chambre, se plaignit-elle. Il m'a semblé entendre des bruits toute la nuit – des allées et venues incessantes. Il va falloir m'en préparer une autre. Je crois bien que celle-ci est hantée.

— Je suis désolée. Mais, au moins, Queenie va te concocter un bon petit déjeuner.

— Rien de trop élaboré, s'il te plaît. Tu sais que je ne peux plus rien avaler depuis la terrible nouvelle. Juste un morceau de haddock, peut-être, oh, et des rognons pour accompagner le bacon, et des œufs pochés…

Elle regarda autour d'elle, les mains levées.

— Où sont les journaux ?

— Je suis navrée, je n'ai pas encore eu le temps de me les faire livrer.

— Mais je dois absolument lire le *Times* tous les matins. Je ne peux vivre sans le *Times*. Ni sans le *Tatler*. Il faut que je sache si l'on y parle de moi.

— Lorsque j'irai au village un peu plus tard, je t'achèterai les journaux et demanderai à ce qu'ils te soient livrés à partir de demain.

Une pensée m'était venue : si maman contribuait aux dépenses de la maisonnée, nous pourrions au moins bien manger et boire. Je lui parlerais de la maigre somme qui nous était allouée et lui suggérerais de participer aux frais. Après tout, elle n'était pas encore dans le dénuement.

— Merci. Je présume que je peux m'en passer pendant une heure ou deux. Y a-t-il du café ?

— J'ai bu du thé. Je vais demander à ce que l'on t'en prépare.

Le café était manifestement la seule chose que Fernando savait faire. Maman en fut satisfaite et ragaillardie.

— Pourquoi ne m'accompagnerais-tu pas au village ? proposai-je. La kermesse organisée par la paroisse a lieu aujourd'hui. Ce sera peut-être divertissant. J'ai promis d'y faire un tour.

— Une kermesse ? Oh, bonté divine, non. Tu sais ce qui risque de se produire. L'on me demandera de l'ouvrir, de faire un discours et de présenter les prix pour les meilleures confitures et courgettes ; et comme j'ai une mine affreuse en ce moment, je ne pourrai tout simplement pas accepter.

— Ils ont déjà confié ce rôle à une fille qui est arrivée deuxième au concours pour le titre de Reine crémière du Sussex, lui appris-je, un grand sourire aux lèvres. Mais je comprends. Je ne m'y attarderai pas, et je te ramènerai tes journaux.

Je fis avancer l'automobile et me rendis à Linfield. Des banderoles étaient suspendues dans les rues et une fanfare jouait devant l'église. Dans le pré communal, l'on avait installé quantité de baraques qui vendaient un peu de tout – que ce fussent des pots de confiture maison ou de nombreuses babioles. Des enfants se massaient autour des jeux d'anneaux, de chaises musicales ou de massacre. J'avais visiblement manqué le discours d'ouverture, étant donné que la fête battait déjà son plein. J'aperçus également, sur un côté, une balançoire de foire d'où provenaient des hurlements à mesure qu'elle montait et descendait. Un peu à l'écart, je contemplai mélancoliquement ce tableau si joyeux, si innocent, avec le sentiment de ne pas en faire partie. Quelques personnes me reconnurent et me sourirent tout en murmurant des « Bienvenue, lady de Rannoch. C'est gentil à vous d'être venue ». Je tombai sur Ben, le jardinier, et lui rappelai que j'avais hâte de le voir à Eynsleigh dès qu'il le pourrait.

— J'ai bien réfléchi, lady de Rannoch. Si vous êtes sûre que je ne serai pas de trop, je suis vraiment partant.

— Il est possible que les jeunes jardiniers n'apprécient guère votre présence, précisai-je. Mais je tiens à ce que vous veniez, et je suis pour l'heure la maîtresse des lieux. S'ils vous posent le moindre problème, vous me le direz.

— Très bien, lady de Rannoch. Essayons, d'accord ? L'idée que ce domaine se délabre me déplaît, après tous les efforts que j'y ai fournis pendant des années.

— Merci, Ben, je vous en suis fort reconnaissante.

Alors qu'il s'apprêtait à s'éloigner en portant la main à sa casquette pour me saluer, une autre pensée me traversa l'esprit.

— Au fait, j'ai rencontré la vieille dame dont vous m'avez parlé. Manifestement, vous saviez qu'elle était de retour à Eynsleigh.

Il rougit.

— J'aurais dû me la fermer. J'ai compris qu'elle ne voulait pas que ça se sache.

— Dans ce cas, comment l'avez-vous appris ? insistai-je.

— Parce que je l'ai vue, pardi. La première fois, c'était il y a quelques mois, je crois bien. Elle était assise à l'arrière d'une grosse auto et, quand elle m'a remarqué, elle m'a fait un petit signe de la tête. Ensuite, je l'ai revue il y a une semaine environ. Elle était encore dans la même voiture et, cette fois, elle n'a pas fait attention à moi. Mais je l'ai reconnue au châle noir qu'elle porte sur la tête.

— Qui était au volant ?

— Je ne pourrais pas vous dire.

Je le remerciai et, alors que j'étais sur le point de le laisser, il me toucha légèrement le bras.

— Vous ne la dénoncerez pas, hein ? Quand j'ai appris que le maître l'avait envoyée dans un de ces établissements, ça m'a vraiment perturbé, et je savais qu'elle n'aimerait pas ça.

— Non, je ne dirai rien à personne dans les environs. Mais je crois qu'il est de mon devoir d'écrire à sir Hubert pour le lui faire savoir. Il s'agit après tout de sa mère.

Pendant que nous prenions congé l'un de l'autre et que la foule nous séparait, je réfléchis de nouveau à mes dernières paroles. La garde-malade s'occupait bien de lady Anstruther. Elle était chez elle à Eynsleigh et, si elle faisait des promenades nocturnes, quel mal y avait-il à cela ? Sans doute valait-il mieux que je ne m'en mêle pas en attendant le retour de sir Hubert.

Comme il se devait, j'achetai quelques objets aux différents stands : à celui du Women's Institute[1], un pot de confiture de rhubarbe et un marque-page fait au crochet ; une jolie petite broche en émail à celui que gérait la Mother's Union[2] de la paroisse. Puis je m'essayai à la pêche miraculeuse organisée par les scouts, à l'issue de laquelle je remportai un ruban et un peigne que je m'empressai d'offrir à une fillette. Constatant que ce geste suscitait la jalousie de ses amies, je leur distribuai quelques piécettes afin qu'elles tentent leur chance à leur tour.

Estimant que j'avais accompli mon devoir, je me préparai à partir. À cet instant, j'entendis quelqu'un m'appeler et j'aperçus lady Mountjoy qui venait à ma rencontre. Elle vivait à Farlows, le magnifique domaine situé à moins de deux kilomètres d'Eynsleigh, où, trois ans plus tôt, j'avais séjourné lors d'une partie de campagne tristement célèbre en compagnie du prince de Galles et d'une certaine Américaine (et lors de laquelle j'avais failli être assassinée – mais c'est une autre histoire)[3].

— Georgiana ! Grands dieux ! Que faites-vous dans ce coin perdu ?

Elle tenait en laisse deux énormes setters irlandais qu'elle dut retenir lorsqu'ils essayèrent de me bondir dessus.

— Je suis venue habiter Eynsleigh. Sir Hubert m'y a invitée.

— Il n'est pas de retour, me semble-t-il ?

— Non, il est encore en Amérique du Sud. Mais je me marie prochainement et il souhaite que nous nous établissions chez lui.

---

1. Mouvement rural associatif féminin fondé en 1915 en Grande-Bretagne.

2. Association caritative chrétienne fondée en Grande-Bretagne en 1876 par Mary Sumner, l'épouse d'un pasteur anglican.

3. Voir *Son Espionne royale mène l'enquête*, tome 1.

— C'est épatant. Et je suis ravie que nous soyons voisines. Naturellement, j'ai vu l'annonce de vos fiançailles dans le *Times*. Votre promis est Darcy O'Mara, n'est-ce pas ? Nous l'avons toujours adoré, ce cher garçon. Il est tellement fringant. Pour tout vous avouer, nous espérions qu'il serait un beau parti pour Imogen… hormis le fait qu'il soit catholique, comprenez-vous ?

Elle s'interrompit, prenant conscience qu'elle avait peut-être manqué de tact.

— Vous devez venir dîner chez nous bientôt, reprit-elle. En compagnie de votre fiancé.

— Il est à l'étranger en ce moment, mais, à son retour, nous serons enchantés d'accepter votre invitation.

— Formidable. Vous me direz quelle date vous convient.

Les chiens la tiraient à présent en direction d'une baraque proposant des saucisses grillées.

— Au pied, espèce de brutes ! Au pied ! s'écria-t-elle avant de se retourner vers moi. Au fait, je dois vous prévenir afin que vous redoubliez de vigilance, Georgie. Des cambriolages ont été perpétrés dans les environs. Nous-mêmes en avons été victimes. Notre argenterie a été volée. Et ce n'était pas un travail d'amateurs, sachez-le. Nous n'avons relevé aucune trace d'effraction. Nous ignorons comment les malfaiteurs sont entrés, à moins qu'ils n'aient utilisé une échelle pour atteindre une fenêtre à l'étage. Mais comment auraient-ils pu apporter une échelle de cette longueur sur le domaine alors que les grilles étaient fermées ? Mon mari fait surveiller les magasins d'antiquités du quartier des Lanes[1] à Brighton dans l'espoir de repérer quelques-unes de nos possessions, pour l'heure sans succès. C'est tellement dommage. Certaines étaient dans la famille depuis le XVIIIe siècle.

---

1. Quartier ancien de la ville balnéaire de Brighton, composé de ruelles étroites et pittoresques datant du XVIIIe siècle.

— J'avertirai les domestiques pour qu'ils veillent à tout verrouiller la nuit, répondis-je. Mais, en toute franchise, il n'y a pas grand-chose à voler à Eynsleigh. Je crois bien que sir Hubert met tous ses objets de valeur dans une chambre forte lorsqu'il part en voyage.

— C'est probablement le cas. C'est un homme des plus raisonnables, si l'on fait abstraction de son désir absurde d'escalader des montagnes inaccessibles. Je ne sais pas d'où cela lui vient. Son père était un homme tellement assommant. Il ne quittait le manoir que s'il y était contraint.

Les setters irlandais la tirèrent de nouveau brutalement avant de se libérer.

— Il faut que je file ! glapit-elle. Nous fixerons une date, je vous le promets. Revenez immédiatement, bande de brutes !

Elle s'éloigna au pas de course et traversa le pré communal en hurlant, sans que les chiens lui prêtent la moindre attention.

De retour à Eynsleigh, je découvris que Claudette, la femme de chambre de maman, était arrivée avec des malles de tailles variées que McShea et Joanie portaient à l'étage. Ma mère, de son côté, était dans le petit salon.

— Sais-tu que Claudette est là avec tes bagages ?

— Oui, chérie, évidemment.

— Tu n'as pas l'intention de superviser les opérations ?

— Ne sois pas bête, chérie. Claudette saura où ranger mes affaires, répliqua-t-elle avant de lever les yeux vers moi, et son visage s'illumina. Tu as acheté le *Times*. Tu es merveilleuse.

— Et je me suis arrangée pour qu'il soit livré dès demain matin.

— Épatant. Tu es une fille si dévouée. À présent, si je pouvais avoir une autre tasse de ce délicieux café et quelques sablés confectionnés par Queenie, je devrais pouvoir tenir jusqu'au déjeuner.

McShea fit le service ; maman semblait le fasciner autant que Queenie, et il ne pouvait en détacher son regard. Soudain, il lâcha :

— J'ai vu votre photo dans tous les journaux, madame la duchesse.

— Naturellement, mon cher garçon, acquiesça-elle en lui adressant un sourire qui lui fit monter le rouge aux joues. Je dois bien en avoir une quelque part que je signerai si vous le voulez.

Il ressortit en bafouillant des paroles de gratitude.

— Comment t'y prends-tu ? m'enquis-je.

— Pour faire quoi ?

— Pour avoir autant d'emprise sur les hommes. Ils te voient et se transforment aussitôt en imbéciles bredouillants. Même Plunkett s'est empourpré.

— Je suppose que c'est un don, répondit-elle en feuilletant négligemment son journal. Il faut être née avec et toi, malheureusement, tu tiens trop de la famille de ton père, où le mot « sexe » n'était jamais prononcé.

Je n'entendis que d'une oreille sa dernière remarque, car je venais d'apercevoir la page du *Times* qui me faisait face, et plus particulièrement un entrefilet accompagné de la photographie d'un individu qu'il me sembla reconnaître.

— Attends un instant, maman, lui dis-je en m'agenouillant à ses pieds afin de pouvoir examiner la page qu'elle tenait. Ne bouge pas. Il y a un article qui m'intéresse.

Voici ce que je lus :

Disparition d'un financier de la City

Selon son épouse Annabel, Arthur Broadbent, conseiller financier de la société Harrison & Weekes de la City de Londres, aurait disparu depuis le 28 juin et ne serait pas encore rentré chez lui. Ce jour-là, il l'a informée qu'il partait rendre visite à des clients dans les comtés du Surrey et du Sussex. L'entreprise qui emploie M. Broadbent a récemment fait les gros titres en étant mêlée à un scandale qui a ébranlé le monde de la finance. À l'instar d'autres firmes, elle a fait l'objet d'une vaste enquête sur ses manœuvres boursières impliquant des devises étrangères et les paradis fiscaux qu'elle propose à ses clients les plus riches. Il faut néanmoins souligner que le nom de M. Broadbent n'a jamais été cité en lien avec ce scandale.

— De quoi s'agit-il ? demanda maman en tournant la page vers elle.

— Cet homme, répondis-je en désignant la photographie. Je suis pratiquement certaine que c'est lui qui s'est présenté à Eynsleigh il y a deux jours.

21.

Dimanche 30 juin et lundi 1er juillet
Eynsleigh

Juste ciel. Maintenant, je ne sais plus que penser. Un homme disparaît après s'être présenté à Eynsleigh. Si tant de choses étranges ne s'étaient pas produites ici, je ne serais pas aussi soupçonneuse.

Maman étudia l'entrefilet de plus près. Je devinai qu'elle avait besoin de lunettes, mais qu'elle était trop vaniteuse pour en porter.

— Un petit monsieur à l'air tellement ordinaire, commenta-t-elle. Es-tu sûre qu'il s'agit bien du même ?

Je me levai pour me jucher sur l'accoudoir du canapé sur lequel elle était assise.

— Pratiquement certaine, oui. Évidemment, je l'ai seulement aperçu depuis la fenêtre de ta chambre, qui est à l'étage, et il avait le visage plutôt rouge et transpirant.

— Que voulait-il, exactement ?

— Justement, je ne sais pas vraiment. Plunkett n'est pas venu m'annoncer que nous avions de la visite, et je lui en ai ensuite fait le reproche. Lorsque j'ai exigé des éclaircissements, il a affirmé que cet homme avait voulu voir lady Anstruther, laquelle n'était pas en mesure de recevoir qui que ce soit. Le visiteur est parti vexé, agacé d'avoir fait tout ce trajet pour rien par une chaude journée, et il a même refusé une tasse de thé.

— C'est une explication parfaitement raisonnable, approuva ma mère.

Elle étudia de nouveau la photographie. Imprimée sur le papier journal, celle-ci était granuleuse, et je m'interrogeai : et si je faisais erreur ? Puis je me rappelai ce que Plunkett avait aussi précisé : le visiteur était venu évaluer des bijoux anciens. Par conséquent, soit il ne s'agissait pas de M. Broadbent, soit le majordome m'avait menti. Je trouvai plus simple de pencher pour la seconde hypothèse.

— C'est toujours ceux qui ont l'air le plus inoffensif qui sont coupables, n'est-ce pas ? déclara maman, m'arrachant à mes pensées.

— Que veux-tu dire ?

— Eh bien, il est évident qu'il a mis les bouts avec de l'argent confié par des tas de riches clients. C'était beaucoup trop tentant. À l'heure qu'il est, il est probablement en route pour les Bermudes ou l'Amérique du Sud.

— Oh, je l'espère vraiment, répliquai-je, car des idées folles se bousculaient maintenant dans mon esprit.

Cet homme avait sonné à notre porte, mais je ne l'avais pas vu s'éloigner. Bien entendu, je n'avais pas surveillé l'allée en permanence et il avait pu repartir sans que je m'en aperçoive, pourtant… Je m'interdis d'y réfléchir davantage.

— Crois-tu que nous devrions appeler la police afin de leur dire que ce monsieur s'est présenté à Eynsleigh ?

— Chérie, l'on ne contacte la police que lorsque cela est absolument nécessaire. Si cet homme n'est resté que quelques instants, alors nous n'avons vraiment rien à leur apprendre. Et je te le répète, il est sans doute déjà loin, et son entreprise a probablement remarqué qu'il leur manquait une grosse somme en espèces ou des pierres précieuses.

J'opinai du chef. Malgré tout, une idée affreuse me taraudait. Je n'arrêtais pas de repenser à lady Anstruther projetant le lourd cendrier en cristal taillé qui avait manqué mon crâne de peu. Selon Plunkett, elle n'appréciait pas les hommes. Et si le visiteur avait été conduit jusqu'à elle ? Et si elle lui avait jeté un objet à la figure et l'avait tué accidentellement ? J'écartai vivement ces suppositions et m'obligeai à me pencher sur des sujets plus raisonnables.

— Maman, nous devrions avoir une discussion avec Fernando et Queenie afin qu'ils établissent des menus à ton goût. Puis, demain, il nous faudra peut-être aller à Haywards Heath et faire des provisions qui te conviennent.

— À t'entendre, l'on a l'impression que je suis un cheval de course de constitution délicate. Tu me connais, tout ce qui est frugal et ordinaire me va. J'ai simplement besoin d'un morceau de choix de temps à autre.

— Nous devons néanmoins nous entretenir avec les cuisiniers.

Je sonnai le majordome. Fallait-il que je lui parle du financier disparu ? Le moment était sans doute mal choisi, et il était avisé d'attendre d'en savoir davantage. Maman n'avait pas tort : des individus en apparence inoffensive disparaissaient tous les jours ; ils fuyaient avec une maîtresse ou avec de l'argent volé. Nous lirions probablement dans une prochaine édition du *Times* que M. Broadbent avait été interpellé au port de Tilbury alors qu'il embarquait sur un paquebot.

— Vous avez sonné, lady de Rannoch ? Madame la duchesse ? s'enquit Plunkett.

— Oui, nous aimerions toucher un mot à Fernando et à Queenie.

— Je vous les envoie immédiatement.

Il s'inclina légèrement devant ma mère. La présence à Eynsleigh d'une ancienne duchesse l'impressionnait donc, tandis que celle de la fille d'un duc ne lui n'avait pas fait le moindre effet. Sans doute était-ce le fait de côtoyer une célébrité qui l'impressionnait. Une belle femme de surcroît !

Fernando et Queenie apparurent. Les yeux de l'Espagnol lançaient des éclairs.

— Cette fille ! Je ne peux plus travailler avec elle. Elle est impossible ! Elle gâche mon plat.

— Que s'est-il passé, Queenie ?

— Comment j'pouvais savoir qu'il avait besoin des légumes posés sur le plan d'travail ? J'ai cru que c'étaient des vieux morceaux et des pelures dont personne voulait plus.

— Je les coupe en julienne. Prêts à être sautés. Je coupe des tranches fines, très fines. Et cette imbécile, elle les jette. Je cuis le bœuf, je cherche les légumes… où sont-ils ? Disparus. Et ensuite… ensuite, elle jette aussi mon huile !

Queenie haussa les épaules, comme si elle estimait qu'il se montrait particulièrement sot.

— C'était juste un bocal rempli d'un truc verdâtre qui empestait.

— J'utilise l'huile d'olive quand je fais frire l'ail et les oignons. Elle la jette. Où je vais en retrouver dans un endroit pareil, hein ?

— Je suis désolée, Fernando, dis-je en réprimant un grand sourire. Queenie, je vous prie de ne plus vous mêler de ce que Fernando confectionne.

— Ma parole, c'est une belle pagaille dans la cuisine, protesta Queenie. Elle est jamais nettoyée correctement et j'trouve rien du tout. Cette Molly est complètement nulle. Elle comprend rien à rien.

— Fernando ne l'a peut-être pas formée. Il vous revient de lui montrer ce que vous attendez d'elle, est-ce clair ?

Queenie hocha la tête à contrecœur. L'Espagnol la regardait d'un air furieux.

— À présent, venons-en à nos repas.

Je dressai une liste des plats que ma mère était susceptible d'aimer. Je veillai à ce que les menus incluent la plupart des légumes que j'avais vus dans le potager.

— Et demain, nous irons à Haywards Heath pour demander à l'épicier de nous livrer ce que Mme la duchesse apprécie.

Sur ces mots, je les congédiai. Le reste de la journée se déroula plutôt agréablement et, pour le dîner, nous eûmes même droit à un rosbif servi avec des Yorkshire puddings. En allant me coucher, je tâchai de chasser de mon esprit mes inquiétudes à propos de M. Broadbent. Cette affaire ne me concernait pas.

Le lundi matin, ma mère se montra réticente à se rendre à Haywards Heath au cas où elle y serait reconnue et insista pour se coiffer de sa toque munie d'une voilette – laquelle, à mon avis, attirerait pourtant davantage l'attention. Dans un petit bourg de campagne, rares étaient les femmes qui portaient du Chanel et une voilette pour faire leurs courses. Elle avait beau affirmer qu'elle souhaitait se nourrir simplement, la liste qu'elle avait préparée était fort longue et ne correspondait pas à ce que l'on trouvait dans une épicerie de province. Elle ressortit en faisant la moue.

— Il va falloir que je commande le caviar, les cailles et ma marmelade préférée chez Fortnum & Mason…

— Maman, commençai-je, sans vraiment savoir comment aborder le sujet. Je tiens à te faire observer que la somme allouée par sir Hubert à la gestion de la maisonnée est modeste. Elle ne nous permet assurément pas d'acheter du caviar. J'ignore quelle est ta situation financière actuelle, mais tu devras sans doute réduire un peu tes dépenses et te nourrir plus frugalement.

— Ne sois pas bête, chérie. Je ne suis pas près de mourir de faim. J'ai encore un compte bancaire que Max m'a ouvert, et je ne crois pas qu'il soit mesquin au point de l'avoir clôturé. Du moins pas encore. Par conséquent, mangeons, buvons et noyons nos chagrins, d'accord ? Et dépensons son argent aussi longtemps que nous le pourrons.

Elle suggéra alors de se rendre à la banque afin de retirer assez d'espèces pour compléter nos ressources. Étant donné qu'il s'agissait de la Westminster, j'en profitai, pendant que ma mère était au guichet, pour demander à parler au directeur de l'agence. C'était un homme jovial et corpulent, avec une montre en or dont la chaîne dépassait de la poche de son gilet, comme autrefois.

— Asseyez-vous donc, jeune demoiselle, je vous en prie. Bien, que désirez-vous ?

Je lui expliquai que j'avais emménagé à Eynsleigh et que la somme mensuelle versée par sir Hubert pour assurer la bonne marche de la maison ne me paraissait pas convenir. Était-il possible de mettre davantage d'argent à notre disposition ?

Il se rembrunit.

— Il me semblait que cette somme était amplement suffisante. À moins que vous ne prévoyiez d'organiser des réceptions tous les week-ends.

— Non, bien sûr que non. J'envisage de vivre tout à fait simplement.

— Dans ce cas, vous devriez être en mesure de vous en sortir avec quarante livres sterling par mois.

— Combien ? m'étonnai-je.

— N'est-ce pas là la somme que vous recevez ? Je croyais pourtant que c'était le versement que nous avions mis en place pour sir Hubert.

Il se dirigea vers un meuble et en tira un dossier.

— Oui, c'est bien cela, reprit-il. Quarante livres sont versées le premier de chaque mois.

Je ressortis de la banque furieuse et rouge de confusion. Plunkett m'avait donc montré un livre de comptes falsifié, tandis qu'il empochait, à l'évidence, le reste de l'argent. Il avait dû se figurer que j'étais terriblement naïve – ce qui était le cas, admettons-le. Je n'avais pas la moindre idée de la façon dont on dirigeait une grande demeure. Et maintenant que j'avais la preuve de la malhonnêteté du majordome, je m'interrogeai de nouveau à propos de M. Broadbent : peut-être était-ce Plunkett qu'il était venu voir, et non lady Anstruther. Et si ces deux hommes étaient mêlés à quelque vile machination ? Il y avait une chose que je ne comprenais pas : comment le majordome avait-il pu bénéficier de l'excellente recommandation d'une famille noble ? Avait-il escroqué son ancienne maîtresse à son insu, par exemple ? J'espérais recevoir bientôt une réponse à la lettre que j'avais envoyée au comte actuel.

J'étais résolue à me confronter avec Plunkett dès notre retour à Eynsleigh. Cela prit plus de temps que je l'escomptais, car il ne restait plus à ma mère de savonnettes françaises – ses préférées –, et nous dûmes faire toutes les pharmacies de Haywards Heath ; elle finit par être forcée de reconnaître que ces magasins de province ne vendaient pas de savons coûtant deux shillings pièce. Elle voulut ensuite choisir ses revues de prédilection chez le marchand de journaux – afin de se distraire après la tragédie, affirma-t-elle.

Il était l'heure du déjeuner lorsque nous rentrâmes ; maman annonça qu'elle était affamée, de sorte que nous nous rendîmes directement dans la salle à manger.

— Cet endroit est incroyablement lugubre, n'est-ce pas ? fit-elle remarquer en regardant autour d'elle. Décidément, Hubert a laissé cette maison partir à vau-l'eau. J'imagine que cela se produit lorsqu'un homme vit seul, sans femme pour égayer les lieux. Nous irons voir les jardiniers après le repas, Georgie, et leur ferons savoir que j'exige tous les jours des fleurs fraîches dans chaque pièce.

Bonne chance, faillis-je répliquer. Toutefois, connaissant ma mère, ils se mettraient sans doute à planter des orchidées et à se quereller pour savoir lequel des deux lui présenterait les plus beaux bouquets.

Le déjeuner, frugal mais délicieux, se composa de tranches de jambon fumé à la sauce persillée, accompagnées de minuscules pommes de terre nouvelles et de petits pois du potager. Le tout fut suivi d'une charlotte aux fruits rouges. Hourra pour Queenie ! Lorsque maman déclara qu'elle prendrait le café dans le petit salon, je décidai qu'il était temps de braver le majordome.

— J'ai à vous parler, lui dis-je. Veuillez me suivre dans la bibliothèque.

Il s'exécuta.

— Qu'y a-t-il, lady de Rannoch ? fit-il, placide, sans montrer la moindre anxiété.

— C'est à propos des comptes que vous m'avez montrés, Plunkett. Ils étaient falsifiés. Ne niez pas. Je viens de m'entretenir avec le directeur de l'agence bancaire.

— Je ne le nie pas, lady de Rannoch. Vous avez raison. Ils étaient faux et je m'en excuse.

J'en fus décontenancée.

— Dans ce cas, quelle est votre explication ? Vous volez votre employeur ?

— Oh non, lady de Rannoch. Ce n'est pas cela du tout, se défendit-il, l'air extrêmement perturbé. C'est à cause de lady Anstruther, voyez-vous. Lorsque vous êtes arrivée, nous avons cru que nous pourrions vous cacher qu'elle vivait à Eynsleigh, si bien que j'ai truqué les comptes, pour ainsi dire. Mais elle coûte bien cher, avec sa garde-malade à temps plein et le genre de nourriture qu'elle aime. C'est à cela que nous employons le reste de l'argent.

— Cela doit cesser immédiatement, ordonnai-je. Est-ce clair ? Elle n'est pas sans le sou, puisqu'elle a fait venir quelqu'un pour estimer ses bijoux. D'ailleurs, qu'en est-il de l'argent qui servait à payer l'établissement où sir Hubert l'avait placée ? Cette somme peut servir à rémunérer la garde-malade, et il n'y a qu'à lui servir les mêmes repas qu'à nous. Sinon, je la renverrai à l'asile, assurai-je en le scrutant. Je vous laisse régler cette affaire, Plunkett, mais, à l'avenir, je tiens à consulter des comptes qui ne soient pas falsifiés. Sinon, je serai contrainte d'écrire à sir Hubert.

— Très bien, lady de Rannoch.

Je le regardai partir en me demandant si je ne m'étais pas de nouveau fait duper. Regagnerait-il l'office avec un sourire narquois aux lèvres ? Je rejoignis maman pour prendre le café.

— Souhaites-tu voir les jardiniers maintenant ? m'enquis-je. Je te propose d'abord de faire le tour du parc afin que tu puisses voir l'état des plantations. Je dois cependant te prévenir : tout a été affreusement négligé. Mais le vieux Ben recommence à travailler cette semaine sur le domaine et, avec un peu de chance, il aura bientôt remis au pas ces deux garçons.

— Tu mènes décidément ton petit monde à la baguette, constata ma mère en me considérant avec stupeur. Qui aurait cru que ma Georgie, si gauche et si timide, deviendrait la réplique exacte de son arrière-grand-mère ?

— Je me surprends moi-même, à dire vrai. Mais j'avais tellement hâte de vivre à Eynsleigh ; et lorsque j'ai découvert que tout s'y était détérioré, je n'ai pu le supporter.

— Tu as raison. Quand je vivais dans cette maison, elle n'était pas aussi triste et miteuse. Il y avait un beau tableau représentant un cavalier sur ce mur, je me souviens. Où est-il passé ?

— Crois-tu que sir Hubert a eu des revers de fortune et a été obligé de vendre certains objets ? Tant de gens ont perdu de l'argent lors du krach boursier de 1929. Papa a été ruiné, n'est-ce pas ?

— Hubert a assurément assez d'argent pour sans arrêt organiser de fichues expéditions, rétorqua maman. Et il a d'excellents revenus, me semble-t-il. Sa famille possède des plantations de canne à sucre en Jamaïque, vois-tu.

— Je l'ignorais.

— De même que des usines dans le Yorkshire. Crois-moi, chérie, si tu es son héritière, tu ne manqueras jamais de rien.

— Sapristi.

Je m'interrompis, bouche bée, car une pensée m'était venue.

— Maman, j'ai croisé lady Mountjoy hier matin, et elle m'a appris qu'il y avait eu des cambriolages dans les environs. Et si Eynsleigh avait été dévalisé ? Tu as remarqué que plusieurs objets manquaient.

— Interroge donc Plunkett.

— Il est ici depuis moins d'un an. Cela a pu avoir lieu avant son arrivée.

Je sonnai toutefois le majordome. Il arborait à présent une mine méfiante – sans doute se demandait-il de quoi il allait être accusé cette fois.

— Oui, j'ai entendu parler de ces cambriolages, lady de Rannoch. Heureusement, Eynsleigh a été épargné. Je crois que mon maître a eu le bon sens de mettre ses objets de valeur à l'abri avant son départ. Il y a, dans cette aile, une petite pièce qui est verrouillée et dont nous n'avons pas la clé.

— C'est une bonne nouvelle, approuvai-je. L'idée que sir Hubert ait pu être volé pendant son absence me déplairait vraiment.

La sonnette de la porte tinta, et Plunkett alla répondre. Il revint au bout d'un long moment, avec une curieuse expression sur le visage.

— C'est un inspecteur de police, lady de Rannoch. Et il souhaite vous voir.

— Faites-le entrer dans la bibliothèque, je vous prie.

Avant que je ne quitte la pièce, ma mère et moi échangeâmes un regard intrigué.

Bien que le visiteur fût en civil, il suffisait d'un coup d'œil pour savoir qu'il était policier – ce genre d'individu a une allure qui ne trompe pas.

— Inspecteur Travers, de la police du Sussex, se présenta-t-il en me tendant la main. Ai-je affaire à la maîtresse de maison ?

— Je suis lady Georgiana de Rannoch. Cette demeure appartient à sir Hubert Anstruther, et je ne suis pour l'heure qu'une invitée. Veuillez vous asseoir. Que puis-je pour vous ?

— Si vous n'êtes qu'une invitée, sir Hubert est-il disponible ?

— Cela m'étonnerait fort, dis-je avec un grand sourire. Il fait en ce moment de l'alpinisme dans les Andes.

L'homme conserva sa physionomie austère.

— Je suis venu car nous avons cru comprendre que vous avez reçu la visite d'un certain M. Broadbent vendredi dernier.

— C'est possible. Quoique je n'aie pas eu l'occasion de m'entretenir avec lui en personne. Il s'agit du monsieur qui a disparu, n'est-ce pas ? J'ai vu sa photographie dans le *Times* hier matin.

— C'est exact. Vous avez donc reconnu cet homme mais ne lui avez pas parlé.

— Je l'ai seulement aperçu depuis une fenêtre du premier étage.

Tandis que je lui répondais, j'étais assaillie de pensées : je venais de me rendre compte qu'il me faudrait lui apprendre que lady Anstruther était ici ; il souhaiterait la rencontrer, et il était ainsi probable qu'elle serait renvoyée à l'asile.

— Le majordome ne vous a pas informée de l'arrivée d'un visiteur ?

— Non, c'est pourquoi je l'ai ensuite réprimandé.

— Vous n'avez donc pas entendu ce qu'il a pu dire à votre domestique ?

— Ce dernier n'a pas jugé bon de m'avertir, car ce monsieur était venu voir quelqu'un qui n'était pas disponible.

L'inspecteur Travers se racla la gorge.

— D'après votre majordome, M. Broadbent souhaitait voir sir Hubert Anstruther au sujet de transactions financières concernant sa vieille mère.

Plunkett avait décidément de la présence d'esprit.

— Oui, c'était en rapport avec sa vieille mère, acquiesçai-je.

— Et quand il a appris que sir Hubert n'était pas là, il est reparti aussitôt, poursuivit-il en m'interrogeant du regard pour en avoir la confirmation.

— C'est assurément ce que l'on m'a raconté.

— Il n'est pas entré dans la maison ?

— Comme je vous l'ai expliqué, j'étais à l'étage.

— Et à quelle heure cela s'est-il passé ?

— Autour de quinze heures, me semble-t-il, répondis-je après avoir réfléchi.

— Oui, cela concorde avec les dires du majordome.

— Celui-ci a aussi déclaré que M. Broadbent avait d'autres rendez-vous importants cet après-midi-là, raison pour laquelle il était si irrité d'avoir perdu son temps en venant jusqu'à Eynsleigh.

— Je vois, fit le policier en opinant du chef. Dans l'agenda qu'il avait laissé au bureau, nous avons, en effet, relevé des adresses situées dans le voisinage. Nous enquêtons donc dans chaque endroit où il a pu se rendre, précisa-t-il en se levant. Vous ignorez donc pourquoi M. Broadbent souhaitait rencontrer sir Hubert ? Et pourquoi il a fait tout ce trajet sans téléphoner ni écrire au préalable ?

— Je n'en ai pas la moindre idée. Je suis arrivée il y a seulement quelques jours, de telle sorte que je ne sais si une lettre a été reçue ou non. Je vous le répète : j'étais à l'étage, et le visiteur n'a pas dû s'attarder plus de quelques minutes.

— Je vous remercie, lady de Rannoch, conclut-il en me serrant la main. Nous allons poursuivre nos investigations. Si vous songez à d'autres renseignements qui pourraient nous être utiles, voici ma carte. N'hésitez pas à m'appeler, je vous prie.

Plunkett était resté derrière la porte de la bibliothèque, l'oreille manifestement aux aguets. Il me jeta un bref regard, tandis que je raccompagnais l'inspecteur. Était-ce du soulagement qui se lisait sur son visage ?

22.

Lundi 1er juillet
Eynsleigh

La situation devient de plus en plus déroutante. Je ne sais plus vraiment que penser. Manifestement, Plunkett protège lady Anstruther. A-t-elle réellement tué ce pauvre M. Broadbent ? Et pourquoi le majordome tient-il tant à ce qu'elle reste ici ?

La porte d'entrée se referma, et le majordome s'empressa de revenir vers moi, alors que je sortais de la bibliothèque pour regagner le petit salon.

— Je souhaite vous remercier, lady de Rannoch.

— Pour quelle raison, Plunkett ?

— Pour ne pas avoir contredit mes propos, car j'ai effectivement raconté à l'inspecteur que cet homme était venu voir sir Hubert et non sa mère. J'ai pensé que ce serait plus simple, comprenez-vous. Bien sûr, j'ai aussi voulu la protéger. S'il l'avait vue dans l'état où elle est à présent, ma foi, il l'aurait aussitôt renvoyée dans son établissement spécialisé. Il aurait même pu soupçonner… Tout est en ordre, maintenant. Je suppose que la police parviendra à retrouver bientôt ce monsieur.

Je retournai voir maman et lui relatai ma conversation avec l'inspecteur. Elle se montra peu intéressée.

— Je te l'ai dit, chérie. Cet idiot s'est enfui avec l'argent. Cette affaire ne tardera pas à être élucidée.

— Comment peux-tu en être aussi sûre ?

— Je connais les hommes, chérie. Crois-moi, je les connais bien.

Personne ne pouvait le contester. Je l'observai, langoureusement allongée sur le canapé à la manière d'une héroïne tragique sur le point de mourir de la phtisie. Je lui tendis la main.

— Allez, debout. Une fois que nous aurons visité les jardins, tu pourras choisir les fleurs dont tu souhaites décorer les pièces.

— S'il le faut, soupira-t-elle. En toute franchise, j'ai le plus grand mal à faire quoi que ce soit en ce moment. Je ne parviens pas à croire que ma vie est terminée.

— Elle ne l'est pas, j'en suis convaincue. Mais Max doit être débordé, puisqu'il est occupé par les préparatifs des obsèques.

— Et par le chameau qui lui tient lieu de mère et qu'il doit réconforter, cracha-t-elle. Pourquoi n'est-ce pas elle qui est morte ?

— Ce n'est pas gentil de ta part, maman.

— Je sais, soupira-t-elle de nouveau. Simplement, je ne suis pas d'humeur à l'être en ce moment.

— Allons-y, insistai-je en la tirant par le bras. Prendre l'air te fera du bien.

Elle m'autorisa à la conduire jusqu'au perron. C'était un merveilleux après-midi ensoleillé, et le parfum des fleurs et du gazon fraîchement coupé nous enveloppa. Je humais aussi un léger effluve de bois brûlé. Un feu de jardin avait été allumé non loin. Il y avait là toutes les odeurs familières de la campagne anglaise. Nous longeâmes la fontaine et traversâmes la pelouse pour gagner les bordures d'herbacées. Maman aperçut des rosiers qui lui plurent, ainsi que des hortensias et des pivoines. Elle retrouva sa gaieté.

— Le parc est tellement beau, n'est-ce pas ? Où est ce petit belvédère dans lequel Hubert m'a demandée en mariage ?

— Un belvédère ? Je ne me rappelle pas en avoir vu un.

— Malgré son apparence de grand gaillard et ses exploits d'alpiniste, c'était un type romantique.

Une expression rêveuse passa sur son visage, et je m'interrogeai : envisageait-elle (si du moins sa relation avec Max était vouée à l'échec) de lui remettre le grappin dessus quand il rentrerait en Angleterre ?

— Eh bien, où est-il, ce belvédère ? m'enquis-je.

Maman regarda alentour, les sourcils froncés, puis tendit le doigt.

— Dans cette direction, me semble-t-il, derrière ce bosquet. Je sais que c'était dans un endroit sauvage et boisé du domaine. Il y avait autrefois un troupeau de daims.

— Je m'en souviens. Crois-tu que certains sont encore là ? Partons à la recherche de ton belvédère.

— Il sera dans un état lamentable, à l'abandon et en ruine, et je vais simplement ressasser mes regrets, déclara-t-elle en passant la main sur son visage.

J'avais remarqué que les comédiennes joignaient toujours le geste à la parole.

Je m'esclaffai.

— Tu dramatises vraiment tout, la tançai-je. Allons-y, j'ai envie de le découvrir. Je n'en ai aucun souvenir. J'imagine que je n'avais pas le droit de m'éloigner autant de la maison quand j'étais enfant.

— Tu avais un poney, mais nous ne t'autorisions à le monter qu'avec le palefrenier. Il s'appelait Squibs, je crois ; cela te dit quelque chose ?

— Oui, je ne l'ai pas oublié. Un petit animal replet. Il était presque impossible d'en tomber, ajoutai-je en riant.

Mais tandis que mon rire s'estompait, je me surpris à penser que cet endroit avait été extrêmement raffiné. Pourquoi n'était-ce plus le cas ?

Nous quittâmes les jardins, passablement entretenus, pour nous engager parmi des graminées de tailles inégales, où de grands chênes et hêtres procuraient une ombre que tachetait la lumière du soleil.

— Il y avait aussi une petite chapelle au fond des bois, dit soudain ma mère. La famille Anstruther était jadis catholique, vois-tu, et, dans le temps, la messe était dite en secret. J'ai cru comprendre qu'il existait un passage souterrain qui menait de la maison à la chapelle. À l'époque, l'on avait la tête tranchée si l'on n'appartenait pas à l'Église anglicane.

— Je suis heureuse que cela ait changé. Sinon, Darcy et moi n'aurions pas pu envisager de nous marier. Mettons-nous aussi en quête de cette chapelle.

— J'aurais dû mettre de bonnes chaussures de marche, fit observer maman. Celles-ci vont s'abîmer dans cette herbe.

— Il y a un sentier de ce côté, indiquai-je. Du reste, je suis sûre que tu as quantité d'autres paires.

Elle me lança un coup d'œil de biais.

— Je ne suis pas certaine d'apprécier cette fille nouvelle, pleine d'assurance. Tu as toujours été une petite créature soumise.

— J'ai appris à me débrouiller seule. Il m'a fallu lutter, comme toi. Cela m'a endurcie.

— C'est certain, approuva-t-elle en me prenant par la main. Nous avons peut-être plus en commun que je ne le pensais. Je suis si contente d'être venue, ajouta-t-elle en me dévisageant. Si j'étais restée à Londres, je serais en train de me complaire dans mon désespoir.

Nous atteignîmes un endroit où les arbres étaient plus touffus, et de hautes fougères se dressaient entre eux. Un vrai bois revenu à l'état sauvage.

— Es-tu sûre que c'est de ce côté ? m'enquis-je.

— Oui, tout à fait sûre. Regarde, le terrain est en pente, or depuis le belvédère, situé sur une petite colline, l'on aperçoit le manoir entre les arbres.

Nous venions de pénétrer dans la futaie quand une voix forte nous lança :

— Hé ! Où est-ce que vous allez comme ça ?

Un bruit de bottes se fit alors entendre dans les broussailles. Ted Hoskins apparut, le visage cramoisi après sa course dans le sous-bois. À notre vue, il sembla embarrassé.

— Oh, je suis désolé, lady de Rannoch. J'ai cru que c'étaient des intrus.

— Non, seulement ma mère et moi qui sommes en promenade. Nous essayons de localiser le belvédère et la chapelle, Hoskins.

— À votre place, j'irais pas là-bas. Ça pourrait être dangereux.

— Dangereux ? Y a-t-il des animaux sauvages ? demandai-je avec un sourire.

— Non, lady de Rannoch, mais la végétation a tout envahi. On a pas encore eu le temps de s'en occuper, et puis il y a des pièges.

— Des pièges ?

— Oui, lady de Rannoch.

— Qu'essayez-vous de capturer ? Des lapins ?

— Non, c'est des pièges à hommes, lady de Rannoch. Il y a des braconniers. Comme il y a plus de garde-chasse, ils se figurent qu'ils peuvent se servir en lapins et en faisans.

— Des pièges à hommes ? C'est terriblement barbare. Et illégal, de surcroît. Qui vous a chargés de les poser ? Certainement pas sir Hubert.

— J'en sais rien, lady de Rannoch. Quand on est arrivés là, on nous a juste dit qu'il y avait des pièges pour dissuader les braconniers et qu'on devait faire attention dans cette partie du domaine.

— Les vérifiez-vous régulièrement pour être sûr que personne n'a été pris dans l'un d'eux ?

Ted Hoskins afficha une mine préoccupée. Il regarda de tous côtés, comme en quête d'une échappatoire.

— Non, lady de Rannoch.

— Et si un pauvre garçon gisait là en se vidant de son sang ?

— Oh non, lady de Rannoch. On l'entendrait hurler.

— Enlevez-les immédiatement, ordonnai-je. Ensuite, vous passerez les lieux au peigne fin pour vous assurer qu'il n'y a plus aucun danger. Ben se joindra à vous et veillera à ce que vous m'obéissiez.

Le jardinier paraissait franchement effrayé à présent.

— Allez transmettre ces instructions à votre camarade et mettez-vous au travail. Par ailleurs, s'il y a des lapins et des faisans sur ces terres, nous serons ravies d'en déguster un de temps à autre.

Tandis que nous rebroussions chemin d'un pas prudent parmi les fougères, maman glissa son bras sous le mien.

J'étais encore rouge d'indignation. Des pièges à hommes, vraiment ? Il était possible que de jeunes villageois se mettent au défi d'escalader le mur d'un domaine comme Eynsleigh afin de chaparder des fruits ou même parfois d'attraper un lièvre, j'en avais conscience. Malgré tout, étant donné qu'à ma connaissance aucun d'entre eux n'avait disparu ou n'avait été blessé, je me tranquillisai. J'en aurais sûrement entendu parler lors de la kermesse. Ce n'était toutefois qu'une question de temps avant qu'un incident ne se produisît… Qui avait pu demander à faire poser de tels pièges, et pourquoi ?

— Au moins, cela m'a évité d'abîmer mes souliers, déclara ma mère.

— Cela t'a évité de te blesser une jambe dans un piège, rétorquai-je sèchement. Quelle méthode cruelle.

— Ce doit être l'heure du thé, fit-elle observer, déjà ragaillardie. Et si nous le prenions sur la pelouse, à l'ombre du grand hêtre ?

— D'accord.

Nous regagnâmes le manoir en empruntant le chemin le plus court et arrivâmes à l'arrière du potager. Nous tombâmes alors sur ce qui restait du feu dont j'avais détecté l'odeur un peu plus tôt. Ce n'était plus qu'un tas de cendres fumantes autour duquel je vis quelques bâtons à demi brûlés ; en son centre dépassaient des sortes de baguettes bien droites, à la verticale. Non, ce n'était pas du bois, mais de minces tiges métalliques. Nous avions dépassé le potager quand je compris de quoi il s'agissait : des baleines de parapluie.

23.

Lundi 1er et mardi 2 juillet

Je suis fort inquiète à présent. Dois-je contacter l'inspecteur de police ?

Tandis que nous retournions en direction du manoir, je restai absorbée dans mes pensées. J'avais envie de dire quelque chose, de confier mes soupçons, mais parler à ma mère ne servirait à rien. Soit elle ne serait pas intéressée, soit elle mettrait mes inquiétudes sur le compte de mon imagination. En outre, elle avait pressé le pas et me précédait maintenant en direction du perron, impatiente de prendre le thé.

L'on installa des chaises et une table sous le grand hêtre ; McShea apporta un plateau chargé d'un service à thé en argent, de tasses et de soucoupes en porcelaine, et d'une assiette de sandwiches au concombre. Tout était d'un raffinement remarquable. Ce tableau fut légèrement gâché lorsque Queenie trébucha au bord d'une plate-bande de fleurs avec une assiette de sablés dans les mains et bascula en avant.

— Houp là ! s'écria-t-elle avant de se relever tant bien que mal. Désolée, mam'zelle. Mon vieux papa disait toujours qu'un de ces jours, j'me casserais la figure sur une miette.

Elle entreprit alors de ramasser les biscuits pour les replacer sur leur assiette.

— Je ne pense pas que nous les mangerons, maintenant, Queenie, déclara ma mère d'une voix désapprobatrice. Ils sont tombés. Ce n'est pas hygiénique.

— C'est d'la bonne terre, affirma ma femme de chambre. Elle est pas sale, à la campagne.

Je lançai un coup d'œil à maman en souriant.

— Elle a probablement raison, concédai-je. Tu n'auras qu'à épousseter les sablés avec ta serviette.

Ma mère secoua la tête d'un air désespéré, mais je constatai qu'elle suivit mon conseil et mangea les biscuits de bon appétit. Après avoir terminé tout le contenu de l'assiette ou presque, elle annonça qu'elle montait faire une petite sieste, épuisée qu'elle était par la longue promenade que je lui avais fait faire. Pendant que le valet débarrassait la table, je restai assise à l'ombre de l'arbre, plongée dans mes pensées.

Les parapluies se cassent souvent, je le savais. Le vent les retourne. Le tissu se déchire. Il faut alors les jeter. Il était donc possible que les baleines que j'avais vues n'eussent aucun rapport avec M. Broadbent. Pourtant, je ne pouvais effacer de mon esprit le souvenir qui me restait de lui, remontant l'allée, le visage rouge et transpirant, avec, chose incongrue, un parapluie glissé sous le bras. Si je m'étais trouvée au rez-de-chaussée, je l'aurais rencontré et peut-être aurais-je pu le sauver d'un sort affreux. Une question me tourmentait donc : devais-je en parler à l'inspecteur Travers ?

Si j'en prenais l'initiative, cela signifiait que la présence de lady Anstruther serait dévoilée et qu'elle serait aussitôt renvoyée à l'asile. Mais c'était peut-être la meilleure solution qui fût la concernant – du moins si, trop violente, elle constituait désormais un danger pour autrui. Oh, mince. Je regrettais de ne pouvoir décider s'il me fallait câbler l'ambassade britannique de Buenos Aires pour voir s'il était possible de contacter sir Hubert. Je regrettais que Darcy ne fût pas de retour. Je regrettais que Zou Zou ne fût pas restée à Londres. Elle aurait su quoi faire. Elle n'avait pas dit si elle comptait demeurer longtemps en Irlande ; je pouvais toujours passer un coup de fil à Kilhenny, supposai-je, mais il serait compliqué de tout expliquer au téléphone – et terriblement coûteux.

Je repensai aux pièges à hommes posés sur le domaine. Existaient-ils réellement, ou bien les jardiniers cherchaient-ils à nous dissuader de nous aventurer dans cette partie du domaine ? Si tel était le cas, pour quelle raison ? Je ne pouvais assurément pas y retourner ce jour-là. Hoskins serait aux aguets. Et je n'avais guère envie de me coincer le pied dans un piège.

Après sa sieste, maman était d'excellente humeur. Elle vida plusieurs verres de sherry avant le dîner, durant lequel elle mangea deux portions de tourte à la viande, suivies de pêches pochées, de crème glacée et d'un bon morceau de stilton. Elle s'était si vite remise de ses malheurs que je n'aurais pas dû m'en étonner. Après tout, depuis toujours, elle passait joyeusement d'un homme à l'autre sans en éprouver le moindre remords. Contrairement à elle, j'eus du mal à avaler quoi que ce fût, et encore plus à me montrer enjouée en sa présence.

— Que t'arrive-t-il ? demanda-t-elle – chose rare, car elle ne prêtait généralement pas attention aux émotions des autres. Tu es terriblement sombre, ce soir. Darcy te manque, j'imagine.

Même si j'avais envie de tout lui révéler, je ne le pouvais pas, consciente que l'on épiait probablement notre conversation.

— Oui, acquiesçai-je. Il me manque. Mais je suis extrêmement heureuse que tu sois là. Il était troublant d'être seule dans une si vaste demeure.

— C'est ce que je ressentais au château de Rannoch, chérie. Je ne supportais pas cet endroit. Franchement, du papier peint à motif de tartan dans les waters ? Sans parler des gémissements du vent dans les couloirs ! J'ai cru devenir folle.

Je ne pus m'empêcher de rire.

— Oui, c'est une demeure assez épouvantable, n'est-ce pas ? Mais Binky apprécie vraiment d'y vivre.

— Et Fig ?

— Pas autant que lui, me semble-t-il.

En allant me coucher, je pris soin de vérifier le robinet du gaz et de placer de nouveau une chaise sous la poignée de la porte. Allongée dans mon lit, les yeux rivés au plafond, je me rendis compte qu'il s'était produit trop d'incidents pour qu'il s'agisse de coïncidences. Rogers avait fait une chute mortelle dans l'escalier. L'on avait essayé de m'asphyxier. Un homme avait disparu. J'avais aperçu les restes d'un parapluie dans un feu presque éteint. Par ailleurs, hormis le décès de Rogers, tout laissait à penser que lady Anstruther y était mêlée. Lors d'un moment de lucidité, avait-elle soudoyé les domestiques pour qu'ils la dissimulent ici ? Leur avait-elle ordonné de se débarrasser de moi de façon que son fils ne fût pas informé de sa présence à Eynsleigh ? Pire encore, avait-elle tué M. Broadbent et obligé les jardiniers à faire disparaître toute trace de son passage ?

Je n'avais pas encore assez de preuves pour aller trouver la police, compris-je. Mes théories paraissaient plutôt fantaisistes, en particulier celle d'une vieille aristocrate qui aurait assassiné un conseiller financier venu lui rendre visite. J'étais cependant résolue à découvrir le fin fond de cette affaire, d'une manière ou d'une autre. Je décidai de sortir tôt le lendemain, avant que les jardiniers ne fussent levés et au travail, et d'aller explorer la partie du domaine qu'ils refusaient que je voie. Quant aux pièges à hommes, je ne prendrais aucun risque : munie d'un bâton, je tâterais le terrain tout en marchant.

★

Je fus réveillée à l'aube par le chœur des oiseaux. Je passai mes chaussures de marche et un pantalon avant de descendre discrètement. Je n'entendis aucun bruit du côté de l'office. Je choisis une canne solide dans le porte-parapluies du hall et sortis de la maison. Au cas où l'on me surveillerait, je voulais donner l'impression de partir en promenade de grand matin – une activité parfaitement acceptable pour une aristocrate. Je m'éloignai à grandes enjambées, feignant de me diriger droit devant moi, puis, dès que j'eus atteint les premiers arbres, je pris aussitôt la direction de la zone densément boisée où, la veille, nous avions rencontré Ted Hoskins. Rien n'indiquait que l'un ou l'autre des jardiniers était déjà debout. L'herbe couverte de rosée étincelait sous les premiers rayons du soleil. Un lapin émergea d'un bond des hautes herbes, et mon cœur s'emballa brièvement. Je commençai à me déplacer plus prudemment parmi les fougères, tapant le sol de ma canne comme une aveugle. Le terrain s'élevait en pente légère et régulière devant moi et, entre les arbres, j'aperçus le belvédère. Ses colonnes de marbre blanc étaient tapissées de lierre, dont les vrilles pendaient aussi du toit. Je décidai d'attendre d'être en compagnie de maman pour aller le visiter.

Plus loin, je repérai un autre petit édifice que je pris d'abord pour un abri de jardin ; en m'approchant, je me rendis compte qu'il était bâti en pierre grise et surmonté d'un toit pointu. C'était la chapelle dont ma mère avait parlé. Je m'apprêtais à m'y diriger quand je remarquai que les fougères, sur ma gauche, avaient été piétinées. Je suivis le sentier qui avait ainsi été tracé dans les broussailles et débouchai dans une petite clairière. Je portai la main à ma bouche pour étouffer une petite exclamation à la vue d'un monticule de terre : le sol avait été fraîchement retourné.

Chose horrible, on aurait dit une tombe. À dire vrai, ce petit tertre ne m'évoquait rien d'autre. Personne n'aurait parcouru des kilomètres dans d'épais taillis pour y planter quoi que ce fût. Il n'y avait qu'une explication possible : une créature (humaine ou non) était enfouie là. Je regrettai alors de ne pas avoir apporté une bêche ou une pelle. Je n'avais guère envie de creuser le sol, mais il le fallait, je le savais. Ma canne se terminait par une robuste pointe en caoutchouc qui ne se prêtait pas à cette activité. Regardant alentour, je découvris un rondin dont l'écorce se décollait par endroits. J'en prélevai un morceau et décidai d'en faire un outil de fortune. Je n'envisageais pas de tout déterrer. Simplement d'avoir un aperçu de ce qui se cachait sous ce monticule afin de découvrir la vérité...

Je m'accroupis et entrepris de soulever précautionneusement de petites quantités de terre. Quelque chose était bel et bien enseveli là, car je sentis mon bout d'écorce buter contre un objet solide. Je ne tenais pas tellement à poursuivre. J'avais certes déjà vu des cadavres, mais l'on ne peut pas dire que j'avais apprécié ces expériences. Je grattai peu à peu la terre, puis, incrédule, interrompis ma tâche. J'avais exhumé une touffe de cheveux blancs. J'étais à présent complètement déroutée. Qui avait une chevelure blanche ? M. Broadbent était chauve. Mon cœur battait si violemment que j'eus de la peine à me faire obéir de mes mains, terrifiée à l'idée de ce que j'allais trouver ensuite. Je dégageai un peu plus de terre et compris qu'il s'agissait en réalité de fourrure blanche. J'étais face aux restes d'une patte. Maintenant, je me sentais plutôt bête. Sans doute était-ce un animal de compagnie mort il y a quelque temps déjà, à en juger par l'absence de chair autour de l'os. Cela n'avait absolument rien de sinistre.

Je replaçai la terre et la tapotai. Ce n'était pas parfait, mais quiconque observerait le monticule de près se dirait qu'un renard ou un blaireau avait fouillé le sol. Puis je me redressai et contemplai la tombe. Elle était trop modeste pour qu'un être humain y fût enseveli. J'aurais dû m'en apercevoir. Je m'étais laissé emporter par mon imagination. J'hésitai à explorer les environs à la recherche d'autres fosses. Cependant, si j'avais voulu enterrer la victime d'un meurtre, j'aurais veillé à dissimuler toute trace et à ne pas laisser la tombe en évidence.

En venant jusqu'ici, je n'avais pas repéré un seul piège, ce qui m'incitait à penser que Hoskins avait cherché à nous effrayer pour nous tenir à l'écart. Il y avait donc bien quelque chose qu'il cherchait à nous cacher… un méfait peut-être aussi bénin qu'un alambic illégal, ou du vin volé dans la cave de sir Hubert. Je regardai entre les arbres du côté de la chapelle. Fallait-il que je m'y rende ? Je demeurai indécise. Si j'avais tué quelqu'un, j'aurais abandonné le cadavre dans la forêt, couvert de branches et de fougères, pas dans une petite église où n'importe qui aurait pu entrer et le découvrir. Mais j'étais à présent si près que je tenais à m'en assurer.

J'avançais avec une prudence extrême. La végétation était plus touffue encore. Du lierre s'entortillait autour des troncs et s'agrippait à mes chevilles, menaçant de me faire trébucher. Tout en frappant le sol devant moi au moyen de ma canne, je parvins bientôt sur ce qui restait d'un chemin dallé. Je le suivis et débouchai dans une clairière où se dressait la chapelle, telle la version miniature d'une église, bâtie en pierre grise rugueuse avec un toit pointu à fortes pentes. La porte était à peine plus haute que moi et j'eus du mal à l'ouvrir, car le loquet était vétuste et rouillé. L'intérieur sentait l'humidité et le renfermé, à la manière des vieux édifices religieux, et subsistait aussi le parfum d'un encens ancien. Il y faisait très sombre. Je remarquai bien une petite fenêtre au-dessus de l'autel, mais le grand arbre qui poussait juste derrière empêchait la lumière d'entrer. Je gardai la porte ouverte de manière à pouvoir examiner les lieux. Un coup d'œil rapide suffit à m'indiquer qu'il n'y avait là aucune cachette possible : quatre bancs – susceptibles d'accueillir huit personnes en tout, pas davantage –, des bougeoirs et un crucifix accroché derrière l'autel, des statues de la Sainte Vierge et d'un saint que je ne pus identifier dans les recoins. Rien d'autre. Les murs étaient lisses et sans ornement, pourvus de niches dont les cierges avaient disparu depuis longtemps, et le sol était dallé. Je refermai doucement la porte derrière moi et m'éloignai.

Soudain, je pris conscience du silence qui régnait dans la forêt, et j'eus la sensation d'être épiée. La nuque me picota. L'on m'observait, j'en étais certaine. Je savais que je m'étais enfoncée loin dans le bois. Si les jardiniers me voyaient, après que l'un d'eux m'eut expressément mise en garde contre les pièges, ils devineraient que je les soupçonnais. Et si Eynsleigh était bel et bien le théâtre de manigances, il était possible que l'on me poussât à mon tour dans un escalier, comme le pauvre M. Rogers. Ou bien l'on en profiterait pour se débarrasser de moi en pleine nature. Si l'on s'en prenait à moi dans cet endroit, personne ne pourrait me venir en aide. Si je hurlais, personne ne m'entendrait. Je pestai contre le désir impérieux qui m'avait poussée à découvrir la vérité. Je regardai autour de moi, me demandant quelle voie me mènerait en sécurité. Je suivais un sentier de fougères aplaties quand quelque chose bondit juste devant moi. Je crois que je poussai un hurlement. Il me fallut un bon moment pour comprendre qu'un daim avait croisé ma route, aussi terrifié de m'avoir vue que je l'avais été de sa présence. Je l'entendis qui détalait bruyamment dans le sous-bois. Il y avait donc encore des daims dans le parc. Personne ne l'avait mentionné. Peut-être les domestiques ne le savaient-ils même pas. Ou bien faisaient-ils le commerce de gibier, une activité lucrative.

Apercevant devant moi le soleil lumineux et les vastes pelouses, je m'élançai et sortis de la forêt au galop, ou presque. Alors que je regagnai le manoir, je pris soudain conscience d'une chose : l'animal enterré se trouvait là depuis un bon moment et, pourtant, le sentier de fougères piétinées était beaucoup plus récent.

24.

Mardi 2 juillet

Mon Dieu. J'ai le pressentiment qu'il se passe quelque chose d'affreux, mais je n'ai aucune preuve concrète, à l'exception d'un parapluie brûlé. J'aimerais tant pouvoir en parler avec quelqu'un.

Lorsque j'entrai dans le hall et rangeai la canne dans le porte-parapluies, je ne vis aucun signe d'activité. Je regagnai discrètement ma chambre, ôtai mes souliers légèrement crottés et passai une jupe et un corsage – une tenue plus convenable. Il y avait un avantage à ne pas avoir de vraie femme de chambre : personne ne remarquerait la boue sur mes chaussures. J'attendis une heure moins indue pour redescendre prendre mon petit déjeuner. Maman n'étant pas encore levée, je mangeai mon haddock seule tout en essayant de comprendre la situation. Devais-je contacter l'inspecteur Travers pour lui dire que je n'avais pas vu M. Broadbent quitter le domaine (même s'il avait pu partir sans que je m'en rende compte) ? Que j'avais aperçu les baleines d'un parapluie brûlé et que quelqu'un avait récemment parcouru la forêt (preuve en était les fougères piétinées) ? C'était trop peu.

L'on me considérerait comme une jeune femme fantaisiste faisant perdre son temps à la police.

Je ne voyais toutefois pas comment avancer dans mes recherches, à part retourner dans les bois et les ratisser au peigne fin. Puis une pensée terrible jaillit dans mon esprit. Et si l'on n'avait pas seulement brûlé un parapluie... mais un corps aussi ? Je n'étais pas certaine que ce fût possible : un feu de feuilles et de papier journal atteignait-il une température assez élevée pour consumer un cadavre ? Une autre idée me vint : oserais-je aller fouiller les cendres pour y chercher des fragments d'os ?

Sapristi. Cela reviendrait à jouer avec le feu à plus d'un titre. Si l'on me surprenait, alors celui qui avait organisé tout cela comprendrait que je le soupçonnais.

Mes ruminations furent interrompues par l'arrivée de ma mère, fraîche et dispose dans un large pantalon bleu marine et un chemisier blanc bordé d'une ganse, bleu marine elle aussi. Je constatai qu'elle avait déjà cessé de porter son épaisse tenue de deuil, mais j'eus la sagesse de n'en rien dire.

— Bonjour maman, as-tu bien dormi ? m'enquis-je en m'efforçant de lui adresser un sourire jovial.

Elle adopta de nouveau sa mine de tragédienne.

— Aussi bien que possible, étant donné les circonstances, soupira-t-elle. Je viens de me rappeler que j'ai acheté toutes ces jolies toilettes flambant neuves pour mon trousseau et que je n'en ai maintenant plus besoin. Quel dommage que tu ne sois pas mince et menue comme moi, chérie. Je te les aurais offertes. Je ne sais pas ce que je vais en faire. Et vu qu'elles sont toutes confectionnées sur mesure, je ne peux les rapporter. Rares sont les femmes de quarante ans qui ont ma silhouette.

Puisque j'avais maintenant vingt-quatre ans et qu'elle m'avait eue à plus de vingt ans, sa remarque me parut contestable, mais, encore une fois, je me bornai à sourire.

— Tu n'as qu'à les donner à Wallis Simpson, suggérai-je. Elle aura sans doute besoin d'un trousseau, et elle fait à peu près ta taille.

— Cette femme ? Elle n'a assurément ni ma taille ni ma ligne. D'une part, elle est complètement plate – elle n'a pour ainsi dire pas de nichons. D'autre part, elle est tellement jalouse de moi qu'elle préférerait se balader toute nue plutôt que de porter un seul de mes vêtements, précisa ma mère avec un sourire espiègle, avant de se rembrunir. Tu ne penses tout de même pas que le prince de Galles compte l'épouser ?

— C'est ce qu'elle s'imagine. Au palais, tout le monde espère qu'il va se secouer et agir honorablement, mais elle a sur lui une emprise considérable.

— Ce serait une catastrophe. Wallis, future reine ? Jamais elle ne serait autorisée à être couronnée, n'est-ce pas ?

— Elle se figure le contraire. Pourtant, je ne vois pas comment David pourrait se marier avec une femme par deux fois divorcée, alors qu'il est censé devenir le gouverneur suprême de l'Église d'Angleterre, laquelle réprouve le divorce.

— Quoi qu'il en soit, elle n'aura pas mes vêtements, conclut ma mère, toujours aussi pragmatique.

Elle venait de demander à ce qu'on lui préparât deux œufs pochés pour accompagner son haddock quand la sonnette de l'entrée tinta. C'était enfin le courrier, songeai-je, réprimant l'envie de m'élancer dans le hall. Il était même possible que j'eusse une lettre de Darcy.

Plunkett apparut avec une mince enveloppe de papier kraft.

— Un télégramme pour vous, lady de Rannoch.

Un télégramme ? Ce genre de message n'annonçait jamais de bonnes nouvelles. Mon cœur battait à tout rompre. Quelqu'un était mort. Binky était mort. Darcy était mort. Les mains tremblantes, j'essayai de l'ouvrir.

— Permettez que je vous aide, lady de Rannoch, intervint le majordome en ouvrant l'enveloppe au moyen d'un coupe-papier.

— Qui l'envoie ? s'enquit maman. Lis-le à voix haute.

— « HÔPITAL DE ROMFORD. ÉTAT DÉSESPÉRÉ. GRAND-PAPA. »

Ma mère et moi bondîmes de nos sièges.

— Faites avancer l'automobile sur-le-champ, Plunkett, ordonnai-je. Mon grand-père a été hospitalisé. M'accompagnes-tu, maman ?

— Bien sûr. Il s'agit de mon père, tout de même. Je viens évidemment avec toi.

Elle courut jusqu'à sa chambre pour y prendre son sac à main et se repoudrer le nez à la hâte. Jamais ma mère n'irait nulle part, même à l'hôpital pour aller voir son père, sans être resplendissante. De mon côté, j'étais si angoissée que je n'avais plus les idées claires. Je savais que la santé de grand-papa déclinait, mais la pensée qu'il pût mourir m'était intolérable. Lui, qui m'avait soutenue indéfectiblement durant plusieurs années tumultueuses, avait été la seule personne à m'encourager et à me réconforter.

La Bentley arriva devant le perron.

— Souhaitez-vous que je vous emmène à la gare, lady de Rannoch ? proposa le majordome.

Je m'étais si peu attendue à ce geste généreux de sa part que j'en eus les larmes aux yeux.

— Oui, merci, Plunkett. J'envisageais d'aller à Londres en voiture, mais…

— Le train est beaucoup plus rapide, si vous prenez l'express qui vient de Brighton.

— D'accord, acquiesçai-je en opinant du chef. L'express de Brighton. Ce sera plus rapide.

Je répétais bêtement ce qu'il disait, j'en avais conscience, préférant parler plutôt que de laisser libre cours à mes pensées agitées. Quant à maman, elle était terriblement silencieuse. Nous n'échangeâmes pas un mot jusqu'à la gare. Dans le train qui roulait à vive allure vers la capitale, nous nous installâmes face à face dans un compartiment de première classe.

Nous regardions par la vitre, tandis que la campagne verdoyante défilait à toute vitesse, cédant bientôt la place aux premières banlieues, puis à de petits jardins sinistres à l'arrière des rangées de maisons identiques ; sur la rive sud de la Tamise, les cheminées de la nouvelle centrale électrique de Battersea crachaient de la fumée. Une fois à la gare de Victoria, nous nous empressâmes de nous frayer un chemin dans la foule.

— Crois-tu que nous devrions prendre un taxi ? suggéra ma mère.

— Romford est à des kilomètres de là, et cela nous coûterait une fortune, répondis-je. Du reste, le métro nous y emmènera plus rapidement qu'une auto, laquelle devra se faufiler dans toutes les rues étroites de Londres.

— Le métro. Comme c'est pittoresque. Ma foi, puisqu'il le faut.

En toute autre circonstance, je me serais esclaffée. D'ordinaire, cela m'amusait de voir maman se comporter comme si elle avait toujours été duchesse, alors qu'elle était née dans une maisonnette de quatre pièces de la banlieue londonienne – ce qu'elle avait oublié, chose fort commode.

— Par ici, indiquai-je en lui prenant la main pour la conduire vers l'escalier menant au quai du métro.

Notre rame était à moitié vide, vu que l'on était en milieu de journée, et je m'aperçus que nombre de passagers observaient maman. Je supposai que peu de belles femmes vêtues à la mode de Paris prenaient la direction de Romford ! Elle attendit que nous fussions de l'autre côté du quartier des docks, là où le métro retrouve la lumière du jour, pour reprendre la parole.

— J'ai été une fille affreuse. Je n'allais jamais lui rendre visite. Chaque fois que j'étais à Londres, je me disais que j'étais trop occupée. En réalité, je ne voulais pas que mon public apprenne que je m'étais rendue dans un pavillon exigu de banlieue.

— C'est une jolie petite maison. Et c'est toi qui la lui as achetée. Cela devrait te rendre heureuse. C'était fort gentil de ta part.

— J'ai utilisé mon argent afin de me soustraire à mon devoir. Mais tu as été une petite-fille si bonne. Tu allais tout le temps le voir. Cela me fait plaisir.

— Il est possible qu'il s'en tire. Il a toujours été coriace.

Nous nous tûmes de nouveau jusqu'à notre arrivée à la station de Romford. Là, nous gagnâmes l'hôpital, tout proche, en taxi.

À l'accueil, je tendis le télégramme à l'infirmière de service.

— Ce matin, j'ai reçu ce câble de la part de mon grand-père. J'ignore s'il l'a envoyé ou si quelqu'un l'a rédigé pour lui. Savez-vous où je peux le trouver ?

— Oh, oui, fit l'infirmière en consultant le message. Albert Spinks. Je l'ai aidé à l'envoyer. Il est encore dans l'un des box de la salle des urgences. Prenez ce couloir, puis tournez à droite.

Nous empruntâmes un corridor au sol carrelé de blanc, où planait une forte odeur de désinfectant. Nous entrâmes dans une salle d'attente où plusieurs personnes, l'air pitoyable, étaient assises sur des bancs ; certaines saignaient, d'autres toussaient. À notre vue – ou plutôt à celle de maman, devinai-je –, elles se donnèrent des petits coups de coude. Une infirmière à la mine soucieuse passa près de nous, un bloc-notes à la main.

— Je cherche Albert Spinks, lui dis-je. Il m'a envoyé un télégramme.

— Oh, oui. Je suis navrée, ma petite. Au bout de la salle, le dernier box sur la droite.

Puis elle s'éloigna en appelant :

— Madame Jenkins ? Par ici, s'il vous plaît.

Maman et moi nous dirigeâmes vers une rangée de lits séparés par des rideaux. Des gémissements provenaient de l'un d'eux ; dans un autre, j'entendis quelqu'un vomir. J'avais l'impression d'être entrée en enfer. Ma mère tira le rideau du dernier box, et nous nous figeâmes toutes deux sur place. Sur le lit gisait un corps recouvert d'un drap.

25.

Mardi 2 juillet
Hôpital de Romford, Essex, puis Londres

Je n'ai rien envie d'écrire aujourd'hui. Je suis trop affectée pour cela.

Maman poussa un grand cri.

— Papa ! Oh non. Pas mon papa !

De mon côté, j'étais trop abasourdie pour réagir. Je crois que j'en eus le souffle coupé. Je me contentai de garder les yeux braqués sur le drap.

Puis un gros sanglot monta en moi ; je m'efforçai de le retenir, sans succès.

— Oh, grand-papa !

Maman et moi échangeâmes un regard. Soudain, nous nous serrâmes dans les bras l'une de l'autre avec une intensité jusqu'alors inédite. Je ne me souviens pas que ma mère m'ait jamais étreinte lorsque j'étais enfant. Je ne me rappelle pas m'être assise sur ses genoux. Lorsque je la revois désormais, nous faisons mine de nous embrasser la joue sans nous toucher. Mais, à présent, nous nous cramponnions l'une à l'autre.

— Je ne peux pas imaginer le monde sans lui, dit-elle. C'était un homme si bon.

— Oui, c'est vrai. C'était le seul qui…

Je ne pus terminer ma phrase.

Ma mère me relâcha et s'approcha du lit ; elle plaça la main sur le drap, puis hésita, n'osant le soulever, comme si rien ne s'était produit tant qu'elle ne le verrait pas de ses propres yeux.

Un bruit de pas résonna, et quelqu'un écarta le rideau. L'on venait emporter le corps, compris-je, mais je les en empêcherais. Je voulais d'abord lui faire mes adieux. Je me retournai.

— Un instant, je vous prie. Nous avons besoin de…

— Ça alors, ça m'en bouche un coin ! m'interrompit une voix. Si j'm'attendais à vous voir ici aussi vite !

Mon grand-père se tenait devant moi, bel et bien vivant.

— Papa ! s'exclama ma mère en lui effleurant l'épaule, sans doute pour s'assurer qu'elle ne voyait pas un revenant.

— T'as donc eu mon télégramme, Georgie. C'est gentil à vous d'être venues.

— Tu es en vie, constatai-je. Mais, dans ce cas, qui…, commençai-je en indiquant le lit.

— Ma pauvre vieille Hettie. C'est son cœur qu'a lâché. C'est sûrement à cause des préparatifs du mariage, c'était trop d'émotion. Au moins, elle est morte heureuse.

Je m'approchai et passai les bras autour de son cou.

— Oh, grand-papa, je suis sincèrement navrée. Mais tu es vivant, c'est merveilleux. Quand nous avons reçu ton télégramme, nous avons cru…

— Le télégramme annonçait que tu étais hospitalisé, dans un état désespéré, intervint maman d'un ton accusateur. Nous avons pensé qu'il s'agissait de toi. Nous nous sommes inquiétées durant tout le voyage.

— J'suis content que tu montres un peu d'sympathie pour ton vieux papa, répliqua-t-il. Et j'suis désolé si vous vous êtes fait autant de mouron. J'ai dit à l'infirmière ce qu'il fallait écrire dans le message, mais de faire court, vu qu'il faut payer au mot et que j'roule pas sur l'or.

— Elle n'a donc pas précisé qu'il s'agissait de Mme Huggins, compris-je, riant à travers les larmes qui ne cessaient de couler sur mes joues.

— Pauvre Hettie, reprit-il. Elle avait tellement hâte de se marier. Elle m'a raconté que ses premières noces, avec M. Huggins, ont été un peu décevantes, étant donné qu'ils avaient pas d'argent et que M. Huggins était pas du genre à célébrer ça en grande pompe. Ils sont donc juste passés à la mairie, avant de boire une bière et de manger un friand au pub du coin. Cette fois, elle voulait faire les choses en grand. Elle était allée chez la couturière pour sa robe, elle avait commandé le gâteau et tout et tout. Et ensuite, on avait prévu d'passer une semaine à Clacton-on-Sea.

— Oh, grand-papa, je suis tellement désolée.

— J'm'en remettrai, pas vrai ? fit-il en hochant la tête. Dans la vie, il faut persévérer. Quand on a perdu ta grand-maman, j'ai cru que c'était la fin du monde. Mais j'ai fini par m'en sortir.

— Pourquoi ne viendrais-tu pas à Eynsleigh avec nous ? proposai-je. Je n'ai pas envie que tu restes seul, et le bon air de la campagne te serait bénéfique.

— J'peux pas partir pour l'moment, mon canard. Il faut que je sois sûr que tout est arrangé pour Hettie. Bien entendu, comme j'fais pas partie de la famille, ce sera pas à moi d'organiser quoi que ce soit. Avant toute chose, j'dois avertir sa fille. J'sais qu'elle travaille dans un café de Southend, mais je me souviens pas bien du nom. Il va donc falloir que j'aille chez elle pour lui annoncer la nouvelle. Ensuite, j'imagine qu'elle décidera du genre d'obsèques qu'elle veut et où elle a envie qu'on enterre sa maman. Peut-être à côté de son papa, même si Hettie disait toujours que c'était un sale bonhomme. J'leur proposerai de participer aux frais, évidemment, ajouta-t-il en nous dévisageant. Ça paraît normal.

— Papa, je peux t'aider financièrement, proposa ma mère, qui pour une fois donnait l'impression d'être une personne ordinaire et non de jouer le rôle d'une célèbre actrice.

— C'est gentil à toi, ma chérie, et j'te suis reconnaissant, mais je pourrais pas accepter de l'argent allemand. Tu sais ce que j'en pense. Ton Max est peut-être un chic type, mais ça reste un Boche, hein ? Et les Allemands ont tué mon Jimmy.

— Oh, papa, c'était il y a si longtemps ! Il faut pardonner et regarder vers l'avenir. En outre, Max n'était même pas dans l'armée. Sans compter que ce n'est plus « mon » Max. Tout est terminé. Son père est mort et il doit s'occuper de sa mère.

— Terminé, vraiment ? fit mon grand-père avec un air compatissant. J'suis désolé, ma chérie. C'est donc retour à la case départ pour toi aussi ?

— Oui, manifestement. Je séjourne chez Georgie, qui se montre si gentille. Il faut que tu nous rejoignes à Eynsleigh dès que tu auras tout réglé.

— C'est d'accord, mon canard, approuva-t-il en ébauchant un sourire. Ça me ferait bien plaisir. À la campagne avec mes filles. J'en ai, d'la chance.

— À présent, que veux-tu que nous fassions, grand-papa ? m'enquis-je. Nous pouvons rester ici avec toi, bien sûr ; souhaites-tu aussi que nous allions chez toi ce soir ? Je n'ai pas envie de te savoir seul.

— Oh non merci, ma chérie. C'est gentil, mais je m'en sortirai. Ça fait assez longtemps que j'vis tout seul, pas vrai ? Et si je dois attendre qu'la fille de Hettie revienne du travail, je rentrerai probablement tard. Elle sera bouleversée, la pauvre. Elle aura besoin d'être consolée, y a pas de doute.

Finalement, nous n'eûmes pas à prendre de décision, car deux garçons de salle vinrent chercher le corps de Mme Huggins pour l'emporter à la morgue. Nous hélâmes un taxi et ramenâmes mon grand-père chez lui. Nous lui proposâmes de lui préparer son repas, mais il répliqua qu'il n'avait pas d'appétit. Puis il partit de son côté à Grays, où vivait la fille de la défunte, pendant que nous prenions de nouveau le métro pour Londres.

— Il est aussi têtu qu'à son habitude, déclara ma mère. Je l'aurais volontiers conduit chez cette femme. Je lui aurais même préparé son dîner.

— Quand diable as-tu appris à cuisiner ? demandai-je en la regardant avec un sourire.

— Il y a eu des moments où j'ai dû me débrouiller seule, tout comme toi. Je ne suis sans doute pas la cuisinière la plus douée qui soit, mais je sais faire des œufs au plat.

Une fois que nous fûmes arrivées à la gare de Victoria, maman annonça qu'elle ne se sentait pas prête à retourner immédiatement à la campagne. Elle devait passer au Claridge's pour vérifier si elle y avait reçu du courrier. Et elle avait besoin des savonnettes françaises que seule une petite pharmacie vendait. De mon côté, je décidai d'aller rendre visite à Belinda afin de voir comment avançait ma robe de mariée. J'étais encore un peu anxieuse à l'idée que mon amie s'écartât du choix sensé que nous avions fait ensemble et se lançât de nouveau dans une nouvelle expérience de haute couture. Je n'avais absolument pas envie de ressembler à un tuyau de gouttière ambulant !

Ainsi, maman et moi nous quittâmes en convenant de reprendre le train de dix-huit heures. Je remontai Eccleston Street pour rejoindre Knightsbridge et la maisonnette de Belinda. Une bonne vêtue de noir, à la mine sévère, m'ouvrit. Je voulus savoir si mon amie était chez elle. La domestique me demanda mon nom et me dit qu'elle allait voir si madame était disponible pour recevoir une visiteuse. Quelques paroles furent échangées à l'étage, puis Belinda en personne suivit la bonne (Huddlestone, présumai-je) au rez-de-chaussée.

— Georgie, quelle agréable surprise ! lança-t-elle avant que sa domestique n'eût l'occasion de m'annoncer – ce qui l'agaça manifestement, puisqu'elle resta plantée là en pinçant les lèvres, tandis que mon amie et moi nous étreignions. Quel bon vent t'amène en ville ? Ta robe n'est pas prête pour un essayage, je le crains.

— Je suis venue pour mon grand-père. La femme qu'il allait épouser est morte aujourd'hui. Maman et moi étions dans tous nos états, car le télégramme qu'il a envoyé disait simplement qu'il était à l'hôpital. Nous avons cru que c'était lui qui allait si mal, et pas Mme Huggins.

— Ma foi, je suis navrée pour lui, mais c'est un réel soulagement pour toi. Je sais que tu as beaucoup d'affection pour lui. Pendant que tu es là, laisse-moi te montrer où j'en suis.

Elle me conduisit jusqu'à sa chambre, où elle avait installé trois mannequins auxquels étaient épinglés des pans de tissu.

— Je travaille à l'étage, hors d'atteinte de la redoutable Huddlestone, précisa-t-elle avant de refermer la porte. Elle est plutôt sinistre, n'est-ce pas ?

— Terrifiante, acquiesçai-je. Je croyais pourtant que tu voulais la renvoyer parce qu'elle ne veut ou ne peut pas cuisiner.

— Je sais, mais je n'ai pas encore eu le temps de lui trouver une remplaçante. De toute manière, je pense qu'elle est sur le point de démissionner. Ce genre d'emploi est tellement indigne d'elle. Elle doit cependant conserver un semblant de politesse si elle veut de bonnes références de ma part, ajouta mon amie, souriante, avant de se tourner vers le plus grand mannequin. Voici ta robe. J'ai eu une idée de génie. Étant donné que les lignes en sont si simples, je vais orner la taille d'une large bande de perles, comme ceci.

Elle me tendit alors un morceau d'étoffe brodé de perles.

— Oh oui ! m'exclamai-je, ravie. Ce sera splendide.

— Et j'envisage de reprendre ce motif pour les princesses. Une mince bande de perles autour de leur taille, et d'autres brodées ici et là sur leur robe.

J'examinai les croquis.

— C'est parfait, Belinda.

— Excellent, fit-elle, l'air satisfait. Je devrais être prête pour leurs essayages dans une semaine, et je te serais reconnaissante de bien vouloir m'accompagner. Je crains d'être trop nerveuse et de piquer l'une des fillettes avec une épingle.

Je lui lançai un coup d'œil. C'était de Belinda qu'il était question, et elle n'avait jamais eu peur de rien. Elle qui, quelques années plus tôt, passait par le toit de notre pension pour aller rejoindre des moniteurs de ski. Le fait d'avoir eu un bébé l'avait indéniablement changée. En secret, j'espérai qu'elle retrouverait petit à petit un peu de l'intrépidité que je lui avais tant enviée.

— Je t'accompagnerai, évidemment, assurai-je. Et ne te fais pas de souci : si tu les piquais avec une épingle, Elizabeth ne le dirait pas, car elle est trop polie, et Margaret t'en informerait aussitôt ! Sans compter qu'elle te donnerait probablement une tape sur la main. Mais ce sont toutes deux de charmantes fillettes, tout comme leur mère.

Mon amie s'apprêta à reprendre la parole, puis leva les yeux vers moi avec une expression radieuse.

— Je viens de me rappeler une chose : puisque la fiancée de ton grand-père nous a quittés, il n'est donc plus question d'inviter son effroyable petite-fille à ton mariage, n'est-ce pas ?

— Oh, mince, tu as raison. Le ciel soit loué. Cela m'inquiétait tellement.

— Moi aussi, reconnut Belinda. Je crois que je n'aurais pas eu assez de tissu !

Sur ces mots, nous éclatâmes de rire, ce qui me fit un bien fou.

26.

Mardi 2 juillet
Rannoch House, Belgravia, puis de retour à Eynsleigh

Je suis encore sous le choc. Je n'arrive pas à me remettre du sentiment de désespoir que j'ai éprouvé quand j'ai cru grand-papa mort. À présent, plus rien ne compte, hormis de le savoir en vie ; il va nous rejoindre à Eynsleigh et je ferai tout pour lui rendre la vie facile. De plus, je suis rongée par la culpabilité, tant je suis soulagée qu'il ne puisse plus épouser Mme Huggins. Je devrais avoir de la peine pour lui, mais ce n'est absolument pas le cas.

Après que Belinda et moi eûmes fixé la date de mon essayage et de celui des princesses dans leur résidence de Piccadilly, je pris congé. Constatant qu'il me restait encore du temps, je décidai de faire un saut à Rannoch House afin de voir si nous avions reçu des réponses à notre invitation. L'on me conduisit dans le salon, où Binky et Fig prenaient le thé.

— Tu arrives juste à temps, déclara mon frère. Prends donc un siège et régale-toi.

Sur la table étaient disposés un gros gâteau de Savoie, de petites pâtisseries décorées de glaçage et des crumpets.

Tout cela me sembla fort tentant, et je me rendis compte que j'avais sauté le déjeuner.

Je remerciai mon frère, tandis que ma belle-sœur parut plutôt contrariée de devoir partager ce goûter.

— Comment se porte ton orteil, Binky ? m'enquis-je tout en déposant deux pâtisseries sur mon assiette et en me servant une tasse de thé.

— Comme un charme. À dire vrai, tu as failli nous manquer. Nous rentrons demain par le Flying Scotsman[1]. Nous ne reviendrons qu'une semaine avant tes noces. Je me fais confectionner un nouveau kilt, car le mien me serre un peu trop, ces derniers temps. Je me l'étais fait faire pour mes dix-huit ans.

J'avais effectivement remarqué qu'il s'était un peu empâté au niveau de la taille.

— Et Podge aura droit à son tout premier kilt, ajouta son épouse. Il est très excité à l'idée d'être garçon d'honneur. Quant aux demoiselles d'honneur, avez-vous fini par vous décider ? Comme je vous l'ai dit, je crains de ne pouvoir vous recommander Adelaïde. Cette enfant se montre si obstinée.

— Ma meilleure amie, Belinda, sera dame d'honneur, et les deux petites princesses demoiselles d'honneur.

— Elizabeth et Margaret ? s'exclama Fig. (Était-elle stupéfaite ou impressionnée ? Je n'aurais su le dire.) Vous leur avez demandé d'être présentes à votre mariage ?

— En réalité, c'est la reine qui me l'a demandé de leur part. J'ai volontiers accepté, naturellement.

Non sans satisfaction, je pris une bouchée de gâteau.

— Et Leurs Majestés ?

— Elles seront là aussi. Même si le roi est plutôt déconcerté à l'idée que la cérémonie ne se déroule pas à l'abbaye de Westminster.

---

1. Littéralement « L'Écossais Volant », train express circulant entre Londres et Édimbourg depuis 1862.

— Et elles comptent ensuite venir à Rannoch House ? s'alarma Fig en lançant des regards angoissés à son époux.

— J'imagine.

Ma belle-sœur écarquilla les yeux.

— Combien de membres de la famille royale participeront à la réception, au juste ?

J'affichai un grand sourire.

— Eh bien, la reine voulait que la moitié des têtes couronnées d'Europe soient invitées, mais Darcy et moi avons décidé de ne convier que celles que nous connaissons personnellement.

— Des têtes couronnées ? répéta ma belle-sœur, affolée. Avez-vous entendu, Binky ? Et tous ces gens vont se retrouver dans cette maison !

— Rannoch House fera parfaitement l'affaire, Fig. Mon père y recevait souvent le vieux roi avant la guerre, je me souviens. C'était son oncle, après tout. Et toutes ces personnes font partie de notre famille, à Georgie et à moi, il est donc normal qu'elles assistent à son mariage.

— Oui, j'imagine que vous avez raison.

Ma belle-sœur ne supportait pas que je fusse apparentée à la famille royale, alors qu'elle ne l'était que par alliance. C'était pour elle une source d'irritation constante.

— Ne vous tourmentez pas, Fig, la rassurai-je. Les têtes couronnées ne viendront sans doute pas. Ai-je déjà reçu des réponses à notre invitation ?

— Je crois que quelques lettres vous attendent dans le hall.

Je me levai d'un bond et m'y rendis aussitôt ; pourvu du sixième sens de tous les majordomes chevronnés, Hamilton apparut.

— Voici votre courrier, lady Georgiana, m'annonça-t-il en me tendant plusieurs enveloppes.

— Merci, Hamilton.

— Je tiens aussi à vous dire que je suis ravi que le repas de noces ait lieu à Rannoch House. Vous faites honneur à votre famille, lady Georgiana.

Je le remerciai de nouveau et regagnai le salon, plongée dans mes pensées. Hamilton était un domestique de la vieille école. Il veillait à la bonne marche de la maisonnée et s'exprimait toujours à bon escient. Et quand la famille était honorée, il l'était lui aussi. Il était si différent de ce satané Plunkett !

— L'un de vous connaît-il une certaine comtesse de Malmsbury ? demandai-je en entrant dans la pièce, toujours préoccupée.

Binky, comme à l'ordinaire, eut l'air interdit.

— Je n'ai jamais entendu parler d'elle.

— Vous n'avez jamais entendu parler de personne, répliqua sa femme sur un ton cinglant. Vous êtes l'homme le moins sociable de tout l'univers, Binky. S'il ne tenait qu'à vous, vous ne quitteriez jamais votre maudit château écossais et votre bétail des Highlands, et vous en seriez tout à fait satisfait.

— Vous n'avez pas tort, ma vieille, cela m'irait, reconnut-il.

— Alors, connaissez-vous cette comtesse, Fig ? insistai-je. Vous êtes originaire du comté du Cheshire, me semble-t-il.

— Du Derbyshire. Mais c'est tout près. Et oui, je l'ai connue. Je crois que je l'ai rencontrée lorsque j'étais enfant. Une vieille dame assez excentrique. Elle portait un châle noir, comme une sorcière.

— Vous ne vous rappelez pas son majordome, je présume ?

— Son majordome ? s'étonna-t-elle en m'adressant un sourire profondément méprisant. Qui se rappelle les domestiques ? À moins que l'un d'eux ne commette une faute affreuse, comme renverser du sherry sur votre robe, par exemple.

Je me rassis et ouvrit la première enveloppe.

— Oh, très bien. Murdoch et Lachan, nos cousins, acceptent de venir.

— J'imagine qu'ils voudront loger ici, devina Fig, les lèvres pincées.

Je savais ce qu'elle pensait. C'étaient de grands gaillards écossais à l'appétit démesuré, à la fois pour la bonne chère et le whisky.

Les deux autres réponses venaient d'amis de Darcy, tous ravis d'être conviés. Quant à la quatrième enveloppe, elle portait des armoiries et contenait deux lignes :

Son Altesse royale le prince Nicholas de Bulgarie et la princesse Maria regrettent de ne pouvoir se libérer.

Au-dessous, Nicholas avait ajouté de sa main :

Désolés de ne pouvoir être là, mais Maria doit donner naissance à notre premier enfant cette même semaine. Tous nos vœux de bonheur.

— Cela devrait vous soulager, Fig, dis-je en levant la tête. La famille royale bulgare ne sera pas là. Maria accouche bientôt.

— Comment se fait-il que vous connaissiez la famille royale bulgare ? me demanda-t-elle.

— Avez-vous oublié que Maria et moi étions camarades de classe, et que j'ai été l'une de ses demoiselles d'honneur à son mariage ?

— Et le prince roumain ? Celui que certains souhaitaient vous voir épouser ?

— Siegfried ? Grands dieux. Il était hors de question de l'inviter ! me récriai-je. Un homme épouvantable. Non. Darcy et moi avons résolu de ne convier que des gens que nous apprécions.

— À ce propos, où est votre fiancé en ce moment ? Il ne séjourne pas à la campagne avec vous, je l'espère ?

— Non, il s'est absenté pour affaires. Mais maman est auprès de moi à Eynsleigh. Le père de Max vient de mourir, de sorte qu'ils ont dû reporter leur projet de mariage. Elle en est toute retournée.

— Il me semble que votre mère se remet toujours très vite, fit remarquer ma belle-sœur, narquoise, avec un sourire moqueur. Un de perdu, dix de retrouvés.

— Oh, c'est vraiment méchant de votre part, Fig, la tança mon frère. J'aime bien la mère de Georgie. Elle a bon fond. Elle était gentille avec moi lorsqu'elle vivait au château de Rannoch.

— Merci, Binky, acquiesçai-je en consultant l'horloge posée sur le manteau de la cheminée. Il faut vraiment que j'y aille. Je dois justement rejoindre maman à la gare de Victoria avant dix-huit heures.

— Au fait, tout se passe bien dans ta nouvelle demeure ? me demanda-t-il. Tout marche comme sur des roulettes ?

— Oh oui, les choses ne pourraient pas mieux aller, affirmai-je.

Je parvins à feindre la gaieté jusqu'à ce que je fusse sortie de la maison.

★

Maman arriva à la gare de Victoria quelques minutes seulement avant le départ du train, suivie par un porteur chargé de paquets.

— J'ai décidé que je n'avais pas assez de vêtements de deuil, précisa-t-elle. J'étais sur le point de renoncer à m'habiller ainsi, mais je me trouve plutôt superbe avec une voilette noire. Je tiens aussi à profiter au maximum du compte en banque que Max m'a ouvert, avant qu'il ne le clôture.

Dès que nous fûmes montées dans un compartiment de première classe, le train se mit en route. Ma mère, très loquace, s'était remise de la dernière tragédie en date, ainsi que Fig l'avait prédit.

— Je me demande si Max accepterait de m'acheter un petit appartement à Londres, près du parc. Il me doit bien cela, après m'avoir brisé le cœur. Ou bien à Paris, peut-être.

— Tu ne parles pas français, lui rappelai-je.

— Je m'en tire à merveille avec mes couturiers. Et tu dois admettre que Paris est une ville plus civilisée.

— Je crois que tu vas un peu vite en besogne, non ? Après s'être occupé de sa mère, Max comprendra peut-être qu'il ne peut vivre sans toi. Et qu'importe que tu ne te maries pas et que tu continues à vivre dans le péché ? Ce n'est pas la première fois que cela t'arrive, manifestement.

Je m'étais exprimée à voix basse, mais deux dames âgées – le type même de vieilles filles de village – durent m'entendre, car je les vis hausser les sourcils et se pencher aussi près que possible de nous, bien décidées à ne rien manquer de notre discussion.

— Je ne sais même plus si j'ai envie de l'épouser, maintenant, avoua ma mère. Tu vois, c'est pénible de vivre en Allemagne et de ne rien comprendre ou presque à ce qui se passe autour de soi. Nous verrons bien, soupira-t-elle. D'ici là, je veux aider ma fille chérie à organiser son mariage ! As-tu déjà engagé un traiteur ?

— Comme la réception se tiendra à Rannoch House, c'est la cuisinière qui supervisera le buffet.

— Tu ne vas pas recevoir tes invités dans cette maison, tout de même ? Pourquoi le Dorchester ou le Claridge's ne te conviennent-ils pas ?

— D'abord pour une question d'argent. Je crois aussi qu'il sera plaisant de recevoir nos invités dans la résidence familiale.

— Mais ta venimeuse belle-sœur risque de les rationner en ne leur offrant qu'une coupe de champagne et un sandwich au saumon fumé chacun !

Je souris.

— Je demanderai à Zou Zou de s'en occuper. Elle veillera à ce qu'il y ait suffisamment de champagne. Du reste, je veux que le tout soit simple : quelques amuse-bouche, des toasts, puis nous couperons le gâteau avant de nous éclipser.

— Et où comptez-vous aller ?

— Je ne le sais pas encore. La reine a proposé de nous prêter Balmoral.

— Bonté divine ! S'il y a bien un endroit pour décourager tout ébat sexuel, c'est ce château. Tu seras harcelée par le fantôme de ton arrière-grand-mère, qui te fera part de sa désapprobation chaque fois que tu voudras te déshabiller.

Je m'esclaffai.

— J'espère que Darcy aura d'autres idées. Du reste, j'espère aussi qu'il reviendra bientôt parce que j'ai vraiment envie de…

Toute la journée, j'avais réussi à contenir mes inquiétudes. Elles grandissaient de nouveau dans mon esprit maintenant que nous nous rapprochions de Haywards Heath.

— Tu en as vraiment envie, évidemment ! lança maman en gloussant et en me donnant un petit coup de coude, n'ayant absolument pas saisi ce que j'avais voulu dire. J'ignore si je pourrais supporter longtemps de ne pas avoir de rapports sexuels.

Cette fois, les deux vieilles filles eurent l'air bel et bien scandalisées.

Tandis que le train ralentissait et entrait en gare, ma mère s'empara de ma main.

— Je viens d'avoir une pensée terrible ! Il était prévu que j'épouse Max, et son père est mort. Ton grand-père devait épouser Mme Huggins, et celle-ci est morte à son tour. Grands dieux, Georgie ! J'espère que notre famille n'est pas maudite. Pourvu qu'un autre décès n'empêche pas que ton mariage ait lieu !

J'aurais préféré qu'elle se tût, car la même idée m'avait effleurée à l'hôpital, alors que nous attendions en compagnie de mon grand-père que l'on vînt chercher le corps de Mme Huggins. Ce tourment venait à présent s'ajouter aux autres. Je vivais dans une demeure où je me sentais menacée, sans pouvoir me l'expliquer. Darcy était loin, accomplissant probablement une mission dangereuse. Je priai pour qu'il ne lui arrivât rien.

À Haywards Heath, ma mère préféra prendre un taxi plutôt que d'appeler Plunkett pour qu'il vînt nous chercher en voiture. Puis, dans le hall d'Eynsleigh, aucun domestique n'apparut pour nous saluer. Il régnait dans la demeure un silence sinistre.

— Ton personnel pose vraiment un problème, déclara maman. N'importe qui pourrait entrer et cambrioler la maison.

— Il n'y a pas grand-chose qui vaille la peine d'être volé, n'est-ce pas ?

— Si, les tableaux de famille de la longue galerie. Ils sont cependant trop grands pour que l'on puisse les glisser sous sa chemise. Je me demande où Hubert a remisé les objets de valeur, ajouta-t-elle en regardant alentour.

Tandis qu'elle parlait ainsi, je remarquai, posée sur la table du hall, une lettre portant d'imposantes armoiries ; elle m'était adressée.

— C'est de la part du comte de Malmsbury ! m'exclamai-je. Nous en apprendrons peut-être davantage.

— À quel sujet ? s'enquit maman, qui se désintéressait toujours de ce qui advenait à autrui. Puis-je demander à ce que l'on nous apporte du sherry et des allumettes au fromage ? Je meurs de faim.

Elle partit en quête de la sonnette la plus proche, pendant que j'ouvrais l'enveloppe.

Chère lady Georgiana de Rannoch,

Pour répondre à votre question, sachez que Charles Plunkett était un bon et fidèle domestique, qui a servi ma mère avec loyauté durant de nombreuses années. Lorsqu'elle s'est éteinte l'an passé, c'est avec regret que nous avons dû lui donner son congé.

Veuillez agréer, lady Georgiana, mes salutations distinguées.

Malmsbury

27.

Mardi 2 juillet
Eynsleigh, Sussex

Je ne sais plus que penser à propos de Plunkett. D'après Fig, la comtesse de Malmsbury était excentrique. Peut-être cherche-t-il délibérément à se faire employer par de vieilles dames fantasques afin de trafiquer leurs comptes ou voler leurs bijoux ; cela expliquerait son attitude hostile quand je suis arrivée et que j'ai tout gâché.

J'entendis maman demander du sherry, et Queenie lui répondre :

— Pas d'problème, m'dame.

Elle ne réussirait jamais à s'acclimater à une maison de maître. Elle était parfaitement incapable d'apprendre à se comporter correctement en présence de membres de la haute société. Ou sans doute pensait-elle simplement qu'elle nous valait largement et qu'elle pouvait ainsi s'adresser à nous d'égal à égal. Comment savoir ce qui se passait dans sa tête ? Au moins, elle était aimable et pleine de bonne volonté, et elle confectionnait des allumettes au fromage absolument divines !

Quant à Plunkett, il se montrait seulement poli avec moi. Il ne ressemblait vraiment pas aux majordomes que j'avais connus. Et pourtant, les vieilles dames l'appréciaient apparemment. Je me demandais même s'il avait joué un rôle dans la fuite de lady Anstruther afin de pouvoir prendre soin d'elle à Eynsleigh et de mettre la main sur son argent. Auquel cas il avait tout lieu de se débarrasser de M. Broadbent, peut-être venu parce que la situation financière de la mère de sir Hubert le préoccupait. Il me fallait toutefois une preuve avant d'en informer la police.

Je relus la lettre que je tenais encore à la main. Un détail m'intriguait : le comte parlait d'un employé fidèle, qui avait été au service de sa mère pendant de nombreuses années. Or Plunkett n'était pas vieux. Il était sans doute âgé d'une quarantaine d'années – il n'avait en tout cas pas plus de cinquante ans. Encore un point qui n'était pas logique. Et si cet homme n'était pas Charles Plunkett ? Et s'il avait volé la lettre de références du véritable majordome ? Dans ce cas, où ce dernier était-il, maintenant ?

Je regardai autour de moi. Aucun domestique ne semblait être dans la maison, à l'exception de Queenie, repartie dans la cuisine. Je rejoignis ma mère, occupée à empiler ses paquets sur une chaise.

— J'ai dit à ta bonne de porter mes emplettes dans ma chambre lorsqu'elle sera revenue avec le sherry et les allumettes, et de demander à Claudette de les ranger.

— Tu es confiante, remarquai-je sans pouvoir réprimer un sourire. Tu connais Queenie. Elle est capable de tomber et d'atterrir sur ton carton à chapeaux.

— Sottises. Je trouve qu'elle se débrouille à merveille. Et je dois reconnaître que sa cuisine est savoureuse. Par ailleurs, si elle commet des bévues à l'office, hors de notre vue, que nous importe ?

— Peux-tu me rendre un petit service ? Si Plunkett réapparaît, retiens-le quelques instants en bavardant avec lui, veux-tu ?

— Qu'est-ce que tu manigances ?

— Je vais juste fureter un peu. Je t'expliquerai plus tard.

Je me dirigeai discrètement vers la porte menant à l'office, l'ouvris et tendis l'oreille. Pas un bruit. J'hésitai néanmoins à descendre jusqu'au petit salon du majordome. Peut-être s'était-il assoupi dans un fauteuil. En revanche, je pouvais visiter sa chambre à coucher. J'empruntai l'escalier principal à l'arrière de l'aile ouest, puis le couloir qui menait à l'escalier de service, placé derrière une porte. Celui-ci était plus raide et dépourvu de tapis, et, brièvement, je pensais avec compassion aux pauvres petites bonnes qui, au fil des siècles, avaient été contraintes de gravir ces marches tous les jours, chargées de cruches d'eau chaude ou de seaux de charbon. C'était aussi là que Rogers avait vraisemblablement fait une chute mortelle. Je comprenais comment un homme âgé, au pas chancelant, avait pu perdre l'équilibre. Il y avait toutefois une solide rambarde sur un côté, à laquelle l'on pouvait se rattraper. Était-il plus vraisemblable que quelqu'un se fût faufilé derrière lui pour le pousser ? Ce que je ne parvenais pas à saisir, c'est que Rogers avait déjà prévu de prendre sa retraite. Selon les dires de maître Eaton, il avait déjà contacté l'agence de domestiques, laquelle avait ensuite envoyé Plunkett. Mais ce dernier n'avait pas encore été engagé à Eynsleigh lorsque Rogers était mort. Qui était le coupable, dans ce cas ?

Pleine de méfiance, je tournai et retournai ces questions dans ma tête. À supposer que Plunkett fût un imposteur, Rogers avait peut-être connu le véritable Plunkett – parfois, les majordomes se connaissent les uns les autres. Il l'avait alors recommandé pour lui succéder parce que c'était un bon domestique de la vieille école. Puis il avait chuté dans l'escalier, il était arrivé quelque chose au vrai Plunkett, et l'homme à présent employé à Eynsleigh avait endossé son rôle. Cette théorie me paraissait plausible. J'atteignis le palier du dernier étage, où étaient situées les chambres du personnel. Lorsque je jetai un coup d'œil dans la première pièce, je fus frappée par son aspect spartiate et austère. Un lit étroit, une commode, deux patères au mur pour y accrocher un manteau et un chapeau. Il n'y avait presque aucun effet personnel, rien pour égayer les lieux. Une femme devait y dormir, car une jolie paire de pantoufles était placée près du lit. Je passai d'une chambre à l'autre le long du couloir. Je reconnus immédiatement celle de Queenie, car elle était déjà en désordre et son affreux manteau était suspendu à la patère.

Au bout du corridor se trouvait la pièce la plus spacieuse. C'était à l'évidence celle où logeait Plunkett. Je vérifiai les alentours, puis entrai. Les lieux n'avaient rien de spartiate : un grand lit confortable, un édredon de satin, des oreillers bordés de dentelle, un tapis sur le plancher et des rideaux de velours devant la fenêtre. Le tout dérobé aux étages du dessous, présumai-je. Je m'approchai de la commode surmontée d'un miroir, sur laquelle était posée une boîte en bois cirée qui contenait deux brosses au manche en argent, semblables à celles que l'on offre généralement à la majorité. J'y découvris des initiales : EP. Le majordome ne s'appelait donc pas Charles Plunkett, mais peut-être lui était-il apparenté. J'entrepris de fouiller les tiroirs, sans y dénicher le moindre papier. Il devait conserver tout document sensible à l'office, dans son secrétaire. Il me fallait découvrir un moyen de l'occuper pendant que je descendrais y fureter. Je m'apprêtais à ressortir de la chambre quand des grincements résonnèrent dans l'escalier. Affolée, je cherchai des yeux une cachette. Derrière la porte ? Derrière les rideaux ? Je m'aperçus alors que j'avais laissé la porte entrebâillée, ce qui allait trahir ma présence. Je m'empressai de la refermer aussi discrètement que possible. Puis, préférant ne pas courir de risque, je me jetai sous le lit. De justesse, manifestement, car le plancher craqua de nouveau et quelqu'un entra.

Pendant que la personne traversait la pièce, je retins mon souffle. Je ne voyais que l'ourlet d'un pantalon marron et, au-dessous, une paire de souliers de daim de même teinte, à semelles de crêpe. L'homme se déplaça rapidement et en silence : il ouvrit un tiroir, puis se retira et referma délicatement la porte derrière lui. Je demeurai allongée un long moment sans oser bouger. Qui était ainsi chaussé parmi la domesticité ? Assurément, ni Plunkett ni McShea, qui portaient des souliers noirs cirés avec leur uniforme. Avais-je remarqué les pieds de Fernando ? Non, mais il n'avait pas non plus de semelles de crêpe, car je me rappelais avoir distinctement entendu ses pas lorsqu'il s'approchait de moi. L'un des jardiniers, dans ce cas ? Celui que nous avions rencontré dans le bois, maman et moi, avait de grosses bottes, j'en étais certaine, et les chaussures en daim étaient un produit de luxe. En outre, Bill Bagley et Ted Hoskins n'auraient pas été autorisés à entrer dans la maison, encore moins à se rendre dans les chambres des domestiques. À moins… à moins qu'il ne se passât quelque chose de louche.

J'avais longtemps vécu à l'abri de certaines réalités de la vie et, le jour où j'avais découvert que des hommes avaient des liaisons avec leurs homologues masculins, cela m'avait stupéfiée. Plunkett était-il l'un d'eux ? Un amant venait-il de lui laisser un message en secret ? Je fus d'abord en pleine effervescence à l'idée que j'avais maintenant une emprise sur lui. Je n'avais pas encore été contrainte de recourir au chantage, mais savait-on jamais… Je m'extirpai de dessous le lit et, du plat de la main, enlevai une bonne quantité de poussière de mes vêtements. Décidément, le ménage laissait vraiment à désirer dans cette demeure ! Je me dirigeai à pas de loup vers la commode et ouvris le tiroir du haut. Un bout de papier avait été glissé entre deux slips soigneusement pliés. Voici ce que j'y lus :

Anticipons. Bateau ce jeudi. Prends garde à ce que tu dis. La nouvelle bonne est plus maligne qu'elle en a l'air.

Je le repliai et le rangeai dans le tiroir. Que signifiait ce message ? Bateau ce jeudi ? Il ne me semblait pas que ce fût le jour de congé hebdomadaire de Plunkett. Avait-il cependant prévu un rendez-vous galant sur la rivière ou une sortie en bateau à Brighton ? Et que devait-il taire en présence de la nouvelle bonne ? Il s'agissait vraisemblablement de Queenie. L'individu qui s'était introduit en douce dans la maison en plein jour avait pris un gros risque pour laisser ce mot. Je m'empressai de gagner la chambre de maman pour regarder par sa fenêtre. Le soleil se couchait et les arbres projetaient des ombres allongées le long de l'allée. Je restai là quelques bonnes minutes sans rien voir. L'intrus se cachait-il dans l'une des pièces inoccupées, attendant de se faufiler hors du manoir sous couvert de la nuit ? Ou bien était-il malgré tout possible qu'il s'agisse de l'un des jardiniers ?

Alors que je rejoignais maman dans le salon, je croisai Joanie dans l'escalier ; elle était chargée d'une pile de linge.

— Quelqu'un est-il sorti de la maison à l'instant, Joanie ? La porte vient de se refermer, j'en suis sûre.

— Pas que je sache, lady de Rannoch, répliqua-t-elle sur un ton suggérant qu'elle s'en moquait éperdument. Je reviens de la buanderie, où on entend rien du tout.

J'attendis qu'elle eût gagné l'étage pour m'avancer vers la porte d'entrée et me glisser à l'extérieur. Je fis le tour du manoir sans rencontrer personne. En passant près de la Bentley, stationnée devant le garage, je humai une odeur d'huile chaude que je connaissais bien. Je m'approchai et m'aperçus que le capot était encore tiède. Quelqu'un s'était servi tout récemment de l'automobile. Si Plunkett l'avait simplement sortie du garage, le moteur n'aurait pas chauffé ainsi, n'est-ce pas ? À moins que quelqu'un l'eût prise pour faire une virée, ce qui expliquerait l'absence des domestiques à notre retour de Londres. Je soupirai. J'en avais assez de soupçonner le pire. Je voulais vivre dans une demeure où tout se déroulait sans accroc.

À peine avais-je rejoint ma mère que le majordome apparut, visiblement essoufflé.

— Je suis désolé, lady de Rannoch, je ne savais pas que Mme la duchesse et vous étiez rentrées.

— Ah, vous voilà, Plunkett, constatai-je d'une voix aimable. À notre retour, nous nous sommes demandé où vous étiez passé, car personne n'était là pour nous accueillir.

— Je m'excuse, lady de Rannoch. J'étais à l'office, occupé à astiquer l'argenterie. Je me suis dit qu'il était temps qu'il y ait de nouveau des bougeoirs convenables sur la table de la salle à manger, maintenant que Mme la duchesse réside ici. Du reste, nous pensions que vous téléphoneriez depuis la gare pour que l'on vienne vous chercher en auto.

— Nous avons pris un taxi, cela nous a paru plus simple, répondis-je.

— Était-ce vraiment une mauvaise nouvelle à propos de votre grand-père, lady de Rannoch ?

— Non, il va très bien, merci, Plunkett. Malheureusement, sa future épouse a fait une crise cardiaque et en est morte. Il est par conséquent extrêmement bouleversé, et je lui ai proposé de venir s'installer ici quelque temps pour se remettre.

— Toutes mes condoléances, lady de Rannoch. Quand ce monsieur arrivera-t-il ?

— Je ne le sais pas encore. Il doit d'abord organiser les obsèques. Mais j'aimerais que l'on lui prépare une chambre.

— Bien entendu, lady de Rannoch.

— Allez donc voir où en sont mon sherry et mes allumettes au fromage, Plunkett, intervint maman. Je suis tout bonnement affamée. Et dites à la cuisinière que nous souhaitons dîner dans une demi-heure.

Il aurait, en effet, été scandaleux de faire passer le bien-être de son père avant son estomac à elle !

28.

Mercredi 3 juillet
Eynsleigh, Sussex

Je suis tellement heureuse à l'idée que grand-papa soit bientôt là. Il saura quoi faire. Je m'inquiète peut-être pour rien. La police retrouvera sûrement M. Broadbent et tout sera arrangé. Pourtant... il reste le problème que pose Charles Plunkett, et j'ai le pressentiment que quelque chose cloche vraiment à Eynsleigh.

La nuit se passa sans incident. Le lendemain, je pris le petit déjeuner avec ma mère. Elle me paraissait beaucoup plus enjouée.

— Je suis contente que ton grand-père vienne. Ce sera comme au bon vieux temps, n'est-ce pas ? Notre famille sera réunie.

Elle fourra dans sa bouche un morceau de toast tartiné d'une épaisse couche de marmelade Cooper's Oxford.

— L'on mange beaucoup mieux ici qu'en Allemagne, déclara-t-elle. Tous ces plats bourratifs et toute cette crème sont tellement mauvais pour la taille et le teint, mais les Allemands aiment les femmes bien en chair, pas vrai ?

— Tu sembles apparemment de plus en plus soulagée de ne pas avoir à épouser Max, fis-je observer.

— Oh non, absolument pas. J'adore Max. Simplement, l'idée de vivre en Allemagne ne m'emballe pas, précisa-t-elle en arborant un air mélancolique. Tiens, pourquoi ne pas aller voir si les jardiniers t'ont obéi et ont enlevé ces effroyables pièges ? J'aimerais bien visiter ce petit belvédère. C'était une époque si heureuse…

— Très bien. Mais tu ferais mieux de mettre tes chaussures de marche.

C'était une matinée fraîche et vivifiante et, comme un fort vent d'ouest soufflait, nous enfilâmes une veste par-dessus nos robes d'été. Maman se désola aussitôt de ne pas avoir mis un foulard sur sa tête.

— Claudette va devoir passer des heures à recoiffer mes boucles.

— Il n'y a personne ici pour s'en rendre compte, à part moi, fis-je remarquer.

Alors que nous arrivions à l'arrière du manoir, je fus ravie de voir le vieux Ben se diriger à grandes enjambées vers le potager.

— Ben ! l'appelai-je. Soyez le bienvenu.

Il porta la main à sa casquette.

— Bien le bonjour, lady Georgiana. C'est une belle journée, hein ?

Nous l'accompagnâmes et tombâmes sur les deux jeunes jardiniers, en train d'empiler des cagettes remplies de laitues ; en nous voyant approcher, ils affichèrent des mines coupables.

— Ces salades sont-elles destinées au magasin du village ? demandai-je. Vous êtes-vous assurés qu'il y en avait assez pour notre consommation ?

— Oui, lady de Rannoch, marmonna Bill en décochant un bref coup d'œil à Ted.

— Je viens avec un spécialiste, qui va vous superviser, expliquai-je. Voici Ben. Il a travaillé toute sa vie sur ce domaine. Grâce à lui, l'endroit retrouvera sa magnificence en un rien de temps. Et il sera directement sous mes ordres.

Visiblement, cela déplut à Hoskins et Bagley.

— Au fait, à propos des pièges à hommes, continuai-je en les dévisageant tour à tour droit dans les yeux. Ben m'apprend que sir Hubert n'en aurait jamais fait poser et que leur présence sur ses terres l'aurait horrifié. Avez-vous obéi à mes ordres ?

— En fin de compte, on en a trouvé aucun, lady de Rannoch, reconnut Ted Hoskins, baissant la tête pour éviter de croiser mon regard. C'est sûrement les employés précédents qui ont menti pour nous jouer un tour.

— Ma foi, c'est un soulagement, n'est-ce pas ? Je n'aurais pas voulu que l'un de vous finisse par se blesser dans son propre piège.

Ils ébauchèrent un pâle sourire. J'étudiai alors leurs pieds : chacun portait de lourdes bottes de campagnard. Aucun d'eux n'était donc l'énigmatique intrus.

— Bien, nous vous laissons travailler, dans ce cas, ajoutai-je en leur adressant un sourire radieux. Nous allons nous promener sur le domaine. Ma mère a hâte de revoir le belvédère dont elle garde le souvenir.

— Faites donc attention aux daims, hein, m'dame ! lança Bill. Ils peuvent attaquer si on les surprend.

— Je suis ravie d'apprendre qu'il en reste dans le parc, déclarai-je. J'adorais les observer quand j'étais enfant. Merci. Nous prendrons garde à ne pas nous en approcher.

Tandis que nous nous éloignions, j'entendis la voix de Ben :

— Allez, vous deux. Commençons par le plus important : les bordures d'herbacées. Vous devriez avoir honte.

Je me demandai s'ils supporteraient longtemps de rester ici avec ce vieux jardinier. Je me dirigeai exprès vers l'endroit où, deux jours auparavant, l'on avait fait un feu. Peine perdue. D'autres branches et déchets de jardinage avaient été empilés pour être brûlés à leur tour. Nous poursuivîmes notre chemin dans les bois, en direction du belvédère. Cette fois, nous le trouvâmes assez facilement, mais il était dans un si piteux état que maman lâcha un petit sanglot de désespoir. Les longues vrilles du lierre qui tombaient du toit semblaient prêtes à s'emparer de quiconque essaierait d'entrer. Sur le sol de marbre s'entassaient des couches de feuilles mortes, les marches qui menaient à l'intérieur étaient fissurées et de jeunes plants d'arbre poussaient entre les pierres.

— Mon beau belvédère, se lamenta ma mère. Si Hubert le voyait ainsi, il en aurait le cœur brisé. Il faut que les jardiniers s'en occupent séance tenante, Georgie.

— Ce n'est vraiment pas une priorité. Il y a déjà de nombreuses plates-bandes à désherber et d'arbustes à élaguer. J'ai l'impression qu'ils se sont exclusivement consacrés au potager afin de vendre les récoltes.

— Mais c'est révoltant ! À ta place, je les renverrais tous les deux.

— Le problème, c'est que je ne suis pas réellement habilitée à renvoyer qui que ce soit, expliquai-je. Crois-moi, si cela ne tenait qu'à moi, Plunkett aurait déjà plié bagages à l'heure qu'il est. Fernando également. Et Joanie aussi, d'ailleurs.

— J'ai, en effet, connu des domestiques plus qualifiés qu'eux, reconnut maman. Ils manquent quelque peu d'enthousiasme. Lorsque l'on se réjouit d'être servie par Queenie, ce n'est pas bon signe.

Cette observation m'amusa, et nous quittâmes le belvédère en gloussant.

— J'ai une idée, repris-je. Quand grand-papa sera là, nous nous y attaquerons en famille. Nous viendrons avec des cisailles et des râteaux, et nous redonnerons à ce lieu sa splendeur d'antan en un clin d'œil.

— Oui, c'est parfait. Cela m'occupera et me distraira de mon chagrin, affirma-t-elle, l'air satisfait. Et la petite chapelle ? Je me demande si la végétation l'a elle aussi envahie. Elle n'est pas loin du belvédère.

— Non, elle est en très bon état. Je suis tombée dessus hier, de façon fortuite.

— Tu es revenue hier ? Avant de savoir si les jardiniers avaient enlevé les pièges ? Georgie, où avais-tu la tête ? me réprimanda-t-elle.

— Lorsque l'un d'eux a parlé de ces pièges, je ne l'ai pas vraiment cru. À mon avis, c'était un prétexte pour nous empêcher de venir jusqu'ici.

— Et pour quelle raison ?

— Je l'ignore. Une autre de leurs combines lucratives, j'imagine.

— Tu as donc visité la chapelle ?

— Oui, et elle est en assez bon état. Un peu poussiéreuse, mais tout était à sa place.

— Et cette affreuse crypte ? Qu'en as-tu pensé ?

— Une crypte ? Je ne l'ai pas remarquée.

— Vraiment ? Un endroit absolument effroyable.

— Je n'ai vu ni porte ni escalier pouvant y mener.

— Oh, maintenant que j'y songe, l'entrée est à l'arrière. Hubert ne m'y a emmenée qu'une seule fois. Le lieu m'a paru extrêmement angoissant, avec tous ces Anstruther empilés les uns sur les autres le long des murs.

— Que veux-tu dire ?

— Leurs cercueils, chérie. C'est leur caveau de famille. Ils y sont tous ensevelis.

— Il faut que je voie cela.

— Je n'y descendrai pas avec toi, sache-le.

— Tu peux faire le guet et m'avertir si quelqu'un approche, proposai-je.

Nous trouvâmes la chapelle très aisément et, cette fois, nous gagnâmes l'arrière, où avait été aménagée dans le mur une solide petite porte en chêne d'un mètre vingt de hauteur environ. D'impressionnants barreaux en fer forgé la décoraient. J'ouvris le loquet et découvris un escalier raide qui se perdait dans l'obscurité. Je dus convenir que ma mère avait raison : l'endroit ne paraissait pas des plus accueillants.

— Ne laisse pas la porte se refermer derrière moi, dis-je avant d'entamer la descente.

Les parois me parurent froides et humides au toucher. Heureusement, il n'y avait que huit marches, et je m'immobilisai sur la dernière afin d'observer la crypte. Même dans la pénombre, je compris ce que ma mère avait voulu dire. Tout autour des murs, des cercueils étaient placés dans des renfoncements, les uns au-dessus des autres, chacun portant une inscription. HENRY WILLIAM ANSTRUTHER, 1745-1789. JULIA MARIA ANSTRUTHER, 1648-1720. À même le sol étaient posés des tombeaux apparemment plus élaborés, dont l'un était décoré d'une sculpture représentant un chevalier endormi, et un autre surmonté d'une plaque de marbre noir. C'était vraiment à donner la chair de poule.

Je n'avais pas envie d'aller plus loin, mais je devais m'assurer que rien n'était caché derrière l'un de ces cercueils. J'étais sur le point de descendre la dernière marche quand je remarquai le sol poussiéreux, jonché de vestiges de feuilles mortes qui s'étaient accumulées au fil des ans : l'une d'elles, encore verte, avait commencé à se recroqueviller. Et, près du bas de l'escalier, je repérai également des empreintes de pas. Quelqu'un chaussé de grosses bottes était venu ici récemment.

29.

Mercredi 3 juillet
Eynsleigh, Sussex

La situation devient assez effrayante. S'il te plaît, dépêche-toi de nous rejoindre, grand-papa !

Je m'avançai sur la pointe des pieds et regardai par-dessus la plaque de marbre noir. Je ne vis rien, mais cet endroit avait bel et bien éveillé mes soupçons. Quel était le lieu idéal pour se débarrasser d'un cadavre ? Une crypte où d'autres corps étaient déjà ensevelis, évidemment. Était-il possible de vérifier si l'un des cercueils avait été ouvert récemment ? Il faisait néanmoins trop sombre et, en toute franchise, je ne tenais pas à m'en charger seule. La perspective de tendre la main dans l'un des renfoncements et de toucher Dieu sait quoi ne me tentait guère ! De plus, il aurait été inutile de demander à ma mère de me soutenir moralement. Elle se dérobait constamment à toute obligation déplaisante. Il ne me restait plus qu'à attendre l'arrivée de mon grand-père pour poursuivre mon exploration en sa compagnie. Et si nous découvrions ce qui, comme je le suspectais, était dissimulé là, nous irions directement trouver la police avec des preuves.

Entre-temps, il me fallait me faire à l'idée qu'un meurtrier au moins vivait sous le même toit que nous. Si le corps de M. Broadbent était enterré dans cette crypte, il avait probablement fallu deux hommes costauds pour le transporter jusqu'ici. Justement, si lady Anstruther l'avait tué accidentellement lors de l'une de ses crises violentes, elle avait eu besoin de l'assistance d'autres membres de la maisonnée pour dissimuler le cadavre – comme le prouvait l'empreinte de botte.

Je ressortis de la crypte, refermai la porte derrière moi et décochai à maman mon sourire le plus jovial.

— Je comprends pourquoi tu n'as pas voulu descendre avec moi. C'est d'un macabre ! ajoutai-je, frémissante.

— Hubert n'était pas de cet avis. Il était extrêmement fier que tous ses ancêtres soient réunis en un seul lieu. Il a même déjà choisi son propre emplacement.

Nous nous éloignâmes d'un pas rapide, toutes deux désireuses de regagner les pelouses à découvert. J'aperçus les jeunes jardiniers occupés sur une plate-bande qui longeait l'allée. Quant à Ben, il taillait l'une des haies ornementales, laquelle en avait bien besoin. Grâce à ses habiles coups de cisailles, elle avait déjà retrouvé sa forme d'oiseau. Il nous adressa un petit signe de tête.

— Vous avez fait une bonne promenade, lady Georgiana ? demanda-t-il.

— Excellente, Ben, merci.

Une fois à l'intérieur, je vérifiai qu'une chambre correcte avait été préparée pour mon grand-père, du côté ensoleillé de la maison et assez près de la salle de bains. Puis j'ouvris grand toutes les fenêtres pour faire entrer le bon air. Je me rappelai soudain que c'était dans cette pièce que je m'étais rendue lors de ma première nuit dans ce manoir, après avoir entendu un crissement de pneus sur le gravier. J'avais découvert qu'elle ne contenait que des cadres de lit recouverts de draps, alors que j'avais été certaine de l'avoir vue entièrement meublée. Je réfléchis, debout devant la fenêtre. Tant de choses n'avaient aucun sens. Pourquoi avoir déplacé le mobilier avec tellement de précipitation, et pourquoi avoir fait croire qu'il était encore là ?

La journée me parut interminable et, dans mon agitation, je ne cessai de faire les cent pas. Et si grand-papa décidait de rester à Londres pendant une semaine pour organiser les obsèques de Mme Huggins ? Devais-je contacter l'inspecteur Travers sans attendre ? Une petite voix me chuchotait toutefois une pensée inquiétante : au cas où la police ne trouverait rien, les domestiques sauraient alors que je les suspectais. Et si le corps était caché ailleurs que dans la crypte, s'il se passait quelque chose de vraiment louche à Eynsleigh, je serais peut-être la victime suivante – il suffirait que l'on me fît dégringoler dans l'escalier ou qu'on ouvrît de nouveau le robinet du gaz dans ma chambre pendant mon sommeil pour se débarrasser de moi.

Queenie fit une apparition juste après dix-huit heures et me demanda si j'avais besoin d'elle pour m'habiller avant le dîner.

— Ce soir, c'est une tourte. Et j'ai laissé Fernando s'occuper des patates et des légumes. Il risque quand même pas de louper son coup.

— Il est vraiment si déplorable que cela ? m'enquis-je en passant ma robe de coton par-dessus ma tête.

— Fichtre oui ! Il est complètement nul, si vous voulez mon avis. J'sais pas où il a été employé avant, mais c'est toujours le bazar quand il travaille dans la cuisine.

— Et que pensez-vous des autres ?

Queenie pinça les lèvres.

— J'vais vous dire une chose, mam'zelle. Ils seraient pas restés cinq minutes dans une maison convenable comme celle de votre frère. Personne respecte l'majordome. Ils ont des tenues négligées. Et cette Joanie, qu'est censée être la bonne, elle fume dans la cuisine. Voyez-vous ça !

Ces remarques, énoncées par la femme de chambre la plus irrécupérable qui soit, auraient été cocasses si elles n'avaient été autant inquiétantes. Qui donc avait recommandé ces gens au notaire ? Pourquoi personne n'avait-il veillé à embaucher des serviteurs compétents et dignes de confiance ?

Queenie termina de fermer les boutons placés dans le dos de ma robe tout en continuant de papoter.

— Et cette Joanie, elle se donne de grands airs, vous pouvez m'croire. Elle m'a dit qu'elle était pas faite pour être bonne, et que celles qui l'devenaient étaient pas assez futées pour trouver un vrai boulot, précisa-t-elle, tandis que ses yeux croisaient les miens dans le miroir. J'lui ai donc demandé ce qu'elle fichait là, et elle a répondu qu'elle allait pas rester longtemps, que j'pouvais en être sûre.

— Intéressant, murmurai-je.

Queenie acheva de m'habiller sans rencontrer le moindre problème... ou presque : pour une raison inexplicable, ma brosse se coinça dans mes cheveux et, pendant un long et douloureux moment, elle s'escrima à la libérer.

— Désolée, mam'zelle, s'excusa-t-elle, rouge d'avoir fourni tant d'efforts. J'ai essayé d'passer gentiment votre coupe au carré sous la brosse, mais pas moyen. Et maintenant, j'arrive plus à l'enlever. Chaque fois que j'tire, ça s'emmêle encore plus, expliqua-t-elle en joignant le geste à la parole. Vous voulez que j'aille chercher des ciseaux pour couper tout ça ?

— C'est hors de question. Je n'ai pas envie qu'il me manque des mèches.

— Et si j'la laissais pour l'instant en la cachant avec un nœud ?

— Oh, je vais m'en occuper, répliquai-je en tâtant l'arrière de mon crâne. Queenie, vous devriez retourner à la cuisine, où vous provoquez moins de catastrophes.

— Désolée, mam'zelle, répéta-t-elle avec un air de chien battu. J'fais de mon mieux. Mais j'suis pas douée pour certains trucs, voilà tout.

Tandis qu'elle regagnait l'office et que je parvenais à extirper la brosse de ma chevelure, je pris conscience d'une chose : j'étais heureuse qu'elle fût restée la même Queenie, encline à commettre des bévues. Il lui arrivait sans doute de faire tomber un poulet sur le sol de la cuisine sans que nous en sachions rien. Mais, au moins, je me sentais à l'aise en sa compagnie. Lorsque Fernando serait renvoyé, la garderais-je comme femme de chambre ou devrais-je lui proposer un poste de cuisinière adjointe ? Tout cela était encore loin. Il me fallait d'abord affronter le présent immédiat.

Je venais de rejoindre ma mère pour prendre un verre de sherry quand Plunkett vint me trouver.

— Un individu demande à vous voir, lady de Rannoch.

— Un individu ? Quel genre d'individu ?

— Un homme âgé appartenant visiblement aux classes inférieures, lady de Rannoch. Je lui ai dit de se présenter à la porte de service. Cela l'a mécontenté de devoir faire le tour de la maison, vu qu'il portait une valise plutôt volumineuse.

Pendant qu'il s'exprimait ainsi, je me levai brusquement, le bousculai pour sortir du salon et me précipitai vers l'entrée. Il avait commencé à pleuvoir, et le visiteur était sur le point de passer le coin du bâtiment.

— Grand-papa ! hurlai-je en essayant de m'élancer derrière lui.

Malheureusement, je posai un pied dans une flaque particulièrement boueuse et l'un de mes souliers de soirée en satin y resta englué. Je l'abandonnai et me remis à courir avec une seule chaussure.

— Grand-papa, attends !

Cette fois, il dut m'entendre, car il s'arrêta et se retourna.

— Reviens, espèce de vieux sot ! lançai-je en ouvrant grand les bras.

— Mais l'autre bonhomme m'a dit d'faire le tour.

J'arrivai près de lui et lui pris sa valise.

— Et moi, je tiens à ce que tu passes par la porte principale. Dépêche-toi, nous serons bientôt trempés.

— Il m'a pris pour le nouveau larbin, j'en suis sûr, gloussa-t-il.

— Pourquoi ne pas lui avoir expliqué qui tu étais ?

— Il m'en a pas vraiment laissé l'temps. Il m'a juste regardé d'la tête aux pieds avant d'ordonner : « Faites le tour. Prenez la porte de service. »

— Merde, quel culot ! m'exclamai-je, ce qui déclencha de nouveau son hilarité.

— J'aurais jamais pensé que j'entendrais une dame comme toi parler comme ça.

— Vu les circonstances, c'est tout à fait opportun, tu ne crois pas ?

Je glissai mon bras sous le sien et le guidai jusqu'au perron. Le majordome, qui venait de s'emparer d'un parapluie, descendait les marches.

— Je suis navré, lady de Rannoch. Vous voyez, j'ai cru que…

— Plunkett, voici mon grand-père, l'interrompis-je.

— Votre grand-père ? répéta-t-il, quelque peu interloqué.

— C'est exact. Et vous devez le traiter avec le même respect dont vous faites montre envers ma mère et moi, est-ce clair ?

— Oh oui, lady de Rannoch. Absolument !

Nous rentrâmes dans le hall. Le majordome reposa le parapluie.

— Puis-je vous aider à ôter votre manteau, monsieur ? proposa-t-il. Quant à vous, lady de Rannoch, vous êtes bien mouillée, je le crains. Puis-je vous suggérer d'aller vous changer avant d'attraper froid ?

— J'y vais de ce pas. Dites à la cuisinière que nous serons trois à table. Et envoyez quelqu'un récupérer le soulier que j'ai laissé dans une flaque.

Une fois que Plunkett eut débarrassé grand-papa de son manteau, je le conduisis à sa chambre. En la découvrant, il parut consterné.

— Oh non, mon canard.

— Elle ne te plaît pas ? Je l'ai choisie exprès pour toi parce qu'elle est agréable, ensoleillée, et sa décoration n'est pas trop recherchée.

— Oh, le prends pas mal, répondit-il en regardant autour de lui d'un air effaré. C'est une pièce épatante, pour sûr. Simplement, j'm'y sentirais pas à mon aise. C'est trop beau pour quelqu'un comme moi.

— Sottises ! objectai-je. Tu es mon grand-père, je suis ici chez moi, et je tiens à ce que tu occupes l'une des chambres les plus confortables.

— Bon, si tu l'dis, ma chérie.

Je lui pris la main et la serrai dans la mienne.

— Je veux que tu sois heureux ici. Et ne laisse pas les domestiques te marcher sur les pieds – surtout Plunkett.

— Ce type grassouillet ? C'est le majordome, c'est ça ?

— Oui, et il me cause quelques soucis. Mais je ne vais pas t'ennuyer avec cela ce soir. Demain, nous irons nous promener et je te raconterai tout.

— Tu frissonnes, constata-t-il en m'observant. Va donc enlever cette robe trempée.

— Très bien, consentis-je. Ne te donne pas la peine de défaire tes bagages maintenant. Je reviens te chercher dans un instant pour aller boire un sherry avec maman.

Il opina du chef et se tourna vers la fenêtre.

À mon retour, je le découvris assis sur son lit, comme un petit garçon perdu le jour de la rentrée des classes au pensionnat. J'avais revêtu ma robe d'intérieur de soie – je n'avais apporté qu'une robe longue de soirée. J'espérais que Clotilde n'avait pas oublié de me faire envoyer mes malles et qu'elle n'attendait pas que je lui en fasse la demande.

— Allons-y, grand-papa.

Tout en descendant l'escalier, il regarda autour de lui d'un air intimidé.

— C'est une bien belle maison que t'as là, déclara-t-il. Elle est grande, hein ? Ça va te plaire, de vivre ici ?

— Par la suite, oui, une fois que Darcy et moi serons mariés. Pour l'heure, je suis contente que vous soyez auprès de moi, maman et toi. De plus, tu peux rester aussi longtemps que tu le voudras.

Dans le salon, je vis que ma mère avait presque terminé les allumettes au fromage.

— Un sherry ? proposai-je à mon grand-père, qui s'était immobilisé sur le seuil, manifestement gêné. Ou préférerais-tu un whisky ? Je suis certaine que nous en avons.

— J'bois pas beaucoup, tu sais, ma chérie. Mais j'arriverai bien à descendre une p'tite lampée de sherry, je suppose. À la maison, on buvait du sherry et du porto juste pour Noël.

Je lui versai un verre. Non sans nervosité, il s'assit au bord du canapé, à côté de maman.

— Comment se déroulent les préparatifs des obsèques ? m'enquis-je.

Il haussa les épaules.

— La famille de Hettie s'occupe de tout. Sa fille veut qu'elle soit enterrée avec le défunt M. Huggins. J'crois pas qu'elle aurait apprécié ; elle me disait tout l'temps que c'était un mauvais mari. Mais ils ont apparemment acheté une concession pour deux personnes, et leur fille va pas en payer une autre. J'suis donc mis sur la touche, pas vrai ? Je leur ai dit que j'reviendrais samedi pour la cérémonie.

— Je t'accompagnerai.

— C'est pas la peine.

— Tu n'auras pas envie d'y aller seul, dis-je en lui tapotant la main.

— T'es une gentille fille, affirma-t-il en me décochant un sourire lumineux.

L'on nous annonça que le dîner était servi ; il se composait d'une tourte à la viande de bœuf et aux rognons, un plat sans prétention mais réussi. Mon grand-père, approbateur, hocha la tête.

— C'est une bonne cuisinière qu'vous avez là.

— C'est Queenie qui a préparé le repas.

— Queenie ? La petite-nièce de Hettie ? Celle qu'a fait exploser la gazinière de ses parents ?

— En personne. Elle est devenue excellente cuisinière. C'est surprenant, n'est-ce pas ?

— Les siens me croiront jamais quand j'leur dirai. Ils avaient hâte de se débarrasser d'elle.

Pendant que nous discutions, je pris conscience que je n'avais pas appris à Queenie que sa grand-tante était morte. J'oubliais toujours qu'elles étaient apparentées – or c'était par l'intermédiaire de Mme Huggins que j'avais pu l'engager.

— Elle voudra sans doute être présente elle aussi samedi. Nous devrions tous nous y rendre en automobile.

Après le dîner, je la fis chercher. Elle entra dans le salon en s'essuyant les mains sur son tablier.

— Y a un problème, mam'zelle ? La tourte vous a pas plu ?

— Le repas était parfait, merci, Queenie. Simplement, comme vous pouvez le constater, mon grand-père est venu séjourner ici car, malheureusement, votre grand-tante Hettie est morte.

— Ouais, j'ai appris ça à l'office quand Plunkett nous a dit que votre grand-papa était arrivé, répliqua-t-elle avec un large sourire. Il avait apparemment cru que ça s'rait un vieux duc ou un aristo de ce genre. Il nous a conseillé de bien nous conduire.

— Ça lui a fait un choc, pas vrai ? commenta grand-papa, tout sourire lui aussi. Il s'attendait à autre chose !

— Autre chose ? protestai-je. Tu es aussi important que n'importe quel duc. Ces domestiques ont assurément intérêt à se tenir correctement. Quant à vous, Queenie, je présume que vous souhaitez assister aux obsèques de votre grand-tante, qui auront lieu ce samedi. Nous irons en voiture.

— Ouais, j'ferais mieux de venir, j'imagine.

La perspective de revoir sa famille ne suscitait visiblement pas son enthousiasme.

— Vous pourrez expliquer aux vôtres que vous êtes cuisinière dans une grande maison, maintenant.

Son visage s'illumina.

— C'est vrai ! Ça va les épater, hein ? Et vous serez là pour leur dire que j'raconte pas de bobards. Et que j'ai pas fait de dégâts dans votre cuisine.

Pas encore, ajoutai-je pour moi-même.

30.

Jeudi 4 juillet,
Eynsleigh, Sussex

Je me sens tellement mieux, maintenant que grand-papa est là. Grâce à toute l'expérience acquise pendant les années où il était dans la police, il saura si quelque chose cloche réellement à Eynsleigh ou si mon imagination me joue des tours.

Le lendemain matin, je me levai tôt et fus soulagée de voir qu'il avait cessé de pleuvoir. Une nappe de brume planait au-dessus du parc et semblait amplifier le chant des oiseaux. Un coucou lança un appel clair et sonore qui couvrit la cacophonie des ramiers, des grives et des merles. En d'autres circonstances, j'aurais apprécié de rester devant la fenêtre pour admirer la vue mais, ce jour-là, j'étais trop tendue. Je tenais à montrer la crypte à mon grand-père dès que possible et à régler cette affaire une bonne fois.

Lorsque je sortis de ma chambre, il passa la tête par sa porte.

— Oh, t'es debout, mon canard. J'me demandais quand les choses se mettaient en branle dans cette maison.

— En temps normal, jamais d'aussi bonne heure. Tu es déjà lavé et habillé ?

— Eh oui. J'ai toujours été lève-tôt.

— Dans ce cas, allons prendre un thé.

— C'est pas de refus.

— Tu sais, si tu as besoin de quoi que ce soit, tu peux toujours tirer sur le cordon de la sonnette qui se trouve dans ta chambre. L'un des domestiques viendra, et tu pourras lui dire de t'apporter une tasse de thé.

— Oh, j'y arriverais pas. J'suis pas habitué à ton mode de vie, mon canard. J'me suis toujours débrouillé tout seul.

Une fois dans la salle à manger, je sonnai, et Fernando finit par apparaître. Queenie ne se montra pas – je la soupçonnais de faire la grasse matinée. L'on nous apporta un breuvage qui avait l'aspect d'eau de vaisselle. Mon grand-père le renifla.

— C'est quoi, ce truc ?

— C'est ainsi que Fernando prépare le thé. Je demanderai à Queenie de t'en faire un qui soit buvable.

— Et pourquoi est-ce qu'il a embauché un cuisinier espagnol, ce sir Hubert ?

— Si seulement je le savais. La plupart du personnel est apparemment arrivé depuis peu, il est donc fort possible que ce soit Plunkett qui l'ait engagé. Le majordome apprécie sans doute la gastronomie espagnole, à moins que ce ne soit du goût de la vieille dame.

— Quelle vieille dame ?

Je lui parlai alors de la mère de sir Hubert et de sa situation, et le visage de mon grand-père s'éclaira.

— Elle aura peut-être envie de recevoir un vieux schnock comme moi. On pourra bavarder du temps jadis.

— Elle ne bavarde pas. Elle jette des objets sur ses visiteurs, et des oiseaux volent dans la pièce avant de se poser sur leur tête.

À la vue de son expression intriguée, je m'esclaffai.

— Elle est vraiment toquée, grand-papa.

— Oh, je vois. Merde. Je t'envie pas, avec cette bande de serviteurs bizarres et une vieille bonne femme timbrée.

— Je ne m'envie pas non plus, concédai-je. Raison pour laquelle je souhaite te parler.

Je regardai autour de nous. La maison était plongée dans le silence, mais je savais que les domestiques étaient capables d'entendre presque tout ce qui pouvait se dire.

— Et si nous allions nous promener ? proposai-je. Je vais te montrer le domaine et te présenter à Ben, l'un des jardiniers, s'il est là aujourd'hui. Vous vous entendrez à merveille, tous les deux.

Nous enfilâmes une veste, car le vent était bien frais. Alors que nous passions derrière la demeure, des freux se réveillaient en croassant dans un grand if. Hoskins et Bagley n'étaient pas dans les parages.

— C'est un joli parc. Bon Dieu, on s'croirait aux Kew Gardens[1].

— Oui, c'est vraiment un domaine magnifique, et je compte bien lui rendre sa splendeur passée. J'ai déjà pu remettre la fontaine en marche. Mais les pelouses et les parterres ont besoin d'être mieux entretenus.

— Vous faites pousser de bien beaux haricots, à c'que je vois. Et des courgettes. C'est un joli petit potager.

— C'est la seule partie du jardin qui prospère. Les jardiniers vendent l'excédent de ce qu'ils produisent.

— Allons donc ! Ça se fait, d'habitude ?

— Pas à ma connaissance. Mais comme sir Hubert les y a autorisés, je suppose que cela ne pose pas de problème. Simplement, j'ai demandé à ce que le magasin de fruits et légumes du village ne les paie plus directement et verse plutôt l'argent sur le compte de

1. Jardins botaniques célèbres situés dans le sud-ouest de Londres, créés en 1759.

la maisonnée. Et j'entends bien vérifier le budget du domaine une fois par semaine. Plunkett a détourné des fonds, j'en suis certaine.

— Bon Dieu, c'est une drôle de bande que t'as là.

— Je sais. Et, en toute franchise, je suis inquiète.

Sur ce, j'entrepris de lui raconter tout ce qui s'était produit depuis mon arrivée. Mon grand-père parut soucieux à son tour.

— Quelqu'un a ouvert le robinet du gaz ? À mon avis, c'était pas un accident, ma chérie. Et le conseiller financier ? Pourquoi on aurait voulu liquider ce type, hein ?

— Je me suis dit que lady Anstruther l'avait peut-être tué sans le vouloir, en lui lançant un objet lourd à la figure, par exemple.

— Et les domestiques auraient accepté d'la protéger ? Il faudrait qu'ils soient rudement loyaux, vu qu'ils pourraient tous être accusés de complicité de meurtre.

— Je sais, tout cela n'a aucun sens, reconnus-je. Voilà pourquoi je voulais que tu m'accompagnes ce matin. J'ai quelque chose à te montrer.

Nous avions traversé les pelouses, et la partie du domaine laissée à l'état sauvage se déployait devant nous. Nous empruntâmes un sentier étroit qui descendait vers le bois. Sans échanger un mot, nous gagnâmes bientôt la chapelle, au milieu de la clairière.

— Ça alors, ça m'en bouche un coin ! C'est une église bougrement petite.

— Oui, c'est la chapelle des Anstruther. Comme ils étaient catholiques, il leur fallait célébrer la messe en secret, à l'époque où ces derniers étaient brûlés sur le bûcher.

J'ouvris la porte et le laissai jeter un coup d'œil à l'intérieur, puis je le conduisis à l'arrière. Nous nous immobilisâmes devant l'entrée du caveau.

— Maman m'a appris l'existence de cette crypte sous la chapelle, là où tous les Anstruther sont ensevelis, expliquai-je.

Je lui relatai donc ma visite de la veille, lui parlant entre autres de la feuille et de l'empreinte de botte que j'avais remarquée.

— Je me suis demandé si l'un des cercueils n'avait pas été ouvert récemment. Ce serait l'endroit idéal pour dissimuler un corps, n'est-ce pas ?

— Merde alors. Tu crois pas que tu devrais aller trouver la police ? Laisse-les donc fouiner dans un vieux caveau.

— J'y ai pensé. Simplement, je me trompe peut-être. Et si aucun cadavre n'est caché là ? Et si le corps a été enterré ailleurs ? En outre, supposons que je fasse appel à l'inspecteur : les coupables sauront que je les soupçonne, et ils pourraient s'en prendre à moi. Ils me pousseraient sans doute dans un escalier, comme Rogers.

— Je crois qu'on devrait tous rentrer à Londres pour l'instant, trancha mon grand-père. Et attendre que ton Darcy puisse venir ici pour tout régler.

C'était bien la dernière chose qu'il aurait dû me proposer. Attendre que la damoiselle en détresse fût secourue par le beau prince ? Par le passé, mon fiancé m'avait parfois tirée de situations difficiles, et je lui en étais fort reconnaissante. Mais je voulais commencer notre vie maritale sur un pied d'égalité, et je refusais d'être une femme sans défense qui avait besoin d'un protecteur.

— Je tiens à aller au fond de cette affaire. Dès que j'aurai la preuve d'un méfait, j'alerterai la police, je te le promets.

Je pris une profonde inspiration avant de pousser la porte de la crypte.

— Il n'y a pas de lumière, prévins-je. J'aurais dû apporter une lampe électrique. Suis-je bête !

— On a qu'à caler la porte pour qu'elle reste ouverte, conseilla mon grand-père en ramassant une pierre.

— Prends garde dans l'escalier, il est assez raide.

Nous descendîmes en nous tenant à la paroi. Je m'arrêtai sur la dernière marche.

— Regarde, fis-je en indiquant l'empreinte de botte.

— Ça fait peut-être un bail qu'elle est là. En tout cas, cet endroit m'fiche la trouille.

— Et il y fait un froid affreux. Allons, finissons-en au plus vite.

Nous fîmes le tour de la crypte en examinant chacun des cercueils sans rien relever d'étrange ni de suspect. Puis grand-papa s'immobilisa devant l'une des tombes de marbre posées à même le sol.

— Tiens tiens.

Mon cœur palpitait si fort que je crus entendre l'écho de ses battements se répercuter sur le plafond en voûte.

— Quoi donc ?

— Tu vois ce cercueil ? On l'a déplacé récemment. Regarde par terre. En plus, y a pas de poussière sur le couvercle.

Il s'agissait d'un sarcophage de marbre blanc qui se trouvait contre le mur du fond ; plus petit que certains, il était orné d'une sculpture représentant une dame endormie en costume médiéval. Grand-papa et moi échangeâmes un coup d'œil.

— Nous ne sommes pas assez forts pour soulever le couvercle, n'est-ce pas ? C'est une épaisse plaque de marbre.

— Non, mais on a qu'à le faire glisser sur le côté, juste assez pour voir ce qu'il y a dedans, suggéra-t-il.

Ma gorge se serra. J'avais envie de voir ce que ce cercueil contenait, tout en répugnant à poursuivre.

— D'accord, essayons, décidai-je.

En poussant de toutes nos forces, nous sentîmes bientôt le couvercle bouger de quelques centimètres.

— Attends, dit mon grand-père. J'vais monter chercher un bout de bois.

Il grimpa les marches avec une agilité impressionnante pour un homme de son âge et revint avec une branche morte. Il en coinça l'extrémité la plus fine dans l'interstice, puis, s'en servant de levier, l'abaissa. Tandis que la plaque de marbre se soulevait légèrement, une odeur atroce s'échappa du sarcophage, et nous eûmes tous deux un mouvement de recul.

— Oh, mon Dieu ! m'exclamai-je en couvrant mon nez de ma main.

— J'ai connu pire. Les cadavres de fraîche date sentent beaucoup plus mauvais. J'dirais que celui-ci est là depuis un certain temps.

— Vraiment ?

Il opina du chef. Nous nous approchâmes de nouveau. Alors que je m'attendais à voir un crâne chauve et un costume noir, ce fut une longue chevelure blanche que j'aperçus d'abord. De vrais cheveux, cette fois, et pas de la fourrure. Ils encadraient un visage… Un visage dont la chair, toujours visible, s'était ratatinée. Et, au-dessous, une chemise de nuit blanche.

— C'est une vieille femme, constata mon grand-père.

Je l'examinai de plus près en essayant de donner un sens à ce que je voyais.

— À ton avis, depuis combien de temps est-elle morte ? demandai-je.

— Quelques mois, peut-être. Pas longtemps, en tout cas.

— Sapristi ! m'exclamai-je, incapable d'en dire davantage.

— C'est qui, d'après toi ?

— Je n'en ai pas la moindre idée. Une Anstruther, je suppose. Cependant, puisque sir Hubert est absent, qui s'est chargé de la faire ensevelir dans cette crypte ? Un autre membre de la famille ? Par ailleurs, est-il normal qu'elle ait été enterrée en chemise de nuit ?

Je m'interrompis en entendant un bruit près de la porte. Une seconde plus tard, celle-ci se referma brusquement, et nous fûmes plongés dans le noir total.

31.

Jeudi 4 juillet

Au moins, j'ai eu raison d'avoir un mauvais pressentiment sur la situation à Eynsleigh. Mais j'aurais sans doute dû immédiatement aller trouver la police pour leur faire part de mes soupçons. Maintenant, nous voilà dans de beaux draps !

L'espace d'une seconde, je fus trop effrayée pour réagir. Puis je m'élançai en avant d'un pas trébuchant, suivant à tâtons les cercueils de marbre glacials pour atteindre le mur. Je fis le tour du caveau et finis par localiser les marches, que je gravis. Une fois en haut, je passai la main sur la porte de bois lisse. Il n'y avait aucun loquet permettant de l'ouvrir de l'intérieur. Nous étions piégés.

— Impossible de sortir, grand-papa !

Pas même un rai de lumière ne filtrait par la porte, parfaitement scellée.

— Tiens bon, ma chérie. J'arrive.

Je l'entendis marmonner un juron, tandis qu'il se dirigeait vers l'escalier, puis sa respiration saccadée, cependant qu'il montait les marches d'un pas hésitant.

— Pousse-toi, me dit-il en s'approchant. Voyons voir.

— L'on ne voit rien, c'est justement le problème ! répliquai-je avec un tremblement dans la voix. Il n'y a pas un brin de lumière.

— T'as raison, concéda-t-il au bout d'un instant. Et j'trouve pas de loquet. De toute façon, pourquoi y en aurait un ? Les morts ont pas besoin d'sortir de là.

— Quelqu'un va forcément partir à notre recherche. Maman s'étonnera de notre absence.

— Ta mère est tellement obnubilée par sa p'tite personne qu'elle mettra sûrement des heures à s'en rendre compte.

— Mais elle finira bien par s'en apercevoir.

— J'me demande juste combien de temps on va pouvoir tenir, ajouta-t-il.

— Que veux-tu dire ?

— J'sais pas si on aura de l'air encore bien longtemps.

— Oh, mince, grand-papa ! Il n'y a effectivement aucun interstice autour de cette porte. Crois-tu vraiment que nous allons manquer d'oxygène ?

— Te fais pas de mouron. Tout va s'arranger, assura-t-il en me tapotant l'épaule. Comme tu l'as dit, ta mère va s'demander où on est.

Des pensées affreuses me traversèrent l'esprit. Quiconque était responsable de notre situation – les jardiniers, Plunkett ou un autre – serait sans doute assez malin pour raconter que nous étions partis pour Londres. Et il était possible que maman le crût, de telle sorte qu'elle ne s'inquiéterait pas avant la fin de la journée.

Je me laissai tomber en haut de l'escalier et serrai mes genoux contre ma poitrine, pendant que mon grand-père s'installait une marche en dessous.

— Bon, qu'est-ce que tu dis de tout ça ?

— Je ne sais qu'en penser, avouai-je. Si je t'ai amené ici, c'est parce que je supposais que le corps de M. Broadbent y était peut-être caché. Mais je ne m'attendais absolument pas à y trouver celui d'une vieillarde. D'après toi, elle est vraiment morte depuis des mois ? Et pas des années ?

Tout en parlant, je pris conscience de l'odeur nauséabonde qui nous enveloppait.

— Oh non, pas autant.

— Même dans un endroit aussi hermétique que cette crypte ?

— Non, j'en suis presque sûr.

— Dans ce cas, la seule vieille dame que nous connaissons est la mère de sir Hubert, or celle-ci est censée être encore en vie et loge dans l'aile ouest du manoir. Et si elle s'était réellement échappée de l'asile et qu'elle soit revenue ici avant d'être tuée ? Quelqu'un aurait alors pris sa place.

— Pourquoi ?

— Pour son argent ? suggérai-je après avoir réfléchi. Elle touche peut-être une rente, ou bien elle a des placements que son usurpatrice vend peu à peu. Oui, c'est probablement le cas, continuai-je en posant la main sur l'épaule de mon grand-père. Et les coupables ne s'attendaient sans doute pas à ce que M. Broadbent se présente en personne à Eynsleigh. Ils ont été obligés de l'éliminer car ils ont compris qu'il connaissait la véritable lady Anstruther : il se serait rendu compte que quelqu'un avait usurpé son identité.

— C'est possible, acquiesça-t-il.

Le silence retomba un long moment, puis je repris :

— Par conséquent, si lady Anstruther repose dans ce sarcophage, qui est la personne que j'ai rencontrée ?

— Il faut qu'on appelle la police dès qu'on sera sortis d'ici.

— Oui, approuvai-je.

Je faillis ajouter « si nous sortons d'ici », mais me ravisai.

Nous restâmes assis sans plus un mot. Malgré ma veste, j'étais glacée. Je descendis une marche et me blottis contre mon grand-père, qui passa un bras autour de mes épaules.

— Tout ira bien, ma chérie. T'en fais pas.

— Les gonds de la porte sont vraiment anciens, fis-je observer au bout d'un instant. Crois-tu que nous pourrions l'ouvrir en y donnant des coups de pied ?

— Y a pas de mal à essayer. C'est juste qu'on a pas beaucoup de place pour prendre de l'élan. Faudrait pas qu'on bascule dans l'escalier.

— Je vais tenter la chose. Tiens-moi bien.

Il s'exécuta et, de toutes mes forces, je lançai un coup de pied dans le battant. Puis je le poussai de l'épaule, ainsi que j'avais vu des policiers le faire au cinéma. Une douleur affreuse s'empara de mon bras, mais la porte ne bougea pas d'un pouce. Je donnai un autre coup de pied.

— Tu crois qu'on devrait appeler à l'aide ? demanda mon grand-père.

— Cela ne servirait à rien. Nous sommes à des centaines de mètres de la maison, et les jardiniers sont les seules personnes susceptibles de nous entendre, sachant que c'est peut-être l'un d'eux qui nous a enfermés. À moins que…

Je m'interrompis, cependant que j'entrevoyais une mince lueur d'espoir.

— À moins que Ben ne travaille aujourd'hui sur le domaine. C'est le vieux jardinier à qui j'ai proposé de venir deux ou trois fois par semaine. Mais comme il était là hier, je ne sais pas si… Essayons toutefois de tambouriner contre la porte et de hurler.

Ce que nous fîmes. Nos voix résonnèrent de façon alarmante dans le caveau voûté. Une fois que nous nous tûmes, le silence me parut plus oppressant encore. Les morts étaient furieux que nous ayons troublé leur repos, pressentis-je.

— Inutile de continuer, me résignai-je.

Nous nous rassîmes lourdement sur les marches, et je posai la tête sur l'épaule de mon grand-père. Même maman commencerait à s'inquiéter de notre absence prolongée, et elle finirait par venir, me dis-je. Elle se rappellerait que j'avais prévu de montrer la crypte à grand-papa ce jour-là. Je devais toutefois admettre qu'elle n'était pas lève-tôt. Et si elle décidait de faire la grasse matinée ? Combien de temps nous restait-il avant de manquer d'oxygène ? Naturellement, dès que cette pensée me vint en tête, j'eus l'impression d'avoir davantage de mal à respirer. Je songeai à mon grand-père et à ses bronches fragiles.

— Comment te sens-tu, grand-papa ?

— Hein ? Oh, ça va, ma chérie. J'me porte comme un charme. Te fais pas de bile pour moi.

Je ne pouvais néanmoins pas m'en empêcher.

— C'est idiot de ne rien pouvoir faire. Et si nous tentions de crocheter la serrure ? As-tu un canif ou autre chose dans tes poches ?

— J'ai tout laissé dans ma chambre. Et puis, y a pas de serrure, juste un loquet à l'extérieur. On peut pas crocheter ce genre de mécanisme avec une épingle à cheveux.

— Je n'ai pas d'épingles, fis-je observer, riant à moitié. Et si nous utilisions le bout de bois que tu es allé chercher pour ouvrir le sarcophage ?

Je me faufilai près de lui pour redescendre l'escalier et, à tâtons, je récupérai la branche. Elle était solide et trop large pour que je puisse la glisser entre la porte et son chambranle. Je tâchai de la casser et de la fendre, sans succès. Je rejoignis mon grand-père.

— Elle est trop épaisse pour nous être utile. Mais je peux essayer de m'en servir pour cogner ce battant. Après toutes ces années, il est peut-être abîmé à certains endroits.

Je fis retomber la branche contre la porte à plusieurs reprises. *Bam, bam, boum !* Le fracas se répercuta tout autour de la crypte. Le battant ne céda pas.

Soudain, une voix lointaine se fit entendre.

— T'nez bon, t'nez bon, on arrive !

La porte s'ouvrit. La lumière du jour entra à flots, et je clignai des yeux : une silhouette imposante se tenait sur le seuil. Queenie.

— Merde alors ! Ils sont bien là. Ça m'en bouche un coin.

— Oh, mon Dieu ! Est-ce qu'ils vont bien ? s'enquit maman, derrière ma femme de chambre.

Celle-ci me tendit la main pour que je me mette debout, puis nous aidâmes mon grand-père à se lever à son tour. Il sortit de la crypte en haletant.

— Bon sang, mes chéries. J'ai bien cru que j'allais passer l'arme à gauche.

— Tu as eu l'ingénieuse idée de partir à notre recherche, dis-je à maman.

— C'est ta brave Queenie qui en a eu l'initiative.

— Comment avez-vous deviné que nous étions là ? demandai-je à ma femme de chambre.

— Vous avez d'la chance que votre grand-papa ait aimé les haricots verts hier soir. J'suis allée voir s'il y en avait encore dans le potager et j'ai décidé d'les cueillir moi-même. Et pendant que j'étais au milieu des plantes, j'ai entendu deux types qui discutaient. Y en a un qu'avait l'air dans tous ses états et qui braillait : « J'peux pas croire que t'as fait ça. T'es fou ou quoi ? Y a forcément quelqu'un qui va les trouver avant qu'il soit trop tard. Ils sauront que c'était nous et on se fera prendre. » Et l'autre a répondu : « Pas si on fiche le camp maintenant. On sera partis depuis un bout de temps quand ils viendront nous chercher. » Et son copain a dit : « Tu veux dire filer maintenant et rejoindre les autres plus tard ? » Et le second : « Non, on plaque les autres. Histoire de sauver notre peau. » Le premier a averti : « Quand il nous retrouvera, Phil nous tuera. » Et l'autre type a ajouté : « C'est fini, de toute façon, pas vrai ? Pas question d'être pendu avec eux. »

Tout en relatant ce dialogue, Queenie nous dévisageait tour à tour.

— Alors j'ai attendu qu'ils s'en aillent et j'suis rentrée. Je savais qui se passait un truc louche, mais j'ai pas compris de quoi ils parlaient. Et puis votre maman est venue m'voir et m'a demandé si j'vous avais vus ce matin. J'lui ai donc raconté ce que j'avais entendu et elle a dit qu'il fallait partir à votre recherche. On a fouillé dans toute la maison et, ensuite, elle a décidé de venir ici. Et voilà, l'problème est réglé, mam'zelle.

Je n'avais jamais été aussi heureuse de l'entendre m'appeler ainsi.

— Queenie, vous êtes une perle, la félicitai-je.

Nous nous mîmes en route en direction du manoir. Tandis que nous approchions des pelouses, je fis signe à mes compagnons de m'écouter.

— Nous devons prendre garde à tout ce que nous allons dire et faire, conseillai-je. D'après la conversation que Queenie a surprise, nous savons que les domestiques sont probablement mêlés à cette intrigue, quelle qu'elle soit. Ils sont tous complices, c'est certain.

— Il faut immédiatement informer les policiers du coin, déclara mon grand-père. Ils trouveront le corps de ton bonhomme caché dans cette crypte, c'est possible.

— De quel bonhomme parles-tu ? s'étonna maman.

— De l'individu qui a disparu, M. Broadbent, répondis-je. Je crois que quelqu'un l'a tué sur le domaine et a voulu dissimuler le cadavre.

— Ne sois pas absurde, rétorqua-t-elle. Je t'ai dit qu'il avait pris la fuite, te rappelles-tu ? Eh bien, c'était dans le *Times* de ce matin. Son corps a été découvert au pied de la falaise de Beachy Head hier soir. Un endroit populaire auprès des suicidaires, d'après le journal.

— En es-tu certaine ?

— C'est le *Times* qui l'annonce, chérie, pas le *Daily Mail*. Ses journalistes ne font jamais d'erreur.

— C'est inouï, m'étonnai-je, incapable de prononcer un mot de plus.

Ma théorie était à présent complètement remise en cause. Je compris que si je contactais la police, je n'aurais plus aucune preuve à leur soumettre. J'avais sans doute tiré des conclusions erronées. M. Broadbent s'était peut-être vraiment rendu à Beachy Head pour se jeter du haut de la falaise. Dans tous les cas, après pareille chute, son corps devait être en trop mauvais état pour que l'on pût prouver le fait qu'il avait été tué avant que son meurtrier ne se débarrassât du corps. Par conséquent, que pouvais-je dire à l'inspecteur Travers ? Que nous soupçonnions qu'il se tramait une affaire louche ? Que lady Anstruther était apparemment enterrée dans une crypte et qu'une imposteuse avait pris sa place ? Que nous avions été enfermés dans cette même crypte afin d'y mourir, alors que nous étions en train de l'explorer ?

Je voyais déjà le policier sourire poliment et laisser entendre que j'avais peut-être une imagination débordante, que c'était une bourrasque qui avait fait claquer la porte, pas des criminels. Dans ce cas, comment démontrer que le corps reposant dans le sarcophage était celui de lady Anstruther ? Comment retourner dans la maison et nous comporter comme s'il ne s'était rien passé ?

— Et si nous allions d'abord visiter l'établissement spécialisé où vivait la mère de sir Hubert ? suggérai-je, les sourcils froncés, tout en réfléchissant. Leur directeur sera en mesure de nous en dire plus.

— Et où se trouve-t-il ? s'enquit maman.

— Je l'ignore.

— Nous ne pouvons pas nous rendre dans tous les asiles d'Angleterre, fit-elle remarquer.

— J'ai une idée... L'ancienne gouvernante, Mme Holbrook, saura peut-être nous renseigner. Elle vit non loin. Allons la voir.

Nous approchions du manoir, et je me tournai vers Queenie.

— Puis-je vous demander d'être courageuse et de rester à Eynsleigh ? De cette manière, les choses paraîtront normales, et ils ne sauront pas que nous les avons percés à jour. À l'évidence, les jardiniers n'ont informé personne de leur projet de fuite. Ainsi, conduisez-vous comme si de rien n'était et, si l'on vous pose des questions, dites que vous avez entendu ma mère annoncer qu'elle partait faire les magasins et qu'une sortie ferait du bien à son père.

— D'accord. Et je peux écouter leurs conversations, juste au cas où. Qui est-ce que vous soupçonnez au juste, mam'zelle ?

— Justement, c'est là le problème. Je l'ignore. Nous n'avons qu'un seul indice : tous les domestiques sont nouveaux. Les anciens serviteurs sont morts ou ont été congédiés. Il est donc possible qu'ils soient tous de connivence.

— Ce serait un fameux coup monté pour des malfaiteurs, commenta mon grand-père. Le maître est absent. Un d'ces types se fait embaucher comme domestique, il dit à ses complices de se ramener, et ils ont alors un bon petit repaire pour mener à bien leurs activités criminelles, un endroit où personne s'méfiera d'eux.

— Lady Mountjoy m'a en effet raconté que des cambriolages avaient été commis dans le voisinage, ajoutai-je. Je me demande si notre personnel est mêlé à ces vols.

— Ça serait une bande de cambrioleurs ? C'est bien possible, acquiesça-t-il.

— Peut-être ont-ils commencé par s'accaparer les beaux objets de Hubert, renchérit ma mère. Lorsque j'ai fait remarquer que nombre d'objets avaient disparu, Plunkett a raconté que son maître les avait mis sous clé, tu te souviens, Georgiana ? Et s'il avait menti ? Et si ses acolytes et lui les avaient dérobés ?

— Ce ne sont que des conjectures, fis-je observer.

— J'ai un copain à Scotland Yard, déclara mon grand-père. Si on lui explique tout ça, il nous écoutera. Je l'ai formé quand il était tout jeune. Un vrai bleu, qu'il était. Mais j'l'ai dégourdi, et il est devenu inspecteur principal. Il risque pas de nous envoyer balader.

— Dans ce cas, partons en quête de cet asile avant de nous rendre directement à Scotland Yard, décidai-je. Allons chercher l'automobile.

— Attends un instant, me coupa ma mère. Je crois qu'il serait plus judicieux que je reste, moi aussi.

— Pour quelle raison ? m'étonnai-je.

Elle était d'ordinaire la première à éviter toute situation fâcheuse, or demeurer dans une maison pleine de malfaiteurs n'avait rien d'une partie de plaisir.

Elle eut un haussement d'épaules d'une ravissante élégance.

— Pour créer un semblant de normalité. Je me comporterai comme à mon habitude, en me montrant fort exigeante. Je demanderai à ce que l'on m'apporte ceci ou cela. Personne ne soupçonnera quoi que ce soit.

— Mais enfin, maman, tu pourrais courir un danger. Et s'ils commencent à avoir des doutes ?

Elle me décocha un regard fort méprisant.

— Tu oublies que je suis l'une des plus grandes comédiennes de notre temps. Je suis capable de convaincre n'importe qui de n'importe quoi. Quand je dirai que tu es partie faire une virée en voiture pour égayer ton vieux grand-père, ils me croiront.

— Si tu en es certaine, c'est merveilleux, concédai-je en la serrant dans mes bras.

Elle paraissait plutôt contente d'elle-même.

— Queenie et moi veillerons l'une sur l'autre, précisa-t-elle. Sans oublier Claudette, qui s'occupe toujours si bien de moi.

Nous nous séparâmes ; ma mère et ma bonne gravirent le perron, tandis que grand-papa et moi nous apprêtions à nous diriger vers le garage. À cet instant, un crissement de pneus se fit entendre, et le facteur s'approcha sur sa petite motocyclette.

— Une lettre pour vous, lady de Rannoch.

Sur ces entrefaites, il porta la main à sa casquette et repartit.

Au recto de l'enveloppe, je reconnus les armoiries.

— Le comte de Malmsbury m'écrit de nouveau, constatai-je en l'ouvrant.

Chère lady Georgiana de Rannoch,

Après vous avoir envoyé ma première lettre, mon épouse m'a fait remarquer que vous souhaitiez obtenir des renseignements à propos de Charles Plunkett parce que vous comptiez peut-être le prendre à votre service. Elle a estimé que je devais vous informer d'une chose : nous avons été navrés d'apprendre qu'il était mort l'année dernière.

Veuillez agréer, lady Georgiana, mes salutations distinguées.

Malmsbury

32.

Jeudi 4 juillet
Un peu partout

Les choses ne cessent de se compliquer. Pourvu que l'ami de grand-papa puisse intervenir…

Nous étions sur le point de nous éloigner dans la Bentley quand maman agita la main depuis le perron.

— Au fait, n'oublie pas de m'acheter la savonnette spéciale que je t'ai demandée, chérie. La pharmacie de Haywards Heath doit en avoir ! lança-t-elle d'une voix qui avait charmé des milliers de spectateurs.

Décidément, elle était parfois fabuleuse.

Nous gagnâmes bientôt le cottage de Mme Holbrook. Personne ne vint ouvrir lorsque nous toquâmes à sa porte, mais nous la trouvâmes dans le jardin de derrière, occupée à enlever des draps d'une corde à linge. À notre vue, elle parut troublée et tâcha de lisser sa chevelure.

— Désolée, lady Georgiana. Vous arrivez alors que je suis en train de rentrer mon linge. J'ai l'impression qu'il ne va pas tarder à pleuvoir.

— Attendez, j'vais vous aider, proposa grand-papa en entreprenant d'ôter les pinces du drap suivant.

— Oh, c'est inutile, protesta l'ancienne gouvernante, plus agitée encore. C'est très gentil à vous, monsieur.

À nous trois, nous remplîmes rapidement le panier et le portâmes à l'intérieur. Je présentai mon grand-père et, avant que Mme Holbrook ne se précipitât dans sa cuisine pour nous faire une tasse de thé, je lui dis :

— Je suis navrée de vous déranger de nouveau. Il s'est produit des événements étranges à Eynsleigh, voyez-vous, et j'ai besoin d'informations avant que nous ne contactions la police.

— La police ? répéta-t-elle, l'air inquiet. Bonté divine. Que se passe-t-il ?

— Je ne sais pas trop. Des activités criminelles, sans doute.

— Ce nouveau majordome ne m'a jamais plu. Je l'ai toujours trouvé bizarre. Et cette façon qu'il a eue de se débarrasser des anciens domestiques... Il les a congédiés sans qu'ils puissent demander leur reste.

— Je souhaitais vous interroger au sujet de lady Anstruther. Étiez-vous encore employée à Eynsleigh quand sir Hubert l'a confiée à un établissement spécialisé ?

Un grand sourire illumina le visage de Mme Holbrook.

— C'est exact, lady Georgiana. Et elle ne tenait pas vraiment à s'en aller, je vous assure. Elle a fait toute une histoire. Mais son fils lui a dit que c'était pour son bien, étant donné qu'il comptait s'absenter pendant un bon bout de temps. Elle avait fait une chute, vous comprenez, et elle s'était fracturé la hanche. Selon lui, les domestiques n'étaient pas assez nombreux pour prendre soin d'elle et elle serait plus heureuse si l'on s'occupait d'elle correctement et si elle avait des compagnons avec qui bavarder. Elle est donc partie.

— À tout hasard, connaissez-vous l'adresse de cet établissement ?

— Downsview, à ce qui me semble. À la sortie de la ville de Lewes.

— Mme Holbrook, vous êtes envoyée par la providence !

Elle me dévisagea, radieuse.

— Je suis bien contente d'avoir pu vous aider, lady Georgiana. Et je suis heureuse de vous avoir rencontré, monsieur.

Le sourire encourageant qu'elle décocha à mon grand-père ne m'échappa pas.

— Je crois que tu as une nouvelle admiratrice, lui dis-je, cependant que nous repartions en auto.

— Les femmes et moi, c'est fini, merci bien.

— Je suis navrée, j'ai manqué de tact. Tu as encore de la peine, évidemment. Perdre Mme Huggins a dû te porter un coup terrible.

Il prit une profonde inspiration.

— Entre nous, mon canard, j'suis plutôt soulagé. Oh, comprends-moi bien, j'suis désolé que cette pauvre Hettie ait claqué, mais j'étais pas sûr du tout de bien agir en l'épousant. Ça a commencé innocemment quand elle cuisinait pour moi et, sans que j'm'en rende compte, elle s'est mise à parler de s'mettre à la colle et de s'installer chez moi. Pendant un temps, j'me suis dit que ça serait agréable d'avoir un peu d'compagnie après toutes ces années. Mais quand j'ai fini par piger que j'allais être coincé avec elle et qu'elle me rendrait chèvre, c'était trop tard pour reculer. Et maintenant, j'me sens coupable d'être soulagé pour de bon.

Je lui lançai un regard oblique et lui souris.

— Oh, grand-papa, tu lui as apporté du bonheur, c'est ce qui importe. Elle avait hâte de se marier.

— Et pas qu'un peu ! s'esclaffa-t-il. Elle s'en est donné à cœur joie ! Elle a pas lésiné sur les préparatifs. J'suis même étonné qu'elle ait pas invité les chœurs du

Palladium pour venir danser à la noce et Gigli[1] pour nous chanter un air !

Son rire s'éteignit, tandis que nous poursuivions notre route en silence.

— Tu peux bien entendu venir t'installer à Eynsleigh avec Darcy et moi, tu sais, repris-je au bout d'un moment.

— Oh non, mon canard. Un vieux schnock comme moi sans cesse dans vos jambes ? C'est bien la dernière chose que j'souhaite à un couple de jeunes mariés.

— La demeure est toutefois immense. Tu ne nous dérangerais pas. Tu pourrais même vivre tranquillement de ton côté.

— C'est gentil à toi, ma chérie, mais j'aime assez ma petite maison, et j'suis habitué à ma routine. Malgré tout, j'dirai pas non si tu m'invites de temps en temps à profiter du bon air d'la campagne.

Nous échangeâmes un sourire.

Nous roulions vers le sud, en direction de la côte. Devant nous s'étendaient les courbes gracieuses des South Downs[2]. Nous fîmes halte à Lewes, une ville ancienne dotée d'un impressionnant château et d'un centre pittoresque, pour demander notre chemin au commissariat de police. Les agents, fort obligeants, me dirent comment nous rendre à Downsview, à un peu moins de deux kilomètres de là – un lieu qui, comme l'indiquait son nom, offrait une belle vue sur les South Downs. Fallait-il leur demander d'appeler Scotland Yard ? J'hésitai à leur en parler. Mais comme mon grand-père semblait peu désireux de se présenter et de devoir expliquer notre situation, nous trouvâmes une cabine téléphonique. Après que l'on m'eut passé une succession de personnes,

1. Beniamino Gigli (1890-1957) fut un célèbre ténor italien qui se produisit entre autres au London Palladium, théâtre établi en 1910 dans le quartier de Soho.

2. Chaîne de collines du sud-est de l'Angleterre.

chacune plus importante que la précédente, je parvins à avoir l'inspecteur principal Garland au bout du fil et je tendis le combiné à grand-papa. Garland lui déconseilla de monter à Londres et proposa de nous rejoindre à la gare de Haywards Heath autour de quatorze heures.

— Tout baigne, déclara mon grand-père en souriant, une fois qu'il eut raccroché. Ça a toujours été un chic type. On peut compter sur lui, pour sûr.

— Il a visiblement beaucoup d'estime pour toi.

— Ma foi, j'lui ai appris quelques bricoles, je suppose, répondit-il avec modestie.

Nous reprîmes la Bentley et roulâmes sur des petites routes de campagne entourées de champs où paissaient vaches et moutons, jusqu'à un imposant portail. Sur l'un des piliers en brique, une discrète plaque de cuivre indiquait : DOWNSVIEW. Nous nous engageâmes sur une longue allée bordée de pelouses bien entretenues. Certains pensionnaires jouaient au croquet, d'autres se promenaient ou étaient assis sur des bancs, profitant de l'air pur. Nous nous garâmes devant une superbe maison géorgienne, dont l'entrée était flanquée de colonnes. L'endroit n'avait assurément pas l'aspect d'un asile ! Nous franchîmes la porte d'entrée, grande ouverte, et pénétrâmes dans un vestibule dallé de marbre. Un bel arrangement floral était posé sur une table basse. De paisibles papotages, puis un rire, nous vinrent aux oreilles. Quelque part, l'on jouait du piano. Tout me parut fort civilisé.

Alors que nous regardions alentour, sans savoir où nous diriger, une femme vêtue d'un uniforme blanc impeccable sortit d'une pièce et, à notre vue, s'arrêta net, surprise.

— Puis-je vous renseigner ?

— Savez-vous où nous pouvons trouver la surveillante générale ? fis-je.

Elle afficha une mine amusée.

— La surveillante générale ? Ce n'est pas un hôpital, chère madame, mais une maison de retraite réservée aux gens de bonne naissance.

— Oh, je vois. Ce n'est donc pas..., hésitai-je, cherchant la formule adéquate. Vous n'accueillez pas de pensionnaires qui nécessitent des soins médicaux ?

— Non, nous ne sommes pas équipés pour les infirmes. Quelques-uns de nos pensionnaires ont certes besoin d'aide pour monter un escalier, mais c'est tout.

— Et que faites-vous de ceux dont l'esprit devient... confus ?

Elle me fit un grand sourire.

— Certains d'entre eux vivent perdus dans leur petit univers, je vous l'accorde. Nous avons une dame qui se croit encore aux Indes. Elle ne cesse de s'enquérir de son éléphant. Mais, dans l'ensemble, la plupart sont aussi normaux que vous et moi. Notre directrice, chargée des pensionnaires, a emmené l'un d'eux chez le médecin, et elle ne devrait pas tarder.

— Vous pouvez peut-être nous aider, dans ce cas. J'ai cru comprendre que lady Anstruther avait séjourné chez vous.

— Oui, c'est exact, acquiesça la femme, dont l'expression dévoila son sentiment sur cette ancienne résidente.

— Je suppose qu'elle n'était pas des plus faciles.

— C'est le cas de le dire, chère madame. Oh, si vous saviez ! Je crois qu'il n'y a pas ici une seule personne à qui elle n'ait cherché des noises. Rien ne lui convenait jamais. Elle n'appréciait pas la nourriture. Pas davantage les activités proposées. Quant à ses chats...

— Ses chats ?

— Oh oui. Nos pensionnaires sont autorisés à apporter leurs animaux de compagnie. Lady Anstruther est arrivée avec deux énormes persans blancs. Rajah et Rani. Un fléau pour tout le monde. À mon avis, tous les membres du personnel portent encore des cicatrices aux chevilles après les attaques de ces deux monstres, chaque fois que l'un de nous entrait dans la chambre de leur maîtresse. Je vous assure que nous avons été ravis de les voir repartir avec elle.

Elle s'interrompit brusquement, prenant sans doute conscience qu'elle ignorait tout de nous.

— Oh, j'ai peut-être manqué de tact, n'est-ce pas ? Êtes-vous des parents de lady Anstruther ?

— Non, répondis-je. Nous souhaitions juste vérifier si elle avait effectivement séjourné ici et savoir quand elle vous avait quittés.

— En tout début d'année. Elle s'était plainte des réjouissances organisées pour Noël et le Nouvel An. Elle a déclaré qu'elle voulait la paix et qu'elle rentrait chez elle.

— Et personne ne l'en a empêchée ?

— Non, bien sûr. Downsview n'est pas un établissement spécialisé. C'est plutôt une résidence hôtelière de grand standing. Les pensionnaires vont et viennent à leur guise. Il me semble que notre directrice, consciente que le fils de lady Anstruther tenait à ce qu'elle reste ici, a essayé de la dissuader, mais elle a refusé de l'écouter.

— D'après vous, quel était son état d'esprit ? Était-elle mentalement apte à prendre ce genre de décision ?

— Apte ? répéta la femme en secouant la tête. C'était sans doute une personne difficile à gérer. Toutefois, elle savait exactement ce qu'elle faisait. Elle avait l'esprit très vif. Elle faisait la grille de mots croisés du *Times* tous les matins.

Elle jeta un coup d'œil à sa montre.

— À présent, si vous voulez bien m'excuser, je dois m'assurer que la salle réservée au récital de piano de cet après-midi est prête. L'un de nos pensionnaires est un célèbre pianiste classique. Souhaitez-vous attendre notre directrice dans le salon ?

— Non, merci. Nous avons appris tout ce que nous avions besoin de savoir, et nous avons ensuite un rendez-vous à Haywards Heath.

33.

Jeudi 4 juillet
Haywards Heath

Nous progressons enfin à grands pas ! Nous savons désormais que lady Anstruther a été assassinée et qu'une autre femme a pris sa place. Il reste un point à résoudre : pourquoi avoir agi de la sorte ? J'espère que nous aurons bientôt des réponses. Toute cette affaire me tient vraiment en haleine.

Une fois dehors, nous contemplâmes l'herbe verdoyante des South Downs. Downsview méritait amplement son nom !

— Nous faisons des progrès, dis-je à mon grand-père, alors que nous repartions. Nous savons que lady Anstruther était parfaitement saine d'esprit, quoique extrêmement désobligeante. À l'évidence, son usurpatrice a cherché à me faire croire qu'elle était non seulement folle mais aussi dangereuse, afin de me dissuader d'approcher l'aile ouest du manoir. Quant aux oiseaux qui voletaient à travers la pièce, cela prouve que cette personne est une imposteuse. Une dame adorant deux gros chats n'aurait pas possédé de volatiles ! m'exclamai-je en me tournant, triomphante, vers mon grand-père. Et je sais également où ces animaux ont été enterrés. Ils ont dû être tués en même temps que leur maîtresse.

— On va les attraper, ces criminels. J'serais pas surpris qu'il y ait des objets volés dans cette partie de la maison.

En arrivant à Haywards Heath, nous étions plutôt contents de nous-mêmes. Comme nous avions un peu d'avance, nous nous remontâmes avec un friand et une tasse de thé dans le café situé en face de la gare. Jugeant le friand étonnamment bon, nous commandâmes ensuite de petites brioches couvertes d'un glaçage de sucre.

Il aurait été impossible de ne pas reconnaître l'inspecteur principal Garland : grand, aux cheveux blond-roux et large d'épaules, il avait une démarche assurée qui respirait l'autorité. Il repéra aussitôt mon grand-père et vint à sa rencontre, main tendue.

— Albert Spinks, cela me fait tellement plaisir de vous revoir, après tout ce temps.

Je fus présentée ; si Garland fut étonné de découvrir qu'un simple agent de police cockney à la retraite avait une petite-fille de haute extraction, il ne le montra pas. Peut-être s'était-il renseigné sur mon compte au préalable !

— J'suis désolé de vous avoir fait venir jusqu'ici, commença grand-papa, mais j'crois bien que nous sommes confrontés à une affaire très sérieuse, peut-être au-dessus des compétences des collègues du coin.

— Je l'ai compris, sinon, vous ne vous seriez pas adressé directement à moi. Vous avez toujours eu du bon sens.

Mon grand-père sourit avec humilité.

— Y a-t-il un endroit où nous pouvons nous asseoir ?

Nous proposâmes de retourner dans le café, où nous prîmes place dans un coin discret et commandâmes une autre tasse de thé, avant de tout raconter à l'inspecteur.

— Bon, que les choses soient claires, reprit-il lorsque nous eûmes terminé. Vous savez qu'un homme se fait passer pour votre majordome et que la personne dont il porte le nom est morte ? Et qu'une femme a pris la place d'une vieille dame, elle aussi décédée ? Vous suspectez aussi que ceux qui sont derrière ces manigances seraient également responsables de la disparition d'un conseiller financier de la City dont le corps a été retrouvé au pied de Beachy Head, c'est bien ça ?

J'opinai du chef.

— Tout cela semble tiré par les cheveux, j'en ai conscience, concédai-je. J'ai moi-même du mal à le croire, mais nous avons vu le corps de lady Anstruther dans un cercueil. Je sais aussi où ses chats ont été enterrés. En outre, j'ai manqué de perdre la vie à deux reprises.

— Vraiment ? fit l'inspecteur, sincèrement préoccupé.

Je lui relatai alors l'épisode du robinet du gaz, puis notre mésaventure de la matinée dans la crypte, à mon grand-père et à moi.

— D'après vous, à qui pourrait être attribuée cette série de crimes et de tentatives d'assassinat ? demanda Garland.

— L'on m'a appris que des cambriolages avaient été commis dans les environs, expliquai-je. Et ma mère a fait remarquer qu'il manquait des objets dans le manoir. Vu qu'elle a été mariée à sir Hubert, elle se souvient très bien de cette demeure.

— Ah, je vois. Vous pensez donc qu'une bande de cambrioleurs a profité de l'absence du maître pour s'établir à Eynsleigh et s'en servir de quartier général ?

— Ce serait fort commode, n'est-ce pas ?

Il opina du chef.

— Un emplacement idéal, à n'en point douter. Qui soupçonnerait qu'un grand domaine soit le repaire depuis lequel des voleurs mèneraient leurs opérations ?

Je réfléchis un instant avant de reprendre :

— Ce qui m'échappe, c'est la raison pour laquelle l'une de leurs complices a endossé le rôle de lady Anstruther. J'ignorais même qu'elle vivait là. Ils auraient tout simplement pu ne rien dire plutôt que de jouer cette comédie ridicule, en me faisant croire qu'elle était complètement folle, avec ces oiseaux qui voletaient dans la pièce.

— Des oiseaux ?

Je lui racontai ma visite à l'usurpatrice et à ses effrayants volatiles. Une expression étrange passa sur le visage de l'inspecteur.

— Il est curieux que vous m'en parliez, car cela m'évoque quelqu'un, précisa-t-il avant de se tourner vers mon grand-père. Peut-être aviez-vous déjà pris votre retraite, Albert, mais, il y a quelques années, nous avons eu affaire à un gang extrêmement doué de cambrioleurs londoniens, dont le meneur était surnommé l'Oiseau. Phil Vogel, dit l'Oiseau.

— Oh oui, j'me souviens d'avoir lu ça dans le journal. C'était pas dans mon secteur, mais son nom m'est familier.

— L'appelait-on ainsi parce qu'il possédait des oiseaux ? m'enquis-je, tout en me remémorant un détail : d'après Queenie, les jardiniers avaient mentionné un certain « Phil ».

— En fait, il y a trois raisons à cela, répondit Garland. Son nom de famille, Vogel, signifie « oiseau » en allemand, et il possédait effectivement des oiseaux. De plus, c'était un monte-en-l'air si habile que certains se demandaient s'il n'était pas doté d'ailes. Il parvenait à escalader des murs et à entrer par des fenêtres apparemment inaccessibles. La rumeur courait donc qu'il était capable de voler, ajouta-t-il avec un large sourire. Nous avons fini par l'attraper et il a écopé de dix ans derrière les barreaux. C'était il y a un bon bout de temps, et il est possible qu'il ait été libéré pour bonne conduite.

Le policier arborait à présent une mine pensive.

— Sapristi, murmurai-je, presque sans voix.

— Et son gang, qu'est-ce qu'il est devenu ? l'interrogea grand-papa.

— Je crois que nous les avons tous arrêtés. Il y avait une femme qui travaillait pour lui. Une petite créature maigrichonne. Je crois bien que c'était elle qui se faufilait par certaines fenêtres. Comment s'appelait-elle, déjà ? Parsons… Oui, Joan Parsons.

— Joanie ! m'exclamai-je. C'est l'une des bonnes, et elle correspond à cette description. Elle a également raconté à ma femme de chambre que son emploi de domestique était indigne d'elle et qu'elle comptait démissionner bientôt. C'est elle qui a dû ouvrir le robinet du gaz, le soir de mon arrivée.

— Fascinant, commenta Garland en opinant du chef. Je me demande si toute la bande est réunie chez vous. Vous avez eu de la chance de ne pas avoir tous été assassinés dans votre sommeil.

— Nous avons également un cuisinier espagnol qui ne sait pas cuisiner.

— Looney Lopez ! devina l'inspecteur en agitant un doigt, l'air ravi. Vous vous souvenez de lui, Albert ? Oui, c'est sûrement lui.

— Et un valet irlandais, McShea.

— Non, cela ne me dit rien, affirma-t-il. Il est sans doute réglo.

— Et une petite aide de cuisine apeurée et timide prénommée Molly.

— Elle n'appartient peut-être pas à la bande, elle non plus.

— Quant aux deux jardiniers, ils ne s'y connaissent apparemment pas beaucoup en horticulture, mais ils ne se sont pas privés de vendre les récoltes du potager.

— Des garçons du coin qui ne se doutent de rien, probablement, suggéra Garland.

— Non, ils sont bel et bien au courant de ce qui se passe, objectai-je. C'est l'un d'eux qui nous a enfermés dans la crypte. Tout du moins, ils ont dû aider leurs complices à ensevelir les chats de lady Anstruther, voire la vieille dame elle-même. Il doit par ailleurs y avoir deux femmes qui ont joué les rôles respectifs de lady Anstruther et de sa garde-malade.

— Je ne serais pas surpris d'apprendre que Phil Vogel en personne se soit fait passer pour lady Anstruther. Je crois qu'il lui est déjà arrivé de s'habiller en femme, afin de dévaliser une demeure chic pendant qu'une fête s'y tenait.

— C'est peut-être pour cette raison qu'il ne m'a parlé qu'en chuchotant. Afin que je ne m'aperçoive pas qu'il s'agissait d'un homme. Et la garde-malade ?

— Je ne sais pas, reconnut le policier. Il y avait toujours d'autres personnes qui gravitaient autour du gang.

— Quant à Plunkett, ou plutôt celui qui se fait passer pour lui, qu'en pensez-vous ? Un homme d'une quarantaine d'années, un peu replet, avec une raie au milieu. Il a un léger accent cockney qu'il tâche de dissimuler.

Garland fronça les sourcils, l'air soucieux.

— Non, je n'ai pas souvenir qu'il ait fait partie de la bande.

— L'un de ses effets porte les initiales EP, précisai-je.

— Cela ne me dit vraiment rien. Sans doute un vrai domestique qui s'est retrouvé embringué dans cette affaire.

— J'ai découvert que le véritable Charles Plunkett était mort et que cet homme avait usurpé son identité, si cette information peut vous être utile.

L'inspecteur principal me dévisagea avec attention.

— Vous nous apportez une aide précieuse, mademoiselle, et j'en suis impressionné.

J'eus la bonne grâce de rougir.

— Bon, qu'est-ce qu'on fait, maintenant ? intervint mon grand-père.

Garland aspira de l'air entre ses dents avant de répondre :

— Il faut déjà que je m'arrange avec la police locale. Je ne peux pas empiéter sur leurs plates-bandes, voyez-vous. Puis je rassemblerai une équipe, nous mettrons Eynsleigh sous surveillance et nous interviendrons.

Tandis qu'il s'exprimait ainsi, je me souvins d'un point important.

— Vous n'aurez probablement pas le temps de faire grand-chose. J'ai intercepté un message destiné au majordome, qui mentionnait un bateau ce jeudi. Sur le moment, j'ai pensé qu'il s'agissait peut-être d'un lieu pour un rendez-vous amoureux.

L'inspecteur parut alarmé.

— L'ancien gang de Phil Vogel expédiait des objets d'art anciens et en argent aux États-Unis et sur le continent. S'il procède comme par le passé, un bateau est amarré quelque part, prêt à accueillir une nouvelle cargaison. Et c'est aujourd'hui jeudi, fit-il observer en se levant. Je ferais bien de m'y mettre sur-le-champ. Je devrais sans doute faire fi du protocole. Nous devons interpeller ces malfaiteurs avant qu'ils ne prennent la fuite.

— Qu'attendez-vous de nous ? demandai-je.

— Tenez-vous à l'écart. Trouvez un prétexte pour sortir ce soir. Dites que vous allez au cinéma ou au concert. Je ne veux pas que vous couriez le moindre danger.

— Croyez-vous qu'ils essaieraient de nous tuer avant de partir ? m'enquis-je en m'efforçant de ne pas laisser transparaître mon inquiétude.

— Ils pourraient enlever l'un de vous pour avoir un otage, juste au cas où il leur faudrait négocier. Quoi qu'il en soit, c'est un risque que je refuse de prendre, d'accord ? Je suis presque convaincu qu'ils attendront la tombée de la nuit pour filer, et nous les arrêterons. Veillez simplement à ne pas rester sur place, est-ce entendu ?

— Oui, absolument, acquiesçai-je.

34.

Jeudi 4 juillet
De retour à Eynsleigh

Les événements se précipitent enfin. Je suis tellement soulagée à l'idée que la police compte arrêter ces gens. Imaginez-vous vivre sous le même toit qu'une bande de malfaiteurs ! Nous avons de la chance qu'il ne nous soit rien arrivé de pire !

Sur le trajet du retour, ni grand-papa ni moi ne fûmes très loquaces. Je crois que nous réfléchissions tous deux aux réelles implications de ce que nous venions d'apprendre, tout en étant conscients qu'il nous fallait retourner au manoir et nous comporter normalement jusqu'à ce que nous puissions nous en échapper. Je pensais à ma mère, restée à Eynsleigh, et à Queenie, cantonnée dans la cuisine avec un homme qui était sûrement Looney Lopez. J'accélérai, et la Bentley fila sur les routes de campagne.

— Doucement, ma petite, prévint mon grand-père. On sera pas plus avancés que ça si on finit dans l'fossé.

Je ralentis un peu. Le chemin me paraissait interminable, et mon cœur battait la chamade lorsque l'automobile franchit le portail du domaine pour remonter l'allée. Alors que nous nous garions, Plunkett descendit les marches du perron et vint à notre rencontre.

— Oh, vous voici, lady de Rannoch, fit-il en ouvrant ma portière. Nous nous demandions où vous étiez passée. Votre mère commençait à s'inquiéter. D'après elle, vous étiez seulement allée faire quelques emplettes en ville.

— C'était en effet mon intention, mais nous avons croisé une vieille connaissance de mon grand-père et avons déjeuné ensemble.

Tandis que le majordome m'aidait à descendre de voiture, maman apparut sur le seuil.

— Te voilà, vilaine fille. Je me faisais du souci pour vous. Je me suis même demandé si tu étais capable de conduire cette puissante automobile.

— Tout va très bien, maman. Grand-papa est tombé sur l'un de ses anciens collègues de Londres.

— Il a maintenant pris sa retraite à la campagne et il fait pousser des orchidées, crut bon d'ajouter mon grand-père. Il nous a invités à manger un bout, et tu peux m'croire, y a rien de plus rasoir que de l'écouter parler d'la culture des orchidées !

Sur ces mots, il se mit à rire, et je l'imitai.

— As-tu pensé à ma savonnette ? s'enquit ma mère.

— Bien sûr. Ma priorité principale, dis-je en ouvrant mon sac.

Avant de quitter Haywards Heath, je n'avais pas oublié d'acheter quelques articles afin de prouver que nous étions bien allés faire des courses. C'était dans un magasin Boots que je m'étais procuré la savonnette prétendument française de maman.

Elle la renifla. Comme j'avais pris la première que j'avais trouvée, elle ne devait pas sentir bien bon.

— Rose cendrée, ma préférée, déclara-t-elle avec une expression d'extase. Qu'est-ce que tu es futée !

— Je vais rentrer l'automobile au garage, lady de Rannoch, proposa le majordome, me bousculant presque pour s'asseoir derrière le volant.

— Ce sera inutile, Plunkett. Nous avons vu qu'il y avait une comédie à l'affiche du Gaumont de Haywards Heath, et je me suis dit que cela nous égayerait un peu. Nous prendrons donc un repas léger en tout début de soirée avant de nous rendre au cinéma.

— Ce soir, lady de Rannoch ?

Ses traits se contractèrent brièvement, puis il retrouva son air serein. Je compris alors que ses complices et lui projetaient sans doute de se servir de la Bentley pour fuir.

— Oui, Plunkett, ce soir. Je ne vois pas en quoi cela poserait un problème.

— Mais le cuisinier et votre domestique préparent déjà le dîner, et je ne sais pas s'il se conservera jusqu'à demain.

— Dans ce cas, nous le mangerons plus tard, en rentrant à la maison. Veuillez dire à Queenie que nous souhaitons prendre le thé dans une demi-heure, et qu'elle nous prépare des œufs à la coque, par exemple, en guise d'en-cas.

— Très bien, lady de Rannoch, répondit Plunkett.

Je crus qu'il s'apprêtait à ajouter quelques mots, mais il tourna les talons. Si la situation n'avait été aussi alarmante, je me serais autorisé un grand sourire.

— As-tu acheté quoi que ce soit de frivole et de divertissant que tu souhaites me montrer ? s'enquit ma mère en feignant de jeter un coup d'œil dans mon sac.

— Maman, nous étions à Haywards Heath, pas sur Oxford Street, lui rappelai-je en riant. J'ai trouvé un nouveau pot de crème pour le visage, voilà tout. Mais, si tu veux, montons dans ma chambre et voyons ce que tu en penses.

— Chérie, je te le répète : les produits cosmétiques anglais t'abîmeront complètement la peau, affirma-t-elle d'une voix forte, tandis que nous gravissions l'escalier, grand-papa dans notre sillage. Il faut les acheter à Paris. Lors de mon prochain séjour, je t'en ferai confectionner exprès pour toi...

Une fois hors de portée de voix du majordome, nous pressâmes le pas jusqu'à ma chambre et refermâmes la porte derrière nous. Lorsque nous racontâmes à ma mère tout ce que nous avions découvert, elle écarquilla les yeux.

— Nous aurions pu être assassinés, fit-elle remarquer.

— C'est très possible.

— Cela explique pourquoi votre absence a tant préoccupé Plunkett. Il m'a interrogée à plusieurs reprises et m'a même demandé si je savais quand vous reviendriez avec l'automobile.

— Le vol de la Bentley faisait sans doute partie de leur plan.

— Quels gens affreux ! Je parie qu'ils ont dérobé tous les objets de valeur. J'espère bien que la police va les interpeller avant qu'ils ne puissent les expédier à l'étranger. Si Hubert l'apprenait, il serait furieux. Tu ne crois pas qu'il va y avoir une fusillade ? s'enquit-elle soudain d'un air effrayé. Sommes-nous en sécurité ?

— Maman, nous sommes dans le Sussex, pas à Chicago. Mais, pour plus de sûreté, l'inspecteur tient à ce que nous nous éloignions du domaine. Raison pour laquelle nous allons au cinéma ce soir.

Je parvins à garder mon calme quand nous descendîmes prendre le thé. Tout me parut fort alléchant : de délicats sandwiches au cresson et au concombre, des œufs à la coque accompagnés de mouillettes et des petits gâteaux couverts de glaçage. Pourtant, j'eus l'impression de ne rien pouvoir avaler. Ma mère, éternelle comédienne qui connaissait son rôle par cœur, mangea avec appétit. Mon grand-père, assis face à moi, croisa mon regard.

— C'est un peu tôt après le copieux déjeuner qu'on a fait, Georgie et moi, fit-il observer – pensant sans doute que le majordome était susceptible de nous épier. Elle aurait pas dû se servir une seconde fois, j'l'avais prévenue.

Nous avions presque terminé quand Queenie entra.

— On m'a dit qu'vous voudrez pas dîner à cause que vous allez au cinéma. Mais vous en faites pas. On gardera votre repas au chaud pour votre retour. C'est un hachis parmentier, et c'est moi qui l'ai préparé. Ce Fernando est vraiment indécrottable, bon Dieu. Il en a pas foutu une depuis des jours.

Elle s'interrompit, puis ajouta :

— Vous allez les finir, ces sandwiches ? demanda-t-elle, tendant le bras pour prendre l'assiette. Il se passe des trucs pas nets, mam'zelle, murmura-t-elle alors en se penchant vers moi. En allant ramasser d'la ciboulette pour les sandwiches, j'ai vu un bonhomme que j'connaissais pas sortir par une porte-fenêtre de l'autre côté de la maison avec une peinture sacrément grande.

— Une peinture ?

— Ouais, vous savez, un de ces machins dans un cadre. Et puis il est parti vers l'écurie. Pourquoi est-ce qu'y ferait ça, hein ? J'ai pensé que ça vous intéresserait.

— Merci, Queenie, vous avez un excellent sens de l'observation.

Je fus tentée de l'inviter à nous accompagner au cinéma, mais c'était une telle infraction à l'étiquette que je ne pus tout simplement pas m'y résoudre. Il me fallait présumer qu'elle ne risquerait rien, que personne n'aurait de raison de s'en prendre à une domestique ou de vouloir enlever une fille de sa stature. Elle était trop corpulente pour être prise en otage.

— Queenie, veuillez me rejoindre à dix-huit heures afin de m'habiller. Je souhaite porter ma robe noire, et elle a de nombreux boutons dans le dos.

Elle parut sur le point de protester, puis dut se raviser.

— Pas d'problème, mam'zelle, répliqua-t-elle en m'adressant un clin d'œil.

Je compris elle n'était finalement pas aussi bête que je l'avais toujours cru.

— Le temps s'est bien arrangé, fis-je remarquer. Et si nous allions nous promener dans le parc ?

— Bonne idée, approuva ma mère.

Accompagnées de mon grand-père, nous sortîmes du manoir et marquâmes une pause sur le perron pour admirer la fontaine. Le clapotis de l'eau couvrait le son de nos voix.

— Je vais jeter un coup d'œil à l'écurie, annonçai-je. Vous ferez le guet et vous m'avertirez au cas où quelqu'un approcherait.

— Et comment allons-nous nous y prendre ? demanda maman. Tu veux que nous hululions comme un hibou, peut-être ?

— Les hiboux ne se montrent pas en plein jour. Essaie d'imiter un ramier. C'est plutôt facile.

Grand-papa se mit à roucouler de façon si amusante que nous éclatâmes de rire. Ma mère essaya à son tour.

— Vous n'êtes vraiment pas doués, constatai-je, encore hilare. Et si tu te contentais de m'appeler par mon nom, maman ? Supposons que nous nous soyons séparés au cours de notre promenade. Quoi de plus naturel que de me chercher ?

— Oui, c'est une meilleure idée, concéda-t-elle.

— J'ai pas envie que tu y ailles, mon canard, protesta mon grand-père, le front soucieux. Ça pourrait être dangereux.

— Il faut pourtant que nous sachions ce qui se passe, grand-papa.

— Et si un des malfaiteurs est posté dans l'écurie, hein ?

— Je m'en tirerai en bluffant. Après tout, je suis ici chez moi et j'ai le droit de visiter l'écurie. Je lui dirai par exemple : « Oh, bonjour. Êtes-vous l'un des nouveaux jardiniers ? » Je sourirai aimablement, puis je poursuivrai en expliquant que j'ai l'intention d'acheter un cheval et que je tiens à vérifier les installations.

— N'empêche, ça m'plaît pas. Et s'ils veulent un otage, hein ?

— C'est un risque à prendre, conclus-je. Allons-y.

Nous fîmes le tour du manoir en évitant de nous approcher de l'aile ouest. Nous nous arrêtâmes de l'autre côté de la haie d'ifs, où nous avions une vue dégagée des portes-fenêtres et, au-delà, de la cour de l'écurie. Tout était paisible. Un ramier – un vrai, celui-là –, roucoulait mélancoliquement depuis un hêtre pourpre. Des abeilles bourdonnaient autour des roses. C'était apparemment un après-midi d'été comme un autre.

Je rassemblai mon courage.

— À moi de jouer, fis-je.

Je partis en direction de l'étable. J'eus du mal à ne pas marcher trop vite, sans regarder autour de moi. J'atteignis le bâtiment qui avait été aménagé en plusieurs garages. Le premier, réservé à la Bentley, était ouvert. Je poussai alors la porte du second et, stupéfaite, reculai d'un pas. Une camionnette était garée à l'intérieur. Ses portières arrière étaient ouvertes, et je vis qu'elle était remplie de caisses et de paquets. Plusieurs caisses plus petites étaient empilées le long du mur du box. Je compris soudain que les malfaiteurs se préparaient à partir : ils avaient peut-être avancé l'heure de leur départ après que j'eus annoncé à Plunkett que nous aurions besoin de l'automobile ce soir-là. Je devais essayer d'avertir l'inspecteur principal Garland.

J'étais sur le point de m'éloigner quand la voix de ma mère retentit :

— Georgie ? Es-tu par ici ?

Puis elle ajouta, imitant assez bien mon intonation :

— De ce côté, maman ! Viens donc voir. Il y a une biche et un faon !

Au même instant, le gravier craqua sous des pas qui se dirigeaient vers moi. Je n'eus d'autre choix que d'aller m'accroupir de l'autre côté de la camionnette – au risque d'être surprise si les criminels décidaient de sortir le véhicule du garage.

— Tu as laissé la porte ouverte, espèce d'idiot, fit observer un homme dont je ne reconnus pas la voix.

— Comme le loquet s'est pas enclenché, j'ai seulement poussé le battant, répliqua un second inconnu. Au fait, t'as entendu ? Les gens du manoir sont dans le parc. Tu crois pas qu'ils ont fourré le nez dans nos affaires ?

— T'occupe pas d'eux. Ils sont partis du côté des bois. Avec un peu de chance, on aura filé avant leur retour.

— Si on doit partit bientôt, comment est-ce qu'on va faire rentrer tout ça dans l'auto sans que personne s'en aperçoive ? Pourquoi est-ce qu'on attend pas la tombée de la nuit ?

— À cause des marées, d'après le capitaine.

L'une des portières de la camionnette se referma bruyamment, et je sursautai.

— Autant boucler ça tout de suite. Et si on peut pas tout emporter, tant pis, ajouta le premier individu en claquant l'autre portière. Je vais chercher la voiture, histoire qu'on puisse la charger dès qu'on sera sur le départ. Et, cette fois, laisse pas ces foutues portes ouvertes, nom de Dieu.

Le garage fut soudain plongé dans l'obscurité. À tâtons, je contournai le véhicule, trouvai la porte du garage et constatai, non sans joie, qu'un simple loquet pouvait être tiré de l'intérieur. Au moins, je n'avais pas été de nouveau enfermée. J'attendis un moment que je jugeai suffisant, sortis prudemment avant de longer le mur de l'écurie, à présent dans l'ombre, et rejoignis ma mère et mon grand-père, qui semblaient tous deux rongés par l'inquiétude.

— J't'avais dit que c'était une mauvaise idée, me réprimanda celui-ci. On était sur le point d'appeler la police.

— Il faut la contacter sur-le-champ, répondis-je avant de leur expliquer ce qui se passait.

Nous regagnâmes la maison. Plunkett rôdait encore dans le hall.

— Vous avez fait une bonne promenade, lady de Rannoch, madame la duchesse ? s'enquit-il.

— Tout à fait, Plunkett. J'ai vu un faon dans les bois. Incroyable, n'est-ce pas ?

— Oh oui, en effet. À quelle heure pensez-vous partir au cinéma ?

— Eh bien, comme la séance est à dix-neuf heures, nous devrions probablement nous mettre en route peu après dix-huit heures. Cela te convient-il, maman ?

— Oui, très bien. Je vais me changer, annonça-t-elle en s'engageant dans l'escalier.

— Pourriez-vous envoyer Queenie dans ma chambre, Plunkett ? demandai-je.

— Très bien, lady de Rannoch.

Il m'adressa un petit signe de tête et se dirigea vers l'office.

Je jetai un coup d'œil à mon grand-père, puis décrochai le téléphone. Il me fallait tenir compte du fait qu'il y avait un autre appareil dans l'aile ouest et que quelqu'un était susceptible de m'écouter. J'espérais cependant que cette personne ne se tenait pas tout près du téléphone et ne décrocherait pas immédiatement.

— Commissariat de Haywards Heath, dis-je à la standardiste en parlant aussi bas que possible. C'est une urgence.

J'attendis un instant, et une voix bourrue prit la communication.

— Allô ? C'est le commissariat. Brigadier Willis à l'appareil.

— Oh, bonjour, fis-je sur un ton des plus enjoués. J'aimerais parler à mon oncle Garland. Je sais qu'il est en visite dans la région en ce moment. Il n'est pas encore rentré, je présume ? Bon, je m'en doutais. Pouvez-vous lui transmettre un message, s'il vous plaît ? C'est de la part de sa nièce Georgiana, à propos de la fête que nous organisons. Je tiens vraiment à ce que la chasse au trésor se passe dans le parc du domaine, et ce ne sera pas possible dans l'obscurité, n'est-ce pas ? Demandez-lui de venir discuter des arrangements dès qu'il le pourra. Et dites-lui que j'ai hâte de le revoir très bientôt.

— Vous êtes sûre que c'est le bon numéro, mademoiselle ?

— Oh oui, certaine. Et n'oubliez pas de le lui dire dès que vous le verrez, entendu ? C'est extrêmement important.

Sur ces entrefaites, je raccrochai. J'ignorais si ce brigadier comprendrait que je n'étais pas une idiote qui lui avait raconté n'importe quoi, mais je ne pouvais faire davantage.

35.

Jeudi 4 juillet
Eynsleigh

Je ne sais plus que faire. Hormis prier pour que le policier que j'ai eu au téléphone n'aille pas s'imaginer qu'il a eu affaire à une toquée. Autrement, si les malfaiteurs ont décidé de fuir plus tôt que prévu, je ne vois pas comment les en empêcher.

Je retrouvai Queenie dans ma chambre. Que pouvais-je lui dévoiler exactement ? Au diable l'étiquette, me dis-je. Je ne voulais pas qu'elle courût de danger.

— Écoutez, Queenie. Je souhaite que vous nous accompagniez au cinéma. Il est sans doute dangereux de demeurer ici ce soir.

Elle secoua la tête.

— Oh non, mam'zelle, ça ferait louche. S'ils ont vraiment l'intention de déguerpir et que je file avec vous, ils risquent de s'méfier. Je vais donc rester. Vous faites pas de souci, je tâcherai d'les éviter. Et puis Claudette sera là, elle aussi.

Je la considérai avec une affection dont je ne me serais jamais crue capable.

— Vous êtes une fille courageuse, Queenie, mais je ne veux pas qu'il vous arrive malheur.

— Vous inquiétez pas pour moi. Si ça commence à barder, j'me faufilerai dehors et je me cacherai dans le parc. Ils vont pas s'tracasser pour quelqu'un comme moi.

— Êtes-vous certaine…, commençais-je quand maman passa la tête par la porte.

— Une camionnette vient de se garer devant l'entrée principale, m'annonça-t-elle.

— Est-ce la police ? m'enquis-je, pleine d'espoir.

— Non, juste un véhicule de livraison ordinaire. Et un type en est descendu. Il se dirigeait vers le perron, apparemment. Je n'ai pas pu distinguer grand-chose, parce que les marches sont dans l'ombre de la maison.

— Suis-moi, ordonnai-je en sortant déjà de ma chambre. Si c'est l'un de ces criminels, il va le regretter.

Je dévalai l'escalier. Ma colère l'emportait à présent sur le bon sens. Ces individus m'avaient gâché mon premier séjour dans cette demeure, qui m'appartenait. Sans compter qu'ils avaient volé les plus beaux objets de sir Hubert. Une fois dans le hall, je m'emparai d'une canne au pommeau d'argent dans le porte-parapluies.

— Georgie, ne fais pas cela, m'enjoignit ma mère, sur mes talons. C'est peut-être un simple commerçant.

— Dans ce cas, il emprunterait l'entrée de service, n'est-ce pas ?

Je me plaçai derrière la porte d'entrée. S'il s'agissait d'un vrai visiteur, il sonnerait. En revanche, si cet individu était venu avec une autre camionnette afin d'aider ses complices, j'étais prête à l'accueillir. Je refusais de penser au fait que les autres membres du gang étaient encore sur le domaine et qu'ils avaient la supériorité du nombre. Mon grand-père apparut au sommet de l'escalier.

— Qu'est-ce qui s'passe ? demanda-t-il en descendant les marches.

Je posai un index sur mes lèvres, cependant que la porte commençait à lentement s'entrebâiller. Ce n'était donc pas un banal visiteur. Je n'avais pas fait erreur. Je brandis la lourde canne au-dessus de ma tête. Le soleil, éblouissant, entra à flots et la silhouette d'un homme brun se découpa sur le seuil. Il pénétra dans le hall en refermant doucement derrière lui. À l'instant même où je m'avançai, sur le point de le frapper, il regarda alentour et lança :

— Ohé ! Il y a quelqu'un ?

Heureusement pour lui – sans quoi il se serait retrouvé à terre. Je lâchai la canne, qui tomba avec fracas, et me jetai à son cou.

— Darcy ! m'exclamai-je en fondant en larmes.

— Eh bien, c'est ce que j'appelle un accueil expansif, commenta-t-il en m'enlaçant. Je voulais vous faire la surprise. Un plombier a accepté de me conduire jusqu'ici depuis la gare. Je constate que je vous ai effectivement surprise, mais il est inutile de pleurer à chacun de mes retours.

— Vous ne comprenez pas, parvins-je à articuler entre deux sanglots. J'ai failli vous tuer, ou du moins vous assommer.

— Non, je ne comprends pas, répliqua-t-il en m'écartant de lui pour observer mon visage baigné de larmes. Reprenez-vous, ma vieille. Cela ne vous ressemble pas. Qu'y a-t-il ?

— Allons dans le petit salon, dis-je en le prenant par la main.

Il n'y avait aucun signe de Plunkett. S'était-il enfui avec les jardiniers pendant qu'il en était encore temps ? J'entraînai Darcy dans le petit salon. Maman nous suivit, tandis que grand-papa se postait sur le seuil de la pièce, prêt à intervenir en cas de danger. M'efforçant de m'exprimer de manière cohérente, je racontai tout à mon fiancé. Son expression se fit de plus en plus incrédule.

— Êtes-vous sûre de tout ce que vous avancez ? s'enquit-il.

— Évidemment. Tout à fait sûre. Et l'inspecteur de Scotland Yard a su d'emblée de quelle bande il s'agissait.

— Pourquoi diable n'avez-vous pas regagné Londres ?

— Parce que nous venons tout juste de saisir de quoi il retournait. Jusqu'à aujourd'hui, nous pensions que cela concernait une vieille femme au cerveau dérangé qui était revenue vivre à Eynsleigh. La police va arriver dans la soirée. J'espère simplement qu'il ne sera pas trop tard. J'ai l'impression que la bande est sur le point de filer, et je les soupçonne de vouloir prendre la Bentley. J'ai laissé un message à l'inspecteur Garland, mais j'ignore s'il lui sera transmis. Il m'a fallu faire croire que j'appelais un oncle, au cas où l'un des malfaiteurs m'épierait.

Darcy me dévisagea avec inquiétude, puis me sourit.

— Comment vous débrouillez-vous pour vous retrouver mêlée à ce genre d'affaires, Georgie ?

— Je ne le fais assurément pas exprès. J'avais hâte de profiter de ce premier séjour dans ma toute première maison, et je ne m'attendais pas à être asphyxiée dans ma chambre ou à ce que l'on me laisse mourir dans une crypte.

— Qu'avez-vous prévu de faire, à présent ?

— Garland tient à ce que nous demeurions à l'écart et allions tous au cinéma.

— Bonne idée. Partons avant que ces criminels n'aient le temps de s'emparer de l'automobile.

— Et s'ils s'enfuient avant l'arrivée de la police ? demandai-je. Et s'ils emportent tous les biens qu'ils ont volés ?

— Vous ne réussirez pas à les en empêcher, c'est évident, répondit Darcy. Nous n'y parviendrons pas, même ensemble. Ils sont sans doute armés.

— Nous pourrions les ralentir, proposai-je avant de me tourner vers maman. Grand-papa et toi n'avez qu'à prendre la Bentley, d'accord ? Ils se figureront que nous nous sommes tous absentés. Et Darcy et moi parviendrons peut-être à saboter leur camionnette.

— De quelle manière ? s'enquit mon compagnon. J'ai lu quelque part que l'on pouvait enlever le distributeur d'allumage, mais je n'ai jamais eu l'occasion de le faire. En outre, s'ils sont en train de charger leur véhicule, ils s'apercevront que quelqu'un a soulevé le capot, me semble-t-il.

— Je sais ! m'écriai-je avec fièvre. Les oiseaux !

— Quels oiseaux ?

— Le meneur, Phil Vogel, est surnommé l'Oiseau, car il en a plusieurs. Il a probablement assez d'affection pour eux pour essayer de les récupérer si nous les lui dérobons.

Darcy me considéra en fronçant les sourcils.

— Vous voulez dérober les oiseaux d'un criminel notoire ?

— Oui, je ne vois pas d'autre moyen de les retarder.

— Vous avez perdu la raison.

— Non. Si ce Phil se passionne pour ces volatiles autant que ce que l'on raconte, il compte les emmener. Avec un peu de chance, ils seront déjà dans des cages, prêts à être transportés.

— Avec un peu de chance ? Vous voulez dire que vous voulez attraper des oiseaux en liberté ?

— S'ils le sont, il nous suffira d'ouvrir les portes-fenêtres et de les chasser dehors. Nous laisserons un mot pour lui annoncer que nous avons emportés ses oiseaux et qu'il peut venir les chercher dans les bois.

Mon fiancé secoua la tête.

— Georgie, c'est une très mauvaise idée.

— Possible. Mais nous devrions au moins essayer. Je suppose que les portes-fenêtres de l'aile ouest ne sont pas bouclées, puisqu'ils ne cessent d'aller et venir. Essayons, insistai-je en touchant la manche de Darcy. Et s'ils nous repèrent, ils seront déconcertés à votre vue. Ils se demanderont si d'autres renforts sont arrivés.

Sans attendre sa réponse, je me dirigeai vers le secrétaire et, sur une feuille de papier, j'écrivis en majuscules noires : NOUS AVONS VOS OISEAUX. VENEZ LES CHERCHER.

— C'est stupide, Georgiana, déclara Darcy.

Je crois que ce fut l'une des rares fois où il ne m'appela pas par mon diminutif, ce qui m'incita à marquer un temps d'arrêt, mais je n'avais pas l'intention de reculer.

— Pour ma part, je vais tenter la chose. Vous êtes libre de me suivre ou non. Vous pouvez au moins faire le guet.

— Et vous vous croyez capable de porter une fichue cage à oiseaux dans les bois sans l'aide de personne ?

— Je ne le saurai pas tant que je n'aurai pas essayé.

Il soupira.

— Très bien. Je ne vais évidemment pas vous laisser vous débrouiller seule. Allons-y, dans ce cas, et montrez-moi où nous devons aller.

— Quant à nous, papa, nous partons en voiture, dit ma mère.

Nous gagnâmes le perron ensemble, tout en bavardant de notre soirée au cinéma et du temps écoulé depuis la dernière fois que nous avions vu un film. Puis, pendant que maman et grand-papa montaient en voiture, Darcy et moi longeâmes discrètement la bâtisse, dont les murs étaient plongés dans l'ombre, passant inaperçus sous les hautes fenêtres du rez-de-chaussée. En arrivant au coin, nous nous immobilisâmes. Fernando et McShea franchissaient l'une des portes-fenêtres, chargés d'une petite horloge très ornée.

— Dépêchez-vous, on n'a pas toute la journée devant nous ! lança une voix de femme depuis l'écurie.

Joanie sortit de la pénombre, vêtue d'une robe et d'un chapeau élégants.

— C'est le dernier objet ? demanda-t-elle.

— Il y a encore quelques bricoles, répondit McShea.

Dire que je l'ai cru innocent, songeai-je.

— Ils viennent de s'en aller avec l'automobile, fit alors remarquer Fernando.

— Déjà ? Bon sang ! pesta Joanie. Je pensais qu'ils ne s'absenteraient pas avant dix-huit heures. Bon, dans ce cas, il va falloir laisser le reste. On ne réussira pas à faire rentrer autre chose dans la camionnette.

— On s'en fout, de tout ce bazar, dit l'Espagnol, qui s'exprimait à présent avec plus d'aisance dans notre langue. Qu'est-ce que tu fais de nous ? On va pas pouvoir se serrer tous les cinq dans un seul véhicule.

— Deux d'entre vous devront rejoindre le bateau par leurs propres moyens.

— Attends un peu, protesta McShea. Je suis resté loyal à Phil depuis tout ce temps. C'est pas pour qu'il me lâche maintenant. On a qu'à laisser Plunkett ici. Il nous a pas servi à grand-chose, de toute façon.

— C'est déjà prévu, évidemment, rétorqua sèchement Joanie. Il a fait ce qu'on lui a demandé. On a plus besoin de lui.

— Mais pas question de nous plaquer, reprit Fernando, dont les yeux lançaient des éclairs. T'as qu'à décharger des objets pour qu'on monte à l'arrière, OK ?

— OK. Te fâche pas comme ça, répliqua-t-elle, s'apprêtant à retourner dans le garage.

— Et cette horloge, qu'est-ce qu'on en fait ? cria McShea.

— On la garde, décida Joanie. Elle me plaît. Je la poserai sur mes genoux.

— Où est Phil ? s'enquit alors l'Espagnol.

— Avec Plunkett. Ils règlent leurs comptes.

Pendant qu'ils se dirigeaient vers l'écurie, Darcy et moi nous avançâmes prudemment vers les portes-fenêtres. Je me souvenais que la pièce où la fausse lady Anstruther m'avait reçue se situait au bout du couloir ; par conséquent, c'était à présent la plus proche. J'ouvris doucement, jetai un coup d'œil à l'intérieur et, enchantée, pointai du doigt deux cages couvertes d'un linge, posées sur la table. Les oiseaux étaient bel et bien prêts pour le transport. Darcy passa devant moi pour soulever la plus grande. Je laissai le message sur la table et pris la seconde cage, puis nous quittâmes rapidement les lieux. Tout s'était trop bien passé. Nous traversâmes à vive allure une pelouse où nous risquions d'être vus, bifurquâmes derrière la haie d'ifs et nous frayâmes un chemin pour gagner l'orée du bois. Nous avions parcouru une courte distance entre les arbres quand un bruit de pas se fit entendre derrière nous dans les fougères. Darcy posa sa cage et se précipita derrière un tronc ; de justesse, car un homme parvint à ma hauteur – Phil, supposai-je.

— Espèce de foutue imbécile ! s'écria-t-il. Qu'est-ce vous espériez accomplir, hein ? Vous pensiez que je ne vous retrouverais pas ? Et qu'imaginiez-vous que je vous ferais, une fois que je vous aurais rattrapée ? Vous n'êtes pas dans un roman d'aventures pour gamins, vous savez. Vous allez le regretter…

— Non, c'est vous qui allez le regretter, l'interrompis-je.

D'un geste rapide, j'arrachai le linge qui couvrait la plus grande cage, en ouvris la porte et, d'une chiquenaude, incitai le perroquet à sortir. Ce qu'il fit, comme je l'avais espéré. Il s'envola vers les arbres en battant bruyamment des ailes. Phil Vogel laissa échapper un cri de rage et de désespoir mêlés.

— Charlie ! appela-t-il. Redescends voir papa, Charlie. Viens, mon petit, viens, poursuivit-il en tendant le poignet.

Darcy profita de son inattention pour émerger de sa cachette. Après avoir passé les mains autour du cou du malfaiteur, il exerça une légère pression. Phil s'écroula par terre, telle une poupée de chiffon.

— Une petite prise que l'on m'a enseignée en Argentine, précisa mon fiancé avec un sourire satisfait.

— Est-il mort ? m'enquis-je, angoissée.

— Non, il reprendra bientôt connaissance, assura-t-il en enlevant sa ceinture. J'espère que je ne vais pas perdre mon pantalon.

Il retourna Phil Vogel pour lui attacher fermement les poignets dans le dos au moyen de sa ceinture. Puis il se redressa et plongea la main dans sa poche.

— Ah, parfait, ajouta-t-il, l'air toujours content de lui. Ma vieille nourrice me recommandait toujours de ne jamais sortir sans un mouchoir propre. Elle avait raison.

Il s'en servit pour bâillonner le malfaiteur.

— Qu'allons-nous faire, maintenant ? demandai-je en considérant l'homme qui gisait parmi les fougères.

— Éclipsons-nous avant que ses complices n'aient le temps de partir à notre recherche ou à celle de Phil. En espérant que les policiers débarqueront à temps pour les arrêter. Sinon, ils devraient pouvoir les intercepter avant qu'ils n'atteignent le port. Venez.

Il me saisit la main et m'entraîna plus loin. Au-dessus de nous, le perroquet s'égosillait :

— Bonjour, l'oiseau ! Donne un baiser à Charlie !

— Ne faudrait-il pas essayer de l'attraper pour le remettre dans sa cage ? suggérai-je. Il alertera les autres sur l'endroit où se trouve leur chef.

— C'est un risque à prendre. Cherchons une cachette depuis laquelle observer le portail du domaine.

Nous nous déplaçâmes aussi silencieusement que possible à travers le bois, puis longeâmes le mur du domaine en passant d'arbre en arbre. Nous choisîmes de nous poster derrière un vieux chêne depuis lequel l'on avait une bonne vue sur le manoir et sur les grilles. Là, nous attendîmes. Un long moment. De temps à autre, nous distinguions des éclats de voix, des appels, ainsi que les cris rauques du perroquet. Aucun véhicule de police ne s'approchait du portail. Garland avait-il reçu mon message ? À quelle heure avait-il initialement prévu de leur tendre une embuscade ?

— Si la police n'arrive pas avant leur départ, que pouvons-nous faire ? chuchotai-je.

— Comptez-vous vous mettre en travers de leur passage et leur ordonner : « Arrêtez, chenapans ! » ? ironisa Darcy. Nous serons contraints de les laisser filer. Mais nous téléphonerons à l'inspecteur dès qu'ils auront quitté les lieux.

— Et si l'un de nous regagnait la maison pour passer ce coup de fil ? proposai-je.

— C'est trop dangereux. Nous ignorons si certains d'entre eux sont encore à l'intérieur. Du reste, ils sont probablement armés, ajouta-t-il en passant un bras autour de mes épaules. Il ne faut pas confondre bravoure et imprudence, affirma-t-il en scrutant mon visage, à quelques centimètres seulement du mien. Je refuse que vous couriez le moindre risque. J'ai bien l'intention d'épouser ma promise !

Sur ces mots, il m'embrassa. Nous nous écartâmes l'un de l'autre en entendant un bruit de moteur en direction de l'écurie. Ils avaient démarré la camionnette. Tandis qu'elle apparaissait dans notre champ de vision, nous retînmes notre souffle. Je ne parvins pas à voir combien de personnes étaient installées à l'avant, car nous avions maintenant le soleil dans les yeux. Je me sentais si impuissante et furieuse à l'idée qu'ils s'échappent avec autant de trésors. Darcy me serra plus fort contre lui, comme s'il me soupçonnait d'être capable de m'élancer vers le véhicule pour l'intercepter.

Alors que celui-ci atteignait le portail, je remarquai, pour la première fois, qu'il était fermé. Nous le laissions d'ordinaire ouvert, puisqu'il n'y avait pas de portier. Qui avait eu la présence d'esprit de repousser les battants ? Peut-être mon grand-père en avait-il eu l'idée après avoir franchi les grilles dans la Bentley.

La camionnette s'arrêta dans un grincement de freins. Fernando en descendit et courut vers le portail, dont il ouvrit les lourdes grilles, l'une après l'autre. Il s'apprêtait à remonter dans le véhicule quand, soudain, des silhouettes vêtues de bleu affluèrent dans l'allée.

— Vous allez quelque part, Phil l'Oiseau ? demanda l'inspecteur principal Garland.

36.

Jeudi 4 juillet

Dieu merci, ce cauchemar est terminé, j'ai peine à le croire. Darcy est de retour et tout est merveilleux.

Une fois que la police fut repartie avec la bande de Phil Vogel, nous regagnâmes la maison.

— Je crois que vous méritez un verre de brandy pour vous remonter, déclara Darcy. Mais je ferais mieux d'en trouver moi-même, puisqu'il n'y a plus de domestiques que nous pouvons sonner.

— Queenie ! m'exclamai-je. Oh, mon Dieu, Darcy, j'espère qu'elle est saine et sauve.

Sans attendre une seconde de plus, je poussai la porte tapissée de feutre et dévalai les marches qui menaient à l'office. La cuisine était vide. J'entrai dans la pièce réservée au majordome et m'arrêtai net, épouvantée. Plunkett gisait près de son bureau, la gorge tranchée, tout à fait mort. C'était donc ce que Joanie avait voulu dire quand elle avait expliqué que Phil et Plunkett réglaient leurs comptes. Je compris alors que la victime avait peut-être été mêlée au complot des malfaiteurs contre son gré. Pauvre homme. Je n'aurais jamais pensé pouvoir éprouver de la compassion pour lui. Et cela ne faisait qu'accroître mon inquiétude.

— Queenie ? criai-je, ma voix se répercutant dans l'immense cuisine. Êtes-vous là ?

Lentement, la porte du cellier s'ouvrit et son visage apparut.

— Merde alors, mam'zelle, j'ai bien cru que j'étais cuite.

Elle émergea de la petite pièce en brandissant un gros couteau de cuisine. La petite Molly, terrifiée, sortit derrière elle.

— Oh, lady de Rannoch ! Que le bon Dieu soit remercié ! Ce Fernando, c'est le diable en personne. Il a menacé Queenie avec un couteau.

— Vraiment ? m'étonnai-je en dévisageant ma femme de chambre.

Elle haussa les épaules.

— Il a dit que j'étais tellement agaçante qu'il était tenté de me hacher menu comme d'la chair à pâté et qu'il reviendrait m'liquider si j'racontais quoi que ce soit. Alors Molly et moi, on s'est cachées dans le cellier, et j'ai pris un couteau au cas où il s'ramènerait.

— Vous n'avez plus à vous faire de souci. La police les a tous arrêtés, sauf ce pauvre Plunkett. Ils l'ont tué avant de décamper.

— On a en effet entendu qu'il y avait du grabuge, hein, Molly ? Une sorte de dispute et puis un cri affreux.

— Sachez que son corps est à l'office. N'y entrez surtout pas.

— Oh, vous faites pas d'mouron, ça risque pas, assura Queenie avant d'apercevoir mon fiancé sur le seuil. Ma parole, ça m'en bouche un coin ! C'est m'sieur Darcy. Vous avez d'la chance, j'ai fait un gros hachis parmentier. Vous voulez que j'le fasse réchauffer ?

L'intéressé la regarda, puis éclata de rire.

— Queenie, vous êtes impayable. Vous venez d'échapper à la mort, et vous parlez calmement de dîner.

— Ben quoi, faut bien manger, non ? Mais vous devrez vous contenter de courgettes. Pas question d'aller ramasser d'autres haricots verts à c'te heure-là.

★

Ma mère et mon grand-père revinrent, et furent tout à la fois horrifiés et fébriles d'apprendre ce qui s'était passé.

— Pauvre Plunkett, commenta maman. C'est terrible. Je ne peux pas dire que je l'appréciais beaucoup, mais il a dû se retrouver piégé dans une situation dont il n'a pu s'extirper. Dieu merci, tout cela est derrière nous, et nous pouvons désormais nous consacrer aux préparatifs de ton mariage, Georgie.

— Et le vôtre ? s'enquit mon fiancé. Et celui de votre père ?

— Ni l'un ni l'autre n'auront lieu, répondit ma mère d'un ton théâtral. La mort nous a tous deux privés de ce bonheur.

— Max est décédé ?

— Non, son père. Et il ne juge pas convenable de m'épouser pour l'instant.

— Et le cœur de cette pauvre vieille Hettie a lâché, renchérit grand-papa. Elle a pas supporté toute cette joie.

— Tant de morts…, constata Darcy en me lançant un regard. J'espère que ce n'est pas un mauvais présage pour nous, Georgie. Je ne vais plus vous quitter des yeux une seule seconde jusqu'à notre mariage.

— Moi de même, précisai-je. Plus d'escapade inopinée à l'étranger, entendu, Darcy ?

— Aucune, je vous le promets. Justement, le ministère des Affaires étrangères vient de me proposer un emploi stable, m'apprit-il, cependant qu'une expression curieuse passait sur son visage. C'est un travail de bureau. Tout ce qu'il y a de plus sûr. Je ne serai plus envoyé au pied levé dans des pays lointains.

Je l'enlaçai.

— Oh, Darcy, c'est merveilleux. Quelle bonne nouvelle !

— N'est-ce pas ? Il vous faudra subir ma présence tous les soirs pour le dîner.

Nous dégustâmes ensuite le hachis parmentier arrosé d'une assez bonne bouteille de beaujolais et fîmes mine d'ignorer les allées et venues des policiers venus chercher le corps de Plunkett et passer le manoir au peigne fin, en quête d'indices.

Plus tard dans la soirée, Darcy et moi allâmes faire une promenade. L'eau de la fontaine clapotait doucement, et les dernières lueurs du jour rougeoyaient à l'ouest. Tout était si paisible que j'avais peine à croire que nous étions encore en danger quelques heures auparavant. C'est en découvrant Plunkett que j'avais pris conscience des périls auxquels nous nous étions exposés. Quiconque était capable de trancher la gorge d'un complice n'aurait sans aucun doute pas hésité à se débarrasser de nous.

— Je suis si heureuse que vous soyez revenu à temps, murmurai-je à mon compagnon.

— Moi aussi. Je crois que vous auriez été prête à affronter ce Phil l'Oiseau seule et, à l'heure qu'il est, votre corps sans vie serait peut-être étendu dans les bois.

Je frémis.

— Taisez-vous. Ces derniers jours ont été si atroces, Darcy. Je me faisais une telle joie de transformer Eynsleigh en une maison accueillante avant votre arrivée. À présent, nous ne pouvons plus toucher à rien tant que sir Hubert ne sera pas revenu pour identifier les objets de valeur qui ont manqué d'être volés. Ils doivent aussi servir de pièces à conviction.

— Quelqu'un va-t-il le prévenir ?

— Je ne sais comment le contacter. Nous ne pouvons pas lui envoyer un télégramme Dieu sait où en Amérique du Sud, soulignai-je en riant.

— Je câblerai l'ambassade de Buenos Aires. Nous avons une ligne spéciale. Ils retrouveront sa trace.

— Vous êtes fort utile, à votre façon, affirmai-je en le contemplant avec adoration.

— Oui, je présume que je ne suis pas complètement superflu, acquiesça-t-il, souriant, en me prenant dans ses bras. J'ai hâte que ce mariage soit passé et que nous puissions partir en lune de miel, chuchota-t-il en frôlant mon oreille de ses lèvres.

— Moi de même. Oh, j'ai d'abord envie de prendre du bon temps le jour de notre mariage, mais notre voyage de noces m'intéresse tout autant.

Il s'esclaffa avant de déposer un baiser sur le bout de mon nez.

— Je vous ai toujours soupçonnée d'être une fougueuse jeune femme.

— À propos de lune de miel… la reine propose de nous laisser Balmoral.

Il s'écarta de moi avec un regard effaré.

— Vous n'avez pas accepté, j'espère ?

— Non. Je l'ai aimablement remerciée et j'ai laissé entendre que vous aviez probablement déjà prévu autre chose.

— Dieu soit loué. Il n'y a rien de pire que de dormir dans une chambre avec du papier peint à motif de tartan et d'être réveillé à l'aube par le son des cornemuses.

Je gloussai.

— Sans parler des domestiques qui nous tourneraient sans cesse autour. Bien, qu'avez-vous organisé ?

— Je ne peux vous le dire, c'est un secret.

— C'est injuste. Comment faire mes bagages si je ne sais à l'avance où nous irons ? Il y a une différence entre Brighton et Beyrouth, par exemple. Vous ignorez tout de notre destination, n'est-ce pas ? compris-je soudain. Vous n'avez encore rien projeté.

— J'ai l'embarras du choix. Et je n'ai pas encore pris de décision. Mais, où que nous allions, ce sera formidable. Du reste, tout est en place pour les premiers jours. Un ami me prête sa péniche aménagée sur la Tamise. J'ai pensé que nous pourrions nous y rendre directement après la cérémonie. Juste nous deux, sur un bateau. Ni domestiques. Ni personnel hôtelier.

— Oh oui, cela me paraît divin.

— Parfait. Et ne vous préoccupez pas de la suite. Tout finira par être arrangé.

— Je serai heureuse sur une péniche. Je n'ai pas besoin d'aller ailleurs.

— Nous verrons, fit Darcy, dont le bras serrait plus fort ma taille. En attendant…

Aucun de nous ne parlât pendant un bon moment.

Alors que nous retournions vers le manoir, Darcy reprit la parole.

— Je resterai jusqu'à ce que tout soit réglé avec la police. Ensuite, je ferais mieux de rentrer chez Zou Zou.

— Vous préférez sa compagnie à la mienne ?

— Je n'ai pas envie que l'on fasse courir des bruits avant notre mariage. Je refuse d'entendre des rumeurs sur l'inconvenance du fiancé et l'honneur bafoué de sa future épouse. Nous devons faire les choses correctement.

Nous approchions du perron quand une voiture de police apparut. L'inspecteur principal Garland en descendit.

— Et voilà qui est réglé ! m'annonça-t-il, pressant le pas pour nous rejoindre, avant de remarquer Darcy. Bonsoir. Et vous êtes ?

— Voici mon fiancé, l'honorable Darcy O'Mara, répondis-je. Darcy, je vous présente l'inspecteur principal Garland de Scotland Yard.

Les deux hommes échangèrent une poignée de main.

— Vous venez d'arriver, c'est bien cela ? s'enquit le policier.

— À point nommé, semble-t-il. Ma fiancée s'apprêtait à s'enfuir dans les bois avec les oiseaux du chef de la bande.

— Vraiment ?

— Il fallait que nous les retardions, d'une manière ou d'une autre, expliquai-je. Ils étaient sur le point de filer plus tôt que prévu. Et ce stratagème a marché, manifestement. Darcy m'a aidée à emporter les cages dans la forêt. Phil Vogel nous y a suivis. Darcy l'a assommé avant de le ligoter. Lorsque ses complices l'ont retrouvé, ils avaient déjà perdu une demi-heure.

L'inspecteur me considéra en secouant la tête.

— Vous êtes téméraire, lady Georgiana.

— Je sais. J'agis parfois avant de réfléchir.

— Tout s'est bien terminé pour vous, heureusement. Quelle sale affaire, n'est-ce pas ? Phil et sa bande sont maintenant derrière les barreaux, et les objets volés sont en notre possession. Votre coup de téléphone a été des plus astucieux, lady Georgiana. Si vous ne m'aviez pas laissé de message, ces malfaiteurs seraient déjà à bord de leur bateau. Il était amarré à Newhaven, et nous avons également interpellé son équipage.

— J'ai pensé que le brigadier me prendrait sans doute pour une toquée, expliquai-je. Mais j'ignorais si quelqu'un m'écoutait sur un autre appareil.

Le policier afficha un grand sourire.

— Par chance, je passais devant son bureau quand il a raccroché et a lancé en riant : « Une timbrée voulait parler à son oncle Garland. » Il a repris son sérieux quand je lui ai répondu : « Je suis l'oncle Garland. Que vous a-t-elle dit ? »

— Vous prendrez bien un verre avec nous, inspecteur, proposa Darcy.

— Non, merci, c'est gentil. J'ai quelques détails à vérifier dans la pièce où le corps a été découvert. Cette fois, Phil l'Oiseau ne sera pas condamné à quelques années de prison, mais à la pendaison.

— Vous ne croyez donc pas que Plunkett faisait partie de la bande ?

— Il n'avait pas de casier judiciaire. Peut-être est-il vraiment arrivé en qualité de majordome, et Phil et ses acolytes l'ont soudoyé ou menacé afin qu'il ferme les yeux sur leurs activités.

L'inspecteur nous accompagna dans la maison et alla saluer mon grand-père.

— J'imagine qu'il va vous falloir résider de nouveau à Londres pendant quelque temps, fit observer Garland. Nous vous avons privé de tous vos serviteurs, je le crains, et un domaine comme Eynsleigh ne se gère pas tout seul.

Je réfléchis un instant et m'aperçus que je n'avais nulle envie de m'en aller. Je ne voulais pas non plus que mon grand-père rentrât tout de suite chez lui, ni que maman cherchât un hôtel plus abordable.

— Vous savez, je crois que nous pouvons nous en sortir, répondis-je. Queenie sait cuisinier, et Molly l'aidera.

— De mon côté, j'peux bricoler ici et là et entretenir la maison, ajouta mon grand-père.

— C'est hors de question. Tu es mon invité. Des villageoises sont chargées du ménage, de toute façon. Nous leur demanderons simplement de venir plus souvent. Le vieux Ben peut s'occuper du potager, et je suis convaincue que Mme Holbrook acceptera de reprendre sa position de gouvernante en attendant que nous nous organisions autrement.

Tout le monde opina du chef.

37.

Samedi 6 juillet, puis les jours et les semaines suivants
Eynsleigh, puis Rannoch House

Je compte les jours qui me séparent de notre mariage ! J'ai du mal à croire que cet événement va finalement se produire. Les choses se déroulent enfin au mieux.

Nous restâmes donc à Eynsleigh. Comme je l'avais escompté, Mme Holbrook fut enchantée de revenir travailler quelque temps, et elle embaucha de nouveau deux bonnes des environs qui avaient été congédiées. Le vieux Ben engagea deux jeunes villageois comme assistants et, sur le domaine, tout fut réglé comme du papier à musique. Je commençais à me demander si j'avais réellement envie d'un nouveau majordome. Ce type de domestique se montre toujours incroyablement snob et, d'après moi, son rôle est surestimé !

Le samedi, nous accompagnâmes mon grand-père aux obsèques de Mme Huggins. Queenie, qui fut aussi du voyage, se vanta de ses prouesses de cuisinière dans une « maison foutument grande. Huppée comme c'est pas permis ». En découvrant la famille au complet de Hettie Huggins, je fus réellement soulagée que grand-papa n'eût pas pu l'épouser. Sur le trajet du retour, il garda le silence, et je crois qu'il pensait la même chose.

Quelques jours plus tard, l'inspecteur principal Garland nous rendit visite. Selon lui, nous serions appelés à témoigner lors du procès, mais il nous conseilla de ne pas mentionner la disparition de M. Broadbent lorsque nous serions interrogés. Quoiqu'il ne doutât pas du bien-fondé de mon raisonnement, il n'avait aucun moyen de prouver que cet homme avait été assassiné par la bande, et cela ne servirait qu'à dérouter le jury. D'ailleurs, Phil était déjà accusé d'un meurtre, et cela suffirait. Il restait au policier de s'assurer que le malfaiteur avait bien commis ce crime et que les autres pouvaient être inculpés en tant que complices.

— Quant à lady Anstruther, êtes-vous en mesure de prouver qu'elle a été tuée ?

— Non, malheureusement. Nous n'avons relevé aucun signe de traumatisme sur son corps, mais elle a pu très facilement être étouffée ou empoisonnée, et nous ne le saurons jamais.

— Je comprends à présent pourquoi ils ont voulu se débarrasser d'elle. Si elle est revenue à l'improviste à Eynsleigh et qu'elle a trouvé ces gens chez elle, elle a dû faire un vrai scandale en découvrant la maison dans cet état et la piètre qualité de la domesticité. Il fallait qu'elle disparaisse, à l'évidence. Mais pourquoi faire croire qu'elle était encore en vie en usurpant son identité ?

L'inspecteur arbora un grand sourire.

— Pour une raison simple : l'argent. La vieille dame recevait une rente assez considérable, et elle possédait un grand nombre de valeurs, de titres et de bijoux que Phil et sa bande se sont empressés de liquider. Son conseiller financier, M. Broadbent, a dû se rendre compte qu'il y avait anguille sous roche. Voilà pourquoi il a cherché à la rencontrer.

— Pauvre M. Broadbent, me désolai-je.

— Il y avait une seconde raison, poursuivit Garland. Tant que les voisins penseraient qu'une vieille femme difficile et toquée résidait à Eynsleigh, ils se garderaient bien de venir lui rendre visite.

— Nous ne saurons jamais si M. Rogers a été poussé dans l'escalier ou s'il a été victime d'un accident, repris-je, songeuse. Quant à Plunkett, avez-vous réussi à en apprendre davantage sur son compte ?

— Oui. Il s'appelait en réalité Edward Plunkett. C'était le neveu du défunt Charles Plunkett, majordome de son état. Après avoir été employé comme valet de pied, Edward a été incarcéré pour quelques menus vols. À sa sortie de prison, il est allé vivre avec son oncle, qui s'est bientôt éteint. Nous ne savons pas si son décès est à mettre sur le compte du neveu. Peut-être Charles Plunkett est-il simplement mort de vieillesse. Edward a en tout cas trouvé la lettre de recommandation des Malmsbury et s'en est servi pour décrocher un boulot en or à Eynsleigh. Malgré tout, l'un des complices de Phil l'Oiseau l'a reconnu, pour l'avoir rencontré en prison, et a menacé de tout révéler s'il ne les laissait pas s'installer dans la demeure pour en faire leur quartier général.

— Je vois. Et les jardiniers ? Appartenaient-ils à la bande ?

— Non, c'est Plunkett qui les avait engagés. C'était du menu fretin, et ils ont vite compris qu'ils n'étaient pas de taille. Même s'ils ont filé avant les autres, nous les avons aisément retrouvés. Ils seront eux aussi jugés comme complices.

— Il n'y en avait donc pas un pour rattraper l'autre, conclus-je. Quel soulagement qu'ils ne soient plus là. Tout se passe tellement mieux à présent.

— Et votre mariage approche.

— C'est exact.

— Votre fiancé n'est pas là ?

— Il est rentré à Londres. C'est une question de bienséance, voyez-vous.

L'inspecteur s'esclaffa.

— Naturellement. Héberger une bande de voleurs dans votre maison ne pose pas de problème, tant que personne n'y batifole !

Je ris à mon tour de bon cœur.

Je regardai son auto s'éloigner dans l'allée, puis restai sur le perron pour contempler le jet de la fontaine dans la lumière de fin d'après-midi et réfléchir aux événements étranges qui s'étaient produits récemment. Quatre morts en une semaine. Deux mariages annulés. En présence de Garland, je m'étais montrée enjouée et optimiste mais, au fond de moi, je m'inquiétais vraiment : était-ce de mauvais augure pour notre propre noce ? Je regrettais que Darcy ne fût plus à mes côtés. Je souhaitais par-dessus tout que la cérémonie et la réception fussent déjà derrière nous, que nous fussions mariés, en train de profiter de notre lune de miel. Je soupirai, rentrai et refermai la porte.

★

La semaine suivante, je montai à Londres pour un essayage. Belinda s'était surpassée ! Ma robe serait superbe et me seyait à ravir. Elle ne faisait pas trop jeune fille, mais sa coupe classique mettait en valeur ma silhouette mince et ma grande taille. Avec la traîne enroulée derrière moi, je me sentais extrêmement élégante.

— Belinda, tu es un génie.

— Attends un peu de voir les robes des demoiselles d'honneur.

Nous les emportâmes chez le duc et la duchesse d'York, au 145, Piccadilly, et les princesses les passèrent. Elizabeth se mit à tournoyer dans la sienne.

— Dans cette tenue, j'ai vraiment l'impression d'être une princesse, commenta-t-elle.

La petite Margaret la toisa alors d'un air dédaigneux.
— Tu es déjà une princesse, espèce d'idiote !

★

Une semaine avant le grand jour, nous étions en train de prendre le thé quand on frappa un coup retentissant à la porte. Mme Holbrook alla ouvrir, et je l'entendis pousser un cri de joie.
— Le maître est de retour ! s'écria-t-elle. Il est rentré !
Sir Hubert ouvrit grand les bras, et je courus vers lui.
— Quelle belle surprise ! m'exclamai-je.
— Ma foi, je ne pouvais manquer votre mariage, n'est-ce pas ? répondit-il en m'étreignant chaleureusement.
— Comment avez-vous fait pour arriver à temps depuis l'Amérique du Sud ?
Il lâcha un rire grave et tonitruant qui me chatouilla la joue.
— Grâce à un merveilleux petit appareil que l'on appelle un aéroplane. Ou plutôt, plusieurs aéroplanes. J'en ai pris un de Buenos Aires à Rio, un autre de Rio à Miami ; de là, je me suis rendu à New York, puis à Terre-Neuve, et enfin à Shannon en Irlande, avant de gagner Londres. Et me voilà !
— Sapristi. C'est épatant. Je suis si heureuse de vous voir.
— Tout se passe bien dans la maison ? s'enquit-il. Appréciez-vous de vivre à la campagne ?
— À présent, oui.
Il m'interrogea du regard.
— L'ambassade britannique à Buenos Aires ne vous a pas envoyé de télégramme ? demandai-je. Ils ont essayé de vous retrouver.
— Non, je n'ai rien reçu. J'ai quitté l'Argentine il y a trois semaines. Que s'est-il passé ?
— Venez prendre le thé, je vous raconterai.

Je le conduisis dans le salon. Il s'immobilisa sur le seuil en fronçant les sourcils.

— Où est le tableau du cavalier ?

— C'est une longue histoire, répliqua maman.

Sir Hubert la remarqua alors.

— Claire ?

— Hubert, le salua-t-elle en se levant, un sourire radieux aux lèvres, avant de lui tendre les bras. Je suis littéralement enchantée de te voir.

Elle vint à sa rencontre, et ils s'enlacèrent. J'avais eu raison de la soupçonner de vouloir assurer ses arrières, au cas où Max ne reviendrait pas !

Il s'assit avec nous, et ma mère lui servit une tasse de thé. Puis je lui relatai tout ce qui s'était produit.

— Ma chère enfant, fit-il en posant la main sur la mienne. Quelle épreuve ! Nous avons été victimes d'un complot d'une ingéniosité redoutable. Dieu merci, tout est terminé. Nous engagerons de nouveaux serviteurs, en vérifiant et revérifiant leurs références, cette fois, et tout sera pour le mieux.

Je me souvins alors de sa mère et tâchai de lui apprendre la nouvelle avec autant de tact que possible. Il garda le silence un moment, puis secoua la tête.

— Quelle vieille sotte. J'ignore pourquoi elle a tenu à revenir ici. Elle n'a jamais aimé cette demeure. J'imagine que son retour et son tempérament ont dû extrêmement surprendre la bande qui se terrait ici. Elle n'a jamais été très tolérante, précisa-t-il en ébauchant un sourire. Mais je suppose que je ne peux pas tout à fait regretter sa mort. Après tout, elle avait quatre-vingt-cinq ans.

★

Trois jours avant le mariage, je laissai maman et grand-papa à Eynsleigh pour me rendre à Rannoch House avec Queenie. Je fus agréablement surprise de constater que ma famille s'était attelée avec enthousiasme aux préparatifs. La demeure resplendissait. Des fleurs étaient disposées un peu partout (et je remarquai, sur la table du salon, plusieurs paquets qui éveillèrent ma curiosité). Vu les nombreux invités, l'on avait ouvert la salle de bal située à l'arrière de la maison ; les lustres scintillaient, des chaises et des tables recouvertes de nappes blanches avaient été louées pour l'occasion et arrangées par petits groupes dans cette vaste pièce, ainsi que dans le jardin sur lequel elle donnait, au cas où le temps le permettrait. Tout me parut grandiose.

Fig se montra presque aimable. Je crois qu'elle était heureuse de savoir qu'elle serait bientôt déchargée à jamais de toute responsabilité vis-à-vis de moi. Peu après mon arrivée, elle entra dans ma chambre avec, dans les mains, un vieux coffret de cuir.

— Voici le diadème des Rannoch, Georgiana. La reine Victoria l'a offert à votre grand-mère le jour de ses noces.

Dans le coffret, je découvris une couronne de diamants étincelants. Après l'avoir essayée, je décidai qu'elle convenait à ma chevelure. Le diadème était assez lourd, mais je me dis que je ne m'en apercevrais pas le jour de mon mariage. Je serais trop inquiète à l'idée de me prendre les pieds dans ma traîne.

— Une fois mariée, vous aurez le droit de l'arborer lors de cérémonies officielles, précisa ma belle-sœur. Autant que vous le confiiez au coffre d'une banque londonienne. Dieu sait que j'ai rarement l'occasion de le porter en Écosse.

Nous gagnâmes ensuite la nursery, où Podge et Adelaïde m'accueillirent avec des cris de joie.

— Tante Georgie, je vais être garçon d'honneur ! lança mon neveu. Viens voir mon kilt neuf.

— Garçon d'honneur aussi ! insista sa sœur.

— Tu ne peux pas. Tu es une fille. Et les filles garçons d'honneur, ça n'existe pas, rétorqua Podge avec mépris.

— Tu porteras une jolie robe et des fleurs dans tes cheveux, expliquai-je à l'enfant. Tu seras comme Cendrillon.

— Oh oui. Comme Cendrillon, répéta-t-elle, apparemment ravie.

Je descendis ensuite à la cuisine, où Mme McPherson me montra le gâteau de mariage. Chose étonnante, on l'aurait cru confectionné par un pâtissier professionnel.

— Vous avez accompli un miracle, madame McPherson, la félicitai-je.

Ces éloges la firent modestement rougir de plaisir.

— J'ai ajouté beaucoup de brandy aux fruits pour faire bonne mesure, répondit-elle. Et je le décorerai de vrais gardénias sur le dessus, autour des figurines des mariés.

Plus tard, Zou Zou se présenta avec deux caisses de veuve-clicquot.

— Au cas où vous manqueriez de champagne, mes chéris. Je dois aussi vous dire que j'ai vu Darcy essayer sa queue-de-pie ce matin, Georgie, et il a une allure absolument superbe. Je regrette presque de ne pas lui avoir mis le grappin dessus moi-même.

— Quand doit arriver lord Kilhenny ? demandai-je.

— Il est là, chérie. Depuis hier. Et il est lui aussi fort appétissant dans son costume, précisa-t-elle en m'adressant un mince sourire. D'ailleurs, nous formerons un beau couple – à condition que Mme Simpson ne porte pas la même robe que moi.

— Nous ne l'avons pas conviée à la noce, puisque le roi et la reine seront présents. Il a été si malade, le pauvre, que la voir parmi les invités pourrait lui causer une attaque.

Zou Zou gloussa.

— Au fait, qu'est-ce que j'apprends ? Darcy envisage d'accepter un travail de bureau ?

— Oui. Il m'a semblé assez content à la perspective d'avoir des horaires réguliers, pour une fois.

— En êtes-vous vraiment certaine ?

Nous en restâmes là, mais je pris conscience que la princesse était des plus perspicaces.

Deux jours avant la noce, une répétition générale de la cérémonie fut organisée avec le secrétaire de Sa Majesté la reine. Le protocole était fort exigeant : il fallait déterminer quand et comment Leurs Majestés feraient leur entrée, où elles s'assiéraient, de quelle manière je devais leur faire la révérence en passant devant elles. Tout cela s'avéra extrêmement alarmant, car les occasions de faire un faux pas ne manquaient pas. Au bout d'une heure épuisante, Darcy et moi nous échappâmes sur Park Lane et nous promenâmes dans Hyde Park.

— Pensiez-vous que notre mariage se transformerait en véritable cirque ? me demanda mon fiancé.

— Ne m'en voulez pas. Je n'ai pas invité le roi et la reine : ils se sont invités. Je regrette encore que nous ne nous soyons pas enfuis pour convoler dans l'intimité, ajoutai-je avant de prendre une profonde inspiration. Au fait, à propos de votre nouveau travail…

— Il ne débutera pas avant que nous ne soyons rentrés de notre lune de miel.

— Avez-vous déjà accepté cette proposition ?

— Pas exactement, répondit-il en regardant droit devant lui.

Nous nous arrêtâmes à l'ombre d'un immense marronnier.

— Vous n'en avez pas envie, n'est-ce pas ? Vous aimez la vie que vous menez. Vous aimez ne jamais savoir à l'avance où vous allez être envoyé et ce que l'on vous demandera.

— Georgie, je serai bientôt un homme marié avec des responsabilités. Nous avons besoin d'un revenu régulier. Et vous l'avez dit vous-même, je ne peux sans arrêt aller et venir d'un pays à l'autre et vous laisser seule pendant de longues périodes.

— Cela ne me réjouit guère, c'est vrai, reconnus-je. Mais je ne veux pas que vous preniez un emploi qui vous rende malheureux, simplement à cause de moi.

Darcy me prit dans ses bras.

— Vous êtes vraiment gentille, le savez-vous ? N'en parlons plus pour l'instant. Nous prendrons une décision après le mariage.

J'opinai du chef.

— Je ne vous reverrai plus avant la cérémonie, continua-t-il. Demain soir, c'est mon enterrement de vie de garçon, et Dieu sait ce que mes copains ont prévu.

— Ne vous avisez pas de vous présenter à l'église avec la gueule de bois, Darcy O'Mara.

Il s'esclaffa.

— Il faut une grande quantité d'alcool pour que j'aie la gueule de bois. Tant que la police ne m'arrête pas, tout ira bien.

— Darcy ! m'exclamai-je, scandalisée.

Il déposa un baiser sur mon front.

— Ne vous en faites pas. Mon père nous accompagnera. Il veillera à ce que je sois sage.

— Votre père boit plus que vous !

Mon fiancé se contenta d'afficher un large sourire.

38.

Samedi 27 juillet

C'est le jour de mon mariage ! Enfin.

Le grand jour arriva. Sir Hubert revint d'Eynsleigh avec mon grand-père et ma mère. Je remarquai que celle-ci avait renoncé à feindre le deuil : elle portait une superbe robe fourreau de soie bleu pâle et un chapeau orné d'une élégante plume d'autruche. Je vis que sir Hubert lui décochait des regards furtifs et approbateurs. Grand-papa avait une allure distinguée dans la queue-de-pie louée pour la circonstance.

Maman vint me rejoindre dans ma chambre pour m'aider à me coiffer et à me maquiller.

— J'ai du mal à croire que ma petite fille se marie, confessa-t-elle, les yeux embués de larmes. Je suis si contente que tout ait si bien marché pour toi.

— Je suis certaine que ce sera aussi ton cas, affirmai-je en lui serrant la main.

— Merde alors, mam'zelle ! Y a pas à dire, vous êtes splendide, déclara Queenie, cependant que maman arrangeait mon voile avant de s'assurer que mon diadème était bien en place.

— Il ne me manque plus que les souliers de satin blanc, Queenie.

— Pas d'problème.

Elle fouilla dans mes affaires.

— J'en ai trouvé qu'un, avoua-t-elle en me le tendant.

Un frisson d'affolement me parcourut.

— Dans ce cas, cherchez l'autre, ordonnai-je.

— J'ai pas l'impression qu'il est là.

Je m'efforçai de garder mon calme.

— Queenie, j'ai du mal à croire que vous ayez égaré l'une de mes chaussures. Comment vais-je m'avancer jusqu'à l'autel ? Je ne peux tout de même pas sautiller.

Ma mère et elle se mirent à fureter un peu partout, ouvrant les tiroirs, vérifiant sous le lit – sans succès.

— Où ce soulier peut-il bien être ? Il ne s'est pas volatilisé. À tout hasard, vous ne l'auriez pas jeté, Queenie ?

— J'ferais jamais quelque chose d'aussi stupide, répliqua-t-elle avec virulence, quand une expression étrange passa sur son visage. Vous vous souvenez, le jour où on est allées chez mam'zelle Belinda pour votre dernier essayage ? On avait pris vos godasses, pas vrai ? Histoire qu'elle mesure l'ourlet correctement. J'suppose qu'on en a oublié une là-bas.

— « *On* en a oublié une » ? répétai-je. Si vous êtes là, c'est pour vous occuper de mes affaires, Queenie. Vous étiez censée tout remballer.

— Désolée, mam'zelle. C'était quand même le bazar, chez votre copine. J'ai qu'à y faire un saut pour récupérer l'soulier, même si c'est peut-être un peu trop tard.

— Je pense que Belinda est déjà en route pour l'église, acquiesçai-je, au bord des larmes. Mais je ne peux me marier en chaussures de ville.

— Ne t'en fais pas, chérie, me réconforta ma mère. Je vais voir si j'ai une paire qui puisse te convenir.

Elle courut jusqu'à sa chambre, puis revint avec des escarpins de cuir blanc.

— Je n'ai pas mieux, mais, au moins, ils sont blancs.

Je les passai. Même s'ils étaient trop serrés, je devrais m'en contenter.

— Il va me falloir clopiner jusqu'à l'autel, constatai-je.

Queenie paraissait fort déconfite.

— Je vais aller chez mam'zelle Belinda pour trouver cette godasse et je l'amènerai à l'église. Comme ça, vous pourrez porter la bonne paire après la cérémonie.

— Oui, j'imagine que sa femme de chambre sera à la maison, si elle n'a pas encore donné son congé, dis-je en refoulant encore mes larmes. Prenez un taxi. Tenez.

Je sortis des pièces de monnaie de mon sac et les lui tendis.

Queenie s'en alla, suivie de maman et de grand-papa, qui prirent la Bentley. Il ne restait plus que mon frère et moi. Je toquai à la porte de sa chambre.

— Binky, es-tu prêt ?

Aucune réponse.

J'ouvris avec circonspection. La pièce était vide. Sapristi – il n'était pas parti sans moi, tout de même ! Je le savais un tantinet distrait, mais... Je sonnai un domestique. Hamilton apparut.

— Y a-t-il un problème, lady Georgiana ?

— Avez-vous vu M. le duc, Hamilton ? Nous devons être à l'église dans quelques instants.

— Non, je ne l'ai pas aperçu depuis un moment, lady Georgiana. Je vais faire le tour de la maison.

Je commençais à être réellement inquiète. Mon frère n'était certainement pas nigaud au point d'être monté dans une autre automobile.

— Binky ? appelai-je, ma voix résonnant dans le couloir et la montée d'escalier.

Je crus alors distinguer de petits coups. Je suivis ce bruit jusqu'à l'étage supérieur, me déplaçant avec beaucoup de prudence dans ma robe de mariée, ma traîne dans mon sillage, chaussée d'escarpins qui me faisaient mal aux pieds.

— Binky ?

— Je suis là !

Sa voix venait des toilettes du troisième. Je gravis une dernière volée de marches.

— Que fais-tu dans cette pièce ? criai-je à travers la porte. Tu ne te sens pas bien ?

— Vu que les toilettes de notre étage étaient sans cesse occupées, je suis venu là pour avoir la paix. J'étais un peu nerveux, vois-tu. Et quand j'ai voulu en ressortir, la fichue clé m'a glissé entre les doigts avant de tomber dans une fissure du plancher.

— Oh, flûte !

J'essayai de tourner la poignée, mais elle ne céda pas. Mon frère était bel et bien enfermé.

— Si je te passe une pince à épiler sous la porte, crois-tu pouvoir la récupérer ?

— Je ne pense pas. Elle a dû atterrir sous le parquet, je ne la vois plus. C'est bigrement fâcheux, n'est-ce pas ?

— Bigrement fâcheux ? C'est une catastrophe, Binky ! Nous devrions déjà être en route. Nous allons faire attendre Leurs Majestés, et tu sais combien elles sont à cheval sur la ponctualité.

— Navré, ma vieille. Tu me connais, je deviens maladroit quand je suis angoissé.

À l'évidence, c'était de famille.

— Je vais sonner Hamilton.

Il arriva sans tarder.

— M. le duc a fait tomber la clé entre deux lattes du plancher, Hamilton. En avez-vous une autre ?

— Je vais chercher tous mes trousseaux, lady Georgiana, répondit-il sans laisser transparaître le moindre affolement, comme tout majordome digne de ce nom.

Il revint avec plusieurs valets de pied. Deux bonnes se tenaient dans l'escalier, observant la scène avec intérêt. Aucune des clés ne convenait.

— Je crois qu'il nous faut un serrurier, monsieur le duc, annonça Hamilton.

— Que le serrurier aille au diable ! hurla mon frère. Prenez un marteau et défoncez cette foutue porte !

★

— Ne t'en fais pas, ma vieille, me rassura Binky tandis que nous roulions enfin en direction de l'église. Une future mariée est censée arriver en retard, cela n'a rien de déplacé.

— Oui, sauf si des souverains assistent à la cérémonie. Tu sais à quel point le roi tient à ce que l'on soit à l'heure. Il risque de s'agiter et de rager si je fais attendre tout le monde.

— Qu'il s'agite, déclara mon frère en me tapotant la main. C'est le jour de ton mariage. Profites-en.

Nous nous garâmes devant l'église. Des dizaines de personnes étaient réunies sur le trottoir, ce à quoi je ne m'étais pas attendue ; je pris alors conscience que la famille royale attire toujours les foules. Lorsque l'on m'aida à descendre de l'auto, des acclamations retentirent et des flashes crépitèrent. Je m'efforçai d'adopter un maintien serein et élégant en dépit de mes escarpins trop serrés. Maman et Belinda m'attendaient à l'entrée.

— C'est réglé, chuchota ma mère. Queenie a récupéré le soulier manquant.

Je chaussai aussitôt la bonne paire.

— Désolée de ne pas m'en être aperçue avant, s'excusa mon amie. Il était sous des pans de tissu, et je me suis affairée à terminer ma propre robe à temps.

Elle était extrêmement chic dans une tenue moulante blanc cassé, agrémentée d'une cape bordée de plumes.

— Ah, vous voilà enfin, constata Fig en émergeant de l'ombre, accompagnée de ses enfants. Nous pensions qu'il s'était produit un accident. Allez, Podge, faites-nous honneur.

Elle poussa son fils en avant. Vêtu d'un kilt et d'une chemise ornée d'un jabot de dentelle, il semblait soucieux.

Je lui adressai un sourire réconfortant.

— Contente-toi de nous suivre, Podge, lui conseillai-je. Tu t'en tireras à merveille, j'en suis certaine.

Il hocha la tête avec sérieux.

Les deux princesses, qui avaient l'air absolument adorables, patientaient avec leur nourrice. Des gardénias et des fleurs d'oranger assortis à mon bouquet décoraient leurs chevelures. Elizabeth arborait une mine tout à fait solennelle, tandis que Margaret tournait sur elle-même en observant les mouvements de sa robe.

— Tenez-vous tranquille, petite Margaret, la réprimanda sa nourrice écossaise avec sévérité. Vous devez faire honneur à votre cousine et à votre famille.

— Vous êtes très belle, Georgiana, me complimenta Elizabeth. J'aimerais porter une robe comme la vôtre le jour de mon mariage.

Binky m'offrit son bras.

— Prête, ma vieille ?

Je pris mon courage à deux mains.

— Oui, je crois. Je ne pourrais l'être davantage.

Je glissai mon bras sous le sien, et il me tapota de nouveau la main.

— Entre nous, je trouve que tu as une allure épatante. À mon avis, cet O'Mara est un sacré veinard.

L'organiste, qui jusqu'alors jouait doucement, entonna la mélodie de *La Marche nuptiale*. L'assemblée se leva. Mon frère et moi nous engageâmes dans l'allée centrale.

— Prends simplement garde à ce que je ne marche pas sur ta traîne, murmura Binky.

Nous échangeâmes un grand sourire.

Des visages indistincts, eux aussi tout sourire, passaient devant mes yeux. Nous atteignîmes les bancs situés à l'avant, où la famille royale avait pris place. Je m'arrêtai, me tournai vers Leurs Majestés et leur fis une révérence. Je ne trébuchai pas. Mon frère ne piétina pas ma traîne. Les petites princesses ne lâchèrent pas mon voile. La reine Mary m'adressa un sourire encourageant, de même que mes vieilles grand-tantes et mes nombreux cousins. Une pensée me vint en tête : je n'étais peut-être plus l'une des prétendantes au trône, mais j'étais encore apparentée à toutes ces personnes. Je me retournai vers l'autel et me remis en marche ; puis mon fiancé quitta le banc situé à ma droite et se plaça près de moi. Mon Darcy, si beau que j'en eus le souffle coupé. Il me décocha un clin d'œil.

Je ne me souviens plus bien de la cérémonie. Je crois avoir prononcé les paroles qu'il fallait au bon moment. Je sais en tout cas que je dis « oui ». Nous nous rendîmes ensuite dans la sacristie pour signer le registre des mariages et, lorsque nous en ressortîmes, un affreux vacarme emplissait l'église. Un joueur de cornemuse, qui nous attendait au pied des marches de l'autel, nous accompagna de son instrument le long de l'allée centrale et jusqu'à notre automobile.

— Alors, madame O'Mara ? fit Darcy tandis que nous nous éloignions.

— Oh, Darcy, je suis heureuse que tout cela soit terminé.

La réception se déroula sans heurts. Le roi et la reine, assis aux places d'honneur, écoutèrent les discours en souriant poliment. Binky parvint à aller au bout du sien, qui comprenait deux ou trois plaisanteries de fort mauvais goût. Le garçon d'honneur de Darcy, un jeune homme fringant, relata des histoires qui ne manquaient assurément pas de piquant sur les écarts de conduite de mon époux. Nous tranchâmes le gâteau et portâmes des toasts au champagne, puis ma mère et Belinda m'accompagnèrent dans ma chambre afin que je passe une robe de ville.

— Tu vas donc te retrouver sur une péniche sans même un domestique ? demanda maman, horrifiée. Qui va cuisiner ? Qui va faire le ménage ?

— Nous nous débrouillerons. C'est ce que je veux. Nous tenons à être complètement seuls.

— Et tu ne connais toujours pas la destination de votre vrai voyage de noces ?

— Non, mais Darcy va peut-être me la dévoiler, maintenant.

— Dans le cas contraire, comment sauras-tu ce qu'il te faudra emporter ?

— Ne t'en préoccupe pas, maman. J'y penserai le moment venu.

— Un dernier conseil : ne laisse pas Queenie faire tes bagages, ajouta-t-elle.

★

Je descendis l'escalier et jetai mon bouquet vers l'assemblée réunie en bas des marches. Ce fut Zou Zou qui le rattrapa. C'était de bon augure, n'est-ce pas ? Elle jeta un coup d'œil au baron de Kilhenny. Le regard que ma mère lança à sir Hubert ne m'échappa pas non plus. Lorsque nous sortîmes dans Belgrave Square, il nous fallut nous précipiter sous un déluge de riz et de pétales de rose pour gagner notre automobile. Celle-ci se mit en route et, dans le rétroviseur, nous vîmes s'estomper les invités qui agitaient encore les mains dans notre direction.

La péniche mouillait près de Henley-on-Thames, à une bonne cinquantaine de kilomètres de Londres. La campagne était déserte, et le fleuve serpentait paisiblement entre de luxuriantes prairies. Les branches des saules pleureurs traînaient sur l'eau, où nageaient cygnes et canards. Nous empruntâmes un chemin de halage longeant une barrière derrière laquelle des vaches nous observaient avec curiosité. Je découvris alors le bateau, amarré près d'un saule. C'était une vieille péniche, peinte de couleurs vives. Darcy laissa ma valise sur la berge, me souleva dans ses bras et me porta à bord. Sur le pont, une table avait été dressée, et une bouteille de champagne nous attendait dans un seau à glace.

— Excellent. C'est exactement ce que j'ai demandé, déclara mon époux en me déposant. Et nous devrions trouver tout le nécessaire pour faire un bon repas dans la cabine.

Il me prit par la main et me conduisit dans l'escalier. D'un grand geste, tel un magicien, il désigna une autre table chargée de mets.

— Des huîtres, du saumon fumé, du homard, de la salade, du pain croustillant. Cela vous convient-il ?

— C'est formidable, dis-je sans pouvoir me départir d'un large sourire. Je suis littéralement affamée. Je n'ai rien pu avaler de toute la journée, et je n'ai pas eu un seul instant à moi pendant la réception…

— Vous souhaitez donc manger maintenant ? s'enquit Darcy, dont les yeux se portaient tour à tour sur la table et sur la chambre située dans le prolongement de la première cabine. J'envisageais d'abord d'aiguiser notre appétit…

Soudain embarrassée, j'hésitai.

— Oh, je vois.

Il s'esclaffa et s'approcha de moi.

— Nous sommes à présent mariés, petite idiote. Notre union est tout ce qu'il y a de plus légal. Finalement, vous n'avez plus à lutter contre votre conscience toute victorienne.

Sur ces mots, il entreprit de défaire les boutons de ma robe, fort nombreux.

— Je présume que c'est l'une des seules robes de bonne facture que vous possédez, n'est-ce pas ? Et que vous seriez mécontente si je vous l'arrachais ?

— Je serais furieuse, Darcy, répliquai-je. Vous savez que ma garde-robe est restreinte. Et je vous interdis aussi de m'arracher mes dessous de soie, qui sont neufs.

— C'est ce que nous verrons ! dit-il en riant.

Il me souleva de nouveau dans ses bras et me porta jusqu'à la chambre – un moment qui aurait été romantique s'il ne s'était cogné la tête contre le chambranle de la porte, fort bas.

Quant à la suite des événements, je crains que la pudeur ne m'empêche de la dévoiler en détail ; sachez simplement que ce fut des plus agréable.

Remerciements

Je remercie, comme toujours, mon équipe brillante chez Berkley : Michelle, Roxanne, Jennifer, les gourous du marketing et des réseaux sociaux, qui tous me simplifient la vie. Merci à John, mon premier correcteur, et à ma belle-sœur, Mary Vyvyan, qui m'autorise à séjourner tous les étés dans une demeure (presque) aussi magnifique qu'Eynsleigh.

Merci aussi à Hank Phillippi Ryan de m'avoir raconté son histoire d'oiseau hilarante, laquelle m'a inspiré une scène dans ce roman.

PARUS DANS

LA BÊTE NOIRE

Noémie ADENIS
Le Loup des ardents (Grand Prix des Enquêteurs 2021)

Katerina AUTET
La Chute de la maison Whyte (Grand Prix des Enquêteurs 2020.
Prix littéraire de la Renaissance française 2020)
Les Deux Morts de Charity Quinn

Cédric BANNEL
Baad (Prix du Meilleur Polar des lecteurs de *Points* 2017)
Kaboul Express
L'Espion français

Jacques-Olivier BOSCO
Brutale
Coupable

Rhys BOWEN
Son Espionne royale
Tome 1, *Son Espionne royale mène l'enquête*
Tome 2, *Son Espionne royale et le mystère bavarois*
Tome 3, *Son Espionne royale et la partie de chasse*
Tome 4, *Son Espionne royale et la fiancée de Transylvanie*
Tome 5, *Son Espionne royale et le collier de la reine*
Tome 6, *Son Espionne royale et les douze crimes de Noël*
Tome 7, *Son Espionne royale et l'héritier australien*
Tome 8, *Son Espionne royale et la reine des cœurs*
Tome 9, *Son Espionne royale et les conspirations du palais*
Tome 10, *Son Espionne royale et le baron irlandais*
Tome 11, *Son Espionne royale au service de Sa Majesté*
Tome 12, *Quatre enterrements et peut-être un mariage*

Franck CALDERON, Hervé DE MORAS
Là où rien ne meurt

Julia CHAPMAN
Les Détectives du Yorkshire

Tome 1, *Rendez-vous avec le crime*
Tome 2, *Rendez-vous avec le mal*
Tome 3, *Rendez-vous avec le mystère*
Tome 4, *Rendez-vous avec le poison*
Tome 5, *Rendez-vous avec le danger*
Tome 6, *Rendez-vous avec la ruse*
Tome 7, *Rendez-vous avec la menace*
Tome 8, *Rendez-vous avec le Diable*

Karen CLEVELAND
Toute la vérité

Daniel COLE
Ragdoll
Tome 1, *Ragdoll* (Prix Griffe noire du polar de l'année 2017)
Tome 2, *L'Appât* (Prix Bête noire des libraires 2018)
Tome 3, *Les Loups*
Pietà

COLLECTIF, sous la direction de Lisette Lombé, Elvira Masson, Fabrice Rose et Delphine de Vigan
Histoires de femmes – Les Ondes

Sandrone DAZIERI
Tu tueras le Père
Tu tueras l'Ange
Tu tueras le Roi
La Danse du gorille

Lara DEARMAN
La Griffe du diable
L'Île au ciel noir

Ingrid DESJOURS
Les Fauves
La Prunelle de ses yeux

Claire FAVAN
Serre-moi fort (Prix Griffe noire du meilleur polar français 2016)
Dompteur d'anges
Inexorable

Rebecca FLEET
L'Échange
La Seconde Épouse

Dominique FORMA
Coups de vieux

Olivier GALLIEN
Dans la neige ardente (Prix Bête noire des libraires 2022)

Amy GENTRY
Les Filles des autres
De si bonnes amies

Maria GRUND
La Fille-renard

Patrice GUIRAO
Le Bûcher de Moorea
Les Disparus de Pukatapu
Rivage obscur

L. S. HILTON
Maestra
Domina
Ultima

Ingar JOHNSRUD
Les Adeptes
Les Survivants

Elizabeth KEY
Sept mensonges

Quntos KUNQUEST
Cette vie-là – Les Ondes

Mathieu LECERF
La Trilogie du démon
La Part du démon (Prix Bête noire des libraires 2021)
Au royaume des cris
La Mort dans l'âme

Sara LÖVESTAM
Chacun sa vérité (Grand Prix de littérature policière 2017, domaine étranger. Prix Nouvelles Voix du polar 2018, roman étranger)
Ça ne coûte rien de demander
Libre comme l'air
Là où se trouve le cœur

Fabio MITCHELLI
Une forêt obscure
Le Tueur au miroir
Le Loup dans la bergerie (Prix Méditerranée Polar 2021)

Nadine MONFILS
Les folles enquêtes de Magritte et Georgette
Nom d'une pipe !
À Knokke-le-Zoute !
Les Fantômes de Bruges
Liège en eaux troubles
Leffe-toi et marche

Nicole NEUBAUER
Sous son toit

Vincent ORTIS
Pour seul refuge (Grand Prix des Enquêteurs 2019)
Patiente

Gin PHILLIPS
Le Zoo (Prix Transfuge du meilleur polar étranger 2017)

Antoine RENAND
L'Empathie (Prix des lecteurs Gouttes de Sang d'Encre 2019. Prix Nouvelles Voix du polar 2020, roman français)
Fermer les yeux
S'adapter ou mourir

Fabrice ROSE
Tel père, telle fille (Prix Bête noire des libraires 2020)
Le Plan

RYDAHL & KAZINSKI
La Mort d'une sirène

Romain SLOCOMBE
La Trilogie des collabos
L'Affaire Léon Sadorski (Prix Libr'à Nous 2017, catégorie polar)
L'Étoile jaune de l'inspecteur Sadorski
Sadorski et l'Ange du péché
La Trilogie de la guerre civile
La Gestapo Sadorski
L'inspecteur Sadorski libère Paris
J'étais le collabo Sadorski

Thibaut SOLANO
Les Noyés du Clain
Les Dévorés

Dominique SYLVAIN
Panique en Armorique

Clémentine THIEBAULT
En votre intime conviction – Les Ondes

Dato TOURACHVILI
Génération denim – Les Ondes

Ilaria TUTI
Sur le toit de l'enfer (Prix Bête noire des libraires 2019. Prix Nouvelles Voix du polar 2020, roman étranger)
La Nymphe endormie
À la lumière de la nuit
Fille de cendre

Harriet TYCE
Blood Orange

Damien et Sibylle VÉRON
Tiphaine où es-tu ? – Les Ondes

Annette WIENERS
Cœur de lapin

Adrienne WEICK
La Septième Diabolique (Grand Prix des Enquêteurs 2022)

Retrouvez

LA BÊTE NOIRE

sur Facebook, Twitter et Instagram

Cet ouvrage a été composé et mis en pages
par NORD COMPO *à Villeneuve-d'Ascq*

Pour plus d'information :

#lisez! engagé

www.lisez.com

Imprimé sur du papier issu de forêts gérées durablement.

Imprimé en France par CPI en juin 2023

N° d'édition : 65508/01 – N° d'impression : 174747